Jenseits der Rache

Jenseits der Rache

Kriminalroman
von Esther Pauchard

LOKWORT

Umschlagbild «Giessbachfälle», ©Jungfrau Zeitung, Irene Thali
Lektorat: KAISERworte, Esther Kaiser Messerli
Gestaltung: arsnova, Horw
Druck: Clausen & Bosse, Leck

© 2014 Buchverlag Lokwort, Bern
Abdruckrechte nach Rücksprache mit dem Verlag
ISBN 978-3-906786-55-1
www.lokwort.ch

1. Kapitel

«Dies hier», ich machte eine ausladende Geste, «wäre der ideale Schauplatz für einen Mord.»

Interessiert reckte ich den Hals und betrachtete durch die Öffnung in der Seite der ruckelnden historischen Standseilbahn die tosenden Wassermassen, die sich durch die idyllische Waldlandschaft ihren Weg nach unten bahnten, der Schwerkraft folgend und gleichgültig gegenüber allem, was sich in ihren Weg stellte. Dann wandte ich mich um und begegnete drei Augenpaaren, die verschiedene Varianten von Irritation und Verwunderung zeigten.

«Na kommt schon!», rief ich aus. «Schaut mich nicht so an! Es stimmt doch, oder?» Erneut fuchtelte ich in Richtung des Naturschauspiels. «Die Gewalt des Wassers! Die feuchte, urwüchsige Landschaft! Der Lärm, der jeden Schrei übertönen würde!»

Mein Ehemann warf mir einen müden Blick von der Seite her zu. Martin Rychener, der ihm gegenüber sass, lachte mit einer Spur Verbitterung kopfschüttelnd vor sich hin, während Selma Vogt neben ihm verschreckt um sich blickte, als würde hinter den beschaulich grün-gestreiften Vorhängen im Innern der Bahn ein Axtmörder lauern.

Meine Güte. Was für Weicheier.

«Kassandra», meinte Martin schliesslich im Tonfall eines geduldigen, wenn auch resignierten Kleinkinderziehers. «Wir haben es nach zäher Planung endlich geschafft, uns ein ruhiges Wochenende zu viert zu organisieren – was für zwei Psychiater, einen Hausarzt und eine Psychologin eigentlich kaum machbar ist, zumal wir alle beruflich voll ausgelastet sind und Freizeit chronisch Mangelware ist. Das Wetter ist traumhaft, die Anreise war phantastisch, die Szenerie überwältigend, und gleich werden wir unser Hotel erreichen, das uns glückliche Stunden voller Harmonie und Entspannung bescheren wird. Und du redest von Mord?» Anklagend blickte er mich an.

Selma legte ihm begütigend ihre zierliche Hand auf den Arm. «Lass doch das Genörgel sein. Ka hat es lustig gemeint. Nicht wahr?» Sie strahlte mich an. «Ein Witz!»

Marc schnaubte. «Ein Witz? Kann hier jemand darüber lachen? Frau, ich bitte dich!»

Beleidigt wandte ich mich ab.

Selma war es, die die Stille durchbrach und mit heiterem Geplapper die Anspannung zu lösen versuchte. «Wir sind gleich oben. Oh, was für ein wunderbarer Ort das ist! Wie alt wohl das Hotel sein mag?» Fahrig kramte sie in ihrer Handtasche nach einem Prospekt und schlug ihn auf. «140 Jahre, nicht zu fassen. Belle époque. 1984 wieder eröffnet, im Rahmen einer Rettungsaktion. Gehört zu den ‹Swiss Historic Hotels›. Vier Sterne. Herrliche Ausstattung und gepflegte Küche. Besser kann es nicht kommen.»

«Liebes», meinte Martin amüsiert, «das ist alles sehr interessant. Aber du musst Kassandra nicht aus der Bredouille holen. Lass sie ruhig etwas schmoren. Das ist gut für ihren Charakter.» Er grinste mich frech an, was ich mit einem stählernen Blick parierte.

Zu seinem Glück kam die Standseilbahn in diesem Moment mit einem Ruck zum Stehen, und er konnte sich mit Marc zusammen aus dem Staub machen, unter dem Vorwand, sich galant um das Gepäck zu kümmern.

Selma stieg vor mir aus und trat aus dem kleinen Bahnhof in die Sonne. Ihr langes, glänzendes dunkles Haar schwang über ihre Schulter, als sie den Kopf wandte, um sich nach den Männern umzusehen; ihre perfekt lackierten blassrosa Fingernägel funkelten, als sie ihre schicke Sonnenbrille auf die gerade, kleine Nase setzte, und ihre geschmeidige Gestalt in dem hellen Etuikleid hätte jedem Hochglanz-Werbeprospekt zur Ehre gereicht. Sie wirkte wie die Inkarnation von graziöser Schönheit. Ich hasste sie.

«Ach, Ka!» Sie lächelte mich mit herzerwärmender Freude an und hängte sich impulsiv bei mir ein. «Es ist grossartig, dass wir gemeinsam hier sind. Wir sehen uns viel zu selten. Dieses Kleid steht dir aber hervorragend! Wunderschön siehst du darin aus.»

Na gut, ich hasste sie nicht. Dazu war sie viel zu liebenswürdig.

«Steht uns nicht im Weg rum», verfügte Martin, der von hinten mit einem Rollkoffer die Treppe erklomm. «Weitergehen, bitte!»

Selma hatte Recht gehabt, dachte ich anerkennend, als ich kurz darauf die Fassade des «Grandhotel Giessbach» musterte. Das elegante Gebäude mit seinen dunkelroten Fensterläden und schmuckreichen Balkonen hatte etwas Unwirkliches an sich. In dem konstanten Brausen der Giessbachfälle in meinem Rücken meinte ich das Flüstern vergangener Zeiten zu vernehmen, und ich fühlte mich zeitlos und seltsam berührt. Wirklich ein wunderbarer Ort.

Natürlich gelang es mir nicht, mich der Würde dieser alten Mauern angemessen zu verhalten. Immer wieder schrie ich begeistert auf, wies aufgeregt auf all die zauberhaften Details, auf die Verzierungen an der Eingangstür, auf Kronleuchter und Gemälde und die Brokatsofas im Innenbereich. Als ich mich anschickte, mit meinem Mobiltelefon ein paar Stimmungsbilder zu schiessen, packte mich Marc warnend am Handgelenk und zischte: «Du bist keine Japanerin auf Europareise, verstanden?» Also liess ich es grummelnd bleiben.

Unser Zimmer mit Blick auf die Weiten des Brienzersees, der auch an diesem warmen Samstag Anfang August nicht die

Dichte an Booten zeigte, die wir uns vom Thunersee gewohnt waren, wies nostalgischen Charme in Form von angestaubt wirkenden Blumentapeten und dunklen Möbeln auf. Mir gefiel alles, was ich wortreich zum Besten gab, während ich unseren Koffer auspackte. Marc nickte freundlich. Er war entspannt und glücklich.

Wir trafen Martin und Selma wie verabredet eine halbe Stunde später im Aussenrestaurant mit Blick auf den See, wo wir uns eine leichte Mahlzeit genehmigten – es war gerade Mittag vorbei, und die Anfahrt auf dem Seeweg hatte uns hungrig gemacht. Später legten wir uns in bequeme Liegestühle um den hoteleigenen Naturteich, und Marc verbot mir nach fünf Minuten hemmungslosen Schwatzens mit liebenswürdiger Bestimmtheit den Mund.

«Ka, es ist nicht so, dass ich deine Meinung zum Hotel, der Landschaft, den anderen Gästen und der Weltwirtschaftslage nicht zu schätzen wüsste. Aber ich habe eine anstrengende Zeit in der Praxis hinter mir, und der Umstand, dass unsere beiden redseligen Töchter für einmal nicht in unserer Nähe sind, weckt in mir den Wunsch nach erholsamem Schweigen. Lies ein Buch oder lös ein Kreuzworträtsel, aber tu es um Gottes Willen schweigend.»

Also schwieg ich, leicht pikiert zuerst, dann jedoch zunehmend zufrieden. Es war ein herrlicher Tag, nicht zu heiss, was der Tatsache zu verdanken war, dass es die letzten zwei Wochen bei ungewöhnlich tiefen Temperaturen fast andauernd geregnet hatte, aber jetzt war der Himmel strahlend blau, und die Welt um mich herum schimmerte und zeigte sich von ihrer besten Seite. Sonnenstrahlen brachen sich auf dem Wasser des Schwimmteiches, in dem Selma ein paar Runden in makellosem Bruststil zog. Sie hatte ihre Haare beiläufig zu einem Knoten auf ihrem Oberkopf aufgebunden, was bei ihr natürlich nicht beiläufig wirkte, sondern nach Star-Coiffeur. Ich sah, wie Martin, der neben mir sass, ihr mit den Blicken folgte, versonnen und nachdenklich, hin und her, hin und her, im Rhythmus ihres langsamen Schwimmtempos.

Martin Rychener. Mein Vorgesetzter, mein leitender Arzt in der Psychiatrischen Klinik Eschenberg. Mein bester Freund, und, der Gedanke versetzte mir einen kleinen Stich, der einzige Mann, der je meine Gefühle in Aufruhr gebracht hatte, seit ich Marc kennengelernt und später geheiratet hatte. Martin trug eine Piloten-Sonnenbrille, die an jedem Mann ausser ihm peinlich ausgesehen hätte, und in die akkurat geschnittenen mittelblonden Haare mischte sich mehr und mehr diskretes Grau.

Als hatte er meinen Blick gespürt, wandte er sich zu mir um. Er lächelte, dann beugte er sich vor, um Marc neben mir anzusprechen. «Das mit dem Schweigegebot war eine phantastische Idee. Die Stille ist wohltuend. Nur – wie hast du das hingekriegt? Bestechung?»

«Natürliche Autorität», antwortete Marc neben mir selbstzufrieden, den Blick in einen Krimi vertieft. «Ich bin gross und stark und beeindruckend. Natürlich macht dich das neidisch, das wundert mich nicht.»

Martin prustete verächtlich. Dann sprang er auf. «Das wollen wir sehen. Wetten, dass ich dich im Tauchen schlage? Wetten, dass ich länger unten bleiben kann?»

Marc, in seinem sportlichen Ehrgeiz getroffen, warf sein Buch zur Seite und folgte Martin, der eben vom Beckenrand ins Wasser sprang.

Ich schüttelte den Kopf und beobachtete belustigt, wie Marc und Martin im Wasser rangen wie kleine Jungen, den geordneten Tauchwettbewerb zugunsten brutaler Versuche, sich gegenseitig zu ertränken, zurückstellten und dabei eine ältere Dame im Lehnstuhl verärgerten, die eine Menge Spritzer abbekam.

Jana und Mia, meine beiden Töchter, hätten sich zweifellos gesitteter benommen.

«Dem habe ich's gezeigt», meinte Marc triumphierend, als er triefnass zurückkehrte und sich keuchend auf den Stuhl zurückfallen liess. «Kleiner Aufschneider.» Grinsend machte er eine abfällige Geste in Richtung von Martin, der ihm vom Beckenrand aus eine lange Nase drehte.

Ich lehnte mich lächelnd zurück und schloss die Augen. Es war gelungen. Was ich nicht für möglich gehalten hatte, war eingetroffen: Martin Rychener und Marc Bergen waren Freunde geworden.

Es hatte eine Weile gedauert, sicher. Harzige Verhandlungen mit Marc und beklommene erste Treffen waren vorausgegangen, gezwungene Konversation und verletzte Gefühle auf allen Seiten. Aber es war gelungen. Martin und ich waren Freunde, einfach Freunde. Marc und Martin waren Freunde, richtige Freunde. Und Martin und Selma …

Ich öffnete die Augen wieder und beobachtete durch die grossen Gläser meiner Sonnenbrille, wie Martin mit Selma herumtollte, sanfter als zuvor mit Marc, verspielt und liebevoll.

Martin und Selma waren ein Paar, seit einem guten halben Jahr. Selma war Psychologin auf Martins Abteilung, Anfang dreissig, begabt und lebensfroh, und die beiden hatten die Binsenwahrheit bestätigt, welche besagt, dass die meisten Beziehungen am Arbeitsplatz zustande kommen. Ich hatte die ganze aufkeimende Geschichte aus der ersten Reihe mit angesehen, die flüchtigen Blickwechsel im grossen Rapport, die gemeinsamen Gespräche am Mittagstisch, die nervösen ersten Verabredungen und die Heimlichkeiten der ersten gemeinsamen Wochen, die noch nicht für die Augen der Öffentlichkeit bestimmt waren. Und zu meinem grossen Erstaunen hatte es mir nichts ausgemacht. Ich hatte mich für Martin gefreut, ich hatte mich mit Selma angefreundet, und nun waren wir alle hier, an diesem einzigartigen Ort, und verbrachten unser erstes Wochenende zu viert.

Heiter blickte ich zu Marc hinüber, beobachtete, wie er konzentriert eine Seite seines Taschenbuchs umblätterte und sich kurz an der Nase rieb, und verspürte einen Anflug von Zärtlichkeit.

Alles hatte bestens geklappt. Und ich war verdammt stolz auf mich.

«Das ist absurd steil hier!», keuchte ich protestierend, während ich mühsam hinter Marc den schmalen Kiesweg emporklomm. Marc wandte sich um und hob fragend die Augenbrauen. Verstanden hatte er meine Worte nicht. Kein Wunder bei dem Höllenlärm.

Die Giessbachfälle waren aufgrund der Regenfälle der letzten Wochen zu einem für die Sommermonate ungewöhnlichen Volumen angeschwollen. Gischt spritzte meterweit, und die Baumstämme und Gesteinsbrocken um uns herum waren von saftig grünem Moos überzogen – unheimlich und märchenhaft zugleich.

Ungeschickt stolperte ich über einen der Holzbalken, die als grobe Treppenstufen dienten. Himmel, ich war dermassen unsportlich. Ich für meinen Teil hätte durchaus den ganzen Nachmittag unten am Pool liegen bleiben können. Aber die anderen hatten darauf bestanden, zu den berühmten Wasserfällen zu steigen, und ich war der demokratischen Mehrheit zum Opfer gefallen.

Martin und Selma waren aufreizend leichtfüssig unterwegs und hatten mich abgehängt, und auch Marc wäre mir mühelos davongezogen, wäre er nicht ein so bemerkenswert guter Ehemann. Er streckte die Hand aus und nahm mich am Ellbogen. «Nur Mut», meinte er. «Es ist nicht mehr weit.»

Er hatte Recht. Das Tosen des Wassers nahm zu, die Luft wurde feuchter. Als der Pfad ebener wurde und nach links um eine Ecke bog, sah ich ihn: Den Aussichtspunkt, die durch die herabstürzenden Fluten beinahe verborgene Metallbrücke hinter dem gewaltigen Wasserfall.

Mir stockte der Atem. «Wahnsinn», stiess ich hervor.

Marc lächelte zustimmend und zog mich dann weiter.

Martin und Selma warteten bereits auf uns. Selma, sichtlich beeindruckt und sich umsichtig am Brückengeländer hinter dem brausenden Wasservorhang festklammernd, streckte die linke Hand aus und liess das Wasser auf ihre Handfläche prasseln. Martin blickte durch das Metallgitter nach unten und schien abzuschätzen, wie sich ein Sturz in die felsige Tiefe des Wasserbeckens unter ihm anfühlen würde; er war leicht grün im Gesicht. Ein Anflug von Höhenangst?

Ich trat auf die beiden zu, mit vorsichtigen Schritten über den glitschigen nassen Stein vor der Brücke tastend. Ausrutschen wollte ich hier auf keinen Fall.

«Das ist unglaublich!», brüllte Martin, und Selma lachte mir hell entzückt zu, die Hand noch immer ausgestreckt, und bedeutete mir, es ihr gleichzutun. Vorsichtig hob ich meine Finger. Das kühle Wasser trommelte hart auf meine Haut.

Ich blickte zu Marc auf. Er wirkte beinahe ehrfürchtig.

«Was für eine gewaltige Kraft», schrie er mir ins Ohr. Dann warf er mir einen sarkastischen Blick zu. «Ein idealer Schauplatz für einen Mord, das muss ich dir zugestehen.»

Um halb acht Uhr abends war der strahlende Nachmittag einer milden, kühleren Abendstimmung gewichen. Die glatte Seeoberfläche weit unter uns begann erste Nuancen von Orange und Königsblau anzunehmen, der Himmel spannte sich makellos und samtig über dem Bergpanorama.

Natürlich hatten wir für den Abend einen Tisch im Restaurant reserviert. Den Aperitif nahmen wir draussen ein, auf einem Balkon mit Sicht auf den See. Die Bläschen in meinem Champagnercocktail schraubten sich in anmutigen Spiralen nach oben, und eine leichte Brise bauschte den grauen Chiffon meines Kleides.

Es war perfekt. Ich konnte mich nicht erinnern, mich in letzter Zeit jemals so wohl gefühlt zu haben.

Ich nahm einen beherzten Schluck aus meinem Glas. Der Alkohol stieg mir zu Kopf, und ich kicherte und strahlte vergnügt in die Runde. Selma kicherte zurück, obwohl sie sich auf Orangensaft beschränkt hatte, Martin lächelte warm, und Marc zwinkerte mir liebevoll zu. Wenig später suchten wir das Parkrestaurant auf. Die verglaste Veranda schloss einen harmonischen Kontrast zwischen draussen und drinnen, bot mit ihrer langen Fensterfront einen spektakulären Blick auf die Giessbachfälle, aber auch Schutz vor der zunehmenden Frische der Abendluft. Wir schritten gemessen über den dunkelrot gemusterten Teppich und liessen uns an einem Vierertisch direkt am Fenster nieder.

Die Menükarte gab Anlass zu den optimistischsten Erwartungen. Rasch überflog ich das Angebot und stellte mir im Geist ein Sechs-Gang-Menu zusammen. Dann, während die Männer noch über der Auswahl passender Weine brüteten, liess ich meinen Blick umherschweifen. Dezent gewandetes Servicepersonal, das fast lautlos durch den Raum huschte und mit gedämpfter Stimme sprach. Geraffte weisse Vorhänge an den Fenstern, helle Möblierung und die laternenartige Deckenbeleuchtung unterstrichen den sommerlich leichten Charakter dieses Raums. Ein Pianist weiter hinten im Raum spielte sich fingerfertig durch ein breites Jazzrepertoire, durchwoben mit Ohrwürmern und klassischen Stücken.

Ich lauschte eben einer feinfühligen Interpretation der «Mondscheinsonate», als ein Paar den Raum betrat. Der Mann schritt voraus und rückte seiner Begleiterin formvollendet den Stuhl zurecht, ehe er sich mit gemessenen Bewegungen setzte. Er wirkte wie die Idealbesetzung eines vermögenden Mannes der guten Gesellschaft, gross, breitschultrig, mit aufrechter Haltung, das dunkle Haar meliert. Alt genug, um Würde und Kompetenz auszustrahlen, und noch jung genug, um attraktiv und dynamisch zu wirken, zog er die Blicke aller Gäste auf sich. Neben ihm erschien die Frau an seiner Seite in ihrer zurückhaltenden aschblonden Blässe und dem schlichten moosgrünen Seidenkleid seltsam leblos. Ich biss mir auf die Lippe – irgendwie kam mir der Neuankömmling bekannt vor. Sein Gesicht war mir vertraut. Woher kannte ich den Mann?

Martin, der neben mir sass und meinen Blick offenbar bemerkt hatte, neigte den Kopf zu mir. «Na, möchtest du deine Bekanntschaft mit unserem Wunderkind nicht auffrischen?»

Verblüfft sah ich zu ihm auf. «Wunderkind? Bekanntschaft auffrischen? Was meinst du?»

«Sag nicht, dass du ihn nicht wiedererkennst. Adrian Wyss. Der berühmte Berner Psychoanalytiker. Psychiater der Reichen und Berühmten. Einer der Protagonisten in der grossen INTPERS-Studie – komm schon, Kassandra. Du hast dir erst vor ein paar Wochen am grossen Klinik-Apéro ein Wortgefecht mit ihm geliefert, erinnerst du dich nicht?»

Schlagartig fiel es mir ein. Natürlich.

«Das ist Adrian Wyss?», zischte ich. «Mir ist der damals einfach nur wie ein aufgeblasener Besserwisser vorgekommen, der sich hämisch über Verhaltenstherapeuten lustig macht. Als seien alle Therapeuten, die nicht Lehranalysen anbieten, inkompetente Nullen!»

Martin wirkte äusserst vergnügt. «Allerdings. Ich erinnere mich gern und lebhaft daran, wie du ihm Kontra gegeben hast. Das Glas Prosecco auf nüchternen Magen hat dabei nichts besser gemacht. Ihr seid nicht als Freunde auseinandergegangen.»

Ich spürte, wie meine Ohren zu glühen begannen. «Ich hatte ja keine Ahnung, dass das Adrian Wyss war. Der hat mit der INTPERS-Studie zu tun?»

Die INTPERS-Studie war das gehätschelte Lieblingskind von Rudolf Blanc, dem Direktor der Klinik Eschenberg, wo ich als Oberärztin arbeitete. Rudolf Blanc hatte sich vorgenommen, das noch recht neue, mittlerweile stark beforschte Gebiet der Internet-Psychotherapie, bei der die Behandlung nicht über direkte Gespräche, sondern via E-Mails oder Chat geführt wurde, um ein paar pikante Details zu bereichern, einerseits dadurch, dass er im Gegensatz zum üblichen Vorgehen nicht auf die modernere, stark strukturierte Verhaltenstherapie, sondern auf eine klassische analytische Psychotherapie setzte, andererseits aber auch, indem er sich auf die Behandlung der Borderline-Persönlichkeitsstörung fokussierte. Und damit hatte er das Interesse der fachspezifischen Öffentlichkeit gewonnen, denn bislang war man sich weitgehend einig gewesen, dass schwerwiegende Störungen wie diese nur via persönlichem Kontakt behandelt werden konnten, dass eine Internet-Therapie, so meinten hitzige Gegner, sogar ein Kunstfehler und fahrlässig sei. Die INTPERS-Studie war also eine brisante Angelegenheit, in vielerlei Hinsicht.

«Aber Kassandra», rügte Martin genüsslich, «Adrian Wyss hat nicht nur mit der Studie zu tun, er ist einer der Studienleiter, und da er weithin berühmt und begehrt ist, ist er eines der prestigeträchtigsten Zugpferde von INTPERS. Er ist ein überaus enger Freund von Rudolf Blanc – das kann dir unmöglich entgangen sein.»

Mist. Ich war einfach zu wenig gut informiert.

«Und jetzt sitzt der ausgerechnet hier. Wie lästig.» Ich schoss einen kurzen Blick auf das Objekt unserer Erwägungen. Adrian Wyss blickte aus dem Fenster. Offenbar hatte er mich nicht bemerkt. Gut so. Ich hob meine Speisekarte und tauchte dahinter ab.

Das Essen war aussergewöhnlich. «Eine Geschmacksexplosion», wie Marc anerkennend fand. Die Kombination der Speisen, die Konsistenzen und Gerüche und Farben, allein schon die Dekoration, alles versetzte mich in Entzücken. Ich genoss den Abend in vollen Zügen. Lebhaft diskutierte ich mit Martin und Selma die neuesten Gerüchte aus der Klinik, und als Marc mit Martin eine ernste Abhandlung über die Stellung der Hausärzte in der Schweiz begann, erörterte ich mit Selma die neuesten Modetrends, die wir beide übereinstimmend läppisch fanden.

Ab und zu warf ich einen heimlichen Blick auf Adrian Wyss. Er unterhielt sich gedämpft mit seiner Begleiterin – den identischen Eheringen nach zu schliessen, musste es sich um seine Ehefrau handeln. Sie sprachen wenig. Streckenweise blickten sie minutenlang aus dem Fenster, ohne dass ihre Blicke sich trafen. Ihr Schweigen wirkte unbehaglich. Wyss war angespannt, ungeachtet seiner selbstbewussten Art und seines weltmännischen Auftretens. Eine unglückliche, zerrüttete Ehe? Ein Streit?

Unvermittelt trafen sich unsere Blicke. Ich bemühte mich um damenhafte Gelassenheit, hätte mir die Attitüde aber sparen können – er hatte mich offenbar nicht erkannt.

«Kein Rotwein für dich, Selma?», riss Marc mich kurz vor dem Hauptgang aus meinen Gedanken. «Du hattest schon keinen Weisswein – trinkst du keinen Alkohol?»

Ich blickte auf. Tatsächlich. Ich hatte gar nichts bemerkt.

«Marc», tadelte ich nachsichtig. «Das ist taktlos. Niemand muss sich erklären, weil er keinen Alkohol trinkt.»

Aber Selma lachte nervös auf. «Schon gut», meinte sie atemlos, und strich sich, plötzlich erhitzt, eine Haarsträhne aus dem Gesicht. «Es ist … Ich …» Sie warf Martin einen strahlenden Blick zu. «Ach, machen wir keine Geheimdienstaffäre daraus. Ich bin schwanger.»

Ein paar Sekunden lang herrschte Stille.

Dann sagte jemand: «Was? Das gibt es doch nicht! Selma! Was für eine Überraschung! Herzliche Gratulation! Das ist doch kaum zu fassen. Grossartige Sache! Kaum zu glauben. Schwanger! Was du für Sachen machst!»

Ich wunderte mich, von wem das sinnlose Gebrabbel kam. Dann musste ich zu meinem Entsetzen feststellen, dass die mechanisch heruntergespulten Worte aus meinem eigenen Mund drangen. Mein Kopf fühlte sich buttrig und leer an, und mein Herz pochte wild. Irgendetwas stimmte nicht mit mir.

«Das ist ja ein Knüller!», warf Marc ein. Impulsiv streckte er die Hand aus und drückte Selmas Rechte. «Das freut mich aber für euch!»

Selma leuchtete. Das Glück über die Enthüllung stand ihr ins Gesicht geschrieben. «Ach, es ist erst die achte Woche. Eigentlich sollte ich noch gar nichts sagen, aber bei euch …»

Anstand. Höflichkeit. Irgendwo mussten diese Programme doch abrufbar sein, verdammt. Ich hatte all das doch einmal gelernt.

«Achte Woche, das ist doch immerhin etwas. Es klappt sicher. Das ist schön für euch!» Gut so, dachte ich, als auch ich Selmas Hände ergriff und drückte, das klingt schon besser.

Ich wandte mich Martin zu. «Martin, mein Lieber. Auf deine alten Tage? Gut gemacht! Freut mich aufrichtig!» Doch, das tönte überzeugend. Warmherzig und anteilnehmend. Genau richtig. Wen kümmerte es, dass ich keine Luft bekam? Sicher nur wegen der Hitze im Raum. Es war ganz schön stickig.

Selma lächelte mit feuchten Augen in die Runde. Marc feixte zufrieden und klopfte Martin jovial auf die Schulter. Martin hingegen warf mir einen dieser Blicke zu, die mich an Röntgen-Strahlen erinnerten. Alles durchdringend. Ich schaute weg.

Irgendetwas war seltsam am Hauptgang, der soeben serviert worden war. Er schmeckte viel weniger gut als die Gänge zuvor. Pampig und eintönig.

Die Diskussion am Tisch bewegte sich in neuen Bahnen. Schwangerschaftsvorsorge, Krabbelgruppen und der Spagat, gleichzeitig Mutter und Berufsfrau zu sein. Ich bemühte mich nach Kräften, mich für das Thema zu begeistern.

Draussen war es dämmerig geworden. Ein aprikosenfarbener Schimmer erleuchtete die Luft. Die waldigen Hänge wirkten dunkler, düsterer als zuvor.

Ein melodischer Klingelton durchdrang die friedliche Stimmung im Raum. Adrian Wyss zuckte zusammen, griff in sein perfekt geschnittenes Jackett und holte ein Mobiltelefon hervor. Stirnrunzelnd blickte er auf das Display.

«Verzeih, Liebling. Ich muss zurückrufen», murmelte er halblaut. «Könnte wichtig sein.» Er erhob sich, zog sein Jackett aus und hängte es an seinen Stuhl, ehe er den Raum verliess, den besorgten Blick auf sein Smartphone gerichtet, ohne seine Frau noch einmal anzusehen.

Ich wunderte mich. Warum zog er sein Jackett aus?

Unser Hauptgang wurde abgeräumt. Es folgte die Käseauswahl, danach wurde das Dessert gebracht. Ich war satt und hatte keine grosse Lust mehr, schob die Hälfte meines Nachtischs zu Marc hinüber.

Die Nacht brach herein. Das Gespräch an unserem Tisch hatte die unvermeidliche Wendung genommen – Sport. Desinteressiert liess ich die fachkundigen Erörterungen zu Tennis,

Fussball und Golf über mich ergehen. Selma schien sich auszukennen, sie beteiligte sich engagiert an dem Wortwechsel.

Ich hatte kein Ohr für ihre Fachsimpeleien. Meine Aufmerksamkeit war auf den Tisch gegenüber gerichtet.

Adrian Wyss war nicht zurückgekehrt. Seine Frau, bis vor kurzem entspannt und in Gedanken versunken, liess Zeichen zunehmender Anspannung erkennen. Sie hatte ihr eigenes Mobiltelefon aus ihrer Abendhandtasche geholt und offenbar mehrfach erfolglos Anrufe getätigt. Jetzt blickte sie besorgt um sich, zum Ausgang hin, nach draussen in die Nacht. Dann schien sie einen Entschluss zu fassen. Sie rief den Chef de Service, verlangte die Rechnung, die sie achtlos unterzeichnete, sobald sie ihr gebracht worden war. Dann erhob sie sich rasch, griff nach ihrer Tasche und dem Jackett ihres Mannes und verliess eilends den Raum.

Es war bereits halb elf, und die Nacht war vollkommen dunkel – bis auf den geheimnisvoll beleuchteten Wasserfall, die erleuchteten Hotelfenster und vereinzelte Kugellaternen, die nicht viel gegen die Finsternis ausrichten konnten. Ich stand auf der Terrasse, allein, lauschte dem Tosen des Wassers und hing meinen Gedanken nach. Marc war nach dem Essen nach oben ins Zimmer gegangen, um einen Anruf zu beantworten, Selma war müde gewesen, und Martin hatte sie in ihr Zimmer begleitet.

Es war kühl geworden, aber ich spürte es kaum.

Schritte hinter mir schreckten mich auf, und ich wandte mich um. Es war Martin, der im Zwielicht der Terrasse auftauchte und zwischen den Gruppen von Tischen und Stühlen auf mich zukam, mit zwei Gläsern in der Hand.

«Weisser Portwein?», fragte er und hob das Glas in seiner Rechten.

«Ja bitte.» Ich ergriff es und nahm einen kleinen Schluck, wobei ich angelegentlich seinem Blick auswich.

«Alles in Ordnung, Kassandra?», fragte er sachte.

«Aber sicher. Es war ein schöner Abend. Das Essen war ausgezeichnet.»

Er schwieg eine Weile neben mir, den Blick wie ich auf die erleuchteten Giessbachfälle gerichtet. Es war ein unbehagliches Schweigen. Ich ahnte, was kommen musste.

«Selma ist schon schlafen gegangen. Sie ist immer so müde in letzter Zeit. Nun ja, das ist verständlich, oder?»

«Absolut», bestätigte ich mit neutraler Stimme.

Erneut Schweigen. Dann: «Die Schwangerschaft war nicht geplant. Aber wir haben auch nicht alles darangesetzt, sie zu verhindern. Es war einer dieser Schicksalsentscheide. Wenn es so sein soll, dann passiert es.»

«Es fällt mir schwer zu begreifen, wie man heutzutage Schwangerschaften einfach geschehen lassen kann. Die Möglichkeiten der Antikonzeption sind nahezu perfekt.» Ich klang giftig und bereute meine Worte, sobald sie draussen waren. «Freust du dich?», fragte ich freundlicher.

Er überlegte. «Ja», sagte er dann. «Ich freue mich.» Endlich wandte er sich zu mir um und sah mich an. Seine Augen schimmerten im Widerschein einer erleuchteten Fensterreihe.

Ich drehte mich wieder von ihm weg, starrte auf das ferne Wasser und nippte an meinem Glas. «Es ist schön für dich. Für euch.»

«Kassandra!» Er packte mich an der Schulter. «Schau mich an! Himmel, du bist ganz kalt. Willst du mein Jackett?»

Ich schüttelte den Kopf und beschloss, die Sache hinter mich zu bringen. «Ich habe ungeschickt reagiert, als Selma mit der Sache rausgerückt ist. Es tut mir leid, Martin. Ich war einfach überrascht. Ich freue mich für euch. Du hast es verdient, eine Familie zu haben, und Selma ist die Richtige für dich. Alles Gute.»

Ich sah seine Zähne aufleuchten. «Kassandra, du klingst wie eine mässig begabte Nachrichtensprecherin. Was denkst du wirklich?»

Ich prustete ungeduldig und trat ein paar Schritte von ihm weg. Beherzt kippte ich den Rest meines weissen Portos herunter. «Was ich wirklich denke? Nun gut, bitte sehr. Selma ist ein nettes Mädchen. Sie ist schön und klug und liebenswert. Aber eine Schwangerschaft, nach nur einem halben Jahr Beziehung? Ihr wohnt noch nicht einmal zusammen. Es kommt mir so unreif vor. Und ich bitte dich, Martin. Du bist zweiundvierzig. Jetzt noch ein Kind? Ich bin sechsunddreissig und möchte nicht noch einmal von vorne anfangen. Hast du dir das wirklich überlegt? Oder bist du ein Opfer deiner Hormone?»

Als er keine Antwort gab, machte ich eine ausladende Geste mit meinem leeren Glas. «Du wolltest es wissen, nun beklag dich nicht.»

«Du bist eifersüchtig.» Seine Stimme klang ruhig.

Ich hob sarkastisch die Augenbrauen. «Ach ja?»

«Ja.» Sein Mund verzog sich zu einem seltsamen Lächeln, verzerrt durch die tiefen Schatten in seinem Gesicht. «Dieses Kind besiegelt die Beziehung zwischen Selma und mir. Und das gefällt dir nicht.»

Es gab nichts, was ich dazu sagen konnte. Also schwieg ich.

Hinter uns bewegte sich etwas. Ich wandte mich benommen um und erkannte die Gestalt einer Frau. Eilig ging sie um das Hotel herum. Ihre hohen Absätze klapperten auf dem Asphalt, und im Widerschein der starken Taschenlampe, die sie umklammert hielt, schimmerte moosgrüne Seide. Die Frau von Adrian Wyss.

«Kassandra?»

«Ja?»

«Du wirst dich daran gewöhnen. Ich habe mich auch daran gewöhnt. Es wird mit der Zeit besser. Ein wenig zumindest.» Sein Tonfall, in gleichem Masse tröstlich und resigniert, brachte mich zum Lächeln.

Das Hotelportal öffnete sich, und eine Gestalt kam die Treppe herunter.

«Donnerwetter nochmal, ist das dunkel da unten. Ka? Bist du das da draussen?»

«Wenn ich es nicht wäre, würde ich dich für einen betrunkenen Verrückten halten», rief ich Marc zu. «Martin ist auch hier. Wir bewundern die Skyline.»

Martin passte sich gewandt der neuen Situation an. «Fertig mit deinem Anruf?», erkundigte er sich höflich.

Marc nickte. «Familienangelegenheiten. Tante im Spital, Pneumonie. Aber der Verlauf ist gut.» Dann veränderte sich seine Stimme. «Und du hast allen Ernstes vor, morgen früh vor dem Frühstück joggen zu gehen? Hier, auf dem Gelände? Komm schon, so verrückt kannst nicht einmal du sein.»

Die beiden kabbelten sich, aber ich hörte nicht hin. Mit gerunzelter Stirn verfolgte ich, wie ein hüpfender Lichtstrahl auf dem ansteigenden Weg zu den Wasserfällen auftauchte, verschwand und von neuem erschien.

«Marc? Martin?»

Die beiden wandten sich mir zu, folgten mit ihren Blicken der Richtung meines ausgestreckten Armes.

«Was ist los?»

«Seht ihr den Lichtfleck da? Dort! Er taucht gerade wieder auf.»

Marc kniff die Augen zusammen. «Ich kann nichts sehen.»

Aber Martin hatte ihn entdeckt. «Wahrscheinlich ein

nächtlicher Wanderer. All das Wasser im Dunkeln ist zweifellos eindrücklich.»

Ich schüttelte nachdenklich den Kopf. «Seht ihr, wie der Lichtstrahl hin und her schwenkt? Da sucht jemand etwas.» Ich wandte mich an Martin. «Ich glaube, das ist die Frau von Adrian Wyss. Sie ist vor wenigen Minuten an uns vorbeigegangen, mit einer gewaltigen Taschenlampe in der Hand, aber in Stöckelschuhen.»

Marc schien verwirrt zu sein, aber Martin musterte mich neugierig. «Tatsächlich? Was könnte sie da oben wollen?»

Ich zuckte die Achseln. «Vielleicht sucht sie ihren Mann. Er ist während des Essens verschwunden und nicht wieder aufgetaucht.»

Marc und Martin wechselten Blicke. Marc wirkte zweifelnd, Martin alarmiert. Der Lichtschein war im waldigen Gelände verschwunden. Ich spürte, wie böse Ahnungen mich beschlichen.

«Es hilft nichts, wir müssen nachsehen», entschied Martin schliesslich. «Kassandra, warte hier. Wir sind gleich wieder zurück.»

«Das könnt ihr vergessen», entgegnete ich energisch, und raffte mein langes Kleid aus schwingendem Seidenchiffon – schwerlich die geeignete Ausrüstung für nächtliches Bergsteigen. «Ich komme mit.»

Der Anstieg war in der drückenden Dunkelheit erheblich beschwerlicher, als er noch am Nachmittag gewesen war, und die glatten Sohlen meiner Abendschuhe waren keine Hilfe. Fluchend schlitterte ich über losen Kies, feuchtes Holz und glitschigen Fels, das Tosen des Falles drohend zu meiner Rechten. Oberhalb der steinernen Brücke lag der Weg fast völlig im Dunkeln. Unisono griffen wir alle drei zu unseren Smartphones, und ich aktivierte die Taschenlampenfunktion, ungeduldig eine Meldung über eingegangene Anrufe und SMS wegdrückend. Der Lichtschein war schmal, aber besser als nichts.

Wir erklommen den steilsten Teil des Pfades, und ich richtete keuchend meinen kümmerlichen Lichtstrahl mal nach links, mal nach rechts in die moosige Umgebung, in der Hoffnung, irgendwo eine Spur der Frau zu entdecken, die wir suchten. Nichts.

Fast oben angelangt, strauchelte ich über eine flache Steinstufe, die ich übersehen hatte. Erschrocken klammerte ich mich an der metallenen Wegumzäunung fest, zog mich hoch. Und entdeckte etwas.

«Da vorne. Der Lichtstrahl!»

Hastig stürmten wir vor. Dort, wo der Weg seine letzte Biegung vor dem Aussichtspunkt machte, irrlichterte ein Lichtstrahl von unten her durch die Nacht. Martin war als Erster am Zaun, blickte nach unten und schrie überrascht auf. Marc folgte, und ich erreichte die Biegung als Letzte.

Zuerst begriff ich nicht, was ich sah. Einige Meter unter uns hing die Frau im grünen Kleid im Steilhang, schreiend, schluchzend, um sich greifend, im aussichtslosen Versuch, durch das Gestrüpp von toten Ästen und jungen Bäumen nach unten zum Wasser zu kommen. Was um alles in der Welt macht sie da, dachte ich verwirrt.

Dann sah ich ihn. Ein weisser Fleck am Rande des steinigen Wasserbeckens in der Tiefe, angeschwemmt, halb auf einem groben Felsen liegend. Ich blinzelte. Erkannte leblose Arme, unwirklich weiss schimmernd im gespenstischen Licht der Scheinwerfer, Beine in dunklen Hosen. Unter der Wasseroberfläche erahnte ich einen Schopf dunklen Haares, der leise in der Strömung trieb.

2. Kapitel

Die Hotelhalle atmete den Charme vergangener Zeiten. Transparente gelbe Vorhänge an hohen Fenstern, mit Brokat bezogene Sessel und Sofas, Kronleuchter, filigrane Tischchen mit geschwungenen Beinen. Das Teeservice, das vor mir auf einem Couchtisch stand, trug das verschnörkelte Monogramm des Grandhotels. Das Einzige, was die nostalgische Atmosphäre störte, war die Anwesenheit der Polizei.

Ich sass auf einem Sofa in einer Nische, vorgebeugt, in eine Decke gehüllt. Martin hatte sie einem Mitarbeiter des Care-Teams der Polizei abgenommen, aber dankend auf psychologischen Beistand verzichtet, mit der Begründung, wir seien diesbezüglich Selbstversorger.

Es war halb ein Uhr nachts. Mir kam es vor, als würden wir schon seit Ewigkeiten hier sitzen, festgeklebt in dieser beschaulichen Sitzecke, vom Hotel unentgeltlich verpflegt mit warmen Getränken und diskreter Aufmerksamkeit. Es schien, als lägen die Szenen am Wasserfall Stunden, sogar Tage zurück. Nur verschwommen trieben mir Erinnerungsfetzen durch den Kopf. Martin, der mit Marcs Hilfe die widerstrebende, dreckstarrende Frau des Opfers aus dem Hang geholt hatte. Das taube Zittern meiner Finger, als ich die Notrufnummer der Polizei gewählt hatte, meine zusammenhangslose Schilderung der Ereignisse. Die gequälten Schreie der Frau im grünen Kleid. Ihr Flehen, man möge ihren Mann retten. Adrian Wyss, der leise schaukelnd im Wasser getrieben hatte, seltsam friedlich – nur ein rosaroter Schimmer auf seinem ehemals blendend weissen Hemd und die unnatürliche Position seiner Arme und Beine hatte die Verletzungen erahnen lassen, die sein Sturz in die felsige

25

Tiefe nach sich gezogen hatte. Er musste sofort tot gewesen sein. Das hoffte ich zumindest.

Wir waren hier gesessen und hatten beobachtet, wie eine aufgelöste Verwandte der Frau an der Rezeption erschien, mit wirrem Haar und verschrecktem Blick. Sie war ins Zimmer des Verstorbenen verwiesen worden, wo sich das Care-Team bereits um Frau Wyss kümmerte. Zuerst waren uniformierte Polizisten aufgetaucht, wahrscheinlich aus Brienz, und hatten unsere Personalien und eine knappe Schilderung des Geschehenen zu Protokoll genommen, später ein Regionalfahnder in Zivil, der ernst, wichtig und beschäftigt umhereilte.

Die Hotelhalle war für die späte Stunde erstaunlich dicht bevölkert. Ein gutes Dutzend Gäste sass im Raum, locker verteilt auf die Sitzgruppen, Gläser oder Tassen vor sich. Allerdings war keine Sensationslust spürbar, keine Gier nach reisserischen Neuigkeiten. Vielmehr wirkte es, als warteten wir alle auf etwas Bestimmtes, etwas Notwendiges, als wäre das schweigende Ausharren eine Art Tribut, als hielten wir Wache.

Marc, Martin und ich schwiegen meist und hielten uns, wie man angeordnet hatte, zur Verfügung. Die Zeit verrann langsam.

Widerstrebende Gefühle beherrschten mich. Betroffenheit und Schrecken angesichts des an diesem lieblichen Ort brutal einbrechenden Todes. Tiefes Mitgefühl mit der Frau, deren letztes Abendessen mit ihrem Mann so verkrampft und lieblos gewesen war, wie letzte gemeinsame Abendessen und letzte gemeinsame Minuten es niemals sein dürften. Und eine nagende, fast fiebrige Neugier. Was war hier geschehen? Warum hatte Adrian Wyss seinen Tisch so überraschend verlassen? Mit wem hatte er telefoniert? Wie war er zu Tode gekommen? Und warum hatte er dieses Jackett ausgezogen?

Die letzte Frage, obgleich ein lächerliches Detail, beschäftigte mich am meisten. Ich wandte mich an meine zwei Begleiter.

«Warum zieht man sein Jackett aus, wenn man seinen Tisch verlässt, um nach draussen zu gehen?»

Marc hob langsam die Schultern. «Weil einem heiss ist, vermute ich?»

«Aber er hat das Jackett im Restaurant den ganzen Abend anbehalten.»

«Das macht man so», schaltete sich Martin ein. «Man mag über Adrian Wyss denken, was man will, aber er hatte Stil und Klasse. Sein Jackett beim Abendessen auszuziehen, wäre ihm unerhört salopp vorgekommen.»

Ich lächelte matt, in Erinnerung daran, wie Marc seine Anzugsjacke im Restaurant sofort ausgezogen und die verhasste Krawatte gelockert hatte, während Martin stoisch in seiner würdevollen Vollmontur verblieben war. Keine Frage, wer von beiden der Geschliffenere war. Mittlerweile war auch von Martins gepflegter Eleganz nicht mehr viel übrig. Die unverhoffte Kletterpartie hatte seinen Anzug ruiniert, seine Schuhe starrten vor eingetrockneter Erde. Marc sah keinen Deut besser aus.

«Ich denke trotzdem, dass ihm heiss war. Auch ein Mann mit Stil und Klasse überhitzt sich bisweilen», gab Marc leicht angriffig zurück.

Ich überging das. «Er hat einen Anruf bekommen, und dann wurde ihm auf einmal heiss. Ich frage mich wirklich, von wem dieser Anruf kam ...»

Marc drehte sich abrupt zu mir um, die Stirn in unheilvolle Falten gelegt, der Blick drohend. «Ka!» Seine Stimme erinnerte an Donnergrollen. «Ich warne dich. Nicht das schon wieder.»

Er richtete seinen Zeigefinger auf mich wie ein Bajonett, ungefähr so, wie er es bei unseren Töchtern tat, wenn sie entschieden zu weit gegangen waren. «Dies hier ist ein bedauerlicher Unglücksfall. Wir werden den Behörden in jeder erdenklichen Weise Unterstützung bieten, indem wir akkurat alles aussagen, was wir wissen. Und dann werden wir unserer Wege gehen. Hast du mich verstanden?» Sein Zeigefinger rückte noch ein Stück näher an meine Nasenspitze, und er sprach betont langsam und überdeutlich. «Das. Geht. Uns. Einen. Feuchten. Kehricht. An.»

Ich nickte vage. Meine Aufmerksamkeit wurde abgelenkt durch das Erscheinen eines der beiden Uniformierten, eines hageren Mannes mittleren Alters. Er blieb in respektvoller Distanz zum Regionalfahnder stehen, der an der Rezeption ein lebhaftes Telefongespräch führte, aber seine Haltung vermittelte gespannte Dringlichkeit. Dies schien auch dem Fahnder aufzufallen, der ihm einen kurzen Blick zuwarf und sein Gespräch dann rasch beendete.

Ich verstand kein Wort von ihrer leisen Unterhaltung, hörte nicht mehr als undeutliches Gemurmel. Aber ich konnte sehen, wie der Uniformierte seinem Gegenüber ein Blatt Papier reichte, dann ein Klemmbrett. Der Regionalfahnder las erst das eine, anschliessend das andere. Dann blickte er den Uniformierten wortlos an. Der nickte.

Das sah ungeheuer interessant aus. Ich reckte begierig den Hals, zog ihn aber sofort wieder ein, als Marc neben mir sich tadelnd räusperte. Ich hörte Martin an meiner anderen Seite leise in sich hineinlachen.

Nach einem erneuten Wortwechsel setzte sich der Fahnder in Bewegung. Er kam auf uns zu. Ich setzte mich gerade hin.

«Guten Abend. Mein Name ist Riesen.» Mit einem leutseligen Lächeln schüttelte der Mann uns nacheinander die Hand.

Er war hellblond, massig und schwitzte ein wenig. «Herr und Frau Bergen und Herr Rychener, richtig? Sie sind die drei Zeugen, die das Opfer und seine Ehefrau oben beim Giessbachfall gefunden haben?»

Seine Fragen waren kurz und sachlich. Wann wir das Opfer zum ersten, wann zum letzten Mal gesehen hätten. Ob uns etwas aufgefallen sei. Aus welchem Grund wir so spät nachts und in Abendgarderobe noch zum Wasserfall hochgestiegen seien.

«Sie haben den Lichtstrahl der Taschenlampe erkennen können?» Er musterte mich scharf. «Auf diese Entfernung?»

Ich zuckte die Achseln. «Nur solange Frau Wyss auf einigermassen offenem Gelände unterwegs war. Danach war das Licht verschwunden. Die Taschenlampe war recht gross, also denke ich, dass der Lichtstrahl entsprechend leuchtstark und damit besser sichtbar gewesen sein muss. Das machte es leichter.»

Er nickte bedächtig. «Sie hat sich die Taschenlampe an der Rezeption ausgeliehen, als sie ihren Mann im Hotel nicht finden konnte. Aber dass Ihnen das aufgefallen ist …»

Irgendetwas an seinem Blick gefiel mir nicht. Ich erwiderte nichts.

«Und wie kam es, dass Sie sich entschlossen, dort hinaufzugehen und nach dem Rechten zu sehen?» Wieder musterte er mich scharf.

Ich holte tief Luft. Warum fühlte ich mich wie eine Verdächtige? «Ich hatte ein ungutes Gefühl.»

«Ein Gefühl, sagen Sie?»

Langsam ging er mir auf die Nerven. «Hören Sie, ich habe beobachtet, wie Adrian Wyss aus dem Restaurant verschwunden und nicht zurückgekehrt ist. Ich habe mitbekommen, wie seine Frau das Lokal sichtlich beunruhigt verlassen hat. Eine halbe Stunde später sehe ich die Frau in Stöckelschuhen und mit einer enormen Taschenlampe bewaffnet hastig den Weg hochgehen. Das sah für mich nicht gerade nach einer entspannten Nachtwanderung aus.»

«Sie waren allein, als Frau Wyss an Ihnen vorbeigegangen ist?»

«Nein. Herr Rychener war auch dabei.»

«Aber zuvor waren Sie allein draussen, wie Sie sagten?»

Ich sah ihn verwundert an. «Ja. Eine Weile.»

«Wie lange genau war diese Weile?»

Ich öffnete verblüfft den Mund. Was hatte das mit der Sache zu tun? «Eine Viertelstunde vielleicht? Zwanzig Minuten?»

«So. Ah.» Er machte sich ein paar Notizen. Dann sah er wieder zu mir auf. «Sie sind Psychiaterin? Wie das Opfer?»

«Allerdings. Und Herr Rychener hier ebenso», entgegnete ich kühl, «um der Vollständigkeit Genüge zu tun.»

Er ignorierte den Einwurf. «Sie kannten das Opfer?» Es klang aggressiv.

Ich hob die Augenbrauen. «Nein. Das heisst, ja, in gewisser Weise. Ich habe einmal an einem Anlass ein paar Worte mit ihm gewechselt.» Martin neben mir hüstelte verhalten. «Aber da wusste ich nicht einmal, wer er war und wie er hiess. Er war für mich ein Unbekannter. Heute Abend habe ich ihn erst wiedererkannt, als Herr Rychener mich auf ihn aufmerksam machte.»

«So», meinte Riesen abermals. Er starrte mich an, durchdringend. Dann schwenkte er um. «Ihr Name ist Kassandra Bergen?»

«Exakt.»

«Kein häufiger Name, oder?»

«Zum Glück nicht», entgegnete ich bissig. Ich mochte meinen Vornamen nicht besonders.

«Wie lautet die Nummer Ihres Mobiltelefons?»

Ich starrte ihn ungläubig an. Was um alles in der Welt sollte das? Ratlos wechselte ich einen Blick mit meinem Mann.

«Frau Bergen, ich habe Sie etwas gefragt. Wie lautet die Nummer Ihres Mobiltelefons?»

Ich nannte sie ihm.

«So», stiess er zum dritten Mal aus. Der Ausdruck grimmiger Befriedigung in seinem Gesicht gefiel mir gar nicht.

«Und nun sagen Sie mir, Frau Bergen», er starrte auf das Blatt Papier, das sein uniformierter Kollege ihm zuvor überreicht hatte, «wie es kommt, dass Adrian Wyss heute Abend um neun Uhr siebenundvierzig erfolglos versucht hat, Sie auf Ihrem Mobiltelefon zu erreichen?»

Mir klappte der Mund auf.

«Was sagen Sie da?», warf Marc neben mir beunruhigt ein.

Riesen wandte den Blick nicht von mir ab. «Sie haben mich verstanden, Frau Bergen. Wir haben die Daten auf Anordnung des zuständigen Staatsanwalts von der Swisscom erhalten. Es gibt keinen Zweifel.»

Ich brachte kein Wort heraus. Langsam, wie in Zeitlupe, griff ich nach der schwarzen Abendhandtasche, die ich achtlos neben mich auf das Sofa geworfen hatte. Holte mein Mobiltelefon heraus. Und starrte auf das Display.

«Nun?», herrschte Riesen mich an.

Ich schüttelte hilflos den Kopf. Statt ihm zu antworten, drehte ich die Anzeige meines Smartphones in seine Richtung. Deutete fragend auf die mir unbekannte Telefonnummer, die in meiner Anrufliste unter «nicht beantwortete Anrufe» aufgeführt war. 21.47 Uhr.

Riesen nickte.

«Ich habe keine Ahnung», stiess ich krächzend hervor. «Woher konnte Adrian Wyss meine Nummer haben? Und warum hat er versucht, mich anzurufen?»

«Ja», entgegnete der Fahnder leise. «Das ist die Frage, nicht wahr?»

3. Kapitel

Ich fühlte mich wie im Innern eines Alptraums.

Regionalfahnder Riesen hatte seiner Profession in dieser Nacht alle Ehre gemacht und mich nach allen Regeln der Kunst in die Mangel genommen. Mein Wissen darum, dass ich nichts zu verbergen hatte, dass mich nicht die geringste Kleinigkeit mit dieser Sache verband, hatte immerhin verhindert, dass ich in hysterische Tränen ausgebrochen war, aber nicht viel mehr. Und auch nachdem Marc meinem Inquisitor nach fast einer Stunde Kreuzverhör polternd angedroht hatte, umgehend ein Arztzeugnis zwecks Bescheinigung meiner reduzierten Urteilsfähigkeit infolge Schlafmangels und Erschöpfung auszustellen, hatte Riesen nicht danach ausgesehen, als ob er seine Hauptverdächtige so leicht von der Angel lassen wollte. Mit stählernem Blick hatte er mir eine eingehende Befragung in den nächsten Tagen in Aussicht gestellt, für die ich mich bitteschön zur Verfügung zu halten hätte, ehe er mich entliess.

Ich hatte in den wenigen Stunden, die von der Nacht noch übriggeblieben waren, kaum geschlafen, mich zittrig und überreizt im Hotelbett hin und her gewälzt, dem Wasserfall gelauscht, dessen Tosen in der Dunkelheit seltsam bedrohlich gewirkt hatte, und erfolglos versucht, meine Panik zu dämpfen. Ich hatte nichts getan. Meine Güte, ich hatte nichts getan! Was konnte mir schon passieren?

Das Frühstücksbuffet am Sonntagmorgen hatte keiner von uns wirklich geniessen können. Ich hatte mich wie ausgehöhlt gefühlt und kaum etwas gegessen, Marc hatte mich besorgt gemustert, und Martin hatte tapfer versucht, mit amüsanter Konversation sowohl die entsetzte Selma zu beruhigen wie auch mich und Marc aufzuheitern. Er war chancenlos gescheitert. Unmittelbar nach dem Frühstück waren wir aufgebrochen, dankbar, dem Schauplatz der Tragödie den Rücken kehren zu können.

Und nun stand ich an der Loge der Psychiatrischen Klinik Eschenberg, und meine Hoffnung, dass die Alltäglichkeit dieses Montagmorgens, die tröstliche Arbeitsroutine mir helfen würden, wieder Boden unter die Füsse zu bekommen, verflüchtigte sich mit dem Anblick zweier Uniformierter, die neben mir auftauchten und mit einem Handzeichen die Aufmerksamkeit der Empfangsdame auf sich zogen.

Ich merkte, wie mein Herzschlag aussetzte. Fahrig griff ich nach meinem Diensthandy, das die Frau am Schalter mir automatisch über die Theke zuschob, während sie gleichzeitig die Polizisten nach ihrem Anliegen fragte.

«Wir möchten gerne den Direktor sprechen.»

«Doktor Blanc ist heute Vormittag abwesend.»

«Und der Chefarzt?»

«Doktor Leutwyler, der ärztliche Direktor? Der ist im Haus. Haben Sie einen Termin?»

«Leider nein. Aber wir kommen in einer dringlichen Angelegenheit. Es geht um einen ungeklärten Todesfall, der möglicherweise mit dieser Klinik in Zusammenhang steht. Wenn es also möglich wäre …»

Die Empfangsdame wirkte erschrocken. Gehorsam setzte sie sich an die Telefonzentrale, um das Sekretariat des Chefs anzuwählen.

Mechanisch setzte ich mich in Bewegung, verliess die Loge, betätigte die Stempeluhr im Gang und rief den Lift zu meinem Büro, als wäre alles in Ordnung. Aber meine Gedanken rasten. Was sollte das?

Ich taumelte in mein Büro, als wäre ich betrunken. Ich war zu nichts zu gebrauchen. Ich stolperte über den Teppichrand, stiess die Teetasse auf meinem Pult um. Diese ging prompt zu Bruch, und ich fügte mir beim hastigen Zusammenwischen der Scherben eine Schnittverletzung am Finger zu. Während ich in meiner Handtasche nach einem Pflaster kramte, war ich den Tränen nah.

Den Oberarztrapport auf meiner Station, einer offenen Abteilung für Suchterkrankte, liess ich halb in Trance an mir vorüberziehen. Petra Müller, meine Assistenzärztin, schien zu merken, dass lediglich meine äussere Hülle am Tisch präsent war, und übernahm ungefragt die Führung, traf die notwendigen Entscheidungen mit einem fragenden Seitenblick in meine Richtung. Ich quittierte alles mit einem knappen Nicken. Sie hätte mir eine Blankovollmacht für mein Sparkonto abnehmen können, ich hätte es nicht gemerkt.

In dem allgemeinen Gewimmel vor dem grossen Rapport traf ich auf Martin Rychener, der eben seinen Platz an der Seite des Chefs einnehmen wollte, aber davon absah, als ich ihn drängend am Hemdsärmel zupfte.

«Was ist los?»

Ich schilderte ihm im Flüsterton die neue Situation. «Was soll ich tun? Ich halte diese Ungewissheit nicht aus!»

Er sah mich an, als wäre ich eine minderbegabte Dreijährige. «Frag den Chef, was sie gewollt haben. Komm schon, Kassandra. Das kann doch nicht so schwer sein.»

Oh. Natürlich.

Nach dem Rapport schritt ich zur Tat. «Bernhard? Hast du eine Minute für mich?»

Bernhard Leutwyler hob den Kopf. Ich fand, dass er mitgenommen aussah. «Muss es jetzt gerade sein?»

«Jetzt gerade. Unverzüglich. Ohne Aufschub.»

Eine Minute später sassen wir in seinem Büro. Mein Chef liess sich von seiner Sekretärin einen Espresso bringen, da er ja,

wie er säuerlich anmerkte, wegen mir das gemeinsame Kaffee-
trinken mit den anderen Oberärzten verpasste.

Ich überging das. «Bernhard, was wollten die beiden Polizisten heute morgen von dir?»

Er liess verblüfft seine Tasse sinken, die er eben hatte
zum Mund führen wollen. «Woher weisst du davon?» Dann
verschloss sich seine Miene. «Es handelt sich um eine heikle
Angelegenheit. Ich glaube nicht, dass ich darüber Auskunft
geben darf.»

Flucht nach vorne, gebot ich mir. «Die heikle Angelegenheit
war der mit an Sicherheit grenzender Wahrscheinlichkeit unnatürliche Todesfall von Adrian Wyss in der Nacht von Samstag
auf Sonntag auf dem Areal des Grandhotels Giessbach?»

Bernhard knallte seine Tasse klirrend auf die Untertasse.
Kaffee schwappte über seine Hand. Ich wertete dies als Zustim-
mung und fuhr fort. «Ich war dabei. Zusammen mit Marc,
Martin Rychener und Selma Vogt habe ich im gleichen Restaurant wie Wyss zu Abend gegessen. Und ich habe ihn tot in diesem Becken liegen gesehen.»

Ich befeuchtete meine Lippen, unsicher, ob ich mehr sagen
sollte. Entschied mich dafür.

«Aus Gründen, die ich nicht verstehe, hat Adrian Wyss
mich kurz vor seinem Tod angerufen. Ich habe keine Ahnung,
woher er meine Nummer hatte, geschweige denn, warum er
mit mir sprechen wollte. Ich kannte ihn überhaupt nicht. Aber
für die Polizei war es ein gefundenes Fressen.» Meine Stimme krächzte, als ich fortfuhr: «Ich stehe unter Verdacht. Und
obwohl ich weiss, dass ich nichts mit all dem zu schaffen habe,
macht mir das eine Heidenangst.»

Bittend lehnte ich mich vor. «Ich wäre froh, wenn du mir
sagen könntest, was die beiden von dir gewollt haben. Geht es
um mich?»

Bernhard schwieg. Eine ganze Weile sah er mich nur an, mit einem seltsamen Ausdruck im Gesicht, den ich nicht deuten konnte. War es Zweifel? Mitleid? Dann räusperte er sich bedächtig.

«Nein. Es ging nicht um dich.»

«Worum dann?», drängte ich, halb erleichtert, halb irritiert.

Wieder zögerte er. Dann griff er in die oberste Schublade seines Schreibtisches.

«Du hast mit dem Pfeifenrauchen aufgehört, erinnerst du dich?», mahnte ich streng. «Denk nicht einmal daran!»

Ein breites Lächeln erschien auf seinem Gesicht. «Touché. Du kennst mich gut.» Er lehnte sich in seinem Sessel zurück. Dann schien er eine Entscheidung zu treffen.

«Sie waren hier, weil Adrian Wyss in der Nacht seines Todes einen Anruf aus der Klinik erhalten hat. Es ist unklar, von welchem Apparat aus der Anruf getätigt wurde. Du weisst, egal woher innerhalb der Klinik ein Anruf kommt, es wird immer nur die Hauptnummer angezeigt – damit die persönlichen Suchernummern des Personals nicht öffentlich werden. Deshalb haben die beiden Beamten mich gefragt, ob ich etwas wisse. Und ob ich klären könnte, ob einer der Ärzte das Telefonat geführt habe. Ob jemand Wyss in seiner Eigenschaft als Psychiater angerufen haben könnte.»

Ich hatte das Gefühl, als hätte ich einen Elektrozaun berührt. Ich stand unter Strom. Mühsam beherrschte ich meine Stimme. «Weisst du, wann der Anruf getätigt wurde?»

«Um 21.25 Uhr.»

Impulsiv sprang ich auf. «Und da sitzt du noch so rum?», fragte ich den verdatterten Bernhard, der ungläubig zu mir aufsah. Mit scheuchenden Handbewegungen wedelte ich ihn aus seiner sitzenden Position hoch. «Na los! Hoch ins Oberarzt-Café! Befrag deine Leute! Ich will unbedingt wissen, was das für ein Anruf war!»

Der weitere Arbeitstag verlief wechselhaft.

Nach der Unterredung mit Bernhard war mir leichter ums Herz. Es gelang mir zu meinem Erstaunen, mich einigermassen, wenn auch nicht im üblichen Masse auf meine Arbeit zu konzentrieren. Ich führte zwei Übertrittsgespräche, überprüfte Medikamentenverordnungen und korrigierte Berichte.

Beim Mittagessen unterhielt ich mich im Wisperton mit Martin über die neuesten Entwicklungen.

«21.25!», zischte ich ihm bedeutungsvoll zu. «Das muss der Anruf gewesen sein, für den Wyss das Restaurant verlassen hat!»

«Hat Bernhard schon herausgefunden, wer mit Wyss telefoniert hat?», erwiderte Martin, dem, wie er erläutert hatte, meine Heimlichtuerei dumm vorkam, in normaler Lautstärke.

«Schhhh!», mahnte ich mit nervösen Blicken nach links und rechts. «Nein.»

«Na, dann frag ihn doch.»

Das war allerdings nicht nötig. Kurz nach Mittag rief Bernhard mich selbst an.

«Hier spricht Dr. Watson», meldete er sich in ätzendem Tonfall. «Vermelde keine Fortschritte in den laufenden Ermittlungen. Der Assistenzarzt, der Samstagnacht Dienst hatte, weiss von nichts. Und auch sonst sind alle ahnungslos. Ich forsche weiter und stehe dienstbar zur Verfügung, Holmes.»

«Haha», entgegnete ich launig. Ich war über die Nachricht nicht überrascht.

Einen empfindlichen Dämpfer versetzte mir die ebenfalls telefonisch während eines Patientengesprächs überbrachte Nachricht, dass ich am Folgetag um drei Uhr nachmittags auf dem Polizeiposten von Weilen zur weiteren Befragung erwartet wurde. Bei dem Gedanken, erneut dem streitbaren Riesen in die Fänge zu laufen, wurde mir mulmig.

Um vier Uhr kam ich endlich in meinem Büro zur Ruhe. Ich holte eine Reservetasse aus dem Schrank, nachdem ich meine schönste zerschlagen hatte, brühte mir eine Kanne beruhigenden Verveine-Tee auf und dachte nach.

Um fünf vor halb zehn hatte Adrian Wyss einen Anruf aus der Klinik Eschenberg erhalten. Er war aufgestanden, hatte sein Jackett ausgezogen und das Restaurant verlassen, um zurückzurufen. Gut zwanzig Minuten später hatte er versucht, mich zu erreichen. Und irgendwann innerhalb der darauffolgenden Stunde musste er gestorben sein, oben bei den Wasserfällen.

Ich sah vor meinem inneren Auge ein Dreieck, in den Eckpunkten Adrian Wyss, die Klinik Eschenberg und ich. Was verband diese drei Elemente?

Ruckartig setzte ich mich auf. Ich weckte meinen Computer aus dem Ruhemodus und wählte die Liste aller Patienten meiner Station an. Neunzehn Namen in einer Reihe. Ich wählte den ersten und klickte mich durch die Einweisungsumstände zu der Rubrik «einweisender Arzt» durch. Fehlanzeige beim ersten, beim zweiten und beim dritten. Volltreffer bei der vierten. Marie Lanz, eine 42-jährige alkoholkranke Patientin, war bei Adrian Wyss in ambulanter Behandlung gewesen.

Der Vollständigkeit halber prüfte ich noch alle anderen Patienten, jedoch ohne Erfolg. Keine weiteren Übereinstimmungen.

Zufrieden lehnte ich mich in meinem Stuhl zurück. Das war doch immerhin etwas. Eine gemeinsame Patientin. Es gab eine vollkommen harmlose, unverdächtige Verbindung zwischen Adrian Wyss und mir.

Ich hatte mich eben erneut vorgelehnt, um die elektronische Akte von Marie Lanz genauer zu studieren, als mein Telefon schrillte.

«Frau Bergen? Hier spricht Mosimann vom Empfang. Eine Dame möchte Sie sehen. Sie kommt eben zu Ihnen hoch.»

«Frau Mosimann», sagte ich gereizt. «Hatten wir nicht die Abmachung getroffen, dass ich zuerst informiert werde, ehe man unangemeldete Besucher zu mir hochschickt?»

«Frau Bergen», erwiderte die Empfangsdame mit Würde. «Wir hier unten sind nicht Ihr Privatsekretariat. Wenn wir jedesmal, wenn ein Besucher kommt, noch lange vorher telefonieren wollten ...»

«Schon gut», knurrte ich. «Wer ist die Dame?»

«Weiss ich nicht. Sie hat keinen Namen genannt.»

«Könnten Sie mir freundlicherweise zumindest sagen, wie sie aussieht?»

«Na, wie eine Dame eben.» Und die Leitung war tot.

Schäumend vor Wut warf ich mein Telefon auf einen Stapel Akten, als bereits an meine Tür geklopft wurde.

«Ja?», rief ich unfreundlich und erhob mich, um die Tür zu öffnen.

Mein Ärger verflog, als ich die blasse Gestalt erkannte. Die Ehefrau von Adrian Wyss.

Meine Verblüffung war grenzenlos. Eine Weile stand ich nur da, mit hängendem Unterkiefer und zweifellos ein sehr dummes Bild abgebend, und brachte kein Wort heraus, bis meine Besucherin das Wort ergriff.

«Dürfte ich eintreten?»

«Oh. Natürlich.» Hastig trat ich beiseite und komplimentierte sie unter einladenden Handbewegungen in Richtung einer meiner Besucherstühle, aber sie bedeutete mir mit einem leichten Kopfschütteln, dass sie lieber stehen wolle.

«Mein Name ist Catherine Wyss. Ich bin ... ich war die Ehefrau von Adrian Wyss.»

Ihre Stimme klang leise, aber beherrscht. Sie überraschte mich. Im Erscheinungsbild unterschied sie sich kaum von der Frau im Restaurant des Grandhotels. Zurückhaltend, gepflegt, auf eine diskrete Weise gutaussehend – der feine Schnitt ihrer Züge fiel mir erst jetzt richtig ins Auge, da sie nicht mehr von ihrem dynamischen, auffallenden Mann überstrahlt wurde. Ich wusste nicht, was ich erwartet hatte. Dunkle Ringe unter verweinten Augen? Fettige Haarsträhnen, zerdrückte Kleidung als Beweis von Trauer und Verzweiflung? Das war alles viel zu vordergründig für diese Frau. Trotz oder gerade wegen ihrer bemerkenswerten Fassung drang ihr der Schmerz aus allen Poren.

«Sie wundern sich sicher, warum ich hier bin», fuhr Catherine Wyss fort und strich sich abwesend eine aschblonde Haarsträhne hinters Ohr. Sie sah mich nicht an. «Ich habe am Rande mitbekommen, dass Sie unter Verdacht stehen. Die Polizei ist nicht so diskret, wie man meinen sollte. Ich wurde recht unverblümt vernommen. Ob ich Sie kenne? Ob mein Mann eine Beziehung zu Ihnen gehabt habe? Allenfalls auch eine ‹speziellere› Beziehung?» Sie gestattete sich ein mildes Lächeln mit einer Spur Bitterkeit.

Ich merkte, wie ich rot wurde. «Frau Wyss, ich versichere Ihnen, dass ich Ihren Mann nicht kannte. Und auf gar keinen Fall hatte ich ...»

Ich brach ab, als sie die Hand hob. Eine federleichte Geste, und doch verriet sie Autorität. Ich begann zu ahnen, dass nicht der vordergründig dominante Ehemann der tragende Pfeiler in dieser Beziehung gewesen war.

«Es spielt keine Rolle, Frau Bergen. Mir ist es gleichgültig, und bald wird es auch der Polizei gleichgültig sein. Es wurde ein Abschiedsbrief gefunden.»

Ich hob ungläubig die Augenbrauen. «Ein Abschiedsbrief? Von Ihrem Mann?»

Sie nickte, nach wie vor gefasst. «Ich habe es erst heute Morgen erfahren.»

Ich zögerte, unschlüssig, ob ich nachhaken sollte. Ich wollte nicht übergriffig sein, nicht in ihren privaten Raum eindringen.

Und doch interessierte mich diese Nachricht brennend.

«Also ein Suizid?», fragte ich vorsichtig.

Sie holte tief Luft. «Es sieht so aus. Der Praxispartner meines Mannes hat heute früh eine Suizidnote auf Adrians Pult gefunden. Offen daliegend. Adrian muss sie schon am Freitag dort deponiert haben.»

«Am Freitag?», platzte ich undiplomatisch hinaus. «Aber – klingt das nicht unwahrscheinlich? Dass er Sie in dieses Hotel, dieses Restaurant ausgeführt haben soll, in der festen Absicht, sich kurzum das Leben zu nehmen? – Entschuldigung», fügte ich hastig hinzu, als ich sie zusammenzucken sah. «Das war sehr taktlos von mir.»

«Nein. Ich verstehe Sie. Es klingt unwahrscheinlich. Aber mein Mann war ein eigenartiger Mensch. Gewinnend, herzlich, offen, attraktiv. Ein Mann von Welt. Und doch hatte er diesen verborgenen Teil in sich, in den er niemanden einliess. Auch mich nicht», ergänzte sie in einem so tadellos beherrschten Tonfall, dass allein das Zuhören mich schmerzte. «Wann kennt man einen Menschen wirklich, Frau Bergen?» Zum ersten Mal sah sie mir direkt in die Augen. «Wenn man jahrelang mit ihm zusammenlebt? Wenn man Kinder mit ihm hat? Wann kennt man jemanden wirklich, durch und durch?»

«Sie haben Kinder?»

«Ja. Mein Sohn Simon ist sieben, Emma ist fünf. Sie sind bei meiner Mutter», fügte sie hinzu, obwohl ich nicht gefragt hatte.

«Es tut mir leid», sagte ich schlicht. Etwas Klügeres, Reiferes fiel mir nicht ein.

Sie nickte.

«Frau Wyss. Für Sie ist der Suizid als Erklärung also schlüssig?»

Sie hob hilflos die Hände. «Adrian hat einen Abschiedsbrief hinterlassen. Ich habe keine andere Wahl, als daran zu glauben.» Sie griff in ihre Handtasche. Ihre Hand zitterte, als sie eine klare Plastikhülle herauszog und ihr ein gelbliches, liniertes Blatt Papier entnahm. Sie streckte es mir hin. «Sehen Sie selbst.»

Ich nahm den Brief vorsichtig an mich, als könnte er augenblicklich zu Staub zerfallen. Es war ein eigenartiges Gefühl, die Abschiedsworte eines Mannes in den Händen zu halten, den ich vor zwei Tagen noch quicklebendig gesehen hatte.

Der Text war kurz. «Ratlosigkeit, Panikattacken, Verzweiflung, Selbstvorwürfe. Ruhelos und perspektivlos schon seit Wochen. Schuldgefühle. Suizid ist der einzige Ausweg.»

Rasch sah ich zu Catherine Wyss auf, die den Blick wieder abgewandt hatte und aus dem Fenster starrte, ohne etwas zu sehen.

«Das ist alles?», fragte ich ungläubig. «Kein letzter Gruss, keine Liebeserklärung, nicht einmal eine Unterschrift?»

Ich hätte mich ohrfeigen können, als ich Tränen in ihren Augen aufsteigen sah. Ihre Unterlippe bebte. «Verzeihung», meinte sie mit kläglicher Stimme. «Gibt es hier eine Toilette?»

«Natürlich.» Schuldbewusst begleitete ich sie nach draussen und wies ihr die Richtung. Sie ging mit gesenktem Kopf davon.

Ich blieb zurück, immer noch das Stück Papier in der Hand. Meine Güte, welch begabte Psychotherapeutin ich doch war, stauchte ich mich innerlich zusammen. Immer das richtige Wort, immer die passende Geste. Eine Perle.

Dann hob ich den Brief, las ihn erneut durch, studierte ihn. Der Wortlaut liess wenig Raum für Interpretationen: «Suizid ist der einzige Ausweg.» Das klang sachlich, bilanzierend. Als hätte Adrian Wyss sich von aussen beobachtet und den einzig logischen Schluss gezogen. War das ein Tribut an seinen Beruf, diese unheimliche Nüchternheit?

Ich starrte auf den Brief, auf dessen ungewöhnliches Format – Wyss hatte ihn offenbar aus einem grösseren Stück Papier geschnitten.

Einem Impuls folgend und ohne weiter darüber nachzudenken, holte ich mein iPhone aus meiner Handtasche. Öffnete die Kamera, wählte die Einstellung: HDR für hohe Schärfe. Und nahm drei Aufnahmen des Dokuments.

Als Catherine Wyss zurückkam, war mein iPhone bereits wieder sicher in meiner Handtasche verstaut, und der Brief lag unschuldig auf meinem Schreibtisch. Sie nahm ihn an sich und steckte ihn zurück in die transparente Hülle.

Sie räusperte sich. Als sie zu sprechen begann, klang ihre Stimme wieder vollkommen ruhig. «Ich wollte, dass Sie das wissen, Frau Bergen. Ich bin sicher, die Polizei wird Sie in Ruhe lassen. Adrians Tod war weder Unfall noch Mord, und Sie haben nichts damit zu tun, dessen bin ich mir sicher.»

«Aber die Anrufe …»

«Sie sind unwichtig. Wen kümmern schon ein paar rätselhafte Anrufe. Mein Mann hat sich das Leben genommen. Er hat sich entschuldigt, sich von seinem Platz erhoben und das Restaurant verlassen. Und dann ist er hingegangen und hat sich in die Tiefe gestürzt. Allein das ist wichtig, allein das ist real. Und damit muss ich nun fertigwerden.»

Ich hob die Hand, als sie sich zum Gehen wandte. «Frau Wyss. Haben Sie jemanden, der …»

Ihr Lächeln war zynisch. «Ob ich jemanden zum Reden habe? Ich glaube nicht mehr an Psychiater, Frau Bergen. Jetzt nicht mehr. Einen schönen Abend wünsche ich Ihnen.»

Und ehe ich noch etwas sagen oder tun konnte, hatte sie die Türe hinter sich geschlossen, leise wie ein Hauch.

4. Kapitel

Catherine Wyss sollte Recht behalten. Am nächsten Morgen wurde ich telefonisch darüber informiert, dass ich nicht mehr zu der polizeilichen Befragung erscheinen müsse. Die Sache habe sich erledigt.

Ich war erleichtert, als wäre eine schwere Last von meinen Schultern gefallen, und es kam mir beinahe unglaublich vor, dass ich diesem Alptraum entronnen war. Es war vorbei, ehe es richtig begonnen hatte.

Und doch.

Etwas nagte an mir.

Irgendetwas war faul an dieser Geschichte. Ich war dabei gewesen, ich hatte diesen Mann beobachtet. Er hatte angespannt gewirkt, sicher. Aber angespannt genug für einen Menschen, der weiss, dass seine letzten Stunden verrinnen? Dass jeder Bissen seiner Henkersmahlzeit ihn dem selbstgewählten Tod ein Stück näher schiebt? Dass er gute Miene zum guten Spiel macht, seiner Ehefrau noch einen letzten schönen Abend gönnt, im Wissen darum, dass er eben im Begriff ist, den grösstmöglichen Verrat an ihr zu begehen?

In Gedanken spulte ich die letzten Augenblicke, in denen ich Adrian Wyss lebendig gesehen hatte, zurück wie einen Videofilm. «Verzeih, Liebling, ich muss zurückrufen. Könnte wichtig sein.» Kein Blick zurück. Die Augen fest auf sein Telefon gerichtet, während er den Raum verlassen hatte.

Eine ausgeklügelte Täuschung?

Ich hätte meine Hand dafür ins Feuer gelegt, dass Adrian Wyss im Moment seines Hinausgehens nur an eines gedacht hatte: An diesen Anruf.

Aber konnte ich meinem Urteil trauen, wenn die langjährige Ehefrau an Suizid glaubte? Konnte man einen Menschen jemals wirklich kennen? Jemals wirklich etwas über ihn wissen?

Von meinem Mann hatte ich hinsichtlich solch tiefschürfender Erwägungen kein Verständnis zu erwarten. Sobald ich am Vorabend meine Zweifel auch nur angedeutet hatte, war Marc über mich hergefallen und hatte mich zur Schnecke gemacht.

«Zum Kuckuck nochmal, Kassandra Bergen! Reicht es dir nicht, dass die Sache glimpflich für dich ausgegangen ist, glimpflich für uns alle? Musst du deine Nase dauernd in fremde Angelegenheiten stecken?»

Martin war milder, aber nicht weniger abschliessend gewesen.

«Lass gut sein, Kassandra. Für mich klingt diese Sache auch eigenartig. Aber Adrian Wyss scheint ein eigenartiger Mensch gewesen zu sein. Niemand kannte ihn wirklich, niemand wusste, wie es hinter der Kulisse aussah. Ich habe mich mit ein paar Leuten unterhalten, die ihn näher kannten. Er sei ganz glänzender Schein gewesen, eine makellose Hülle, erfolgreich, kompetent, selbstsicher, aber eigentlich unfassbar. In so einem Menschen kann sich allerhand Übles zusammenbrauen. Wir werden es nie erfahren.»

Die hatten gut reden, die beiden, dachte ich verärgert, als ich auf dem Rückweg von meiner Station über das Klinikareal marschierte, rasch, um dem drohenden Gewitterregen zu entgehen, der den Nachmittag verdunkelte. Die hatten nicht diesen Brief in den Händen gehalten. Das prägte. Meine Neugier basierte rein auf menschlicher Anteilnahme, auf Mitgefühl, versicherte ich mir. Kein Wunder, dass Marc und Martin, diese beiden unsensiblen Klötze, das nicht nachvollziehen konnten.

Als ich in meinem Büro ankam und das Licht anmachte, zuckte der erste Blitz aus den tiefhängenden Wolken, und es begann zu regnen. Einen Moment lang stellte ich mich an das Fenster und beobachtete, wie der Regen sich zu einem kapitalen Wolkenbruch verdichtete. Dann fasste ich einen Entschluss.

Ich setzte mich an meinen Schreibtisch und kramte erneut mein iPhone hervor. Ich öffnete meinen Fotoordner und besah mir das Abbild von Adrian Wyss Suizidnote genauer. Ein wenig Nachdenken hatte noch niemandem geschadet.

Ich las die kurze Nachricht, Wort für Wort, immer wieder. Irgendetwas stimmte nicht damit. War es die Kälte? Die Sachlichkeit des Aneinanderreihens psychischer Extremzustände? Als würden diese Gefühle nicht zu dem Schreiber gehören, als wäre nicht wirklich wichtig, was das Lesen dieser Zeilen bei seiner Frau, seinen nächsten Angehörigen auslösen würde? War es, dass er mit keinem Wort an die Zurückbleibenden dachte? Er hatte Kinder. Was war mit ihnen? War es, weil dieser Nachricht eigentlich alles fehlte, was eine Nachricht ausmachte, wenn man von der Vermittlung von Informationen absah?

Ja, genau das störte mich: In Adrian Wyss' letzten Worten fehlte jeder Beziehungsaspekt, sowohl zu seinen Nächsten wie auch zu sich selbst. Die Worte wirkten teilnahmslos, nüchtern. Als hätte er damit nicht sich selbst, sondern einen Fremden beschrieben.

Unvermittelt sprang ich auf.

Meine Güte. Das war es.

Nur – wie sollte ich herausfinden, ob ich richtig lag?

Martin Rychener fuhr erschrocken aus seinem Schreibtischstuhl hoch, als ich eineinhalb Stunden später wie eine Furie in sein Büro stürmte, ohne mir die Mühe zu machen, vorher anzuklopfen.

«Tut mir leid», sagte ich harsch, als er, die Hand dramatisch auf sein Herz gepresst, Anstalten machte, sich über meinen Auftritt zu beklagen. «Es ist wichtig. Zuerst muss ich ein Vergehen melden.» Ich warf mich umstandslos auf einen Stuhl. «Ich habe Arbeitszeit verschwendet, um private Nachforschungen anzustellen. Und ich habe im Archiv alte Akten studiert, obwohl ich nichts mit den betreffenden Patienten zu schaffen habe. Ich habe also die ärztliche Geheimhaltung verletzt. Ich dachte, ich sage es dir gleich, ehe du den Vorgesetzten raushängst und mich danach fragst.»

Martin wirkte verdattert. Wortlos starrte er mich an.

«Aber», ich lehnte mich strahlend vor, «es hat sich gelohnt.»

Martin war sichtlich bemüht, die Kontrolle über die Situation zurückzugewinnen.

«Kassandra», entgegnete er gemessen. «Bitte erklär mir alles der Reihe nach.»

Das tat ich nur zu gerne.

«Du weisst noch, wie du mich gestern verhöhnt hast wegen des komischen Gefühls, das ich betreffend Adrian Wyss' Abschiedsbrief hatte?»

«Ich würde nicht von Hohn sprechen», entgegnete Martin, «sondern vielmehr von begründeter Kritik.»

«Schnickschnack», putzte ich ihn ab, «ich hatte Recht. Ich habe mir den Brief noch einmal angesehen, und ich war mir sicher, dass damit etwas nicht stimmt. Zu kalt, zu unpersönlich. Also habe ich nachgeforscht.»

Genüsslich lehnte ich mich in meinem Stuhl zurück und sonnte mich in der Selbstzufriedenheit eines Menschen, der sich im Recht weiss. «Ich bin ins KG-Archiv hinuntergegangen – ein Glück, dass die Klinik die Umstellung auf das elektronische Archivierungssystem erst in ein paar Monaten startet. Sonst wäre ich aufgeschmissen gewesen.»

«Und was wolltest du mit den alten Krankengeschichten?», fragte Martin höflich.

«Ich wollte überprüfen, ob wir irgendwo ein altes handschriftliches Einweisungsschreiben von Adrian Wyss haben. Du kannst dir vielleicht vorstellen, was für eine unglaubliche Plackerei das war. Ich hatte keinerlei Anhaltspunkte – es gibt keine Datenbanken, die die Patientenaufnahmen nach zuweisendem Arzt aufschlüsseln. Also war Handarbeit gefragt. Ich habe mir die jüngsten Krankengschichten vorgenommen und durchgeblättert – meine Finger sind ganz wund. Ich habe vielleicht siebzig Akten durchgeackert; zwei Patienten waren von Adrian Wyss eingewiesen worden, aber immer fein säuberlich mit ausgedrucktem Bericht, mit Briefkopf und allen Schikanen – also unbrauchbar für mich. Aber dann!»

Ich hob dramatisch einen Finger. «Dann habe ich diesen einen Patienten gefunden. Einen Jüngling aus guter Familie, der mitten in der Nacht psychotisch entgleist war und den Wyss notfallmässig und unter Zeitdruck einweisen musste. Und nun rate mal.»

Ich beugte mich zu meiner Tasche hinunter und griff mir zuerst mein Mobiltelefon.

«Hier», ich öffnete das Foto des Abschiedsbriefs, «siehst du die Suizidnote. Beachte das Papier: gelblich, liniert. Und jetzt», wie ein Magier holte ich einen dünnen Pappordner hervor, «präsentiere ich dir das Einweisungsschreiben von Adrian Wyss.»

Mit Schwung schlug ich die Akte auf und überreichte sie Martin. Der studierte das aufgeschlagene Schreiben mit konsterniertem Blick. Las es durch. Stutzte. Las es noch einmal durch. Und sah dann zu mir auf. In seinem Blick mischten sich Neugier und Zweifel.

«Möchtest du das Papier beschreiben, auf dem Wyss sein Einweisungszeugnis verfasst hat?», fragte ich wie eine gestrenge Primarlehrerin.

Martin lächelte leicht. «Gelblich, liniert.»

«Und der Stil der Einweisung?»

Martin sah mich ein paar Sekunden mit einem merkwürdigen Ausdruck im Gesicht an, ehe er antwortete. «Sachlich. Stichwortartig. Kühl.»

Ich nickte, und auf einmal verliess mich der fiebrige Übermut, der mich beherrscht hatte, und ich wurde ernst.

«Martin, das ist keine Suizidnote. Das ist ein Eintrag in eine Krankengeschichte. Adrian Wyss beschreibt den Zustand eines Patienten.»

Eine Weile schwiegen wir beide, beinahe erdrückt von der Tragweite dessen, was ich ausgesprochen hatte.

Dann räusperte Martin sich mühsam. «Kassandra, ich will nicht sagen, dass du Recht hast. Aber wenn du es hättest, dann ...»

Ich nickte beklommen. «Dann war Adrian Wyss' Tod kein Suizid. Aber jemand hat grosses Interesse daran, dass es danach aussieht.»

Ich liess mir die Möglichkeiten durch den Kopf gehen. «Wenn Wyss sich nicht das Leben genommen hat, dann war die Suizidnote keine Suizidnote. Aber jemand hat die Zeilen in Adrian Wyss' Praxis hinterlegt. Wer kann das gewesen sein? Seine Frau? Der unbekannte Praxispartner? Gibt es eine Praxisassistentin? Konnte jemand an die Praxisschlüssel?»

«Kassandra, ich ...»

«Und weshalb wurde nachträglich ein Abschiedsbrief deponiert? Um eine Straftat zu verschleiern, nehme ich an. Einen Mord? Hat jemand Adrian Wyss auf dem Gewissen?»

«Kassandra. Du solltest nicht ...»

«Ich kann mir nichts anderes vorstellen. Jemand bringt Wyss um die Ecke und hinterlegt dann einen Brief, der das Ganze wie einen Suizid aussehen lässt. Und ist damit fein raus.

Aber wer steckt dahinter? Und was ist das Motiv? Warum sollte jemand Adrian Wyss aus dem Weg haben wollen? Geht es um Geld? Um Liebe? Wusste er zu viel? Ich frage mich wirklich, ob …»

«Kassandra!» Mit einem heftigen Faustschlag liess Martin die Tischplatte seines Pultes erzittern und drang endlich zu mir durch. «Du schiesst ins Kraut! Hör sofort auf damit!»

Er beugte sich vor und sah mir beschwörend ins Gesicht. «Das sind alles nur Mutmassungen. Deine Argumentation steht auf wackeligen Beinen. Schön», er würgte meinen aufkeimenden Protest mit einer abwehrenden Handbewegung ab, «der Abschiedsbrief klingt eigenartig. Er ist unpersönlich und auf dem Papier verfasst, das Wyss offensichtlich auch in seiner Praxis verwendet hat. Der Stil ist kurz und knapp und emotionslos – wie seine fachlichen Kommentare. Und das ist schon alles. Das reicht nicht. Vielleicht war er einer dieser trockenen, kühlen Menschen. Vielleicht hat er auch privat dieses linierte Papier verwendet.»

«Martin, das ist Augenwischerei. Ich kann nicht glauben, dass jemand …»

«Ach nein?», fragte er ironisch. «Du kannst nicht glauben, dass jemand so handeln würde, der keinen Ausweg mehr weiss? Du erwartest formvollendete letzte Zeilen? Geordnetes Handeln? Logische Abläufe? Kassandra Bergen! Wir sprechen hier über eine psychische Ausnahmesituation! Du bist lange genug im Geschäft, um eines zu wissen: Es gibt keine Regeln. Menschen sind nicht berechenbar.»

«Einverstanden», räumte ich ein. «Menschen sind nicht berechenbar. Menschen können unsinnig und impulsiv handeln. Aber wie ist es damit: Offenbar hat Adrian Wyss seine Abschiedsworte, so es denn Abschiedsworte waren», ich konnte mir den triefenden Sarkasmus in meiner Stimme nicht verkneifen, «bereits am Vortag hinterlegt. Das spricht gegen eine Impulshandlung und für eine Planung. Wer seinen baldigen Tod explizit plant, hat gute Gründe.»

Darauf wusste Martin offenbar nichts zu erwidern, also fuhr ich mit Bedacht fort:

«Du behauptest also, Adrian Wyss habe tatsächlich Suizid begangen. Gut. Das nehme ich sehr ernst. Aber dann muss es Hinweise darauf geben, warum das so war – Hinweise, die ich zu finden gedenke.»

Ich unterband seine drohende Erwiderung, indem ich mich erhob. «Lass stecken, Martin. Das geht mich sehr wohl etwas an. Ich war dabei. Ich habe ihn dort im Wasser liegen gesehen. Ich habe den Abschiedsbrief in meinen Händen gehalten. Und ich wurde von der Polizei verdächtigt. Ich fühle mich zuständig.»

«Wo willst du hin?», rief Martin mir hinterher, als ich schon fast an der Tür war.

«Ich habe die traurige Pflicht, eine Patientin von mir über den Tod ihres ambulanten Therapeuten zu unterrichten. Schönen Abend noch!»

Und ehe Martin etwas erwidern konnte, schlug ich die Tür hinter mir zu.

Marie Lanz wirkte verwundert darüber, dass sie nach sechs Uhr abends aus dem gemeinsamen Essraum der Patienten ins Besprechungszimmer gerufen wurde. Noch mehr schien sie zu verwundern, dass sie mich dort antraf.

Mir war nicht ganz wohl zumute. Das hatte damit zu tun, dass sich hier meine Rollen vermischten. Einerseits war ich die Oberärztin dieser Station, die einer Patientin eine traurige Nachricht zu überbringen hatte und deren einziges Ziel es sein musste, der betreffenden Patientin die Unglücksbotschaft möglichst schonend beizubringen, um ihre psychische Stabilität nicht zu gefährden. Andererseits wollte ich herausfinden, ob Marie Lanz etwas wusste. Und dafür galten andere Regeln.

«Setzen Sie sich, Frau Lanz», bat ich höflich.

Marie Lanz strahlte verwitterten Glamour aus wie ein in die Jahre gekommenes Fünf-Sterne-Hotel. Unter den Verwüstungen, die Alkohol, Nikotin und ein zweifelhafter Lebenswandel mit den Jahren angerichtet hatten, war noch immer die Bausubstanz alter Schönheit zu erkennen. Ihre Züge waren feingeschnitten, und sie bewegte sich mit einer lässigen Nonchalance, die deutlich machte, dass sie um ihre Wirkung auf andere Menschen wusste. Sobald sie jeweils den Entzug hinter sich hatte, wie jetzt, fand sie zu ihrer alten Stilsicherheit zurück, kleidete sich dezent genug, um elegant zu wirken, und frivol genug, um aufzufallen. Wen kümmerten tiefe Falten und magere Schultern, wenn man noch immer funkelnde Augen und eine tiefe, rauchige Stimme hatte? Wen kümmerten Gedächtnislücken, Konzentrationsstörungen und Gefühlsdurchbrüche? Ihre Hülle und ihr kosmopolitisches Gebaren waren erstaunlich gut erhalten angesichts der jahrzehntelangen Alkoholabhängigkeit. Ihr Geist nicht.

Sie setzte sich und räusperte sich, ehe sie besagte volle, dunkle Stimme erklingen liess. «Frau Doktor Bergen? Sie wollten mich sprechen?» Sie strich sich effektvoll eine dunkle Haarsträhne aus dem Gesicht.

Ich nickte ernst. «Frau Lanz. Ich fürchte, ich muss Ihnen eine schlechte Nachricht überbringen.»

Sie musterte mich mit mässigem Interesse. Befürchtete sie, ich würde ihren Ausgang kürzen?

«Sie kennen Adrian Wyss? Den Psychiater?»

Ihre Augen wurden unmerklich schmaler. Sie war wachsam. Nach einem Augenblick des Zögerns entgegnete sie beinahe unwillig «Ja, ich kenne ihn. Ich bin bei ihm in Behandlung. Weshalb?»

«Er ist am Samstag ums Leben gekommen.»

Die Wirkung, die meine Worte auf Marie Lanz hatten, war enorm. Ihre Augen weiteten sich, ihr Mund klaffte auf, und ihr Teint, üblicherweise chronisch gelblich-braun, kippte in den fahlen Ton von Sojamilch. Haltsuchend klammerte sie sich an die Tischkante. «Was? Ums Leben? Das kann nicht sein!»

«Leider. Ich war in der Nähe, als es passierte.» Besorgt beobachtete ich sie. Würde sie dekompensieren?

Sie zitterte, starrte auf ihre in schwarzes Nylon gehüllten Knie. «Das kann nicht sein», wiederholte sie.

«Es tut mir leid. Er scheint Ihnen wichtig gewesen zu sein.»

Sie ignorierte meine Worte. Unvermittelt beugte sie sich nah zu mir hin. «Wie? Wie ist er gestorben?»

Die Heftigkeit ihrer Frage überraschte mich. «Das ist unklar. Es war niemand bei ihm. Kannten Sie ihn gut?»

Marie Lanz fiel in sich zusammen. Ihre Unterlippe bebte. Fahrig zog sie ein Taschentuch aus der Papierbox, die für Ernstfälle auf dem Tisch bereitstand.

«Ja», erwiderte sie heiser. «Schon seit Jahren.»

«Rein als Therapeut oder auch privat?»

Die Frage hätte harmlos klingen sollen, tat es jedoch offensichtlich nicht. Marie Lanz hob den Blick. In den tränenverhangenen Augen blitzte Argwohn auf. «Wie meinen Sie das?»

Ich überlegte kurz. «Ich meine, ob Adrian Wyss allenfalls einen Grund gehabt haben könnte, nicht mehr leben zu wollen. Wie ich schon sagte, ich habe seinen Tod hautnah miterlebt. Die Geschichte beschäftigt mich.»

«Oh.» Sie senkte den Blick wieder. «Nein, ich weiss nichts darüber.»

Ich beobachtete sie prüfend, während sie ein zweites Taschentuch aus der Box zog und sich schniefend die Nase putzte. Ich glaubte ihr nicht.

«Frau Lanz.» Ich bin hier Oberärztin, keine Polizistin, ermahnte ich mich insgeheim. «Es tut mir leid, wenn ich Ihnen zusetze. Wir können das Gespräch abbrechen, wenn Sie möchten. Aber vielleicht hilft es Ihnen, wenn Sie über Adrian Wyss sprechen können. Um damit zu beginnen, Abschied zu nehmen. Was meinen Sie?»

Es dauerte einen Moment, ehe sie erneut zu sprechen begann. «Es gab einen Todesfall in seiner Praxis.» Ihre Stimme klang ungewohnt tonlos.

«Einen Todesfall?» Ich bemühte mich, eher beiläufig interessiert denn eifrig zu klingen. «Kürzlich?»

«Vor zwei, drei Wochen.»

«Wer ist gestorben?»

«Eine ambulante Patientin. Ein Unfall.»

«Wissen Sie, was passiert ist?»

Sie wirkte ungewohnt müde und leblos. Ihr Blick war abgewandt. «Nein. Ich weiss kaum etwas.»

Marie Lanz schien eigenartig betroffen. «Frau Lanz?», fragte ich sachte. «Haben Sie die Frau gekannt?»

Sie seufzte. «Ja. Eine Freundin von mir. Patricia Mathier de Rossi. Ein reiches Mädchen aus gutem Haus – sie hatte eine erfolgreiche Mutter, viel Geld, viel Ansehen, einen schicken italienischen Banker als Ehemann, ein sorgloses Leben. Ich habe sie immer beneidet. Bis zu dem Autounfall vor einem Jahr, bei dem sie einen Unterschenkel verloren hat. Amputation, nicht mehr zu retten. Auf einmal war nichts mehr einfach, nichts mehr sorglos. Depressionen, Nervenzusammenbrüche, Ehekrise. Deshalb habe ich sie zu Adrian geschickt – zu Herrn Doktor Wyss.» Sie korrigierte sich rasch; trotzdem war mir die vertrauliche Anrede nicht entgangen. «Und jetzt ist sie tot. Wieder ein Autounfall. Ironie des Schicksals.» All das dramatisch inszenierte Gehabe, das ich so gut an ihr kannte, war

54

von ihr abgefallen. In diesem einen Augenblick sah Marie Lanz steinalt aus.

«Und Sie glauben, dass dieser Todesfall Adrian Wyss belastet hat?»

Meine Patientin straffte sich merklich, als wäre sie aus einem Dämmerschlaf erwacht. «Frau Doktor», meinte sie dann und klang dabei schon wieder viel mehr wie ihr gewohntes extravagantes Selbst, «davon ist doch auszugehen. Oder lässt Sie der gewaltsame Tod Ihrer Patienten kalt? Natürlich macht das einen Arzt betroffen. Zumindest einen guten Arzt.» Sie musterte mich kühl und liess damit vermuten, zu welcher Sorte Arzt sie eine Frau zählte, welche die ihr anvertrauten Patienten unsensibel ausquetschte.

Sie erhob sich. «War das alles? Ich danke für die Mitteilung. Es ist schade um Herrn Wyss. Ich werde mir einen neuen Therapeuten suchen müssen.» Mit diesen Worten schritt sie aus dem Raum, eine Wolke von Missbilligung hinter sich zurücklassend – unechter Missbilligung, die sie schützen und abschirmen sollte.

Ich blieb zurück und dachte nach, eigenartig berührt vom Auftritt dieser Frau.

Marie Lanz hatte ganz anders reagiert als erwartet. Hinter ihrer altbekannten mondänen Fassade hatten sich Schichten aus Argwohn, Bestürzung und Verzweiflung geöffnet, Gefühle, die sie sofort zu verwischen versucht hatte.

Sie hatte mir nicht ihre ganze Geschichte erzählt.

5. Kapitel

«Kassandra. Ich kenne Marie Lanz. Die Frau trinkt seit fast zwanzig Jahren. Sie ist kognitiv und emotional abgebaut. Du kannst ihre Reaktionen nicht eins zu eins verwerten.» Martin Rychener nahm einen Bissen und wies dann mit seiner Gabel auf mich. «Du steigerst dich da zu sehr rein», meinte er mit vollem Mund.

Wir sassen draussen in unserem Garten, Martin und Selma, Marc und ich. Es war Freitagabend, neun Uhr. Mia und Jana waren im Bett, was nicht kampflos vonstatten gegangen war, denn sie liebten Martin heiss, hätten am liebsten noch stundenlang mit ihm Fangen gespielt und ihn darüber ausgequetscht, wann er Sven, seinen Sohn aus einer früheren Beziehung, wieder einmal mitbringen würde; Sven war bereits acht und damit sehr, sehr cool. Doch jetzt herrschte Frieden, und wir Erwachsenen sassen im sommerlichen Dämmerlicht, assen den Aprikosenkuchen, den ich mit mehr Begeisterung als Sachkenntnis gebacken hatte, und leiteten ein, was der Grund für die spontane Runde zu viert gewesen war: Den Kriegsrat zum Thema Adrian Wyss.

Ich schüttelte den Kopf. «Gerade dass sie abgebaut ist – und das ist sie leider zweifellos –, bestätigt meine Einschätzung. Sie ist durchlässiger, kann sich weniger gut kontrollieren. Ihre Emotionen sind rauer, unzensuriert. Adrian Wyss stand ihr sehr nahe. Näher, als ein Therapeut seiner Patientin stehen sollte.»

«Das kann auch einseitig gewesen sein. Er war attraktiv. Klar hat er ihr gefallen», warf Marc ein.

«Möglich. Aber diese Unfallgeschichte ist interessant. Ich finde, man sollte ihr nachgehen.»

«Allerdings – ‹man›.» Marc fasste mich streng ins Auge. «Für dergleichen Nachforschungen ist üblicherweise die Polizei zuständig.»

56

Ich sah meinen Ehemann mitleidig an, doch es war Selma, die das Offensichtliche aussprach: «Das mag schon sein. Aber die Polizei scheint vollauf zufrieden zu sein mit der Suizid-Variante. Und wenn sie anfinge, den Abschiedsbrief zu hinterfragen, würde Regionalfahnder Riesen womöglich wieder Gefallen daran finden, Kassandra genauer unter die Lupe zu nehmen.»

Bisher war Martin Rychener der Einzige gewesen, der es gewagt hatte, mich bei meinem verhassten Vornamen zu nennen. Er hatte die Abkürzung Ka nie akzeptiert. Es störte mich, dass Selma diese Gewohnheit nun offenbar übernommen hatte. Es war, als würde sie damit in unsere Privatsphäre eindringen.

Martin nickte. «Selma hat Recht. Es wäre unklug, die Polizei hinzuzuziehen.»

«Ka hat nichts getan!», warf Marc hitzig ein. «Sie hat nichts zu befürchten!»

Ich legte ihm beschwichtigend die Hand auf den Arm. «Natürlich nicht. Aber ich will keinen Ärger, wenn es nicht unbedingt sein muss. Und wenn ich euch daran erinnern darf – nach der Meinung von Martin», ich nickte ihm zu, «gehen auch wir als Arbeitshypothese von einem Suizid aus. Mit dem einzigen Unterschied, dass wir das nicht einfach so als gegeben hinnehmen, sondern mehr darüber wissen wollen. Nur für den Fall.»

«Wir?», entgegnete Marc zynisch. «Die Neugier tötete die Katze, erinnerst du dich? Und du hast keine neun Leben.»

«Die brauche ich auch nicht. Ich will etwas herausfinden, keine Drachen bekämpfen.»

«Das sagst du jedes Mal», parierte Marc ätzend. «Muss ich mehr dazu sagen? Muss ich dich daran erinnern, was die letzten Male ...»

«Das ist überhaupt nicht zu vergleichen!», fauchte ich wütend, und Martin hob wie ein resignierter Schiedsrichter die Hände zum Signal für ein Timeout.

Selma räusperte sich. Sie hatte sich bisher zurückgehalten, sich am wenigsten an der Diskussion beteiligt. Das mochte auch damit zu tun haben, dass ihr schwangerschaftsbedingt übel war – sie hatte kaum einen Bissen gegessen und war leicht grünlich um die Nase.

«Die Situation ist unangenehm, zweifellos», meinte sie mit klarer, heller Stimme. «Wir alle sind zu Zeugen einer Tragödie geworden. Und die Zweifel, die Kassandra äussert, lassen sich nicht einfach so abtun. Was, wenn sie Recht hat? Was, wenn Adrian Wyss sich nicht das Leben genommen hat? Wenn Schlimmeres dahintersteckt? Können wir so tun, als ginge uns das nichts an? Können wir wegsehen?» Sie richtete sich auf. «Manchmal muss man sich entscheiden zwischen dem, was richtig ist, und dem, was bequem ist.»

Verblüfftes Schweigen folgte. Auch ich war beeindruckt. Selma Vogt hatte messerscharf zusammengefasst, was mir wirr und ungeordnet durch den Kopf ging.

Marc nickte nachdenklich. «Tiefsinnige Worte. Ein Ausspruch von Konfuzius?»

«Nein. Von Albus Dumbledore.» Sie lächelte mit einer überlegenen Würde, die Heerscharen von adligen Vorfahren in ihrer Ahnenreihe vermuten liess. «Aus ‹Harry Potter›.»

«Oh.» Marc, der kultivierte Snob, war verwirrt. «Natürlich.»

Martin grinste. «Selma hat es auf den Punkt gebracht. Wir sollten es uns nicht zu einfach machen.»

«Aber auch nicht allzu schwierig», knurrte Marc, der seinen Kulturschock offenbar rasch überwunden hatte.

Ich wertete seine Worte als widerwillige Einwilligung und strahlte in die Runde.

«Das heisst, ihr seid dabei? Wir arbeiten alle zusammen?» Ich warf einen Seitenblick auf Selma, die mit unglücklicher Miene die Hand auf ihren Magen presste. «Du bist vom Frontdienst natürlich ausgenommen», verkündete ich bestimmt.

«Aber sicher», konterte Selma überraschend bissig, «schliesslich bedeutet eine Schwangerschaft ja automatisch Invalidität. Vergiss es. Ich mache mit.»

«Im Hintergrund», bot Martin als Kompromiss an, und verflocht seine Finger liebevoll mit ihren. Ich sah es und wandte den Blick ab. Es störte mich, dass es mich störte.

«Nun, Miss Marple? Was sind unsere ersten Schritte?» Martins Blick ruhte wieder auf mir.

Ich straffte mich. «Wir wenden uns diesem Todesfall aus Adrian Wyss' Praxis zu», entgegnete ich geschäftsmässig.

«Moment», warf Martin ein. «Das ist mir zu einseitig. Wie bereits erwähnt, halte ich Marie Lanz nicht für besonders glaubwürdig. Und wenn doch etwas an ihren Worten dran sein sollte, ist diese Geschichte nur eine einzige Facette aus dem Leben von Adrian Wyss. Wir könnten uns verrennen.»

«Besser eine Facette als gar keine, oder?», entgegnete ich spitz. «Oder hat der Herr konkrete Vorschläge?»

Martin zögerte. Auf einmal wirkte er beklommen.

«Was?», fragte Selma, die seinen Stimmungsumschwung auch bemerkt hatte.

«Nun», Martin räusperte sich, «Ihr wisst ja, ich habe mit einigen Leuten über Adrian Wyss gesprochen. Unter anderem», er holte tief Luft, «auch mit dem Direktor.»

«Und?», hakte ich nach.

Martin druckste herum, offensichtlich im Zwiespalt, ob er weitersprechen sollte. «Wahrscheinlich ist es nichts. Fast sicher. Ich kann mir nicht vorstellen, dass ...»

«Martin!», schnauzte ich ihn an. «Hier hat es keine direktoralen Wanzen, Rudolf Blanc kann dich nicht hören. Rück endlich raus damit!»

Seine Schultern sackten nach unten. «In Ordnung. Ich habe kürzlich mit Blanc zu Mittag gegessen und mit ihm über Adrian Wyss gesprochen. Der Direktor schien sehr bedrückt zu sein, verständlicherweise. Schliesslich waren die beiden gut befreundet. Dass ich den Tod seines Freundes so hautnah miterlebt habe, hat ihn interessiert – er wollte alles darüber wissen. Regelrecht ausgequetscht hat er mich. Und dann ...», er kratzte sich unbehaglich im Nacken, «habe ich die Frage eingeworfen, wie es nun nach Wyss' Tod mit der Studie weitergehen werde, dass seine Mitarbeit sicher sehr tragend gewesen sei, auch angesichts seines Bekanntheitsgrades ...» Er blickte auf und sah uns der Reihe nach an. «Und dann sagte Rudolf Blanc diesen einen Satz: ‹Glauben Sie mir, ein so bekannter Mann als Studienleiter, das hat seine Tücken.›»

Wir schwiegen alle einige Augenblicke. Marc war es, der auf gewohnt feinfühlige Weise die Stille brach. «Das war alles? Ich meine, ich hätte schon etwas Dramatischeres erwartet.»

Ungeduldig schüttelte Martin den Kopf. «Es waren nicht nur die Worte. Es war sein Gesichtsausdruck, die Haltung, der Tonfall. Da ist etwas, das ihm massive Sorgen macht.»

Selma brachte es auf den Punkt: «Du vermutest, dass der Tod von Adrian Wyss irgendwie mit INTPERS zusammenhängen könnte?»

«Vermuten? Ich befürchte es.»

Ich konnte Martins Beklommenheit nachvollziehen. Es war das eine, Marie Lanz auszuhorchen und ihrer Geschichte nachzugehen – Rudolf Blanc war eine ganz andere Liga. Seine Gegenwart weckte in mir immer den Drang, mich gerade aufzurichten, Haltung anzunehmen und zu kontrollieren, ob meine Fingernägel sauber waren – der Klinikdirektor war eine Respektsperson, militärisch, immer untadelig und geschliffen, undurchschaubar. Im Gegensatz zum Chefarzt Bernhard Leutwyler, der, obwohl zweifellos fachlich brillant, menschlich sehr warm und nahbar war, wahrte Blanc immer eine höfliche, kühle Distanz. Und sein Rückgrat war aus Stahl.

«Ihr seht alle aus, als hättet ihr einen Geist gesehen», monierte Marc. «Würde es euch etwas ausmachen, mich unwürdigen Externen zu erleuchten? Was ist mit Rudolf Blanc? Und was ist dieses INTPERS?»

Selma räusperte sich. «INTPERS, kurz für ‹INTernet-basierte Psychotherapie bei Borderline-PERSönlichkeitsstörung›, ist eine wissenschaftliche Studie und befasst sich mit der Erforschung der Wirksamkeit von Online-Therapien im Vergleich zu face-to-face-Therapien, also konventioneller ambulanter Psychotherapie, und zwar bei der Behandlung der Borderline-Persönlichkeitsstörung.»

Marc nickte verständig. «Das sind die Frauen, die sich dauernd schneiden.»

Ich warf ihm einen strafenden Blick zu. «Das sind Menschen, die Probleme mit der Emotionsregulation haben, die stärkere Gefühlsschwankungen haben als andere. Sie haben oft Mühe, in Beziehungen Stabilität zu erreichen, sind impulsiv, haben Schwierigkeiten, Wut zu kontrollieren, neigen zu Suizidalität und – jawohl – oft auch zu Selbstverletzungen.»

«Eben», meinte Marc ungerührt. «Schwierige Patienten, was?»

Selma nickte. «In manchen Fällen ja. Das macht die Studie brisant – viele Fachleute finden es undenkbar, dass Borderline-Patientinnen mittels Online-Therapie behandelt werden. Sie finden, dass für dieses Krankheitsbild nur die Behandlung via direkten Kontakt in Frage komme. INTPERS wurde von mehreren Seiten angezweifelt und angegriffen. Dazu kommt, dass für einmal nicht verhaltenstherapeutische Behandlungs-manuale benutzt werden, sondern eine analytisch geprägte, wenig strukturierte, sehr individuelle Behandlung per E-Mail. Dass der klingende Name Adrian Wyss in der Studienleitung erschien, hat die Studie zusätzlich in den Fokus der Aufmerk-samkeit gerückt. INTPERS ist nicht nur Forschung, INTPERS ist zudem Marketing für die Klinik und Politikum. Kurz: INTPERS ist Dynamit.»

Marc schüttelte verwirrt den Kopf. «Verhaltenstherapie und Analyse?»

«Sind verschiedene Richtungen in der Psychotherapie», erklärte Martin. «Deren Vertreter sich in der Vergangenheit nicht immer ganz grün waren.»

«Und Rudolf Blanc», ergänzte ich, «darfst du dir vorstellen wie einen älteren General – aufrecht, mit akkurat gestutztem weissem Schnurrbart und tadellosen Manieren. Und mit griff-bereitem Bajonett, mit dem er dich im Zweifelsfall aufspiesst.»

«Das ist übertrieben», wiegelte Martin loyal ab. «Blanc ist ein korrekter, verlässlicher und sehr integrer Mann, der eine klare Linie vertritt. Er neigt nicht zu Verbrüderung und scheint gegen aussen humorlos, aber wenn man ihn besser kennt, ist er ein sehr aufmerksamer, aufrichtig interessierter Gesprächspart-ner. Ich schätze ihn durchaus.»

«Du möchtest aber trotzdem vermeiden, ihm auf die integ-ren Zehen zu treten, stimmt's?», schoss ich zurück, «zumal die fragliche Verbindung zwischen INTPERS und Adrian Wyss' Ableben die Frage aufwirft, ob der Direktor tatsächlich so kor-rekt und verlässlich ist, wie es den Anschein macht.»

Martin sah unglücklich aus, nickte aber widerwillig.

Selma wirkte nachdenklich. «INTPERS wird vom Alltags-betrieb der Klinik gut abgeschirmt. Das hat einerseits damit zu tun, dass die Anforderungen an wissenschaftliche Studien hinsichtlich Datenschutz generell immer höher werden, anderseits aber sicher auch mit ihrem konfliktgeladenen Inhalt.»

Ich streckte den Kopf vor, um sie besser im Blick zu haben. «Ich habe keinen blassen Dunst von wissenschaftlichen Studien und bin damit unter den Ärzten wahrscheinlich nicht allein. Aber du als Psychologin hast all das statistische Zeug doch schon im Studium mitbekommen. Kannst du nicht einmal ein wenig herumschnüffeln?»

«Ich weiss, dass der Chefpsychologe, Hans Bärfuss, Teil der Studie ist, und auch Eliane Zbinden macht mit, die Stationspsychologin von Abteilung 1c – sie ist spezialisiert auf Patientinnen mit Borderline-Störung. Hans Bärfuss ist zu gewieft, als dass er sich so ohne weiteres aushorchen liesse, aber Eliane ist eine herzliche, hilfsbereite Frau, die sicher bereit ist, einer weniger erfahrenen Kollegin etwas über INTPERS zu erzählen.»

«Pass bloss auf, ja?», warnte Martin beunruhigt. Als leitender Arzt stand er der Geschäftsleitung der Klinik Eschenberg, zu der sowohl Rudolf Blanc wie auch Hans Bärfuss gehörten, besonders nah, was ihn in eine zwiespältige Situation brachte.

Selma tätschelte Martin beruhigend den Arm. «Überlass das nur Tante Selma. Mein Fingerspitzengefühl wird grenzenlos sein.»

«Fein», warf ich ein. «Und ich kümmere mich um den zweiten Anhaltspunkt, um den Hinweis von Marie Lanz. Patricia Mathier de Rossi – dieser Name wird nicht allzu häufig sein. Ihr Mann ist Banker. Ich will wissen, ob an ihrem Unfall etwas faul ist, ob er mit Adrian Wyss zu tun haben könnte. Ein Kunstfehler vielleicht? Falsche Medikation, die die Fahrtüchtigkeit beeinträchtigt? Könnte ihr Tod ihn belastet haben?»

«Und wie willst du vorgehen?», forschte Selma begierig.

«Ich werde», erwiderte ich mit mysteriösem Lächeln, «einmal mehr meine unschlagbaren Quellen bemühen.»

Mein Bruder Michel, das Faultier, klang verschlafen, als ich ihn am nächsten Vormittag um elf Uhr anrief – eine durchaus christliche Zeit, wie ich fand. Michel teilte diese Meinung offenkundig nicht.

«Bist du wahnsinnig?», klagte er selbstmitleidig nach einem ausgiebigen Gähnen. «Was rufst du mich im Morgengrauen an?»

Ich überging das mitleidlos, sparte mir auch jegliche Nachfragen nach seinem Befinden und kam ohne Umschweife auf den Punkt. «Ich brauche deine Hilfe. Du sollst für mich ein paar alte Verbindungen ausgraben.» Wozu hatte man sonst einen kleinen Bruder, der im Bankenwesen tätig war? Einen Bruder mit ausgezeichneten Kontakten?

«Aber sicher. Wenn es sonst nichts ist.» Seine Stimme triefte vor Zynismus. Auch das ignorierte ich.

«Es handelt sich um einen Banker, also ganz dein Gebiet. Er arbeitet im Kader, leitet eine Filiale der Crédit Suisse. Wahrscheinlich in Muri bei Bern, ich bin allerdings nicht ganz sicher.»

«Darf ich fragen, wie es kommt, dass du Verbindung zu einem Mann herstellen willst, von dem du nicht einmal sicher weisst, wo er arbeitet?» Michel klang nun wacher. Und argwöhnisch. «Hast du Probleme mit Marc? Suchst du einen neuen Mann?»

«Nein, verdammt nochmal!», schnappte ich. «Mein Interesse ist fachlich bedingt.»

«Ich bin ganz Ohr.»

«Der Mann heisst Stefano de Rossi. Seine Frau ist kürzlich ums Leben gekommen – so viel kann ich sagen, und ich möchte wissen, wie und warum sie gestorben ist.»

Jetzt war mein Bruder verblüfft: «Bitte was?»

«Glaub mir, du willst die Geschichte nicht hören», versicherte ich ihm sachlich. «Die Frau hiess Patricia Mathier de Rossi. Ich kenne nur ihren Namen, nicht mehr.»

«Und wie hast du herausgefunden, dass ihr Mann bei der CS arbeitet? Banken neigen nicht dazu, Informationen über ihre Mitarbeiter an die grosse Glocke zu hängen.»

«Allerdings. Das musste ich bei meiner Internet-Recherche zu meinem Leidwesen auch feststellen. Aber er wurde zusammen mit seiner Frau auf der VIP-Gästeliste für einen kulturellen Anlass vor einem halben Jahr erfasst – freundlicherweise mit der Funktionsbezeichnung ‹Leiter Privatkunden Crédit Suisse›. Seine Wohnadresse konnte ich unter local.ch nicht auftreiben – die Menschen werden immer misstrauischer und lassen ihre Adressen aus dem Telefonbuch streichen, sehr bedauerlich – dafür gehört er offenbar zu den Aktiven des Tennisclubs Muri, dort habe ich seine Adresse unter Interclub gefunden. Da er in Muri wohnt, besteht eine gewisse Wahrscheinlichkeit, dass er auch dort arbeitet. Das Internet verzeiht nichts», schloss ich selbstzufrieden.

Michel prustete ungläubig. «Und wozu brauchst du mich noch?»

«Ganz einfach. Ich möchte, dass du jemanden auftreibst, der mir etwas über ihn erzählen kann und auch bereit ist, es zu tun. Also idealerweise eine Frau – eine Mitarbeiterin, eine Sekretärin, das überlasse ich ganz dir.»

«Herzlichen Dank», erwiderte er trocken. «Dass mir das möglich ist, ist natürlich selbstverständlich, ebenso, dass ich viel Zeit und Energie in diese Aufgabe investieren möchte. Versteht sich von selbst. – Sag, warum sollte ich dir diesen Gefallen tun?»

«Damit ich vergesse, dass dieses Jahr erneut ich das gemeinsame Geburtstagsgeschenk für unsere Mutter organisiert habe? Das dritte Jahr in Folge? Und dass ich mich ihr gegenüber diskret darüber ausgeschwiegen habe?», schlug ich heiter vor.

Ein langer Seufzer. Dann: «Bis wann musst du die Informationen haben?»

Natürlich liess Michel mich länger zappeln, als mir lieb war. Tag um Tag zog ins Land, ohne dass ich von ihm hörte.

Allerdings mangelte es mir nicht an Ablenkung. Die ruhigen, ungestörten Familientage, nur unterbrochen durch die wöchentlichen Spielgruppenbesuche von Jana, waren vorbei: Jana trat in den Kindergarten ein. Ich war an diesem ersten Montagmorgen ein Nervenbündel, überprüfte zum x-ten Mal die Liste, auf der die für Kindergarten-Anfänger erforderliche Ausstattung aufgelistet war. «Hausschuhe – eingepackt», murmelte ich fahrig vor mich hin. «Zahnbürste und Becher, mit dem Namen des Kindes angeschrieben – jawohl. Turnsachen in Turnbeutel, mit Etiketten versehen – alles da. Notfalltelefonliste – ach herrje! Marc! Wo haben wir diese Notfallliste?»

Marc schwenkte besänftigend ein Formular. «Ruhe bewahren, ich habe es hier. Ka, ich bitte dich! Das Kind geht in den Kindergarten, nicht auf eine Polarexpedition! Nun beruhige dich mal! Ich habe alles im Griff!»

Der hatte leicht reden. Er hatte sich am Nachmittag freinehmen können, hatte Termine umgelegt, um Jana in ihren ersten Momenten am neuen Ort zu begleiten. Aber ich war mal wieder die Rabenmutter, die an so einem wichtigen Tag arbeiten ging. Da musste ich zumindest alles perfekt gepackt haben. Wo war noch einmal die Box für das Pausenbrot?

Die Klinik, so wurde mir wenig später klar, bot mir keine Erholung von der familiären Nahkampfzone. Der lokale Super-GAU war eingetroffen: Meine Assistenzärztin war krank geworden.

«Eine Magen-Darm-Grippe», erläuterte sie mir mit schwächlicher Stimme am Telefon. Und ich musste mich ungemein beherrschen, damit mein «Gute Besserung!» nicht panisch klang. Der Ausfall von Petra Müller bedeutete, dass die gesamte ärztliche Arbeit auf der Station an mir hängen blieb.

So hatte ich wenig Zeit, meinen säumigen Bruder zu verwünschen. Ich hetzte tagelang über die Abteilung, führte Erst- und Verlaufsgespräche, tippte Berichte, führte gestresst diverse Telefonate mit Nachbetreuern und Angehörigen und verordnete mit hängender Zunge Medikamente. Es war die Hölle, und ich war dankbar um meinen freien Mittwoch zu Hause, der mir trotz Hausarbeit, Einkauf und überreizten Kindern – Jana war nach ihren ersten Tagen im Kindergarten völlig erschöpft, Mia dagegen grün vor Neid, weil sie selbst noch zu klein war, um überhaupt die Spielgruppe zu besuchen – wie das reine Paradies vorkam.

Inmitten all der Anstrengung nahm ich nur am Rande wahr, dass Marie Lanz, meine alkoholkranke Patientin, zu dekompensieren drohte. Sie war fahrig und abwesend, brach regelmässig in hysterische Tränen aus und konsumierte mehr Reservemedikation als in den Wochen zuvor. Dünnhäutig und reizbar, wie sie war, verwickelte sie sich zudem in einen Zickenkrieg mit zwei angriffslustigen Mitpatientinnen, was mehrere Sonderrunden und klärende Gespräche erforderte und das Pflegepersonal auf Trab hielt. Ich hatte kaum Zeit, mich mit Marie Lanz zu unterhalten, und in der knappen Viertelstunde, die ich aufbringen konnte, wies sie meine Rückmeldung zu ihrem Zustand weit von sich.

«Also wirklich, Frau Bergen», intonierte sie theatralisch und wedelte abweisend mit ihrer üppig beringten Hand, «darf man hier nicht einmal einen schlechten Tag haben?»

Sie wirkte fassadärer denn je, aber ich spürte, sie würde sich mir nicht öffnen. Also verordnete ich ihr resigniert zusätzliche Reservemedikation und hoffte das Beste.

Ich war dermassen von Arbeit überhäuft, dass ich kaum dazu kam, mich mit Selma über ihre Nachforschungen zu INTPERS auszutauschen. Am Dienstagmittag sass ich immerhin Martin beim Mittagessen gegenüber.

«Hat Selma etwas herausgefunden?», fragte ich mit vollem Mund, während ich mir hastig eine neue Gabel Spaghetti aufwickelte.

Missmutig deutete Martin mit dem Daumen hinter sich. «Sie ist eben dabei.»

Ich reckte kauend den Hals – tatsächlich, an einem Tisch hinter uns sass Selma mit der Psychologin Eliane Zbinden beim Essen.

«Nein, tatsächlich? Und wie viele Probanden untersucht ihr?», hörte ich sie eben mit begeistertem Interesse ausrufen, und mir war, als hätte sie mir kurz zugezwinkert.

«Wunderbar», befand ich und schob mir rasch den nächsten Bissen in den Mund. «Hoffentlich ist sie erfolgreich.»

«Hoffentlich nicht zu erfolgreich», murmelte Martin und schoss einen beunruhigten Blick über die Schulter.

Aber seine Befürchtungen waren unnötig. Zehn Minuten später gesellte sich Selma mit unzufriedenem Gesichtsausdruck und einem Latte macchiato zu uns.

«Hat nicht viel gebracht», murrte sie leise, während sie sich setzte. «Ich bin jetzt im Bild über die verschiedenen Probandengruppen, weiss alles über die Schwierigkeit, Fragestellung und Untersuchungsparameter zu definieren, und kenne die Fallstricke im Umgang mit der Ethikkommission. Aber als ich Eliane darauf angesprochen habe, dass eine Studie sicher auch ‹heikle Situationen und Probleme› mit sich bringt, hat sie mich zuerst ahnungslos angeblickt und dann über die Herausforderungen in der Studienfinanzierung berichtet, und zwar mit erschöpfender Gründlichkeit. Mir ist ganz schwindlig.»

«Hat sie nicht versucht, etwas vor dir zu verbergen?», vergewisserte ich mich.

Selma schüttelte den Kopf. «Sie wirkte völlig authentisch. Wenn es tatsächlich gravierende Probleme mit INTPERS gibt, so weiss sie nichts davon.»

«Was die Sache natürlich noch interessanter macht», meinte ich grinsend, während ich mich erhob – fünfzehn Minuten Mittagspause waren das Äusserste, was ich mir aktuell leisten konnte. «Ich kann mich doch darauf verlassen, dass du dich weiter umtust, oder?»

Selma nickte grimmig und ignorierte dabei die leicht gräuliche Verfärbung in Martins Gesicht.

Als Petra am Freitag blass und angeschlagen, aber entschlossen wieder an die Arbeit zurückkehrte, konnte ich kaum an mich halten, sie mit Küssen der Dankbarkeit zu überschütten. Die Entlastung durch den Wegfall der zusätzlichen Arbeit war fast körperlich spürbar, und ich begann wieder klar zu denken.

Marie Lanz. Ihr Zustand gefiel mir gar nicht. Trotz zusätzlicher Fürsorge durch die Stationspsychologin und das Pflegeteam, trotz der Medikation, die sie regelmässig verlangte, zerfiel sie vor unseren Augen. Ihre Konzentration und ihre Gedächtnisleistungen, die sich nach dem Entzug wieder merklich verbessert hatten, schienen schlechter zu werden, sie beteiligte sich kaum an den Gruppengesprächen, und wenn sie es tat, fiel sie durch unpassendes, überdrehtes Verhalten auf. Sie kaute sich die Nägel blutig und war verschlossen und unglücklich.

«Es hilft nichts», beschloss ich, als ich mit Jelika und Paul von der Pflege im Stationszimmer sass. «Ich muss ein Gespräch mit Frau Lanz führen. Weiss jemand von euch, wo sie gerade steckt?»

Aber die Aufgabe, unsere Patientin aufzuspüren, erwies sich als schwieriger als vermutet. Sie war weder in ihrem Zimmer noch im Gemeinschaftsraum zu finden, hielt sich nicht im

Atelier auf und war auch nicht in der Cafeteria gesichtet worden. Als unsere Suche erfolglos blieb, sprachen Jelika und Paul mit ein paar anwesenden Patienten. Die Zimmergenossin von Marie Lanz bestätigte schliesslich unsere Vermutung.

«Marie hat mir nach dem Mittag im Vertrauen erzählt, sie halte es nicht mehr aus und haue ab. Ich glaube, sie wollte nach Bern. Sie wissen schon, um trinken zu gehen. Sie hat schon länger mit sich gerungen.» Verlegen zupfte sie am Saum ihres überweiten Pullovers. «Vielleicht hätte ich Ihnen das gar nicht sagen sollen …»

Ich verzichtete darauf, ihr zähneknirschend zu vermitteln, dass es hilfreich gewesen wäre, wenn sie mit dieser Information früher zu uns gekommen wäre – es war mir schleierhaft, warum es für unsere Patienten ehrenvoller war, ihre Kollegen nobel schweigend in einen Rückfall laufen zu lassen, als uns über die drohende Gefahr zu unterrichten.

Marie Lanz war also irgendwo in einer zwielichtigen Berner Kneipe dabei, sich volllaufen zu lassen. Wunderbar.

Verärgert und besorgt zog ich mich in mein Büro zurück. Und fand dort eine SMS von meinem Bruder vor.

«Habe etwas für dich!»

Endlich.

Begierig wählte ich seine Nummer.

«Jaaaa?»

Seinem genüsslich gedehnten Tonfall entnahm ich, dass er geneigt war, mich auf die Folter zu spannen.

«Keine Präliminarien!», warnte ich ihn gereizt. «Raus damit! Was hast du herausgefunden?»

«Meine Schwester», entgegnete er leutselig. «Immer freundlich, immer herzlich.» Dann wurde sein Tonfall geschäftsmässig. «Also gut. Stefano de Rossi. Er ist tatsächlich der Leiter einer CS-Filiale, allerdings nicht in Muri, sondern in Zollikofen.

Er hat diese Funktion noch nicht lange, erst seit einem Jahr. Wie der Zufall so spielt», er räusperte sich diskret, «kenne ich über zwei Ecken eine junge Dame, die ebenda ihre KV-Lehre absolviert. Jessica Chanelle Brechbühler – Himmel, diese Namen heutzutage.»

«Gehe ich zu Recht davon aus, dass Jessica Chanelle ihrem Namen alle Ehre macht?», erkundigte ich mich zuckersüss.

«Nun, das ist Ansichtssache. Etwas zu blond für meinen Geschmack, und ich halte üblicherweise nicht viel von Frauen, die dauernd Kaugummi kauen. Aber hier ging es ja nicht um meine private Meinung, nicht wahr? Ich war quasi undercover am Werk, in ehrenvoller Absicht.»

«Natürlich. Dankenswerterweise.»

«Genau. Im Übrigen habe ich mich darauf beschränkt, ein wenig mit ihr zu chatten. Via Facebook. Sie ist ziemlich offenherzig, was Informationen angeht.»

«Nur was Informationen angeht?»

«Ich bitte dich.» Michel war ganz gekränkte Würde. «Ich bin ein Mann in festen Händen.» Sprich: seine langjährige Freundin hatte ihn endlich zu einer gemeinsamen Wohnung überreden können.

«Michel, bei allem Respekt. Was hast du herausgefunden?»

«Du willst nicht wissen, durch welche raffinierten Strategien ich ihr die Würmer aus der Nase gezogen habe?»

«NEIN.»

«Gut. Die nackten Tatsachen. Es ist allgemein bekannt, dass die Frau von de Rossi Anfang Juli bei einem Autounfall ums Leben gekommen ist – Jessica wurde nicht müde zu betonen, dass die Frau, wenngleich leidlich attraktiv, ganz schön gaga gewesen sei. Ich denke mir mal, dass Jessica selbst ein Kullerauge auf den gutaussehenden Chef geworfen hat – das würde die gehässigen Kommentare erklären.»

«Weisst du mehr über den Unfall?», hakte ich ungeduldig nach.

«Frau de Rossi ist selbst gefahren, war allein im Auto. Ihr Wagen ist von der Fahrbahn geschlittert und mit einem entgegenkommenden Fahrzeug kollidiert. Tragische Sache – der Fahrer des anderen Autos ist korrekt gefahren, hatte aber keine Chance. Er wurde schwer verletzt.»

«Und de Rossi? Wie hat er die Sache aufgenommen?»

«Schlecht. Der Mann sei laut Jessica ganz ausser sich. Er habe den Tod seiner Frau sehr schwer genommen.»

«Hat sie etwas darüber gesagt, wie es zum Unfalltod der Frau kam? War es ein Suizid?»

«Woher soll ich das wissen? So detailliert habe ich nicht gefragt.»

Ich biss mir auf die Lippe. Es gab da noch ein paar Fragen, die mir unter den Nägeln brannten. Aber wie sollte ich es anstellen?

«Das ist schon mal sehr nützlich, danke sehr. Bist du mit ihr auf Facebook befreundet? Hast du Zugang zu ihrem Profil?»

Michel prustete erheitert. «Zugang zu ihrem Profil hat jeder, der ihren Nickname kennt – sie hat ihre Inhalte nicht geschützt.»

«Tatsächlich? Gibt es das noch? Wie lautet ihr Nickname?»

Michels Stimme klang nun maliziös. «Jessi-Belle Chanelle.»

«Das ist nicht dein Ernst.»

«Darauf kannst du wetten.»

Michel hatte nicht zu viel versprochen. Zunehmend entgeistert klickte ich mich durch Jessica Brechbühlers Facebook-Profil.

Offenbar war die junge Frau – sie war kaum zwanzig – der Ansicht, dass die Wahl ihres überaus originellen Spitznamens mehr als ausreichenden Schutz für ihre Privatsphäre bot. Ungehindert blätterte ich mich durch Dutzende von Fotos von ihr in leichtbekleideten Lolita-Posen – hatte das Mädchen keine Eltern, die derartigen Leichtsinn verboten? Ich entnahm ihren Informationen Geburtsdatum, Wohnort, detaillierten Ausbildungsgang, Arbeitsort und bevorzugte Aufenthaltsorte in ihrer Freizeit, daneben den Hinweis, dass sie Single und «auf der Suche nach Männern» sei – das war offensichtlich. Angewidert studierte ich die Kommentare ihrer Freundinnen, allesamt in einer albernen, von falschen englischen Ausdrücken wimmelnden Sprache, und die begeisterten Komplimente männlicher «Freunde» zu ihren aufreizenden Selbstportraits. Grauenhaft.

Das Gute daran war, dass ich dank Jessi-Belles akribischer Protokollführung ihr Leben blind hätte nachzeichnen können.

Ich griff nach meinem Telefon. Nach dem vierten Läuten wurde abgehoben.

«Martin? Würdest du kurz mal in mein Büro kommen?»

«Bist du irre?»

Ich fand, dass Martins impulsive Bemerkung seiner beruflichen Position nicht ganz angemessen war, ging jedoch nicht darauf ein.

«Du hast versprochen, dass du mitmachst.»

«Ich habe mich einverstanden erklärt, die Hintergründe zu Adrian Wyss' Tod genauer zu beleuchten. Aber das hier», er wies mit seiner Hand anklagend auf den Bildschirm meines Computers, «ist eine Frechheit.»

«Stell dich nicht so an», wiegelte ich ab. «Sie sieht doch ganz nett aus, oder?» Freundlich deutete ich mit dem Finger auf Jessica Brechbühlers Profilfoto, auf dem sie, die Lippen wie ein Pin-up-Girl geschürzt, verschmitzt in die Kamera blinzelte.

«Kassandra!» Martin rang sichtlich um Beherrschung. «Ich bin ein Mann Mitte vierzig. Ich werde auf keinen Fall in einer In-Kneipe herumhängen und einen überkandidelten Teenager anbaggern, um ihr Infos über ihren Chef aus der Nase zu ziehen. Am Ende werde ich der Pädophilie bezichtigt!»

Abschätzig winkte ich ab. «Ich versichere dir, auf das Anbaggern kannst du verzichten. Du musst nur einen deiner geschniegelten Anzüge anziehen und dich an einen Tisch setzen. Ich wette zehn zu eins, dass sie sich auf dich stürzen wird. Sie steht nämlich auf gutaussehende, erfolgreiche Männer, wie ich ihren quietschenden Kommentaren», ich deutete auf einige Beiträge, «entnehmen kann. Allerdings hoffe ich um deinetwillen, dass du dich ihren Fängen unbeschadet entwinden kannst. Sie kommt mir wie eine recht entschlossene Person vor.»

«Vergiss es. Ich werde niemals …»

«Martin.» Ich legte sanft meine Hand auf seinen Arm und machte meine besten Bambi-Augen. «Bitte.»

6. Kapitel

Zwei Tage später, am Sonntagmorgen um halb zehn, läutete unsere Türglocke. Zu diesem Zeitpunkt war im Hause Bergen eben ein wenig Ruhe eingekehrt – schon beim üblichen gemeinsamen Frühstück hatten Jana und Mia sich konstant in den Haaren gelegen, dann hatten sie ihren Streit nahtlos in Janas Kinderzimmer verlegt und sich alle drei Minuten um neue Nichtigkeiten gezankt, bis ich die Geduld verloren und ein Machtwort gebrüllt hatte, das hinsichtlich Lautstärke eine startende Boeing mühelos übertönt hätte. Nun spielten sie friedlich – nicht, weil mein Votum sie sonderlich beeindruckt hätte, sondern weil es sie auf eine gute Idee gebracht hatte: Sie spielten nun mit Begeisterung Mutter und Kind. Während ich zur Haustür eilte, hörte ich Jana von oben genüsslich «Mia! Du hörst jetzt SOFORT auf, sonst …» kreischen, während Mia mit geringem schauspielerischem Talent ein Schluchzen imitierte. Nun gut. Immerhin waren sie jetzt zufrieden.

Vor der Tür standen Martin und Selma, wie erwartet. Martin verzichtete auf ein Grusswort. Mit einem grollenden Seitenblick stapfte er wortlos an mir vorbei, um Marc, der eben die Treppe herunterkam, kollegial zu begrüssen. Selma hingegen war auffallend vergnügt und tätschelte mir grinsend die Schulter.

Wir baten unsere Gäste zu Tisch und trugen Kaffee auf. Martin wurde von unseren Töchtern sofort mit Beschlag belegt, musste sich Zeichnungen und Spielsachen anschauen und wurde dann in Janas Zimmer verschleppt. Ich musste alle meine mütterliche Autorität aufbieten, um ihn aus den Fängen der beiden begeisterten Mädchen zu retten, die sich eben anschickten, ihn mit rosa Chiffontüchern und Kinder-Schminke

75

in eine Prinzessin zu verwandeln. Schliesslich liessen sie ihre Beute unter Protest ziehen, nachdem sie ihm das Versprechen abgenommen hatten, später mit ihnen Einkaufen zu spielen.

«Nun?», fragte ich Martin aufmunternd, sobald wir uns an den Tisch zu Marc und Selma gesetzt hatten. «Wie ist es gelaufen?»

Ich erntete einen stählernen Blick des Angesprochenen, während Selma neben ihm in schallendes Gelächter ausbrach.

«Es war wunderbar!»

«Du warst dabei?», erkundigte sich Marc im Bemühen, aus Solidarität mit Martin ernst zu bleiben.

«Inkognito.» Sie wischte sich unter Schonung ihrer Mascara Lachtränen aus den Augen. «Ich habe das Lokal ein paar Minuten nach ihm betreten und mich still und unauffällig in eine Ecke gesetzt.»

«Also war meine Vermutung richtig? Jessica war tatsächlich im ‹Pietro›?», forschte ich eifrig. Ich hatte anhand von Jessica Brechbühlers ausgiebigen und detaillierten Facebook-Einträgen errechnet, dass sie den Samstagabend mit hoher Wahrscheinlichkeit in diesem In-Lokal im Berner Breitenrain-Quartier verbringen würde. Falls sie nicht im «Pietro» gewesen wäre, hätte Martin noch drei weitere Lokale in der Umgebung aufsuchen müssen. Aber meine Rechnung war offenbar aufgegangen.

Selma wandte sich mir zu. «Ja. Du hast richtig getippt. Sie war schon drin. Unverkennbar, das Mädchen. Blonde Haare bis zum Schulterblatt, viel Make-up und die lauteste Stimme im Raum. Martin hat sich exakt an deine Anweisungen gehalten. Hat sich an die Bar gesetzt, in ihrer Nähe, die NZZ hervorgeholt und wichtig und bedeutungsvoll dreingeblickt.»

«Und dann?»

Martin schaltete sich ein, unverkennbar übellaunig. «Dann hat sich Jessica an mich rangemacht. Wie du erwartet hast.

Ich hasse es, wenn du Recht hast. Das Mädchen ist mit einer Freundin an die Bar getreten und hat mich angesprochen. Ob ich auch im Bankgeschäft tätig sei?»

«Weil du, wie ich vorgeschlagen habe, den Wirtschaftsteil der NZZ aufgeblättert hattest? Ich liebe es, wenn ein Plan funktioniert. Man muss den Leuten nur einen guten Aufhänger bieten», meinte ich selbstzufrieden.

«Falsch», erwiderte Martin, «weil ich mich zuvor lautstark mit dem Barkeeper über Börsenkurse unterhalten hatte. Die Idee mit der Zeitung war Käse. Ich bezweifle, dass die Kleine überhaupt lesen kann.»

Selma schaltete sich ein, ehe ich ihm eine gepfefferte Replik um die Ohren hauen konnte. «Es lief ganz fantastisch. Die beiden kamen ins Gespräch. Ein sehr animiertes Gespräch, muss ich sagen. Grosse Freude hatte ich an Martins tapferen Versuchen, sich konstruktiv zu Jessicas Begeisterung für Justin Bieber zu äussern. Er sah dabei aus, als hätte er gerade eine Erdkröte verschluckt, aber er hat sich gut gehalten.»

Martin warf ihr einen würdevollen Blick zu. «Ich habe versucht, mein Gegenüber da abzuholen, wo es gerade war. Dass es sich dabei um die Untiefen der modernen Musikindustrie handelte, musste ich in Kauf nehmen. Ich wollte ihr Vertrauen gewinnen, sie in Sicherheit wiegen, und das ist mir gelungen. Nicht, dass das besonders schwierig gewesen wäre», ergänzte er düster. «Schon nach zehn Minuten musste ich diskret mein Knie wegziehen, um ihre Hand loszuwerden. Um Himmels Willen, das Mädchen könnte meine Tochter sein.»

Selma versuchte erfolglos, ihr Lachen zu unterdrücken. «Nach einer halben Stunde rückte sie ihm ernsthaft auf die Pelle. Martins Miene wurde zunehmend panisch. Als sie sich auf seinen Schoss setzen wollte, imitierte er kläglich einen Hustenanfall ...» Sie bog sich mittlerweile vor Lachen und konnte nicht weitersprechen, so dass Martin misslaunig einsprang.

«Ich wusste mir wirklich nicht mehr zu helfen. Jessica hatte bereits mehrere deutlicher werdende Hinweise auf eine fiktive rachsüchtige Ehefrau ignoriert und war dazu übergegangen, ihre Vorschläge für den weiteren Verlauf des Abends konkret werden zu lassen, da musste ich die Notbremse ziehen. Ich habe also einen Hustenanfall vorgetäuscht – recht überzeugend, finde ich – und behauptet, ich hätte offene Lungentuberkulose.»

Selma lag fast unter dem Tisch. Keuchend warf sie ein: «Natürlich hatte Jessica keinen Schimmer, was er meinte, und liess nicht von ihm ab. Da hat er alle Beherrschung verloren, gebrüllt: ‹Die Pest! Ich habe die Pest!›, eine Zwanzigernote auf den Tisch geknallt und fluchtartig das Lokal verlassen.»

Martin nahm mit steifer Miene zur Kenntnis, dass mittlerweile nicht nur Selma und ich vor Lachen bebten, sondern auch Marc alle Solidarität in den Wind geschlagen hatte und unkontrolliert hinausprustete. «Möchte vielleicht irgend jemand in dieser fidelen Runde wissen, was ich bezüglich unseres Falles herausgefunden habe?», fragte Martin kühl.

Ich bemühte mich erfolglos um Mässigung. «Bitte!», japste ich. «Wir würden es sehr gern hören.»

Martin warf mir einen Blick zu, der einer gestrengen Ordensschwester angemessen gewesen wäre. «Gut.»

Er beugte sich vor, und der Ernst in seiner Stimme brachte das Gelächter allmählich zum Versiegen. «Wie Kassandras Bruder richtig vermutet hat, war Jessica beleidigt darüber, dass ihr charmanter und gutaussehender Chef ihre Avancen nicht einmal zur Kenntnis genommen hat. Also hat sie zu ihrer Beruhigung darauf verwiesen, dass er von seiner Frau abhängig war – natürlich verdient er in seiner Position ganz gut, aber

78

er führt auch einen aufwendigen Lebensstil. Und das wirklich grosse Geld hatte sie. Patricia Mathier de Rossi stammte mütterlicherseits aus einer alteingesessenen Industriellen-Familie. Ihr Grossvater besass mehrere Fabriken, und ihre Mutter ist ein ganz hohes Tier in einer Pharma-Firma. Offenbar war die Ehe zwischen Stefano und Patricia nicht ganz einfach. Jessica wusste nur, dass die Frau gesundheitliche Probleme hatte. Was war das noch, Kassandra, was Marie Lanz erwähnt hat? Eine Unterschenkel-Amputation nach einem Unfall?»

Er blickte mich fragend an, und ich nickte.

«Jessica erwähnte, dass die Frau sich zeitweise reizbar und aggressiv verhalten habe. Sie berichtete von einem Firmenessen, bei dem Patricia sich offen und lautstark mit ihrem Mann gestritten und dann zeternd die Runde verlassen habe. Peinliche Situation für alle – ausser für Jessica, die den Fehltritt der Rivalin offenkundig genossen hat. Stefano de Rossi wirkte schon seit längerem sehr belastet.»

«Hat sie dir mehr über den Unfalltod der Frau berichten können?», hakte Marc nach.

«Nein. Nur das, was wir schon wussten. Ein Selbstunfall, bei dem ein Unschuldiger zu Schaden kam. Stefano de Rossi sei seit dem Ereignis sehr angeschlagen.»

Ich dachte laut nach. «Eine reiche, schwierige Ehefrau. Ein belasteter Ehemann. Und ein Psychiater. Wie könnte das zusammenpassen? Hat die Frau Suizid begangen, und ihr Mann wirft dem Psychiater vor, er habe die Vorzeichen verpasst und nicht gehandelt? Oder kam de Rossi der Tod seiner Frau gelegen? Und er befürchtete, dass der Psychiater als Vertrauter der Frau zu viel wusste? Oder …»

«Bevor du dich in weitere Mutmassungen verstrickst», unterbrach mich Martin, «de Rossi hat für die Nacht, in der Adrian Wyss starb, ein wasserdichtes Alibi.»

Ich hob die Augenbrauen. «Tatsächlich? Wie das?»

«Ein Kundenanlass in Zürich. Zwei weitere Kadermitarbeiter der Bank waren mit dabei. Die drei haben offenbar nach dem Tod der Frau darüber gesprochen, und Jessica hat es mitbekommen.»

Ich spürte eine leise Enttäuschung in mir aufsteigen. «Trotzdem», entgegnete ich ohne wirkliche Überzeugung. «Wenn wir von einem Suizid ausgehen, dann könnte de Rossi Adrian Wyss ja im Vorfeld unter Druck gesetzt und damit in den Tod getrieben haben. Es ist nicht ausgeschlossen, dass er trotzdem etwas mit der Sache zu tun hat.»

Marc schaltete sich ein. «Ka, natürlich könnte das sein. Aber es klingt ziemlich konstruiert. Der Unfalltod dieser jungen Frau ist ein tragischer Vorfall, zweifellos, aber ich sehe keinen unmittelbaren Zusammenhang mit Adrian Wyss. Wie steht es denn mit dieser Studien-Sache?»

Er blickte Selma fragend an und nahm mir damit die Möglichkeit, gegen seine Einwände zu protestieren.

Selma straffte sich. «Wie man es nimmt. Martin und Kassandra wissen bereits, dass ich mit Eliane Zbinden wenig Glück hatte – sie weiss nichts über allfällige Probleme mit INTPERS. Also habe ich mich aufgerafft und Hans Bärfuss angesprochen, meinen direkten Vorgesetzten. Ich habe mit naivem Augenaufschlag von meinem interessanten Gespräch mit Eliane berichtet und ein paar Fragen gestellt – wie in der Studie Therapieerfolge operationalisiert werden, ob auch in der Online-Therapie-Gruppe direkte Kontakte zum Therapeuten möglich seien, wie die Probleme der Diagnostik in der reinen Online-Gruppe gelöst werden ... Grundlagen eben.» Sie sprach geschäftsmässig weiter und ignorierte unsere staunend-beeindruckten Mienen. «Hans war wie immer: Freundlich, väterlich, mit diesem Hauch von amüsierter Ironie im Gebaren, als fände er meine Fragen insgeheim belustigend. Bis ich dann zu dieser einen Frage kam.» Sie hob den Finger und verzog ihr schönes Gesicht in dramatische Falten. «‹Hans, was passiert, wenn ein Proband der Online-Gruppe suizidal wird, wenn er dekompensiert? Gibt es einen Notfallplan?›»

«Und?», drängte Martin.

Sie hob bescheiden die Hände. «Damit hatte ich den Nagel offenbar auf den Kopf getroffen, und das gelassene, spöttische Amüsement war dahin. Hans ist schlagartig ernst geworden, angespannt und wachsam. Wollte wissen, wie ich auf diese Frage komme. Und mit meiner hastigen Erklärung, dass das doch generell die Schwierigkeit mit Borderline-Patienten sei, schien er sich nicht so ganz zufrieden zu geben.» Sie schluckte. «Sein Blick war erschreckend, und ich habe mich kurzum aus dem Staub gemacht.»

«Na also!» Marc schnippte triumphierend mit den Fingern. «Da ist doch etwas faul.»

Martin verzog den Mund. «Vielleicht. Es kann aber auch ein Missverständnis sein», setzte er an.

Selma schüttelte entschieden den Kopf. «Glaube ich nicht. Ich kenne Hans. So habe ich ihn noch nie erlebt. Ich habe mit meiner Frage in ein Wespennest gestochen.»

«Notfallpläne bei suizidalen Patienten», wiederholte ich nachdenklich. «Das war doch eines der Hauptargumente der Kritiker von INTPERS, nicht wahr? Dass ein Therapeut, der keinen direkten Kontakt zum Patienten hat, nicht abschätzen kann, wie es diesem wirklich geht, dass er Krisen nicht frühzeitig erkennen und entsprechend handeln kann? Und dass gerade Borderline-Patienten häufig suizidale Krisen und schwere Selbstverletzungen erleben, was bereits nur den Versuch einer reinen Online-Behandlung fahrlässig erscheinen lasse?»

«Genau», bestätigte Selma. «Und was, wenn jetzt genau das passiert ist? Wenn ein Proband der Studie sich das Leben genommen hat?»

«Das wäre eine Katastrophe für INTPERS», meinte Martin dumpf. «Und damit auch für den Ruf der Klinik.»

Marc war der Einzige, der unbeeindruckt blieb. Enthusiastisch spielte er verschiedene Szenarien durch. «Adrian Wyss hat verpasst, dass eine Probandin suizidal wurde, und hat sich, von Schuldgefühlen gequält, das Leben genommen. Oder hat Adrian Wyss gewusst, dass Rudolf Blanc oder Hans Bärfuss einen Probanden auf diese Weise verloren haben, wollte die Sache publik machen und musste entsprechend kaltgestellt werden, damit der Ruf der Studie nicht gefährdet wird?»

Martin vergrub das Gesicht in den Händen und stöhnte. «Das sind alles nur Vermutungen, nichts weiter. Ihr reimt euch da etwas zusammen.»

Ohrenbetäubender Lärm schallte aus dem oberen Stockwerk herunter. Selma fuhr zusammen, Martin zog den Kopf ein. Marc jedoch, der kampferprobte Vater, seufzte nur resigniert und brüllte dann «Jana, Mia! Stellt diese Kinderlieder leiser, sofort!»

«Jaaah, in Ordnung!», trällerte Jana unschuldig von oben. Der Lärm verebbte.

Ich versuchte mit wenig Erfolg, meine Ungeduld zu zügeln. «Martin, bitte. Keiner von uns hat Freude daran, sich mit dem Direktor und den Mitgliedern der Geschäftsleitung anzulegen. Aber deine Vogel-Strauss-Politik ist lächerlich. Man muss auch mal Zivilcourage beweisen.»

«Ich kann mir einfach nicht vorstellen, dass einer von ihnen mit einer unsauberen Sache zu tun hat», murmelte Martin durch seine Hände hindurch.

«Ja», erwiderte ich gedehnt. «Das konnte ich mir bei Jan Peter damals auch nicht vorstellen.»

Das sass. Martin richtete sich auf – die Erinnerung an unseren letzten Fall schien ihn wachgerüttelt zu haben.

«Nun gut. Du hast Recht. Gehen wir der Sache weiter nach. Aber wir müssen vorsichtig sein. Selma, du hast dich genug exponiert. Ich werde weitermachen, ich habe engere Verbindungen zur Geschäftsleitung.» Er holte tief Luft. «Ich muss herausfinden, wer noch alles an der Studie mitarbeitet. Es muss eine Art Studien-Koordinatorin geben, jemanden, der Termine abmacht, das Organisatorische regelt, Daten eingibt, dergleichen. Vielleicht ist diese Person eine Schwachstelle. Ich muss erfahren, wer das ist, und das möglichst ohne Aufsehen zu erregen. Ich werde darüber nachdenken.» Er war blass, sah aber entschlossen aus.

«Vielleicht könnte auch ich …?», bot ich eilfertig an, wurde aber von Marc zurückgepfiffen. «Diplomatie ist nicht deine Stärke, meine Liebe. Lass es Martin machen, der ist diskreter.»

Beleidigt wandte ich mich ab. «Bitte sehr. Ich für meinen Teil werde mich weiter dem Fall Mathier de Rossi widmen. Im Gegensatz zu euch allen bin ich nämlich durchaus der Ansicht, dass der eine heisse Spur darstellt. Warum sonst würde Marie Lanz dermassen aus der Fassung geraten?»

«Aber sicher», meinte Martin trocken, «Marie Lanz als langjährige Alkoholabhängige mit diversen Spätfolgen und einem zerrütteten sozialen Umfeld hat wirklich keine anderen Gründe, instabil zu werden – das ist ein sicherer Beweis dafür, dass der Tod von Adrian Wyss mit ihr und dieser Suizidgeschichte zusammenhängt.»

«Kümmere du dich um deine Geschäftsleitungsmitglieder», fauchte ich, «und lass meinen Instinkt in Frieden. Der sagt mir nämlich, dass ich mich weiter um die Sache kümmern soll. Und dass dieser Stefano de Rossi, der trauernde Ehemann, vielleicht doch nicht so unschuldig ist, wie es den Anschein macht. Alibi hin oder her.»

Marc wirkte resigniert, Selma zweifelnd.

Zu meiner Überraschung jedoch nickte Martin enthusiastisch. «Kassandra, ich bin vollkommen deiner Meinung. Das kann man nicht einfach so stehen lassen. Ich finde, man sollte Stefano de Rossi unbedingt auf den Zahn fühlen.»

Die abrupte Kehrtwendung kam mir eigenartig vor. «Ach ja?»

«Ja. Jemand müsste mit dem Mann sprechen. Heraushören, wie er wirklich zu seiner Frau stand, wie er ihren Tod einordnet, ob er einen Groll hegt oder düstere Geheimnisse verbirgt. Jemand Raffiniertes, Intelligentes, Feinfühliges. Ich denke da speziell an dich, Kassandra.»

Das war mir nun wirklich unheimlich.

«Nett von dir, Martin», erwiderte ich vorsichtig. «Aber das ist nicht so einfach, oder? Ich kann ja nicht so mir nichts, dir nichts in die Bank oder in seine Wohnung marschieren und ...»

«Genau!», rief Martin begeistert. «Das geht ja nicht, oder? Aber wie der Zufall so spielt», und hier nahm seine Miene etwas entschieden Diabolisches an, «weiss ich dank der Schwatzhaftigkeit der lieblichen Jessica, wo der Mann sich heute Abend um fünf Uhr aufhalten wird. Ein idealer Ort für ein zufälliges Zusammentreffen. Geradezu perfekt. Eine Frau von deinen Qualitäten wird keine Mühe haben, die Situation zu nutzen und den Kontakt unauffällig herzustellen.»

Ich ahnte Böses. «Und wo, bitte sehr, wird sich de Rossi heute Abend um fünf Uhr aufhalten?» Meine Stimme klang brüchig.

Martin grinste mich rachsüchtig an. «In einem Fitness-Center im Berner Wankdorf. Krafttraining, meine Liebe. Mannshohe Spiegel und durchtrainierte Sportler in Lycra. Ich bin sicher, du wirst dich dort fabelhaft einfügen.»

Mein Selbstmitleid war grenzenlos, als ich gegen Abend durch das Wankdorfzentrum schlurfte wie ein Lamm auf seinem Weg zum Schlachter, in meiner Rechten eine schlappe Sporttasche, die ich mir von Marc ausgeliehen hatte.

Widerwillig folgte ich dem Logo des Fitness-Centers, trat durch den Eingang und stellte mich an der Kasse an. Eine strichdünne Angestellte in engem Trainingsanzug strahlte mich an.

«Hallo, was möchtest du?»

Auch das noch. Ich wurde von einer grauenhaft sportlich aussehenden Adoleszenten plump geduzt.

«Geben Sie mir einen Einzeleintritt, bitte sehr», erwiderte ich durch zusammengebissene Zähne.

«Nur einen Einzeleintritt? Wir haben auch Zehnerkarten.»

«Nein danke.»

«Aber falls du dich nachträglich noch für ein Jahresabonnement entscheiden würdest, könnte dir der Preis für den Einzeleintritt rückerstattet werden.» Sie strahlte noch breiter.

«Nein danke», erwiderte ich, Silbe für Silbe betonend.

Sie zuckte ungerührt die Achseln und forderte einen Wucherpreis. Ich bezahlte trotzig schweigend.

Die Garderobe war nobel zurückhaltend gestaltet, Plattenboden und dunkles Holz, mehr Wohnzimmer als Folterkammer, womöglich ein Versuch, Besucher in Sicherheit zu wiegen. Ich zog mich rasch um und hoffte, dass niemand auf mich achten würde – mit meiner weiten grauen Stoffhose, dem ausgeleierten T-Shirt und Stoffturnschuhen, die nur leidlich sauber waren, konnte ich hier keinen Staat machen. Zwecks Vortäuschung einer gewissen Professionalität legte ich mir ein Handtuch um den Nacken und verliess den Umkleidebereich, ungute Gedanken wälzend und vom Verdacht geplagt, dass ich mich hier zum Affen machte.

Der Trainingsbereich verschlug mir den Atem: Reihe um Reihe von Geräten, die ich nicht einmal ansatzweise einer logischen Funktion zuordnen konnte, die aber latent bedrohlich aussahen. Geschmeidige Frauen in bunten, hautengen Trikots, die mit federnder Eleganz von Gerät zu Gerät schwebten. Muskelbepackte Männer mit einem Ausdruck grimmiger Entschlossenheit auf den geröteten Gesichtern. Dazwischen lose verstreut einige drahtige Trainer in Logo-Kleidung, die aufmerksam die kleine Schar von Besuchern musterten, offenkundig darauf lauernd, jedem mit Rat und Tat zur Seite zu stehen, der nur das leiseste Zeichen von Unsicherheit zeigte. Ich schlenderte betont lässig an ihnen vorbei, als wäre ich jeden Tag hier, und gab mir alle Mühe, mich unsichtbar zu machen.

Ich blickte auf meine Armbanduhr – zwanzig nach fünf. Laut Jessicas Auskunft suchte Stefano de Rossi fast zwanghaft zweimal die Woche diesen Ort auf, um sich fit zu halten, jeweils Mittwoch und Sonntag Abend – das Ergebnis, sportliche Haltung, breite Schultern und all das, versetzte Jessica in helles Entzücken, wie sie Martin wortreich geschildert hatte.

Wo war Stefano de Rossi? Ich hatte eine nur oberflächliche Vorstellung von seinem Äusseren – mit viel Begeisterung hatte Martin mir pantomimisch dargestellt, wie Jessica ihm zuvor ihren Chef beschrieben hatte: «Sooo braune Augen, soo dunkle Haare, ein typischer Südländer! Nicht allzu gross, aber breit und stark, und sooo süss!»

Also hielt ich unauffällig Ausschau nach mediterranen Süssigkeiten und musste feststellen, dass dieser Typ hier überdurchschnittlich häufig vertreten war – mein rascher Blick in die Runde lokalisierte nicht weniger als vier Männer, auf die Jessicas enthusiastisches Signalement hätte passen können. Mist. Und jetzt? Ich konnte unmöglich mit jedem von ihnen ein beiläufiges Gespräch beginnen.

Ziellos wanderte ich durch das Studio, im Versuch, zielstrebig und beschäftigt zu wirken. Ich fühlte mich linkisch, fehl am Platz. Ratlos musterte ich einige Sportgeräte, deren Zweck ich nur dunkel erahnen konnte – Brustmuskeltraining? Grundgütiger, wer machte denn so etwas? Ich erwog, eines der Geräte auszuprobieren, entschied mich dann aus Vernunftgründen dagegen – ich hätte mich im besten Fall lächerlich gemacht, im schlechtesten Fall verletzt. Zunehmend hektisch blickte ich mich um. Die vier Mittelmeertypen hatten sich im Raum verteilt. Sie alle waren gleichermassen sportlich, durchtrainiert und selbstsicher. Austauschbar. Es schien mir unmöglich, angesichts der ungenauen Angaben von Martin den richtigen Mann zu finden.

Dann schaute ich genauer hin, und meine Zweifel schwanden schlagartig. Vier dunkle, gut aussehende, nicht allzu grosse Männer, aber nur einer von ihnen hatte dunkle Ringe unter den Augen, nur einer wirkte unter seinen beträchtlichen Muskelpaketen gebückt und kraftlos.

Ich setzte mich in Bewegung. Zum Glück sass der Mann auf einem Hometrainer. Das müsste doch irgendwie zu bewältigen sein.

Mit einem freundlichen, beiläufigen Lächeln nahm ich das freie Gerät neben meinem Zielobjekt in Beschlag. Mein Nachbar beachtete mich kaum.

Wenig elegant schwang ich mich auf das Sportgerät. Und musste feststellen, dass der Vorbenutzer zwei Meter gross gewesen sein musste – meine Füsse baumelten dümmlich in der Luft und reichten nicht bis zu den Pedalen hinunter. Ich musste den Sattel verstellen. Ratlos blickte ich an dem Gerät hinunter – wo war die Drehschraube? Ich stieg wieder ab und musterte argwöhnisch den Sattel.

«Kann ich Ihnen helfen?»

Eine erstaunlich helle, junge Stimme zu meiner Linken liess mich aufblicken – mein Nachbar hatte sich meiner erbarmt und sah zerstreut auf mich herunter.

«Na ja, ich weiss nicht, wie ich das Ding hier an meine Grösse anpassen kann.»

Der Mann stieg ab und beugte sich vor, um es mir zu zeigen.

Ich hatte mir zuvor immer und immer wieder den Kopf darüber zermartert, wie ich Stefano de Rossi in ein Gespräch verwickeln könnte. Ich hatte Ausreden gesammelt und Strategien entworfen. Aber als ich neben ihm stand und fast körperlich die Anspannung und Niedergeschlagenheit meines Gegenübers spürte, liess ich alle Taktik fahren und mich von meinem Instinkt leiten.

«Sie sehen traurig aus», sagte ich nur.

Der Mann verharrte in seiner Bewegung, richtete sich dann auf und suchte verwirrt meinen Blick. «Meinen Sie mich?»

Ich lächelte. «Ja. Natürlich.»

Widersprüchliche Emotionen zuckten über sein Gesicht. Beklommene Vorsicht – war ich womöglich eine Verrückte? Neugier. Betroffenheit. Und Scham, als wäre er bei einer Unartigkeit ertappt worden.

«Verzeihen Sie», erklärte ich rasch. «Ich bin Psychiaterin. Manchmal kann ich nicht aus meiner Haut. Ihnen geht es nicht gut. Und ich bin eine anonyme Fremde. Sie können mir erzählen, was Sie bedrückt, ohne eine Fassade zu wahren und tapfer sein zu müssen. Und danach werden Sie mich nie mehr sehen.»

Noch immer sah er mich nur an, offenkundig überrumpelt. Aber ich fand keine Ablehnung in seinem Blick.

Ich streckte meine rechte Hand aus. «Mein Name ist Kassandra Bergen. Kommen Sie, ich lade Sie zu einem Getränk ein. Ich hasse es, zu trainieren. Ich brauche eine Ausrede.»

Das brach den Bann. Die Andeutung eines Lächelns zog über seine Züge, und nach einigem Zögern schlug er ein. «Stefano de Rossi.»

Na bitte.

Ich übernahm die Führung, wählte einen der kleinen Tische, die sich nahe der Kasse um eine Bar gruppierten. Stefano de Rossi folgte mir zögernd und glitt vorsichtig auf den Stuhl, während ich noch die Karte studierte.

«Igitt», machte ich angewidert. «Ein After-Training-Protein-Drink? Wer will denn so was?»

«Leute wie ich», erwiderte er mit einem schwachen Grinsen. «Aber es gibt auch Kaffee.»

«Gott sei Dank!»

Ich bestellte bei der dürren Bedienung trotzig einen Latte macchiato, de Rossi nahm einen Fruchtsaft. Ich plapperte betont heiter über das Wetter und die nette Atmosphäre des Fitness-Centers, ohne angesichts dieser fetten Lüge zu erröten, bis die Getränke vor uns standen. Es half nichts. De Rossi wirkte hölzern und angespannt. So kam ich nicht weiter. Also stellte ich mein Geschwätz ein, wurde ernst. Eine Weile sah ich ihn nur an.

«Erzählen Sie mir alles», forderte ich ihn dann ruhig auf.

Er zauderte. Sein Gefühl für Schicklichkeit rang offenbar mit dem drängenden Bedürfnis, sich seine Last von der Seele zu reden. Das Redebedürfnis siegte schliesslich.

«Meine Frau ist ums Leben gekommen, vor wenigen Wochen. Es war ein Autounfall. Sie war erst zweiunddreissig.» Seine Stimme klang abgehackt, als gehörte sie nicht zu ihm, und er atmete gepresst.

Ich nickte nur.

«Patricia hatte grosse Probleme, schon eine ganze Weile. Sie hatte bei einem früheren Unfall ein Bein verloren. Die Amputation war ein Schock für sie gewesen, den sie nie verkraftet hat. Sie, die zuvor immer so sportlich und lebendig gewesen war, konnte sich nur noch mühsam fortbewegen. Die Prothese, die man ihr anpasste, war ihr zuwider, sie hat sie nie richtig akzeptiert. Sie wurde depressiv, reizbar, ängstlich. Sie zog sich zurück. Und ich konnte ihr nicht helfen. Ich kam nicht an sie heran.»

Er strich sich über die Stirn, eine unwillkürliche, mutlose Bewegung. «Wir hatten viel Streit. Sie machte mir Vorwürfe, hässliche Anschuldigungen – ich würde sie betrügen, ich würde nur darauf warten, sie loszuwerden, jetzt, da sie ein Krüppel sei. Ich versuchte mein Bestes. Ich gab mir Mühe, sie zu integrieren, sie an Abendanlässe mitzunehmen. Aber das machte alles nur noch schlimmer. Sie war so unendlich zornig. Sie richtete die Wut, die ihrem Schicksal galt, gegen mich. Sie machte mich verantwortlich, grundlos. Es war eine schreckliche Zeit.»

«Hatten Sie keine Unterstützung?», warf ich ein.

Er zuckte müde mit den Achseln. «Patricias Mutter ist eine starke, erfolgreiche Frau, aber keine sehr gute Mutter. Sie konnte nichts erreichen; Patricia zog sich auch von ihr zurück. Ihr Vater ist schon seit Jahren tot. Von ihren Freundinnen wollte sie nichts mehr wissen; sie brach die meisten Kontakte ab. Immerhin hat sie ärztliche Hilfe angenommen. Sie hat einen Psychiater aufgesucht, den ihr ihre Mutter vermittelt hatte. Eine Weile schien es sogar zu helfen, Patricia blühte auf, schien wieder Perspektiven zu entwickeln. Sie träumte davon, sich selbständig zu machen. Sie war vor ihrem Unfall im Bereich Marketing tätig gewesen, hatte dann jedoch alles an den Nagel gehängt. Diese neuen Träume vom eigenen kleinen Innendekorationsladen waren zwar kindisch, wie Claudine, ihre Mutter richtig bemerkte, aber sie sprachen von Hoffnung. Ich hätte sie in allem unterstützt. Ich habe sie sehr geliebt, wissen Sie. Trotz allem.»

Ich zweifelte nicht daran.

«Aber die Verbesserung hielt nicht lange an?», fragte ich sanft.

Er schüttelte bitter den Kopf. «Nein. Nach einigen Wochen war der Zauber vorüber, und es wurde schlimmer als zuvor. Patricia war auf einmal völlig ausser sich, verzweifelt und unkontrollierbar. Sie wollte mich verlassen, zog kurzfristig wieder bei ihrer Mutter ein. Als ob das irgendetwas besser gemacht hätte. Und dann kam der Unfall, und alles war vorüber.»

«Dieser Unfall – kam er überraschend für Sie?»

«Was meinen Sie damit?» Er sah mich unsicher an.

«Nun ja. Dachten Sie jemals daran, dass Ihre Frau sich das Leben genommen haben könnte?»

Stefano de Rossi stützte den Kopf in seine Hände und strich sich durch die Haare. «Ich weiss es nicht. Ich kann nicht beschwören, dass Patricia nicht an Selbstmord dachte. Aber dieser Unfall, das war nicht ihre Art. Sie war nicht das einzige Opfer, wissen Sie? Ein Unbeteiligter kam ihr auf der anderen Strassenseite entgegen und wurde von ihr frontal erwischt.» Seine Kiefermuskeln spannten sich. «Er ist schwer verletzt und liegt ohne Bewusstsein im Inselspital, auf der Intensivstation. Ein Familienvater. Guter Gott, das ist nicht zu ertragen.» Er drohte die Fassung zu verlieren, verbarg die Augen hinter seiner Hand.

Ich hielt mich zurück und wartete.

«Reicht es nicht, dass Patricia tot ist? Hat auch das noch passieren müssen?»

Ich gab ihm Zeit. Als sich seine Atmung beruhigte, warf ich leise ein: «Sie glauben nicht, dass sie eine Suizidmethode gewählt hätte, bei der andere zu Schaden kommen können?»

Er schüttelte heftig den Kopf. «Nein. Es ging ihr richtig mies, aber sie war ein guter Mensch. Freundlich und hilfsbereit. Sie hätte das nicht zugelassen.» Er hob den Blick. «Sie stand unter Medikamenteneinfluss.»

«Tatsächlich? Wie meinen Sie das?»

«Ihr Psychiater. Er hatte ihr ein Beruhigungsmittel verordnet, Temesta. Sie hat es zusammen mit Alkohol eingenommen und ist dann losgefahren. Ich glaube, es war ein Unfall. Nichts weiter. Schicksal.»

Ich spürte, wie Aufregung in mir hochstieg, zügelte mich aber. «Ihr Psychiater hatte ihr Temesta gegeben? Aber – war das nicht eher leichtsinnig von ihm?»

Er blickte mich an, mit einem eigenartigen Gesichtsausdruck.

Und ich spürte, wie mir heiss wurde. «Wenn dieser Psychiater kein Temesta verordnet hätte, wäre es vielleicht nie zu diesem Unfall gekommen?»

De Rossi schwieg, musterte mich, und eine seltsame Anspannung ging von ihm aus. Dann, ganz allmählich, löste sich die Spannung.

«Wissen Sie», sagte er, und seine Stimme klang ruhiger als die ganze Zeit zuvor, «die Versuchung besteht. Die Versuchung, jemanden verantwortlich zu machen. Einen Sündenbock zu finden. Den Psychiater, der ihr das Medikament gab. Die Mutter, die es nicht schaffte, ihrer Tochter zu helfen. Das Schicksal, Gott. Aber all das bringt nichts. Es bringt mir Patricia nicht zurück. Und es geht mir nicht besser, wenn ich voller Hass bin. Trauer ist schwer zu ertragen, aber besser als Rachsucht.» Er sah mir direkt ins Gesicht, und in seinem Ausdruck lag etwas Friedliches, erstmals. «Patricia war voller Wut, voller Vorwürfe. Das hat sie zugrunde gerichtet. Ich will nicht den gleichen Fehler machen.»

Er erhob sich. «Danke für das Gespräch. Es hat gut getan.»

7. Kapitel

«Und du glaubst ihm?»

Martin Rychener sass neben mir in meinem Klinik-Büro, ganz gespannte Neugier, und versuchte, meine Aufmerksamkeit auf sich zu lenken, während ich mich am Computer durch einige Akten klickte. Es war Montagnachmittag.

«Kassandra, hörst du mir zu?»

«Mmh.»

Martin klang ungeduldig. «Du hast de Rossi also seine Zen-Weisheiten abgenommen? Du weisst schon – Gelassenheit, Verzicht auf niedere Gefühle wie Rache und Wut.»

«Ja, das habe ich», antwortete ich abwesend. «Es hat echt gewirkt.» Wo war der Eintrag, den ich suchte? Ich klickte weiter.

«Ah, der unfehlbare Instinkt der Kassandra Bergen. Und nun, wie geht es weiter? Ist die Sache damit erledigt? Da es nicht danach aussieht, als ob der trauernde Ehemann Adrian Wyss Vorwürfe gemacht und diesen damit in den Suizid getrieben hat?»

«Natürlich nicht. Ich habe an den Familienvater gedacht, den Patricia mit ihrem Unfall ins Unglück gerissen hat. Vielleicht hat seine Frau keine Freude daran, dass Patricia unter Medikamenteneinfluss ihren Mann über den Haufen gefahren hat?» Ah, hier war der Eintrag. Endlich. Ich beugte mich vor und las.

«Das klingt aber sehr weit hergeholt. Es wäre doch ein unglaublicher Zufall, wenn ... – Kassandra, um Himmels Willen. Würdest du mir bitte einmal zuhören? Was machst du da überhaupt?»

Ich wandte mich ihm widerstrebend zu. «Entschuldige, Martin. Was hast du gesagt?»

«Ich finde es unwahrscheinlich, dass die Familie des Unfallopfers etwas damit zu tun haben könnte.»

Ich nickte. «Ich auch. Aber ich möchte gern gründlich sein.»

Martin seufzte. «Schön, wenn du meinst. Aber ich verspreche mir nichts davon. Ich finde die ganze Mathier-de-Rossi-Verbindung fragwürdig. Warum sollte ausgerechnet diese Patientin etwas mit Adrian Wyss' Tod zu tun haben?»

«Deshalb.» Ich nickte in Richtung meines Computers und drehte den Bildschirm etwas herum, damit Martin den Text lesen konnte, den ich gefunden hatte.

Martin beugte sich vor und studierte den Eintrag. «Marie Lanz ist auf der Geschlossenen?»

«Allerdings. Sie wurde gestern Nacht von der Sanitätspolizei zurückgebracht, nach einer ausgedehnten, mehrtägigen Sauftour und mit nicht weniger als 2.8 Promille Blutalkohol.»

«Nun gut.» Er runzelte die Stirn. «Aber das ist nicht allzu überraschend, oder? Ich meine, sie ist ...»

«Eine schwere Alkoholikerin, ich weiss. Das ist sie zweifellos. Und natürlich würde sie sofort zur Flasche greifen, wenn sie unter Druck steht. Das ist es, was ich meine, Martin. Sie steht unter Druck, und zwar massiv.»

Er sah mich nachdenklich an. «Sagt dir das dein Gefühl?»

«Ja, das tut es. Sie steht seit längerem völlig neben sich. Seit dem Tag, als ich ihr vom Tod ihres Therapeuten berichtet habe, um genau zu sein. Sie zerfällt in ihre Bestandteile. Und sie schweigt über die Gründe. Da ist etwas.» Ich sah ihn beschwörend an. «All das hat eine Geschichte. Eine Geschichte, die sie quält, über die sie aber beharrlich schweigt.»

«Kassandra.» Der behutsame Tonfall, den Martin anschlug, liess mich ahnen, dass ich mich über seine Worte ärgern würde. «Dein Gefühl in allen Ehren, aber es kann hundert Gründe für das Verhalten deiner Patientin geben. Sie kann sich mit ihrem Liebhaber zerstritten haben, oder sie hat drängende Schulden. Oder Fusspilz. Nein», er hob die

Hand, als ich etwas erwidern wollte, «sag nichts. Ich weiss, du bist dir sicher. Aber lass einfach die Möglichkeit zu, dass dein Gefühl sich irren könnte. Auch wir können uns irren, Kassandra. Unsere Ausbildung und Erfahrung macht uns nicht unfehlbar.»

Ich verzichtete auf eine Antwort und wandte mich stattdessen einem neutraleren Thema zu. «Du hast mich gefragt, wie es weitergeht. Ich werde mich dem verunglückten Familienvater widmen, für alle Fälle. Um genau zu sein, habe ich bereits damit begonnen. Oder Marc, besser gesagt. Er kennt einen Oberarzt, der auf der Intensivstation des Inselspitals arbeitet. Den hat er gestern – ziemlich widerstrebend, aber mir zuliebe – angerufen. Um der alten Zeiten willen.»

«Natürlich. Die alten Zeiten.» Martin lächelte matt. «Und was hat er herausgefunden?»

«Rein zufällig kam das Gespräch auf die Schicksalsschläge, die das Leben einem so in den Weg wirft. Marc hat Alois – so heisst der Kollege tatsächlich – eine berührende Geschichte aus unserem Bekanntenkreis zum Besten gegeben, die sich um einen tragischen Autounfall dreht. Die Geschichte war frei erfunden, selbstverständlich. Alois, der dergleichen nicht selten hautnah miterlebt, wartete ebenfalls mit ein paar dramatischen Unfällen aus seiner klinischen Praxis aus. Darunter den, um den es uns ging.»

«Ihr seid schamlos», warf Martin kopfschüttelnd ein.

«Es geht um die gute Sache, du erinnerst dich? Natürlich hat Alois keine Namen ausgeplaudert, das verbietet die ärztliche Schweigepflicht. Aber mir reichte die Information, dass das Unfallopfer ein kleines Sanitärgeschäft in Oberbottigen bei Bern hat. Es gibt dort nur zwei, und nur eines von beiden vermeldet auf dem Anrufbeantworter, dass das Geschäft zur Zeit wegen Krankheit geschlossen sei.»

Ich wandte mich erneut meinem Computer zu und nahm Zugriff aufs Internet. Tippte auf Google einige Worte ein. Eine Homepage erschien.

Ich deutete auf den Bildschirm. «Bitte sehr. Bärtschi Sanitär AG. Hier», ich klickte auf den Unterordner, der über das Team Auskunft gab, «siehst du ein Gruppenfoto aller Mitarbeiter – viele sind es nicht. Der Chef selbst, Yves Bärtschi. Matthias Walder, der Lehrling. Und Anita Bärtschi, die das Sekretariat betreut. Die Ehefrau, nehme ich an.»

Martin kniff die Augen zusammen, um die einzelnen Personen besser zu erkennen. Yves Bärtschi war ein mittelgrosser Mann mit unmodernem Haarschnitt und hellbraunem Schnurrbart. Über seiner blauen Arbeitshose trug er ein verblichenes schwarzes T-Shirt mit dem Logo einer Heavy-Metal-Band, und wie es aussah, hatte er sein Portemonnaie am Gürtel angekettet. Er wirkte tüchtig und handfest. Seine Ehefrau, mit halblangen dunklen Haaren, etwas mollig und ungeschminkt, schien eine der Frauen zu sein, die sich nicht um ihr Aussehen kümmern, weil es ihnen gleichgültig ist und weil sie anderweitig mehr als ausreichend beschäftigt sind. Auf ihrem blassen, runden Gesicht zeigte sich ein gequältes, künstliches Lächeln für den Fotografen.

«Du willst an die Frau herankommen?» Es klang mehr nach einer Feststellung denn nach einer Frage.

«Ja.»

«Und wie willst du das machen?»

Ich hob entschuldigend die Achseln. «Spielplätze. Die Frau ist enormen Belastungen ausgesetzt. Ihr Mann liegt ohne Bewusstsein auf der IPS, sein Geschäft liegt brach, und wie ich höre, will die Versicherung den Erwerbsausfall nicht sofort übernehmen, weil sie sich erhofft, dass die Versicherung von Patricia Mathier de Rossi für den Schaden aufkommen muss.

Das hat Marc von Alois erfahren, dem das Schicksal der Familie offenbar besonders zu Herzen gegangen ist», erklärte ich auf Martins erstaunten Blick hin. «Also eigentlich mehr, als ein Mensch allein tragen könnte. Aber diese Frau ist zäh. Und sie ist vor allem anderen Mutter von drei kleinen Kindern – auch das wissen wir von Alois. Sie wird sich um sie kümmern, es ihnen so angenehm wie möglich machen wollen, egal, wie ihr dabei selbst zumute ist.»

Martin wirkte beklommen. «Willst du dieser Frau wirklich auf die Pelle rücken?», fragte er leise.

Ich seufzte. «Nein, das möchte ich eigentlich nicht. Aber ich muss sicher sein. Ich habe Nora Rufer darauf angesetzt, meine Cousine. Sie hat gerade Ferien, nicht viel zu tun und ist gerne bereit, mit ihrem Patenkind Jana Ausflüge zu machen. Sie werden ein paar Spielplätze in und um Oberbottigen abklappern. Sie weiss ja», ich wies unnötigerweise auf das Gruppenbild am Bildschirm, «wie die Frau aussieht, die wir suchen.»

«Und sie weiss, wo es dort überall Spielplätze gibt?», fragte Martin ungläubig.

Mitleidig musterte ich ihn. «Auf der offiziellen Seite der Stadt Bern sind alle Spielplätze aufgelistet. Nach Quartier geordnet.»

«Du machst mir Angst», konstatierte mein Gegenüber trocken, was ich mit einem selbstzufriedenen Grinsen quittierte.

«Und ich werde mich mit Marie Lanz unterhalten, sobald sie wieder auf meine Station zurückverlegt wird», stellte ich in Aussicht und öffnete wieder den Verlaufsbericht der geschlossenen Aufnahmestation für Suchterkrankungen über Marie Lanz. «Das wird wahrscheinlich morgen der Fall sein.»

Martin schwieg eine Weile. Dann meinte er: «Ich frage mich, wohin all das führen soll. Ich komme mir stümperhaft vor. Wir wühlen hier rücksichtslos in den Leben von Menschen, die uns im Grunde fremd sind, und von Menschen, mit denen wir zusammenarbeiten, die uns vertrauen. Das ist nicht richtig. Und warum das Ganze?»

Ich drehte mich auf meinem Bürostuhl herum und sah ihm direkt ins Gesicht. «Warum? Weil ein Mensch unter mysteriösen Umständen gestorben ist. Weil wir einen Suizid ausschliessen wollen. Und wenn wir ihn ausgeschlossen haben, werden wir die Alternativen prüfen. Wir wollen herausfinden, warum Adrian Wyss, der mich gar nicht kannte, mich kurz vor seinem Tod angerufen hat, woher er überhaupt meine Nummer hatte, und von wem der Anruf aus unserer Klinik kam. Wir werden herausfinden, wer aus welchen Motiven ein fingiertes Schreiben platziert hat, um den Tod von Adrian Wyss nach einem Suizid aussehen zu lassen. Und wir werden herausfinden, wie und warum er gestorben ist. Oder durch wessen Hand. Und das, mein Lieber, rechtfertigt alle Mittel. Das sind die Dinge, die im Leben wirklich wichtig sind.»

Wieder folgte bedrücktes Schweigen auf meine Worte. «Du glaubst an Mord?», fragte Martin schliesslich.

«Ja, das tue ich. Das tue ich allerdings.» Entschlossen wandte ich mich wieder dem Bildschirm zu, um die Verlaufsberichte zu Marie Lanz zu studieren. «Und du? Wie kommst du in Sachen INTPERS voran?»

«Ich habe eine Falle gestellt», erwiderte Martin ruhig.

«Eine Falle?» Ich blickte ihn gespannt an.

In dem Moment läutete sein Kliniktelefon. «Und vielleicht», er betrachtete das Display, «ist die Falle soeben zugeschnappt.» Er hob ab. «Ja, Rychener?»

Ich spitzte die Ohren und vernahm eine Frauenstimme, verstand jedoch kein Wort.

«Tatsächlich?», antwortete Martin der Anruferin. «Was bin ich doch für ein Esel. Da habe ich den Umschlag doch tatsächlich ins falsche Fach gelegt – wo war ich nur mit meinen Gedanken? Nein, auf keinen Fall, machen Sie sich keine Mühe. Ich hole ihn ab. Bin in wenigen Minuten bei Ihnen.»

Während er den Anruf mit einem Tastendruck beendete, erhob er sich und machte Anstalten zu gehen.

«He!» Mein empörter Ausruf hielt ihn zurück. «Was war das eben?»

Er schenkte mir ein blitzendes Lächeln. «Das war Gabriela Aeschbacher von der Administration. Die Studien-Koordinatorin von INTPERS, nehme ich an.»

«Und wie war das mit der Falle? Nun rück schon damit raus!», forderte ich vorwurfsvoll.

Sein Lächeln wurde noch eine Spur breiter. «Ich habe entdeckt, dass unten am Empfang ein Postfach eigens für INTPERS reserviert ist. Ich habe einen unadressierten, aber mit meinem Absenderstempel versehenen Umschlag reingesteckt. Und siehe da – INTPERS hat sich bei mir gemeldet.»

«Was war in dem Umschlag?!», rief ich aus.

«Eine hübsche Postkarte, mit einer roten Rose drauf. Zwei Kinokarten. Der Text: ‹Meine Liebe, ich freue mich auf einen romantischen Abend mit dir. Dein Martin.› Ganz offensichtlich nicht für INTPERS bestimmt, eine bedauerliche Fehlzustellung. Nett, dass Frau Aeschbacher mir gleich Bescheid gegeben hat, nicht? Da will ich doch mal gehen und die Sache aufklären. Und vielleicht kommen wir dabei ein wenig ins Plaudern ...»

Triefend vor Selbstgefälligkeit verliess er mein Büro.

Das Gespräch mit Martin ging mir nicht aus dem Kopf. Insgeheim teilte ich seine Bedenken, seine Scham darüber, trauernden Menschen zur Last zu fallen. Und seine Zweifel daran, dass der Fall Patricia Mathier de Rossi mit Adrian Wyss' Tod zu tun hatte, verunsicherten mich. Aber ich wollte nicht aufgeben.

Diese Sache war mir zu wichtig. Mochte Martin seine Fäden in die Direktion ziehen, ich verfolgte den eigenartigen Todesfall der jungen Frau weiter.

Denn ich hatte nicht übertrieben: Ungeachtet dessen, dass ich alles tat, um mögliche Motive für einen Suizid zu finden, glaubte ich nicht wirklich, dass Adrian Wyss sich das Leben genommen hatte. Ich glaubte, dass er umgebracht worden war. Und diese Erkenntnis lag mir schwer auf dem Magen. Denn wenn es einen Mord gab, gab es auch einen Mörder.

Meine Cousine Nora, beste Freundin und immer bereit für Sondereinsätze der detektivischen Sorte, berichtete mir am gleichen Abend, dass sie erfolglos geblieben war. Sie hatte mit der erfreuten Jana nicht weniger als vier Spielplätze aufgesucht, hatte, wie sie klagsam schilderte, einen leichten Sonnenbrand und Blasen an den Händen vom andauernden Anstossen von Janas Schaukel, hatte aber Anita Bärtschi nirgends angetroffen.

«Nicht aufgeben!», riet ich ihr. «Rom wurde auch nicht in einem Tag erbaut.» Nora teilte meine Ansicht und kündigte an, dass sie Jana am Folgetag erneut nach dem Mittag abholen würde, für einen weiteren abwechslungsreichen Ausflug.

Ich meinerseits widmete mich am Dienstag der Rückverlegung von Marie Lanz. Ich hatte darauf bestanden, das Übertrittsgespräch allein zu führen.

Kurz vor Mittag wurde meine Patientin von einem Pfleger der Akutstation zu uns herüberbegleitet. Er trug ihre Habseligkeiten in einem neutralen Plastiksack, den er mir übergab, um sich dann nach ein paar Sätzen zur aktuellen Medikation zu verabschieden. Marie Lanz war stocksteif im Raum stehen geblieben.

«Setzen Sie sich, Frau Lanz.»

Sie tat es sichtlich widerwillig, und während sie ihren Stuhl zurechtrückte, bemerkte ich das fahrige Zittern ihrer Hände. Sie sah schlecht aus. Ihr Gesicht war gerötet und aufgedunsen, ihr Haar glanzlos und struppig.

«Schön, dass Sie wieder bei uns sind», begann ich. «Wie geht es Ihnen?»

Das bissige «Bestens» war wenig einladend.

«Können Sie mir etwas darüber sagen, wie es zu dem Rückfall gekommen ist? Oder besser gesagt, zu Ihrem Absturz?» Aus den Berichten der geschlossenen Akutstation war ersichtlich, dass sie fast achtundvierzig Stunden in wechselnden Stadien von Alkohol-Intoxikation verbracht hatte und in einem jämmerlichen Zustand gewesen war, als sie von der Sanitätspolizei zusammengelesen wurde – Passanten hatten die Ambulanz gerufen, als Marie Lanz sturzbetrunken durch einen Park gewankt war und wahllos Leute angebrüllt hatte.

Sie wich meinem Blick aus. «Nein.»

Ich seufzte. «Frau Lanz. Sie sind nicht zum ersten Mal hier. Sie wissen: Ein Rückfall ist nicht das Ende der Welt. Aber man sollte etwas daraus lernen, sich mit ihm auseinandersetzen.»

Sie warf mir einen zornigen Blick aus geröteten Augen zu. «Und Sie sind auch lange genug dabei, um zu wissen, dass man Patienten nicht unter Druck setzen sollte. Wir sind hier nicht im Gefängnis. Lassen Sie mich in Frieden. Haben Sie nichts Besseres zu tun?» Ihr Tonfall war so aggressiv und abschätzig, dass Ärger in mir aufstieg.

«Sie haben vollkommen Recht», erwiderte ich nun merklich kühler. «Sie sind hier nicht in einem Gefängnis. Sie sind freiwillig hospitalisiert, aktuell wieder ausreichend ausgenüchtert und weder akut selbst- noch fremdgefährdend. Wenn Sie möchten, steht es Ihnen frei, jederzeit auszutreten.»

Sie sagte nichts darauf, bewegte aber unbehaglich die Schultern.

«Falls Sie jedoch hierbleiben möchten», fuhr ich fort, «werden Sie nicht umhin können zu merken, dass das hier eine psychiatrische Klinik ist, kein Hotel. Wir behandeln Krankheiten, in Ihrem Fall Ihre Alkoholabhängigkeit. Und dazu gehören Gespräche.»

Sie fingerte nervös an einem Nagelhäutchen herum. «Wenn ich austrete, stürze ich ab», sagte sie zu ihren Knien.

Mein Ton wurde weicher. «Ja, das befürchte ich auch. Ich habe den Eindruck, dass es Ihnen schon seit einer ganzen Weile schlechter geht. Dass etwas Sie bedrückt.»

Ich wartete ab. Sie erwiderte nichts.

«Seit dem Tod von Adrian Wyss, um genau zu sein», sondierte ich weiter.

Sie zog ihre Stirn in Falten, schwieg aber beharrlich weiter.

Ich seufzte erneut, fühlte mich auf einmal müde und resigniert. «Frau Lanz. Da ist etwas, was Ihnen den Boden unter den Füssen wegzieht, ich weiss es. Und Sie werden nicht allein damit fertig. Möchten Sie es mir nicht erzählen?»

Sie schüttelte den Kopf. Ihr Mund verzog sich, als ob sie gleich weinen würde. «Nein», krächzte sie.

Ich wartete noch einige Augenblicke, ohne grosse Hoffnung, und gab dann auf. «In Ordnung. Sie können oder wollen sich nicht öffnen, das respektiere ich. Aber ich will Ihnen nicht verheimlichen, dass ich mir Sorgen um Sie mache. Und so kann ich Ihnen nicht helfen. Ich hoffe, Sie ändern Ihre Meinung noch. Ich bin für Sie da.»

Sie schniefte. «Kann ich jetzt gehen?»

«Natürlich.»

Es war nicht mein Tag. Das frustrierende Gespräch mit Marie Lanz drückte meine Stimmung. Ein Telefonat mit dem aufgebrachten Ehemann einer ausgetretenen Patientin machte nichts besser – seine Frau hatte wiederholt Alkohol auf unsere Station geschmuggelt und an Mitpatienten verteilt, bis wir sie letzte Woche nach mehreren ernsten, ihrerseits unbeachteten Verwarnungen schliesslich disziplinarisch entlassen hatten. Dies war für meinen Gesprächspartner jedoch ein zu geringer Anlass für den forcierten Austritt: «Nicht zu fassen», warf er mir gehässig vor, «eine Frau in diesem Zustand einfach aus der Klinik zu werfen! Jolanda ist krank. Und ich dachte, Sie seien Spezialistin! Sie sind völlig inkompetent. Wissen Sie nicht, dass Süchtige nicht anders können?»

Bei allem Verständnis für die Belastungen, denen er als Ehemann einer so instabilen Frau ausgesetzt war, versuchte ich dem Mann doch nahezubringen, dass auch Suchtkranke eine Eigenverantwortung tragen und ihren Teil zum Behandlungserfolg beitragen können und müssen, stiess damit aber auf taube Ohren. Als seine Verwünschungen schliesslich uferlos wurden und er mir eine gerichtliche Klage androhte, beendete ich das Gespräch kurzerhand. Gut, ich war wieder einmal die böse Hexe. Warum nicht.

Als mir schliesslich gegen Abend Nora hörbar geknickt telefonisch mitteilte, dass ihre Expedition ins Revier von Anita Bärtschi erneut erfolglos geblieben war, hatte ich es satt. Ich brauchte Aufmunterung. Kurzerhand trat ich den Weg in Martins Büro an.

Er war da, rief auf mein energisches Klopfen hin ein kurzes «Ja!», also trat ich ein.

Er sass an seinem Schreibtisch, wandte sich zu mir um. «Kassandra? Gibt es etwas Neues? Setz dich.»

Ich liess mir das nicht zweimal sagen und warf mich auf einen Stuhl, um meinem Ärger Luft zu machen und von den diversen Misserfolgen zu berichten.

Martin hörte mit der ihm eigenen aufmerksamen Ruhe zu und nickte dann.

«Hier stösst du also an eine Grenze. Marie Lanz schweigt, und das Unterfangen, Anita Bärtschi rein zufällig über den Weg zu laufen, gestaltet sich schwieriger als erwartet. Und jetzt? Lässt du es gut sein?»

«Nein», schnappte ich. «Morgen ist mein freier Tag. Einen Versuch gebe ich der Bärtschi-Geschichte noch, also ziehe ich mit meinen Mädchen los und klappere erneut die Spielplätze um Oberbottigen ab. Und Marie Lanz wird irgendwann reden, da bin ich sicher.»

Martin schien sich angesichts meiner Sturheit seinen Teil zu denken, war aber klug genug, sich mit einem neutralen «Gut» zu begnügen. Angelegentlich wechselte er das Thema.

«Ich hatte gestern ein recht erhellendes Gespräch mit Gabriela Aeschbacher. Sie ist tatsächlich die Studien-Koordinatorin für INTPERS, und, dem Himmel sei Dank, weder besonders verschlossen noch erstarrt vor Ehrfurcht angesichts der Tragweite der ganzen Untersuchung. Sie tut einfach ihre Arbeit, und die macht sie gern.»

Ich wandte mich ihm zu. «Und hast du etwas herausgefunden?»

Er lächelte entspannt. «Allerdings. Gabriela hat recht freimütig erzählt, offenbar vertraut sie mir, Datenschutz hin oder her. Es hat tatsächlich einen Vorfall gegeben, und wir lagen nicht falsch mit unserer Vermutung.»

Gespannt setzte ich mich auf. «Ein Suizid?»

«Zum Glück nicht. Ein Suizidversuch. Die Frau lebt und ist wohlauf.»

«Oh.» Das brachte mich allerdings aus dem Konzept.

Martin nickte eifrig. «Alles halb so wild, wie es scheint – es gab keinen Todesfall. Damit können wir die Sache wohl abschreiben.» Er wirkte aufreizend erleichtert.

Ich gab mich nicht so rasch geschlagen. «Und die Sache ist erledigt? Alles wieder beim Alten?»

Martin zuckte leichthin die Achseln. «Die betreffende Probandin ist noch in stationärer Behandlung, sagt Gabriela. Offenbar sogar bei uns in der Klinik, auf der Privatstation. Natürlich, nach einem Suizidversuch ... Da wollte der Direktor wohl besonders vorsichtig sein.»

Ich schoss empor. «Die Frau ist hier hospitalisiert? Auf der Station vom Chef? Meine Güte, Martin, und das sagst du so locker daher? Wir müssen mit ihr sprechen!»

«Sprechen?», echote Martin alarmiert. «Weshalb?»

Ich verdrehte die Augen. «Um sicherzugehen, dass wirklich nichts hinter der Sache steckt! Lass mich mal an deinen Computer.»

Unsanft schubste ich Martin von seinem Stuhl weg, nahm meinerseits Platz und wählte mich in die Datenbank der stationären Patienten ein. Wählte die Taste «Patienten nach Stationen» an und scrollte hinunter zur Privatstation.

Martin hüstelte diskret. «Du weisst, dass du in den Dateien der Chefpatienten nichts zu suchen hast?»

«Ich schon nicht», erwiderte ich gereizt, «aber das hier ist dein Computer, und als der Leitende Arzt machst du sicher Vertretungen auf der Privatstation, oder?» Ich nahm sein Seufzen als Zugeständnis. «Wie heisst die Patientin?»

«Keine Ahnung. Das wusste Gabriela nicht.» Auf meinen vorwurfsvollen Blick hin entgegnete er hitzig: «Es hätte keinen Sinn gemacht, sie zu fragen. Die Studiendaten sind alle codiert und werden anonymisiert erfasst! Das fordert der Datenschutz. Falls es überhaupt einen Schlüssel gibt, der Probanden-IDs und deren Namen verbindet, ist der unter strengem Verschluss bei den Studienleitern.»

«Mist.» Ich wandte mich wieder dem Bildschirm zu. Elf Namen in einer Reihe. «Sie hat von einer Frau gesprochen, ja?

Damit fallen die drei männlichen Patienten weg. Wir dürfen davon ausgehen, dass eine Borderline-Störung unter den Hauptdiagnosen genannt wird.» Ich klickte mich durch die Patientinnen hindurch. «Das gibt es doch nicht – drei von acht Patientinnen haben eine Borderline-Störung? Und ...», ich klickte weiter, «zwei davon wurden wegen eines Suizidversuchs eingewiesen. So ein Ärger. Welche von beiden ist die Probandin, die wir suchen?» Unschlüssig durchsuchte ich die Aufnahmeberichte und Verlaufseinträge. «Keine Hinweise», grummelte ich. «Die Angaben scheinen mir ziemlich vage zu sein. Ob das wohl Absicht war?»

Martin seufzte erneut. «Mir kommt hierbei gar nichts vage vor – das sind ganz normale Berichte. Was hast du erwartet? Einträge wie ‹Patientin klagt die Leiter der INTPERS-Studie an und will das gesamte Projekt gefährden› unter den Aufnahmeumständen?»

«Natürlich nicht!» Ungeduldig klickte ich mich weiter. Und stutzte.

«Moment. Ist es nicht so, dass die Patienten der Privatstation sinngemäss privat oder zumindest halbprivat versichert sein müssten?»

Martin nickte. «Doch, natürlich.»

Ich wies auf das Basisblatt einer der beiden Frauen. «Hier, bitte. Manuela Zobrist, Jahrgang 1986. Versicherung: allgemein.» Bedeutungsvoll sah ich Martin an.

«Ja, und?»

«Es muss einen guten Grund dafür geben, dass eine Patientin ohne Zusatzversicherung auf die Privatstation aufgenommen wird. Allenfalls, um ihr zu schmeicheln, sie ruhigzustellen? Oder noch besser: Damit Dr. Blanc, der offenbar», ich wies anklagend auf die Verlaufseinträge, «alle Patientengespräche selbst macht, genau kontrollieren kann, welche Einträge in die Krankengeschichte gelangen?»

Martin schluckte. Er griff über meine Schulter nach der Maus und durchsuchte einige andere Dossiers von Patienten der Privatstation, mit zunehmend fahrigeren Bewegungen. Als er zu sprechen anfing, klang seine Stimme heiser. «Es ist tatsächlich ungewöhnlich, dass der Chef selbst Patientengespräche macht. Normalerweise übernimmt die der Assistenzarzt, Beat Kneubühler, und der Chef ist nur an den Visiten dabei.» Er räusperte sich unbehaglich.

Beinahe tat er mir leid. Dahin war seine Erleichterung.

«Tut mir leid, Martin», sagte ich sanft und legte meine Hand auf seinen Arm, drückte ihn. «Sieht nicht so aus, als ob INTPERS damit aus dem Schneider wäre.»

Langsam schüttelte er den Kopf. «Nein. Sieht nicht so aus.» Er legte seine Hand auf meine.

Ich wartete schweigend, bis Martin wieder das Wort ergriff. «Ich muss der Sache nachgehen», meinte er schliesslich, und er klang wie ein Mann, der eine schwere Last zu tragen hat. «Ich bin der Einzige von uns, der einen einigermassen guten Grund dafür hat, auf der Privatstation aufzukreuzen. Ich wünschte nur, mir würde einfallen, wie ich das machen soll. Wir bewegen uns auf heiklem Terrain. Wie um alles in der Welt mache ich das bloss?»

Mir fiel nichts zu sagen ein, was ihm hätte helfen können. Stattdessen verstärkte ich wortlos den Druck meiner Hand auf seinem Arm und verharrte in solidarischem Schweigen.

Mein Blick fiel auf ein Foto auf seinem Pult, das er offenbar erst vor kurzem hingestellt hatte – ich hatte es noch nie gesehen. Impulsiv beugte ich mich vor, um es in die Hand zu nehmen. Es war ein gut gelungenes Portrait von Selma.

«Oh.» Unüberlegt hastig stellte ich den Rahmen wieder auf seinen Platz zurück, so rasch, als hätte ich mich daran verbrannt. Ich ertappte mich dabei, wie ich meine Hand an meiner Hose abwischte.

Martin musste es bemerkt haben, sagte aber nichts.

«Jetzt ist es offiziell, was? Für alle sichtbar. Das ist neu. Kein Wunder. Ihr seid nun bald eine Familie.» Meine Stimme klang furchtbar, eine Oktave höher als üblich und gepresst. Ich wünschte, ich hätte den Mund gehalten.

«Kassandra …», begann Martin behutsam, aber ich schnitt ihm das Wort ab.

«Was denn? Ist doch bestens. Ich freue mich für euch.»

Das war eine fette Lüge. Ich freute mich nicht im Geringsten. Wenn ich ehrlich zu mir war, machte mich dieses Bild unerwartet wütend. Es kam mir vor wie ein höhnischer Territorialanspruch, als würde ich verdrängt. Es war irrational, es war unfair, und noch schlimmer: Es war peinlich. Aber ich konnte nichts dagegen tun.

Ich versuchte, mich in Aktivismus zu flüchten, stand auf und ging mit gespieltem Elan auf die Tür zu. «Gut, Martin, danke für den Austausch. Ich gebe dir also Bescheid, sobald …»

«Hör mit dem Geschnatter auf, Kassandra.» Martins Stimme war ruhig, aber bestimmt. «Setz dich hin und rede mit mir.»

Verdammt.

Ich kannte ihn gut genug, um zu wissen, dass Gegenwehr die Sache nur unnötig verlängern würde. Also setzte ich mich.

«Martin, es tut mir leid. Ich hatte heute einen schlechten Tag. Ich bin müde und frustriert.»

Aber es war mehr als das, das wussten wir beide. Der Tod von Adrian Wyss hatte mich in Anspruch genommen, er hatte mich in Bewegung gehalten und es mir möglich gemacht, zu verdrängen, dass Selmas Schwangerschaft mich aus dem Gleichgewicht gebracht hatte. Selma, Marc, Martin und ich, wir arbeiteten zusammen, wir waren ein Team. Ich mochte Selma. Aber all die unerwünschten Gefühle waren immer noch da, sie lauerten geduldig unter der Oberfläche und wisperten unbequeme Fragen.

Ich gab auf, mir etwas vorzumachen. Beschämt sah ich zu ihm auf. «Ich weiss auch nicht, was mit mir los ist. Ich wünsche dir nur das Beste, wirklich. Aber dieses Bild ...»

Martin lächelte leicht. «Ich kenne das», erwiderte er schliesslich. «Ich musste auch lernen, mit diesen alltäglichen kleinen Widerhaken klarzukommen. Mit dem Namensschild an eurem Haus – ‹Familie K. und M. Berger›. Eure Kinder, euer Auto, eure Katze. Alles banale kleine Beweise, dass du zu jemand anderem gehörst. Ich habe es hingekriegt, Kassandra. Du schaffst das auch.»

«Ich muss dir unglaublich egoistisch vorkommen. Ich habe von dir immer erwartet, dass du meine Grenzen respektierst, und mir kaum Gedanken darüber gemacht, wie sich das für dich anfühlen muss. Und jetzt, bei erster Gelegenheit, klappe ich selbst zusammen. Es ist erbärmlich.»

Jetzt funkelte ein Grinsen in seinem Gesicht. «Tatsächlich bin ich ein kleines bisschen schadenfreudig. Nicht rachsüchtig, das sicher nicht. Aber die Genugtuung, für einmal der sein zu können, der die Grenzen setzt, musst du mir schon gönnen. Es fühlt sich recht gut an.»

Ich wusste nicht, wie mir geschah, als es unvermittelt aus mir herausplatzte: «Wenn du wählen könntest – wäre sie es oder ich?»

Meine Güte. Was hatte ich da gesagt? Waren das tatsächlich meine Worte?

Ich wagte kaum, Martin anzusehen. Als ich es doch tat, war seine Miene versteinert und blass.

«Das ist nicht dein Ernst, oder? Dass du mir diese Frage stellst? Nach all der Zeit, ausgerechnet jetzt?»

Ich konnte nicht sagen, ob er zornig oder entgeistert oder erschüttert war. Oder alles zusammen.

«Nein. Es ist nicht mein Ernst, natürlich nicht. Ist mir so rausgerutscht. Entschuldige.»

Ich senkte den Blick, studierte angelegentlich meine Schnür-
senkel und spürte die Stille, die wie Blei auf uns lastete.

Es dauerte eine Ewigkeit, ehe Martin erneut sprach. Seine
Stimme war leise und kalt.

«Ich würde niemals eine Frau im Stich lassen, die mein
Kind bekommt. Hast du das verstanden? Niemals.»

8. Kapitel

Am folgenden Tag zog ich es konsequent vor, die Szene in Martins Büro zu verdrängen. Das beherrschte ich bestens; nicht umsonst war ich Psychiaterin. Also hielt ich mich beschäftigt, widmete mich – es war Mittwoch, mein arbeitsfreier Tag – am Vormittag inniger als üblich der Hausarbeit, sortierte sogar die ausgedehnte Playmobilsammlung meiner Töchter nach Themen, und am Nachmittag setzte ich meine Ankündigung in die Tat um und packte die Kinder ins Auto, um erneut die Spielplätze um Oberbottigen abzuklappern. Falls Anita Bärtschi den sonnigen Nachmittag mit ihren Kindern draussen verbrachte, gedachte ich sie zu finden.

Ich rechnete in meiner wilden Entschlossenheit allerdings nicht mit der Meuterei meiner Töchter. Jana und Mia, die nun schon am dritten Tag in Folge bei beträchtlicher Hitze über Berns Spielplätze geschleift wurden, hatten mittlerweile Schaukeln, Rutschbahnen und Klettertürme in allen Variationen gründlich satt und verkündeten schon nach einer knappen Stunde und zwei verschiedenen Lokalitäten entschieden ihren Protest. Nur mit dem Versprechen, im Anschluss mit ihnen das Freibad zu besuchen, konnte ich sie zu einer Stippvisite auf einem dritten Spielplatz erpressen, danach war nichts mehr zu wollen.

«Das ist langweilig», nölte die zweieinhalbjährige Mia gedehnt, während mich Jana mit der ganzen Würde ihrer knapp fünf Jahre daran erinnerte, dass ich den Besuch im Schwimmbad versprochen hätte, und Versprechen müsse man halten.

Also gab ich auf und lenkte unseren Wagen zum Freibad Weyermannshaus.

Durch schieres Glück ergatterte ich einen Parkplatz, packte die Badetasche, die ich in weiser Voraussicht mitgenommen hatte, und marschierte mit meinen beiden eifrigen Begleiterinnen auf das Freibad zu.

Die Anlage, das musste ich zugeben, war schön gestaltet. Das riesige Schwimmbassin erinnerte an einen See und war in einer gepflegten Parklandschaft so behaglich eingebettet, dass man über das konstante Brausen der nahen Autobahn hinwegsehen konnte.

Jana suchte uns einen Liegeplatz nahe dem Bassinrand aus, auf dem sie mit mehr Begeisterung als Geschick unsere Badetücher ausbreitete, und ignorierte mein Gejammer über die drückende Hitze – die begehrten Schattenplätze waren alle besetzt, und natürlich hatte ich als schlecht organisierte Mutter keinen Sonnenschirm dabei. Das Anziehen der Badesachen, das Auffrischen der Sonnenschutzlotion und Aufblasen der Schwimmflügel war wie immer eine Schlacht – ich wollte Gründlichkeit, Mia und Jana wollten schnellstmöglich ins Becken. Als wir schliesslich alle drei durch das kühle Wasser paddelten, fühlte ich mich besser.

Jana führte mir alle ihre neu erlernten Wasserkunststücke vor – Rückenschwimmen (noch leicht bananenartig), Tauchen nach Gegenständen auf dem Beckenboden (prustendes Auftauchen mit spiegeleigrossen Augen) und einen Kopfsprung vom Bassinrand, der regelmässig zum Bauchklatscher mutierte, aber von mir gleichwohl mit grosser Anerkennung gewürdigt wurde. Mia indes liess sich genügsam treiben und betrachtete interessiert ihre Umgebung.

«Schau mal, Mama», sie zupfte mich am Träger meines Bikinis, um meine Aufmerksamkeit zu gewinnen, «die Frau da hat denselben Badeanzug wie Grosi.»

Ich wandte mich um. Tatsächlich – auch ich erkannte das gedeckte braun-schwarze Muster. Erstaunlich, dass eine Frau mittleren Alters das gleiche Modell trug wie meine Mutter.

Gleichmütig wandte ich mich ab. Dann rastete etwas in meinem Gehirn ein, und mein Kopf schnellte zu der Frau herum. Meine Güte. Es war Anita Bärtschi.

Ich fühlte mich wie elektrisiert. Das Objekt meiner Suche sass auf einem Badetuch nahe dem Wasser und unterhielt sich mit einer älteren, rundlichen Dame neben ihr, während ein kleines Mädchen von ungefähr zwei Jahren auf ihrem Schoss an einem Butterkeks knabberte. Was für ein unglaublicher Glücksfall.

Unauffällig liess ich mich tiefer ins Wasser sinken, bis nur noch mein halber Kopf – von der Nase aufwärts, aus atemtechnischen Gründen – über die Oberfläche ragte, und rückte etwas vor, halb versteckt hinter Mias Schwimmflügeln, um Anita Bärtschi genauer in Augenschein zu nehmen. Dabei hoffte ich inständig, dass sie mein Starren nicht bemerken würde. Ich musste auf zufällige Beobachter wirken wie ein lauerndes Krokodil.

Anita Bärtschi war ein wenig untersetzt, mit schmalen, runden Schultern und kräftigen Oberschenkeln. Graue Strähnen durchsetzten ihr dunkles, naturgewelltes Haar, das schon lange keinen professionellen Haarschnitt mehr erhalten hatte, und ihre Beine waren nicht rasiert. Sie war das, was man gemeinhin eine natürliche Frau nennt, als diskrete Umschreibung für jemanden, der sich keinen Pfifferling um seine Erscheinung schert. Und das war schade, denn sie hatte ein feingeschnittenes Gesicht, zarte Hände und eine schöne, volltönende Stimme. Sie hätte durchaus eine attraktive Frau sein können.

Um Jana bei Laune zu halten, murmelte ich abwesend in kurzen Abständen Worte wie «Toll!» oder «Wow!», während ich in Wahrheit meine ganze Aufmerksamkeit auf die Frau nahe dem Beckenrand richtete. Nach wenigen Minuten hatte ich ihr zwei weitere, etwas grössere Kinder zugeordnet: einen

Jungen von vielleicht sieben und ein Mädchen von maximal fünf Jahren. Das Mädchen hielt sich vorsichtig im flachen Randbereich auf, wo das Wasser nicht allzu tief war, und spielte selbstvergessen mit zwei kleinen Plastikeimern, während der Junge mit zwei Gleichaltrigen lautstark um einen Ball rang.

«Nicht so laut, Kevin», ermahnte ihn seine Mutter hoffnungsvoll, doch ihr Ruf ging ungehört in einer Fontäne aus Spritzwasser unter.

«Jana», ich hielt meine ältere Tochter, die eben erneut zu einem atemlosen Tauchgang ansetzte, an den Schultern fest, «ich brauche deine Hilfe.»

Es dauerte keine zehn Minuten, und Jana hatte sich mit der mittleren Tochter von Anita Bärtschi angefreundet. Versonnen beobachtete ich meine Älteste. Nur Kindern gelang es, so rasch und unkompliziert mit einem anderen Menschen in Kontakt zu treten. Und nur Jana, so hielt ich mir grollend vor Augen, brachte es fertig, ihrer Mutter für einen einfachen Gefallen – dass Jana nun mit dem Mädchen spielte, war selbstverständlich kein Zufall – eine Gegenleistung abzupressen. Insgeheim musste ich ihren Geschäftssinn bewundern: Sie hatte mir die Zusage abgerungen, ihr ein Pferdeheft, ein neues Bikini und ihr Lieblingseis zu kaufen. Eine knallharte Verhandlungspartnerin, ohne Zweifel.

Während Jana und ihre neue Bekanntschaft gerade «Schwestern» spielten, nahm ich Mia, die mittlerweile vor Kälte bibberte, an der Hand und zog sie aus dem Wasser. Mia protestierte lautstark, trotzdem bestand ich darauf, dass sie sich hinsetzte und in der Sonne aufwärmte – nur drei Meter von Anita Bärtschi und ihrer Begleiterin entfernt.

«Huhu!», winkte ich Jana zu, die den Gruss erwiderte, ehe sie ihre neue Freundin ins Wasser schubste. «He, sei anständig!», rief ich tadelnd. Und wandte mich dann zu Anita Bärtschi um.

«Ist das Ihre Tochter? Entschuldigen Sie, meine Jana ist manchmal etwas ruppig. Aber sie meint es nicht böse.»

Anita Bärtschi wandte sich mir zu. Sie trug keine Sonnenbrille, und ich konnte die zahlreichen Fältchen um ihre zusammengekniffenen Augen sehen. Ihr Teint war trotz der Sommerbräune etwas fahl, aber sie schüttelte freundlich den Kopf. «Das macht gar nichts. Shania ist das von ihrem grossen Bruder her gewohnt.»

Ich verbot mir innerlich streng, mich über den Namen des Mädchens zu mokieren, und rückte ein kleines Stück näher an die Frau heran. «Herzige Kinder haben Sie. Ihr Sohn ist der Grosse in der grünen Badehose, nicht wahr? Ein aufgewecktes Kind», lobte ich, während der so Angesprochene eben seinen Kollegen unter Wasser drückte. «Und die Kleine sieht ihrer grossen Schwester sehr ähnlich. Wie alt ist sie?»

«Alicia ist schon fast zwei, schon richtig gross, stimmt doch, Liebes?» Der mütterliche Stolz wärmte ihre Züge.

Alicia wandte sich desinteressiert von mir ab und lutschte weiterhin an ihrem aufgeweichten Keks.

«Ein herrlicher Nachmittag! Genau das Richtige für einen unbeschwerten Familienausflug», schwärmte ich enthusiastisch. «Schade nur, dass die Väter an solchen Tagen immer arbeiten und nicht mitkommen können!»

Ich schämte mich schon, bevor ich den erwarteten Schatten über Anita Bärtschis Gesicht ziehen sah. Es war erbärmlich, diese Frau zu quälen. War es das wert?

Dann sah ich erneut Adrian Wyss vor mir, tief unten im Wasser, das gespenstische Schimmern seines weissen Hemdes.

«Entschuldigen Sie», warf ich leise ein. «Ich habe etwas Dummes gesagt, nicht?»

Die Frau neben mir atmete schwer aus, den Blick in die Ferne gerichtet. Sie blinzelte.

Während die ältere Begleiterin zu ihrer Rechten mir einen vorwurfsvollen Blick zuwarf, den ich tapfer zu ignorieren versuchte, schwieg Anita Bärtschi eine Weile.

«Sie können nichts dafür», meinte sie dann. Natürlich. Sie war genau der Typ Frau, der anderen alles verzieh. «Mein Mann ist schwer verunfallt und liegt im Inselspital im künstlichen Koma. Es ist unsicher, ob er überleben wird, und wenn ja, in welchem Zustand.»

Ich musste die Betroffenheit und das Mitgefühl in meiner Stimme nicht vortäuschen. «Das tut mir so leid. Wie ist es passiert?»

«Ein Autounfall. Eine junge Frau ist mit ihrem Wagen von der Spur abgekommen und direkt in meinen Mann geprallt. Er hat eine Menge Knochenbrüche, seine Milz ist gerissen, und sein Schädel wurde verletzt. Ich verstehe nicht alles, was die Ärzte mir sagen, aber es ist ernst, sehr ernst.»

«Das muss ungeheuer schwer für Sie sein», vermutete ich, und kam mir sehr dumm dabei vor.

Anita Bärtschi lächelte matt. «Ich tue alles, um es den Kindern so leicht wie möglich zu machen. Ich gebe mir Mühe, zuversichtlich zu bleiben, ihnen die Angst zu nehmen, ganz normal weiterzumachen. Aber es ist hart. Mein Mann hat sich vor ein paar Jahren selbständig gemacht und leitet heute ein kleines Sanitär-Geschäft. Sein Mitarbeiter ist allein völlig überfordert, wir mussten den Betrieb vorübergehend schliessen. Finanzielle Sorgen und Versicherungskram machen alles noch viel schlimmer – wenn nur diese Leute von der Versicherung aufhören würden, mich anzurufen und dumme Fragen zu stellen. Das halte ich fast nicht aus.»

Sie senkte den Kopf. Dann legte sie flüchtig eine Hand auf den Arm der Frau neben ihr. «Meine Mutter ist mir eine grosse

Hilfe, ohne sie wäre ich verloren. Sie hütet die Kinder, hilft mir im Haushalt und leistet mir Gesellschaft.»

Ich nickte zustimmend. «Mütter sind unersetzlich, da haben Sie Recht. Aber sagen Sie, wie konnte es zu diesem Unfall kommen? War die Unfallfahrerin betrunken?»

Anita Bärtschi zuckte die Achseln. «Ich weiss es nicht. Ich weiss nur, dass sie bei dem Unfall gestorben ist. Die arme Frau.»

Verwundert sah ich sie von der Seite her an. «Sie haben Mitleid mit ihr? Wo doch sie Ihren Mann ins Unglück gefahren hat?»

Anita Bärtschi wandte sich mir zu. Ihr Gesicht spiegelte aufrichtige Verblüffung. «Natürlich habe ich Mitleid mit ihr. Sie hat es nicht überlebt. Mein Yves ist noch am Leben. Und mit Gottes Hilfe kann er wieder gesund werden. Wir sind viel besser dran als die Familie dieser armen Frau. Wissen Sie, man darf nicht aufhören, dankbar zu sein. Auch in schweren Zeiten. Es wird alles gut kommen. Ich glaube fest daran: Alles wird wieder gut.»

Später an diesem Tag, es war bereits nach acht Uhr, sass ich mit Marc in unserem Esszimmer. Eine herrliche Stille herrschte in unserem Haus. Mia und Jana, beide erschöpft von Sonne, Wasser und grossen Eisportionen, schliefen bereits, und die nachmittägliche Schwüle hatte dicke Gewitterwolken am Himmel aufgetürmt; jeden Moment musste der erlösende Regen einsetzen. Ein kühler Windhauch drang durch die offene Terrassentür und liess die weissen Vorhänge an den Fenstern flattern.

«Also wieder Fehlanzeige?», fragte Marc und schwenkte den Rosé in seinem Weinglas.

«Ja, sieht so aus. Anita Bärtschi hat völlig authentisch gewirkt. Ich würde beide Hände dafür ins Feuer legen, dass sie keinen Groll gegen Patricia Mathier de Rossi hegt. Sie ist wirklich eine aussergewöhnliche Frau. Ob ich wohl in einer Notsituation ihre innere Stärke hätte?»

«Wahrscheinlich nicht», vermutete Marc. «Tobsuchtsanfälle und Dramen würden besser zu dir passen.» Er überging meinen scharfen Blick und fuhr fort. «Es muss schwer gewesen sein, die Frau auszuhorchen. Ihr Leid zuzufügen, sie an ihre Misere zu erinnern.»

Ich verzog das Gesicht. «Allerdings. Beschämenderweise hat sie sich am Ende noch bei mir bedankt. Offenbar ist sie so damit beschäftigt, für andere stark zu sein, dass sie nicht dazu kommt, über ihr eigenes Elend zu sprechen. Sie hat angedeutet, dass die Leute zurückweichen, Gespräche über ihre Trauer und Sorge vermeiden. Und sie will niemanden belasten – natürlich nicht. Was sind wir nur für eine Gesellschaft. Mit der ganzen Welt vernetzt, sind wir doch nicht fähig, mit unseren Nachbarn zu sprechen, wenn sie in Not geraten.»

Nachdenklich wiegte Marc den Kopf hin und her. «Der Ehemann der Verunglückten scheidet als potentieller Racheengel aus, sagst du. Und nun konntest du auch Anita Bärtschi von der ohnehin geringen Spur eines Verdachts entlasten. Und jetzt?»

Ich fächelte mir mit einer Kinderzeichnung Luft zu – Jana produzierte zur Zeit eine beängstigende Menge an Kunstwerken, die allesamt Prinzessinnen mit Schmollmündern zeigten und sich in den Ecken unseres Hauses zu unordentlichen Stapeln auftürmten. «Ich bleibe weiter an Marie Lanz dran. Und ich will mit der Mutter von Patricia Mathier de Rossi sprechen.»

Marc gab einen unwilligen Laut von sich. «Noch ein Verhör?»

«Ach was – ich verhöre niemanden. Ich führe Gespräche, das ist alles. Und finde dabei das eine oder andere heraus, ganz beiläufig. Wie ich sagte – Anita Bärtschi war mir dankbar. Auch Stefano de Rossi hat sich nach dem Gespräch besser gefühlt. Ich schlage zwei Fliegen mit einer Klatsche, ich komme an meine Informationen und ich bin ein aufmerksamer, warmherziger Zuhörer.»

«Du klingst sehr selbstbewusst, Ka», wandte Marc mit ernstem Blick ein. «Ich gebe zu, du hattest Recht mit ein paar deiner Vermutungen. Es ist dir gelungen, an Menschen und Informationen heranzukommen, du hast dich geschickt angestellt. Das macht dich selbstzufrieden. Nein, es macht dich arrogant. Du hast das Gefühl, dass dir nichts unmöglich ist. Und das ist gefährlich.»

Ich spürte, wie mein Lächeln vom Gesicht rutschte. «Du nennst mich arrogant?»

Er zuckte die Schultern. «Ja, das tue ich allerdings. Mir gefällt dieser Feldzug nicht. Mir gefällt die Vorstellung nicht, dass wir die Fähigkeit oder die Macht hätten, Bescheid zu wissen über die Umstände, die Adrian Wyss' Leben und Tod betreffen. Mir kommt dieser ganze Aktivismus vor wie die Suche nach der sprichwörtlichen Nadel im Heuhaufen – INTPERS, Patricia Mathier de Rossi. Und ich frage mich ernsthaft, ob es das, was du so verbissen suchst, wirklich gibt – die Wahrheit.»

Verärgert blies ich meine Wangen auf. «Natürlich. Marc Bergen und seine Weisheit, und ich bin einmal mehr das übereifrige Mädchen, das selbstverliebt herumwuselt und egoistisch Staub aufwirbelt.»

«Das habe ich nicht so gesagt.»

«Aber gemeint hast du es», schoss ich zurück. «Und einmal mehr vergisst du, dass wir alle vier beschlossen haben, dieser Sache nachzugehen, dass wir eine Vereinbarung getroffen haben. Wir waren uns einig, dass wir die Ungereimtheiten um Adrian Wyss' Tod nicht auf sich beruhen lassen würden. Allerdings, das gebe ich gerne zu, bin ich aktiver, wenn es darum geht, tatsächlich konkret etwas zu unternehmen. Deine Rolle beschränkt sich mehr auf die des kritischen Zweiflers. Das ist eine grosse Hilfe, wirklich», schloss ich grantig.

Marcs Miene verfinsterte sich. «Ich will keinen Streit mit dir, Ka. Und ich will weder deine Absicht in Frage stellen noch deine Leistungen schmälern. Du meinst es gut, und du machst es gut. Aber ich lasse mir von deiner Entschlossenheit nicht das Recht nehmen, Bedenken anzumelden. Ich glaube nicht, dass wir jemals eine vollständige, verlässliche Vorstellung darüber haben werden, wer Adrian Wyss war und was ihn bewegte. Und ich spüre einen wachsenden Widerwillen dagegen, dass wir uns in das Leben anderer Menschen einmischen. Es ist nicht anständig. Und vielleicht ist es sogar gefährlich. Zumal du selbst ja die These vertrittst, dass Wyss ermordet worden sein könnte.»

Genervt verwarf ich die Hände. «Eben! Da hast du es. Willst du es einfach damit bewenden lassen? Willst du mir im Ernst anraten, die Sache ruhen zu lassen, aus Anstand, aus Angst? Bist du so ein Mensch? Wir können etwas tun, Marc!» Jetzt beugte ich mich vor und sah ihm beschwörend ins Gesicht. «Wir allein haben Zweifel, und wir können etwas dagegen tun. Sind wir das der Sache nicht schuldig?»

«Es ist die Frage, ob wir es wirklich können, und eine weitere Frage, ob wir es sollten. Du spielst Gott, Ka!»

«Das tue ich nicht!» Ich war lauter geworden als beabsichtigt. «Ich bin ein fehlbarer, unsicherer kleiner Mensch, nichts weiter, aber im Gegensatz zu dir bin ich weder faul noch ein Feigling!»

Ich war zu weit gegangen, das realisierte ich in dem Moment, als meine letzten Worte an der Zimmerwand widerhallten.

Marc, den Blick von mir abgewandt, schwieg einige atemlose Augenblicke lang. Dann erhob er sich, griff nach der Zeitung. «Ich gehe hoch.»

Mit steifen Bewegungen verliess er den Raum.

Ich blieb sitzen, halb hilflos, halb zornig. Gedanken rasten mir durch den Kopf, Anklagen, Ausrufe des Protests, ein Flüstern von Reue, das Summen des Zweifels.

War ich im Unrecht? War ich verbissen, arrogant, selbstgerecht? Oder auch nur übereifrig?

Traf ich die richtige Wahl?

9. Kapitel

Unser Streit lag noch in der Luft, als wir am nächsten Tag aufstanden, die Kinder weckten, das Frühstück vorbereiteten. Er hing zwischen uns wie übelriechender Dunst, der nicht zu vertreiben war. Wir verabschiedeten uns wie Entfremdete, wie Menschen, die sich vage daran erinnern, dass sie einander vor langer Zeit einmal etwas bedeutet hatten: beiläufig und kühl. Und das schnürte mir die Kehle zu.

Kurz nach meiner Ankunft in der Klinik traf ich Martin im grossen Rapportraum an. Er war blass und sah übernächtigt aus. «Ich muss dich sprechen», sagte er kurz. «Kurz vor Mittag, in meinem Büro.» Sein Ausdruck machte deutlich, dass etwas überhaupt nicht in Ordnung war, aber ehe ich nachhaken konnte, war er verschwunden.

Am Morgenrapport auf meiner Station erwartete mich eine weitere Hiobsbotschaft: Marie Lanz war erneut verschwunden, am Abend zuvor von einem «kurzen Spaziergang auf das Areal» nicht zurückgekehrt. Sie reagierte nicht auf unsere Anrufe, und keiner ihrer Mitpatienten wusste, wo sie sich aufhielt.

Ich war nicht überrascht, aber ich war beunruhigt. Ich hatte das Gefühl, dass diese Frau uns entglitt, dass wir machtlos zusehen mussten, wie sie in Stücke zerfiel. Üble Ahnungen nagten an mir. In einem Zustand nervöser Rastlosigkeit erwartete ich das Treffen mit Martin.

Als ich in seinem Büro erschien, verdichteten sich meine üblen Ahnungen: Martin wirkte zerzaust und belastet. «Setz dich», meinte er knapp, und wies mich auf einen Stuhl, ehe er sorgsam die Tür hinter mir schloss. Mit dem Schlüssel.

Beunruhigt blickte ich ihn an. «Wieso das denn?»

Er liess sich in den Stuhl mir gegenüber fallen und strich sich mit beiden Händen über das Gesicht. «Ich will sichergehen, dass niemand hereinplatzt.»

Unsicher beugte ich mich vor. «Was ist los, Martin?»

Er presste die Lippen zusammen. «Ich war auf der Privatstation. Gestern Abend noch.»

«Unter welchem Vorwand?»

«Gar keinem.» Er raufte sich die Haare. «Mir ist einfach nichts eingefallen. Ich bin nicht so erfindungsreich wie du. Es war mir unsäglich zuwider, aber ich musste es wissen. Also bin ich einfach hingegangen und habe nach Manuela Zobrist gefragt.»

«Und?»

«Sie war im Aufenthaltsraum. Mit ihrem Freund. Ich habe sie angesprochen, mich vorgestellt und angedeutet, dass ich einige Fragen zur INTPERS-Studie habe. Das hatte eine durchschlagende Wirkung. Die Patientin, zuvor durchaus heiter und zufrieden, spuckte Gift und Galle. Ich scheuchte sie und ihren Partner in ein Gesprächszimmer, aber natürlich zu spät, die zuständige Pflegerin hatte den Auftritt bereits mitbekommen.» Er holte tief Luft. «Frau Zobrist war Probandin in der Mischgruppe – am Anfang der Behandlung stand ein eingehendes diagnostisches Gespräch, die eigentliche Therapie erfolgte dann per E-Mail. Ihr Therapeut war Adrian Wyss.»

«Und weiter?», fragte ich atemlos.

«Manuela Zobrist hat eine schwerwiegende Borderline-Störung – du kennst das ja, die Unterarme von Narben überzogen, in der Vorgeschichte Dutzende von psychiatrischen Hospitalisationen, Krisen, Suizidversuchen. Es war sicher mutig, so eine Frau in die Studie aufzunehmen.» Sein Tonfall machte deutlich, dass er es nicht mutig, sondern geradezu abenteuerlich fand. Oder idiotisch. «Auch sie selbst habe, so berichtete sie mir, Zweifel an der neuen Behandlungsmethode gehabt, aber sich dann doch zur Teilnahme verleiten lassen, in der Hoffnung, auf diesem Weg eine Besserung zu erreichen. Adrian Wyss habe stark auf sie eingewirkt, sie zum Mitmachen gedrängt. Zu Beginn habe sich die Behandlung gut angelassen, sie habe sich bemüht und motiviert mitgemacht. Aber dann habe sein – so sagte sie – rücksichtsloses Nachbohren in ihrer traumatischen Vorgeschichte dazu geführt, dass sie in eine Krise geraten sei: selbstabwertende Gedanken, Selbstverletzungen, Suizidimpulse. Sie habe Adrian Wyss geschrieben, aber der sei kaum auf ihre Notrufe eingegangen. Schliesslich habe sie versucht, sich das Leben zu nehmen, und zwar mittels einer Schnittverletzung am Handgelenk. Ihr Partner hat sie rechtzeitig gefunden und Schlimmeres verhindert, aber unglücklicherweise hat der tiefe Schnitt den Nervus medianus getroffen. Die Sensibilität der linken Hand ist damit nachhaltig gestört – was ungünstig ist, denn die Patientin ist Sekretärin und beim Schreiben auf einer Tastatur auf beide Hände angewiesen.» Er hob seine Hände. «Sie sprach davon, rechtlich gegen die Studienleitung vorzugehen. Weil sie wegen des Vorfalls nicht mehr arbeiten könne, erwarte sie eine grosszügige finanzielle Entschädigung.»

Ich schluckte. «Wirkte die Frau glaubwürdig?»

Martin schüttelte hilflos den Kopf. «Schwer zu sagen. Sie hat zweifellos histrionische Anteile – du weisst schon, theatralisches, dramatisches Gehabe, übersteigerte Emotionen. Aber die Geschichte klang nicht unrealistisch. Der Partner schien unangenehm berührt, als wäre ihm der Auftritt seiner Freundin peinlich. Er versuchte, sie zu beruhigen und zur Vernunft zu bringen. Bisweilen suchte er meinen Blick, rollte die Augen. Ich vermute, dass er ihr die Geschichte nicht ganz abnimmt.» Unsicher sah er mich an. «Aber was, wenn es stimmt? Wenn ein Rechtsfall daraus wird, dann wird INT-PERS eingestellt. Kein Wunder, dass Blanc versucht, sie zu beschwichtigen.»

«Tut er das?», fragte ich scharf. «Oder ist es mehr als das?»

Martin strich sich über die Stirn. «Sie wirkte selbstgefällig. Sie habe den alten Blanc ganz schön auf Trab gebracht.»

Ich überlegte. «Warum sollte jemand Adrian Wyss umbringen? Theoretisch, meine ich», fügte ich beschwichtigend hinzu, als ich Martins Blick auffing. «Warum nicht die Patientin selbst? Sie ist es doch, die die Studie in Gefahr bringt.»

«Probanden sollten nicht einfach spurlos verschwinden, Kassandra. Ihre Entwicklung wird genauestens dokumentiert. Es wäre aufgefallen.»

Ich seufzte. «Manuela Zobrist ist der Faktor, den wir gesucht haben, die Bedrohung für INTPERS, da bin ich mir sicher. Die Frage ist nur – sind ihre Anschuldigungen richtig? Hat Adrian Wyss Mist gebaut, hat er nicht gemerkt, dass er sie überforderte, hat er nicht auf ihre Hilferufe reagiert? Oder ist ihre Geschichte eine Lüge?» Ich sah Martin vorsichtig an. «Ich bin sicher, dass die Datenbank von INTPERS darüber Aufschluss geben müsste. Zweifellos sind alle mit der Studie verbundenen Daten gespeichert.»

Martins Kopf ruckte hoch. «Nein. Vergiss es. Es gibt keine Möglichkeit, Zugriff auf diese Daten zu nehmen, Kassandra. Gabriela Aeschbacher hat es mir erklärt – alle Daten sind kodiert, und wir wissen nicht, hinter welcher ID sich Manuela Zobrist verbirgt. Und überhaupt – die Datenbank ist bombensicher verschlüsselt. Jeder Forschungsplan muss von der Ethikkommission genehmigt werden, ehe er als wissenschaftliche Studie umgesetzt werden kann – und die Ethikkommission nimmt es sehr genau mit dem Datenschutz. Wir haben keine Möglichkeit, an diese Daten zu kommen. Schlag es dir aus dem Kopf.»

«Ein Hacker könnte es schaffen», gab ich zu bedenken.

«Hacker sind Kriminelle», schoss Martin heftig zurück. «Und wir machen nicht gemeinsame Sache mit Kriminellen! Ganz abgesehen davon, dass ich persönlich keinen Umgang mit Hackern pflege. Ich hoffe, das ist bei dir nicht anders.»

Ich grinste bedauernd.

Martin sackte zusammen. «Wir müssen ihn fragen, Kassandra.» Auf meinen bestürzten Blick hin erläuterte er: «Rudolf Blanc. Wir müssen ihn einfach fragen.»

«Oh nein. Das ist nicht dein Ernst. Martin!» Eindringlich beugte ich mich vor, zwang ihn, mich anzusehen. «Es ist nicht ausgeschlossen, dass Adrian Wyss wegen dieser Sache zu Tode gekommen ist. Es ist nicht ausgeschlossen, dass jemand ihn umgebracht hat. Nein, Martin, wir werden nicht einfach zu Rudolf Blanc ins Büro spazieren und ihn fragen, ob er etwas mit dem Tod seines Kollegen zu tun hat.» Ich biss mir auf die Lippe, dachte angestrengt nach. «Ich werde eine andere Lösung finden. Das muss sich irgendwie unauffällig herausbekommen lassen.»

«Kassandra, ich fürchte, das wird nicht mehr möglich sein. Denn als ich gestern Abend mit Manuela Zobrist gemeinsam den Gesprächsraum der Privatstation verliess, trafen wir auf Rudolf Blanc, der eben zu seiner Abendvisite erschienen war. Er hat uns zusammen gesehen. Und», er holte tief Luft, «er hat mich für heute Abend um fünf Uhr in sein Büro bestellt.»

Als ich Martins Büro kurz danach verliess, zeigte meine Armbanduhr zehn nach zwölf. Ich hatte weniger als fünf Stunden. Ich stürzte hoch in mein Büro – das Mittagessen würde ausfallen müssen.

Oben angekommen, liess ich mich auf meinen Bürostuhl fallen und dachte fieberhaft nach.

Ich musste an diese Daten kommen, irgendwie, um jeden Preis. Aber es klang hoffnungslos. Eine verschlüsselte Datenbank – das klang einschüchternd professionell. Ich war sicher, das entsprechende Passwort war eine dieser zufälligen Kombinationen von Zahlen und Buchstaben, unmöglich zu erraten – ganz anders als die üblichen Passwörter, mit denen wir in der Klinik unsere Laptops schützten. Ich lachte sarkastisch auf, als ich an mein eigenes dachte: KEOAKB – Klinik Eschenberg Oberärztin Kassandra Bergen. Man musste kein Genie sein, um auf so etwas zu kommen, wenn man nur einmal die Logik dahinter kannte ...

Natürlich. Die Logik.

Hastig griff ich nach meinem Telefon. «Martin? Ich habe nur eine Frage. Mit welchem Passwort loggst du dich in deinen Klinik-Laptop?»

Martin stutzte. «KELAMR. Weshalb? Kassandra, du ...»

Ich liess ihn nicht zu Wort kommen. «Danke, ich erkläre es dir später!» Ich beendete das Gespräch und würgte seinen Protestruf damit ab.

Mein nächster Anruf galt der Direktionsassistentin. Ich bemühte mich, meine Stimme heiter und unbeschwert klingen zu lassen, als ich mich meldete.

«Hallo Ursula, hier spricht Ka Bergen. Ist Doktor Blanc irgendwann heute Nachmittag frei? Ich habe eine Frage zum neuen Kinder- und Erwachsenenschutzgesetz», konfabulierte ich wild.

Ursula überprüfte den elektronischen Terminkalender ihres Chefs. «Das wird schwierig. Heute Nachmittag ist er ziemlich ausgelastet – zuerst ein ambulantes Gespräch, anschliessend um zwei Uhr die wöchentliche Besprechung mit der Pflegedienstleitung und dann um drei eine grosse Sitzung – ein Treffen aller psychiatrischen Chefärzte und Klinikdirektoren des Kantons

Bern. Psychiatrieplanung, du weisst schon. Das wird sicher zwei Stunden dauern. Um fünf hat er dann einen Termin mit dem Leitenden. Tut mir leid, heute wird es wohl nicht mehr reichen.»

«Das ist nicht so schlimm, keine Sorge», entgegnete ich in leichtem Plauderton. «Mein Anliegen kann warten. Dieses Chefarzt-Treffen klingt ja ganz schön wichtig ... Passen die hohen Herren mit ihren Egos denn alle in sein Büro?»

Ursula lachte belustigt auf. «Um Gottes Willen, nein. Die Versammlung findet im Konferenzsaal nebenan statt. Mit Kaffee und Kuchen – dem besten, den unsere Küche hergibt.»

«Na, dann viel Glück!», wünschte ich aufgeräumt.

Um fünf nach drei Uhr stand ich in dem breiten Gang vor dem Konferenzraum des Direktors. Ich bemühte mich, ganz beiläufig zu wirken, als wäre meine Anwesenheit hier reiner Zufall, und studierte scheinbar konzentriert das Display meines Klinikhandys, als grübelte ich über einen erst kürzlich empfangenen, sehr dienstlichen, sehr offiziellen Anruf nach. In Wahrheit lauschte ich. Mit klopfendem Herzen nahm ich die Geräusche jenseits der getäfelten Holztür zu meiner Rechten wahr: Das letzte Scharren eines Stuhls, die üblichen Huster und gedämpften Gespräche, Ursulas Stimme, die mit zurückhaltender Höflichkeit Kaffee, Milch und Zucker anbot, das Klirren von Metall gegen Porzellan. Und dann schliesslich kehrte Ruhe ein, über die sich die markante Stimme von Rudolf Blanc erhob. «Liebe Kollegen und Kolleginnen. Es ist mir eine besondere Freude, Sie alle hier in der Klinik Eschenberg ...»

Das genügte mir.

Nach einem raschen Kontrollblick in alle Richtungen huschte ich lautlos einige Meter weiter, bis ich vor der Tür zu Rudolf Blancs Büro stand. Ein weiterer, hastiger Blick in die Runde, dann drückte ich das Ohr gegen die Türplatte.

Alles ruhig.

Ich holte tief Luft, zog dann meinen Generalschlüssel hervor, steckte ihn ins Schloss und drehte ihn. Ein leises Klicken verriet mir, dass nicht einmal die Arbeitsräume des Direktors ausgenommen waren von der demokratischen Normierung aller Türschlösser in der Klinik Eschenberg – mein Schlüssel passte. Eilig schlüpfte ich in den Raum und schloss die Tür hinter mir.

Meine Güte. Ich stand widerrechtlich im Büro von Rudolf Blanc.

Die Stimmen aus dem angrenzenden Konferenzraum waren deutlich zu vernehmen – die Verbindungstür war dünn. Mir kam es vor, als bestünde sie aus einem Fetzen durchsichtigen Chiffons, als stünde ich hier im Licht von Scheinwerfern, blossgestellt und nackt.

Mein Herz machte einige nervöse Hüpfer ungefähr auf Höhe meines Kehlkopfs, während ich umsichtig zu dem wuchtigen Schreibtisch aus dunklem Holz schlich, der den Raum beherrschte. Der Computer des Chefs war auf Standby, als ich die Maus bewegte, forderte das System erwartungsgemäss ein Passwort.

Nun denn.

Mit eiskalten Fingern tippte ich. KEDRB.

Falsches Passwort. Verdammt.

Hastig versuchte ich es erneut. KEKDRB.

Bingo.

Ich holte zitternd Luft, während die Benutzeroberfläche vor mir erschien. Rudolf Blanc hatte als Hintergrundfoto ein verschneites Bergmassiv gewählt. Pittoresk.

Unsicher versuchte ich, die Symbole auf dem Schreibtisch zu überblicken. Internet Explorer, Word, eine Vielzahl von Ordnern, mit Kürzeln versehen.

Ich loggte mich in das Patientenadministrationssystem ein, öffnete die Datei einer meiner Patienten, legte mein Klinikhandy griffbereit neben mir auf den Schreibtisch – mein Alibi. Sollte jemand wider Erwarten den Raum betreten, würde ich vorgeben, aufgrund einer dringenden telefonischen Anfrage ins nächstbeste Büro und an den nächstbesten Computer geeilt zu sein, um einige Patientendaten nachzuschauen. Eine dünne Ausrede, zweifellos, denn an sich hätte ich meinen eigenen Laptop stets bei mir haben sollen, aber etwas Besseres war mir nicht in den Sinn gekommen.

Weiter. Ich versuchte, mir einen Überblick über die verschiedenen Desktop-Symbole zu verschaffen, suchte nach irgendetwas, was mit INTPERS in Zusammenhang stehen könnte. Schliesslich wurde ich fündig. Ein Icon, das aus den verschlungenen Buchstaben «TS» bestand, erwies sich als die TrialSafe-Software zur Datenerhebung in medizinischen Studien, wie mir ein nüchternes graues Fenster eröffnete. Ich war nicht überrascht darüber, dass sowohl eine Benutzer-ID als auch ein Passwort gefordert wurden. Hoffnungsvoll tippte ich einige naheliegende Versuche ein, schaute mich zudem um, ob Rudolf Blanc allenfalls zu den Gutgläubigen gehörte, die ihre Passwörter auf kleinen Zetteln griffbereit aufbewahrten, wurde jedoch allseits enttäuscht. Keine Chance.

Entmutigt durchstöberte ich einige der zahlreichen Ordner auf dem Desktop, die Stimme von Rudolf Blanc aus dem Konferenzraum nebenan wie ein stählernes Joch in meinem Nacken – und blieb erfolglos. Rudolf Blanc nahm die Datenschutz-Anforderungen für INTPERS offenbar sehr ernst.

Als ich auf dem Korridor draussen Schritte vernahm, erstarrte ich, griff dann hektisch nach meinem Handy und drückte es mir ans Ohr, um dem papierdünnen Vorwand für mein Hiersein Nachdruck zu verleihen.

Die Schritte zogen vorüber, und ich atmete auf.

Wieder wandte ich mich dem Bildschirm zu, zunehmend nervös. Wenn ich hier nichts fand, würde ich die Schränke und Schubladen des Direktors durchwühlen müssen, etwas, was kein Alibi der Welt rechtfertigen würde, sollte ich dabei erwischt werden. Ich spürte, wie mir der kalte Schweiss ausbrach.

Dann fiel mein Auge auf Outlook express – natürlich. E-Mails.

Rasch öffnete ich das Mail-Programm. Die untadelige Gewissenhaftigkeit des Direktors war auch in seiner elektronischen Korrespondenz spürbar – der Posteingang war aufgeräumt und wies nicht mehr als eine Handvoll taufrisch eingetroffener Mails auf. Rudolf Blanc legte seine Nachrichten offenbar täglich in die bestens organisierten Ordner ab. Ich verdrängte jeden Gedanken an meinen eigenen chaotischen Maileingang, der mittlerweile gut siebenhundert Nachrichten umfasste, und begutachtete die lange Reihe von Ordnern: Hier, tatsächlich. INTPERS-Studie.

Mein Herzschlag beschleunigte sich, während ich Dutzende von Nachrichten durchging, die hier gespeichert waren, Nachrichten von Gabriela Aeschbacher, Hans Bärfuss und anderen – und Nachrichten von Adrian Wyss. Atemlos öffnete ich die dem Datum nach jüngste E-Mail von Adrian Wyss, sank in den Stuhl von Rudolf Blanc und überflog sie.

«Lieber Rudi
Ich verstehe Deine Besorgnis bezüglich der besagten Patientin.
Es wäre dem Ruf von INTPERS nicht zuträglich, wenn sie uns
in ein Rechtsverfahren verwickeln würde, da stimme ich Dir zu.
Inhaltlich, das versichere ich Dir abermals, hat die Frau jedoch
nichts gegen uns/mich in der Hand. Im Anhang findest Du die
wichtigsten Auszüge aus der Falldokumentation in anonymisierter

Form – ich habe Dir die relevanten Passagen farblich hervorge-
hoben; die Suizidabklärung und die Erstellung eines Notfallplans
während des face-to-face-Erstgesprächs, die eingehende Bespre-
chung der Vor- und Nachteile einer Teilnahme an der Studie
(und auch die begeisterte Motivation der Patientin), dann die
relevanten therapeutischen E-Mail-Wechsel zwischen der Patien-
tin und mir. Wie Du siehst, habe ich in jedem Mail explizit und
ausgiebig nach selbstverletzenden Impulsen und Suizidgedanken
gefragt, was sie jeweils weit von sich gewiesen hat. Die Sache ist
bedauerlich, aber ich mache mir keine grossen Sorgen. Gerade mit
Borderline-Patientinnen kommt dergleichen vor, das ist allgemein
bekannt.

Kopf hoch, alter Freund! Gehen wir mal wieder zusammen
einen heben? Das ist gut für die Stimmung!

Herzliche Grüsse, Adrian»

Verwirrung machte sich in mir breit. Diese gelassene, selbstsi-
chere Antwort passte mir nicht ins Konzept.

Verunsichert öffnete ich die verschiedenen Dateianla-
gen. Adrian Wyss hatte nicht übertrieben: Er hatte in dieser
Sache, das konnte ich den Akten entnehmen, sehr sorgfältig
gearbeitet. Er hatte das Erstgespräch ausführlich dokumentiert, und die Gewissenhaftigkeit, mit der er diese schwierige Patientin abgeklärt und auf allfällige kommende Krisen-
situationen vorbereitet hatte, war mustergültig. Aus seinen
Aufzeichnungen wurde spürbar, dass sie es gewesen war, die
auf eine Teilnahme gedrängt hatte, während er ihr gegenüber auch Nachteile zu bedenken gegeben und sie zur einge-
henden Prüfung ihrer Entscheidung angehalten hatte. Auch
die therapeutischen E-Mails illustrierten sein behutsames
Vorgehen und vermittelten, dass er eine allfällige Entglei-
sung immer vor Augen hatte und nach Anzeichen für eine

Krise fahndete.

Adrian Wyss, das belegten diese Dokumente einwandfrei, hatte sich nichts vorzuwerfen gehabt.

Gerade als ich das Datum überprüfte, an welchem diese E-Mail gesendet worden war, gerade als ich mir ungläubig vor Augen hielt, dass Adrian Wyss sie am Tag vor seinem Tod geschrieben hatte, öffnete sich die Verbindungstür zum Konferenzraum.

10. Kapitel

Ich war viel zu langsam. Es kam mir vor, als geschehe alles in Zeitlupe, die Klinke, die heruntergedrückt wurde, das Aufschwingen der Tür, das Erscheinen der aufrechten Gestalt von Rudolf Blanc. Ich konnte mich nicht bewegen, blieb sitzen, wie versteinert, und sah ihn nur an, mit weit aufgerissenen Augen – zweifellos das personifizierte schlechte Gewissen.

Rudolf Blanc reagierte blitzschnell und mit beunruhigender Fassung. Ich sah, wie er in Bruchteilen einer Sekunde die Lage erfasste und richtig deutete. Seine Augen, erst überrascht und fragend auf mich gerichtet, nahmen schlagartig einen Ausdruck stahlharter Gewissheit an. Seine Körperhaltung änderte sich nicht im Mindesten.

Ohne ein Wort zu sagen, griff er sich eine dicke Dokumentenmappe von seinem Pult, drehte sich um und blieb in der Türöffnung stehen, seinen illustren Gästen zugewandt und mir den Rücken zukehrend.

«Liebe Kolleginnen und Kollegen», begann er, und seine Stimme klang ruhig wie immer, «darf ich Sie bitten, mich kurz zu entschuldigen, während Sie die Resultate der Untersuchung», er hob die Hand mit den Dokumenten, «studieren? Offenbar gibt es einen dringenden Notfall in der Klinik, der ein kurzes Gespräch notwendig macht.»

Er reichte die Mappe mit ungerührter Miene an seine verblüffte Assistentin weiter, trat zurück und schloss die Verbindungstür mit gemessenen Bewegungen. Dann drehte er sich zu mir um.

«Dürfte ich Sie bitten, auf einen meiner Besucherstühle überzuwechseln? Den Platz hinter meinem Schreibtisch beanspruche ich üblicherweise selbst.»

Wie ein geschlagener Hund erhob ich mich und leistete seinem Befehl Folge, ohne ihn anzusehen. Sobald ich sass, nahm er selbst Platz. Ohne ein Wort der Erklärung griff er nach dem Telefon und wählte.

«Herr Rychener? Ich möchte Sie hier in meinem Büro sehen. Sofort.»

Die Wartezeit bis zu Martins Erscheinen schien endlos, die Sekunden verrannen wie Tropfen von geschmolzenem Blei, langsam und träge. Rudolf Blanc sprach kein Wort, sah mir aber unverwandt ins Gesicht, mit einem gefährlichen Gesichtsausdruck, der irgendwo zwischen kühler Neugier und unterdrücktem Zorn lag. Ich schluckte krampfhaft und versuchte, gelassen zu wirken, was mir gründlich misslang.

Als Martin an die Tür klopfte, fuhr ich zusammen. Seiner Miene, der unwirklichen Blässe seines Gesichts und seiner verkrampften Haltung entnahm ich, dass er böse Ahnungen hegte, Ahnungen, die sich offensichtlich vollumfänglich bestätigten, als sein Blick die Lage – schuldbewusst zusammengesunkene Verbündete, vor unterdrücktem Zorn pulsierender Vorgesetzter – rasch überblickte.

«Schliessen Sie die Tür und setzen Sie sich, Herr Rychener», befahl Rudolf Blanc. Als Martin, noch eine Nuance blasser geworden, an meiner Seite Platz genommen hatte, lehnte der Direktor sich vor und bedachte uns beide mit durchdringenden Blicken, ehe er zu sprechen begann.

«Da ich Sie, Herr Rychener, gestern auf der Privatstation unerklärlicherweise im Gespräch mit Frau Zobrist angetroffen habe, und da Sie, Frau Bergen», ein unterkühlter Blick, «vor wenigen Augenblicken in meiner Abwesenheit mein Büro betreten und sich an meinem Computer zu schaffen gemacht haben», aus dem Augenwinkel nahm ich Martins bestürzten Seitenblick wahr, verzichtete aber geflissentlich darauf, diesen

Blick zu erwidern, «liege ich sicher nicht falsch darin, Sie beide gemeinsam befragen zu wollen, oder was denken Sie?»

Unser Schweigen war ihm offenbar Antwort genug, denn er nickte grimmig und fuhr fort.

Beinahe lässig griff er zur Maus und überflog mit ein paar Blicken, welche Dokumente ich zuvor an seinem Computer betrachtet hatte. «Ihr Interesse gilt, wie es scheint, INTPERS und der unglücklichen Manuela Zobrist. Gehe ich Recht in der Annahme, dass dieses Interesse im Grunde dem Tod von Adrian Wyss gilt?» Er musterte uns wie ein Oberlehrer seine minderbegabten Zöglinge.

Ich nickte niedergeschlagen. Martin räusperte sich. «Herr Direktor ...», setzte er versuchsweise an, wurde aber mit einer kurzen Handbewegung von Rudolf Blanc abgewürgt.

Dieser lehnte sich vor, die Unterarme auf dem Pult, die Finger ineinander verflochten. «Mir wird schon seit Tagen von verschiedenen Personen zugetragen, dass einige meiner Mitarbeiter auf einmal ein ungewöhnlich intensives Interesse an INTPERS entwickelt haben. Sie, Doktor Rychener, und ihre junge Freundin, Frau Vogt – oh, schauen Sie mich nicht so überrascht an, ich bin bestens im Bild darüber, was in meiner Klinik vor sich geht.»

Er lehnte sich wieder in seinem Stuhl zurück. «Sie haben mich verdächtigt? Sie sind davon ausgegangen, dass ich mit dem Tod von Adrian zu tun haben könnte?» Seine Blicke filetierten uns kunstgerecht.

Wieder beschränkte ich mich auf ein Nicken und fühlte mich würdeloser denn zuvor.

Martin war mutiger. «Haben Sie mit dem Tod von Adrian Wyss zu tun?» Seine Stimme klang ruhig und sachlich.

Die Andeutung eines kühlen Lächelns erschien auf den Zügen des Direktors. «Frau Bergen, wären Sie so freundlich,

Ihrem Kollegen zu berichten, was Ihre Nachforschungen», er betonte das Wort mit ätzender Liebenswürdigkeit «in meinen Maildateien ergeben haben?»

Meine Stimme klang krächzend, als ich antwortete. «Adrian Wyss konnte offenbar sehr genau belegen, dass die Anschuldigungen von Manuela Zobrist nicht der Wahrheit entsprechen. Seine Dokumentation war einwandfrei. Und er klang recht sorglos und unbeeindruckt.» Ich wandte mich zu Martin um und sah ihm in die Augen. «Er hat die betreffende Nachricht am Tag vor seinem Tod geschrieben. Und er hat Herrn Blanc ein gelegentliches Treffen vorgeschlagen, in lockerem, unbeschwertem Tonfall.»

Ich las in seinen Augen die gleiche Verwirrung, die auch ich zuvor empfunden hatte.

Rudolf Blanc räusperte sich. «Die Angelegenheit Manuela Zobrist ist unschön. Adrian hat nichts falsch gemacht, er hat verantwortungsbewusst gehandelt, nach allen Regeln der Kunst.» Er seufzte. «Adrian hatte Recht, rein juristisch hatten wir nichts zu befürchten. Aber Sie wissen, dass es wenig braucht, um den Ruf und das Ansehen einer neuen Behandlungsmethode zu schädigen. Üble Gerüchte, schlechte Presse – besonders bei einer brisanten Studie wie der unseren kann das den Todesstoss bedeuten. Deshalb habe ich Manuela Zobrist einen Platz auf meiner Station angeboten und versucht, sie zu gewinnen. Die Zusammentreffen mit ihr waren nicht erfreulich, sie ist eine schwierige Frau. Aber mir liegt an INTPERS. Es reicht nicht, sich auf seinen Lorbeeren auszuruhen. Die Psychiatrie braucht neue Impulse, neue Gedanken.» Er blickte aus dem Fenster, als sähe er die neuen Impulse und Gedanken in der Ferne davonziehen. Dann wandte er sich wieder uns zu. «Frau Bergen, Sie haben die letzte Mail gelesen, die Adrian mir geschrieben hat. Sie können sich vorstellen, dass ich Zweifel an der Suizidtheorie habe. Seine Worte klingen nicht nach denen eines Mannes, der seinem Leben in Kürze ein Ende setzen wollte.»

Ich nickte zustimmend. «Auch wir hegen diesbezüglich Zweifel. Und wir ... dachten uns, dass INTPERS damit zusammenhängen könnte», schloss ich etwas vage.

«Sie dachten, ich hätte mit seinem Tod zu tun», führte Blanc milde aus. «Denken Sie das noch immer?»

Ich zögerte, schüttelte dann den Kopf. «Nein. Jetzt nicht mehr. Ich entschuldige mich für mein unbedachtes Vorgehen.»

Er musterte mich ausdruckslos. «Ich wünschte, Sie wären damit direkt zu mir gekommen.»

Unbehaglich rutschte ich auf meinem Sitz herum. «Nun, mit Verlaub. Wenn Sie tatsächlich mit diesem Todesfall zu tun gehabt hätten, dann ...» Ich verzichtete darauf, den Satz zu beenden.

Martin übernahm. «Es hätte gefährlich sein können, Sie direkt zu konfrontieren, Herr Direktor», erklärte er sachlich. «Wir brauchten mehr Informationen. Es tut mir leid.»

Rudolf Blancs Miene blieb unbewegt. Gefährlich unbewegt. «Mir tut es auch leid, Herr Rychener. Denn wie sich jetzt herausstellt, war es auch gefährlich, es auf diesem Weg zu versuchen. Sie, Frau Bergen», er beugte sich abermals vor und fixierte mich mit einem Blick, der an ein Reptil erinnerte, «sind ohne Erlaubnis in mein Büro eingedrungen und haben meine persönlichen Daten durchstöbert. Sie haben alle Regeln ihres Standes gebrochen. Sie werden also nicht überrascht sein zu hören, dass ich auf einen derartigen Vertrauensbruch hin eine fristlose Entlassung aussprechen muss.»

Mir klappte der Mund auf. Eine fristlose Kündigung? Damit hatte ich nicht gerechnet. Ich hatte ohnehin, wie ich mir jetzt bitter vor Augen halten musste, nicht nachgedacht, mir keine Gedanken über die möglichen Konsequenzen meines Handelns gemacht. Auch in diesen angespannten letzten Minuten im Angesicht von Blancs unterdrücktem Zorn hatte ich mir lediglich vage vorgestellt, einen Verweis zu bekommen, vielleicht einen Eintrag in meine Personalakte. Aber jetzt würde ich meine Stelle verlieren, vielleicht auch meinen guten Ruf. Vielleicht würde ich nie mehr als Ärztin arbeiten können, vielleicht musste ich zumindest die Psychiatrie an den Nagel hängen. Mir blieb die Luft weg, als ich mir Marcs Miene vorstellte, als ich hastig berechnete, wie unsere finanzielle Situation ohne mein Einkommen aussehen würde, als ich mir ausmalte, wie weitreichend die Folgen meines Fehltritts sein würden. Angst überschwemmte mich.

«Herr Blanc, bei allem Respekt ...», begann Martin, aber erneut fiel Rudolf Blanc ihm ins Wort.

«Nein, Herr Rychener, sparen Sie sich die Mühe. Ich habe keine Freude an Ihrem Alleingang, dem Gespräch mit Manuela Zobrist, das Sie hinter meinem Rücken geführt haben. Aber Ihr Vergehen ist eine Kleinigkeit im Vergleich zu der Anmassung», er spuckte die Worte regelrecht aus, «die Frau Bergen sich erlaubt hat. Ich dulde es nicht, dass man mich auf diese Weise hintergeht. Ich dulde keine Mitarbeiter, denen ich nicht vertrauen kann.»

«Bei allem Respekt», entgegnete Martin, aber jetzt klang seine Stimme ungleich schärfer als zuvor, «ich bin nicht Ihrer Meinung.»

«So», schnappte Blanc, der seine unnatürliche Fassung langsam zu verlieren drohte, «sind Sie das nicht?»

«Nein, allerdings nicht.» Martin war aufgestanden, hatte sich seinerseits vorgebeugt, beide Hände auf den Schreibtisch seines Vorgesetzten gestützt, das Gesicht bleich und starr. «Frau Bergen ist zu Unrecht eingedrungen, das ist richtig. Aber sie hatte sehr gute Gründe dafür. Sie hat weder Ihre Kreditkarte entwendet noch Ihre persönlichen Ferienfotos durchwühlt. Sie wollte herausfinden, ob Adrian Wyss' Tod mit INTPERS zusammenhängt, und hat dafür Kopf und Kragen riskiert. Können Sie ihr das wirklich vorwerfen, wo Sie doch in Adrian Wyss einen Freund verloren haben?»

Jetzt stand auch Blanc auf. Eine ungute Röte breitete sich von seinem Hals her auf sein Gesicht und seine Ohren aus. «Finden Sie tatsächlich, ich sollte Frau Bergen noch dafür bewundern, dass sie hinter meinem Rücken meine Studie attackiert und versucht, mir einen Mord anzuhängen? Sollte ich ihr für ihren Wagemut gratulieren? Wie können Sie es wagen!»

Seine Stimme war lauter geworden, dröhnend. Die gedämpften Gespräche im Nebenraum waren verstummt, einem unbehaglichen, überraschten Schweigen gewichen, aber Blanc schien es nicht zu merken, oder es war ihm gleichgültig. «Wie können Sie es wagen, sich gegen mich und auf ihre Seite zu stellen?»

Martin wich nicht zurück. Er fixierte seinen Chef mit eisernem Blick. «Genau das tue ich. Ich stelle mich auf ihre Seite. Und wenn Sie Frau Bergen tatsächlich fristlos entlassen, dann werde ich nicht schweigend dabei zusehen.»

«Ach tatsächlich?», höhnte Blanc. «Und was wollen Sie dagegen tun? Wollen Sie Ihren Posten hinschmeissen? Sie sind nicht unersetzlich. Und ich lasse mir von Ihnen nichts vorschreiben.»

Martin lächelte kalt, ein schreckliches Lächeln, das nicht zu ihm passte. «Nein. Ich werde mich an die Ethikkommission wenden. Ich werde den Fall Manuela Zobrist aufrollen, werde die Frage aufwerfen, ob es vertretbar ist, dass Sie dieser Frau auf Ihrer Privatstation Honig um den Bart schmieren, um sie zum Schweigen zu bringen. Und ich werde deutlich machen, dass Sie eine Ärztin, die die Hintergründe dieses Falles beleuchten wollte, fristlos entlassen haben. Kurz: Ich werde INTPERS vernichten.»

Eine eisige Stille breitete sich in trägen Wellen im Raum aus. Ich wagte nicht zu atmen. Wie gebannt verfolgte ich diesen wortlosen Machtkampf, beobachtete, wie die beiden Männer, die Blicke ineinander gebohrt wie Speere, einander die Stirn boten. Martin hielt mit beiden Händen die Kante von Blancs Schreibtisch umklammert, die Venen an seinem Handgelenk traten blau hervor. Blancs Gesicht hatte alle Farbe verloren, kalter Schweiss sammelte sich über seinen Augenbrauen.

«Das würden Sie nicht wagen», zischte er schliesslich.

Martins Stimme klang erstaunlich ruhig, fast müde. «Wetten?»

Wieder schwiegen beide, und die Stille lastete wie Blei auf dem Raum, drückte meine Schultern herab und hinderte mich am Atmen.

«Frau Bergen», sagte Blanc schliesslich, ohne mich anzusehen, ohne Martin aus den Augen zu lassen, «verlassen Sie diesen Raum. Raus mit Ihnen.»

Ich warf einen hilflosen Blick auf Martin, der mich nicht beachtete, sondern weiterhin unerbittlich Blanc fixierte.

Dann erhob ich mich. Meine Beine zitterten, Übelkeit und Schwindel überfielen mich. Unsicher schob ich meinen Stuhl zurück. Ich wollte etwas sagen, die Spannung auflösen, aber ich spürte, dass ich für diese beiden Männer, die ihre Wut und Entschlossenheit gegeneinander anstemmten, nicht mehr existierte.

Ich kam nicht weit. Ich war orientierungslos einige Schritte gegangen, hatte mich, ohne wirklich darüber nachzudenken, was ich jetzt tun, was ich denken oder fühlen sollte, in Richtung Treppenhaus bewegt, als mein Telefon läutete.

Wie ferngesteuert griff ich nach dem Gerät und nahm den Anruf an.

«Ka? Hier spricht Petra.» Meine Assistenzärztin. «Hör mal, der Tagesarzt hat mich angerufen. Marie Lanz wird zu uns verlegt, vom Inselspital – der dortige chirurgische Dienstarzt hat sich gemeldet, die Patientin sei bei ihm gelandet, nachdem sie in betrunkenem Zustand eine Treppe hinuntergestürzt sei und sich das Schlüsselbein gebrochen habe. Der Bruch könne konservativ mit Rucksackverband versorgt werden, mehr Sorgen hingegen mache ihm der psychische Zustand der Patientin; sie sei auf Entzug und mache suizidale Äusserungen. Frau Lanz muss jeden Moment auf der Geschlossenen ankommen.»

«Ja, und?» Mein Kopf fühlte sich wattig an, und Petras Worte drangen von weit her zu mir durch.

«Der Tagesarzt ist völlig überlastet und hat mich gebeten, das Eintrittsgespräch zu übernehmen, weil ich die Patientin ja kenne. Aber ich schaffe es nicht – ich nehme gleich an einem grossen Systemgespräch teil und kann da nicht einfach weg. Könntest du vielleicht …?»

«Natürlich», erwiderte ich mechanisch. «Wohin kommt sie? Auf die 1b?»

«Genau. Machte Sinn, sie auf die geschlossene Suchtstation aufzunehmen.»

«Absolut. Ich kümmere mich darum.»

Ich beendete das Gespräch. Einige Momente starrte ich auf das Display meines Telefons, ohne wirklich etwas zu sehen. Mühsam versuchte ich, mich zu sammeln.

Marie Lanz. Richtig, meine Patientin. Ich musste mich um sie kümmern.

Ich wusste nicht, ob ich hier noch angestellt war. Ich wusste nicht, was jetzt gerade im Büro von Rudolf Blanc vor sich ging, hatte keine Ahnung, wie meine Zukunft aussehen würde – und die von Martin. Ich fühlte mich grauenhaft. Mein Herz raste, mein Magen überschlug sich.

Ich konnte nichts tun. Ausser mich um meine Patientin zu kümmern. Also machte ich mich auf den Weg.

In kühlem Nieselregen marschierte ich zur Aufnahmestation 1b. Mein Kopf schwirrte, meine Gefühle tanzten Tango. Aber die frische Luft tat mir gut, half mir, meine Fassung wiederzugewinnen – und nachzudenken.

Ich hatte mit meiner heroischen Aktion im Büro des Direktors nicht nur mich selbst, sondern auch Martin in eine furchtbare Lage gebracht. Was hatte ich nur angerichtet? War da noch irgendetwas zu retten?

Rudolf Blanc lag ausserhalb meines Einflussbereichs. Es lag allein in Martins Händen, ob er diesen Kampf der Titanen gewinnen würde, und mir war klar, dass es, auch wenn er die Oberhand behalten würde, ein Pyrrhussieg wäre. Mir wurde übel vor Scham und Elend, als ich mir vor Augen hielt, was meine Aktion Martin kostete, egal, wie die Sache ausging.

Also klammerte ich mich an den einzigen Halt, den ich hatte: Meine Aktion war nicht umsonst gewesen. Ich hatte neue Erkenntnisse gewonnen.

Ich versuchte, mich zu sammeln, die Sachlage nüchterner zu betrachten und einen Überblick zu gewinnen. Unser Verdacht bezüglich INTPERS hatte sich weitgehend erledigt. Adrian Wyss hatte sich juristisch gesehen nichts vorzuwerfen gehabt und war hinsichtlich der Vorwürfe von Manuela Zobrist guten Mutes gewesen. Und auch wenn das öffentliche Ansehen der Studie in Gefahr war – der plötzliche Tod einer der Studienleiter hätte diesen Umstand nicht verbessert, im Gegenteil. Es gab kein Motiv, Adrian Wyss wegen dieser Angelegenheit aus dem Weg zu räumen. Mehr noch – seine letzte Mail legte den Schluss nahe, dass er zumindest am Tag vor seinem Tod noch keinerlei Absichten gehabt hatte, sich selbst das Leben zu nehmen. Was die Suizidtheorie zunehmend unwahrscheinlich machte.

Ich schritt eilig voran, duckte mich unter meinen Regenschirm und versuchte, meine Gedanken zu ordnen. INTPERS, Rudolf Blanc und sein Team waren aus dem Schneider. Die kurzfristige Orientierungslosigkeit und Verwirrung, die diese Erkenntnis auslöste, wurde rasch abgelöst von einem scharfen inneren Kurswechsel: Meine Aufmerksamkeit richtete sich wieder auf den Fall, den ich instinktiv von Anfang an verfolgt hatte, den Fall Patricia Mathier de Rossi. Und ich war auf dem Weg zu Marie Lanz, die seit dem Tod von Adrian Wyss neben sich stand, die etwas zu verbergen hatte – ich, die gute Oberärztin, die dem überlasteten Tagesarzt und ihrer beschäftigten Assistenzärztin unter die Arme griff und im Sinne der Erhaltung einer Kontinuität in der Patientenversorgung an die Seite einer gestrauchelten Patientin eilte.

Zynisch verzog ich das Gesicht. Gute Oberärztin? Pustekuchen.

Ich erhoffte mir, Marie Lanz in einem schwachen Moment anzutreffen.

Diese Hoffnung erfüllte sich vollumfänglich. Als ich den Gesprächsraum der Station berat, war die Luft dick von Marie Lanz' Alkoholfahne und ihrem kläglichen Schluchzen, in das sich der eine oder andere Rülpser mischte. Die Frau hing schief in einem der Holzstühle, behindert und gleichzeitig gestützt durch den eng geschnürten weissen Rucksackverband, der sie absurderweise wie eine etwas aus dem Lot geratene Wandertouristin aussehen liess. Ihr Haar hing ihr feucht über das verschwitzte Gesicht, als sie mehrmals erfolglos versuchte, genug

Luft durch das Röhrchen des Alkoholtestgerätes zu blasen, das ein Pfleger ihr hinhielt, als hätte sie das nicht schon Dutzende von Malen zuvor getan. Als es ihr schliesslich gelang, zeigte das Gerät eine Alkoholkonzentration von 1.3 Promille an, und mir wurde klar, dass die zitternde, unruhige Frau gerade das durchlebte, was nur chronische Alkoholiker schafften: Gleichzeitig betrunken und auf Entzug zu sein.

Marie Lanz wimmerte, als sie mich erblickte, und verbarg ihr Gesicht in ihren Händen. Scham und Verzweiflung umgaben sie wie eine Wolke.

«Gut, dass Sie wieder hier sind, Frau Lanz», sagte ich sachte, während ich mich setzte. Alain, der Pfleger, tat es mir gleich und trug gewissenhaft den ermittelten Promillewert in ein Protokoll ein. Ich spürte, wie die Unsicherheit und Anspannung, die mich beherrscht hatten, wieder von mir abfielen. Ich war in meinem Element.

«Wie fühlen Sie sich?»

Marie Lanz schüttelte kraftlos den Kopf, ohne mich anzusehen.

«Ich weiss, dass es schwer ist, Frau Lanz. Sie haben sicher Schmerzen und fühlen sich entzügig.»

Ein klägliches Nicken.

«Können Sie mir erzählen, was passiert ist?»

Langsam senkte Marie Lanz ihre Hände, vermied es aber, mich anzusehen. Ihre rechte Wange zierte ein frischer Bluterguss.

«Bin wohl gestürzt», meinte sie schliesslich. Ihre Stimme klang undeutlich.

«Wie kam es dazu?»

«Weiss auch nicht. Hatte etwas getrunken. War zuhause auf meiner Treppe. Bin runtergefallen. Ungeschickt.»

«Wie viel Alkohol haben Sie getrunken?»

«Weiss nicht. Paar Flaschen.»

«Wein? Bier? Spirituosen?»

«Wein.»

«Haben Sie Medikamente dazu konsumiert? Benzodiazepine?» Ihr Kopf schoss hoch. «Bin doch nicht verrückt. Weiss, dass das mit Alkohol zusammen gefährlich ist! Will ja nicht sterben!»

«In Ordnung», beschwichtigte ich sie. «Und wie kam es zu dem Rückfall?»

Marie Lanz verharrte einen Augenblick, den Blick starr auf die Tischplatte vor ihr geheftet. Ihre Haare bildeten links und rechts von ihrem Gesicht einen strähnigen Vorhang. «Weiss ich nicht. Einfach so. Hatte Lust.»

Ich seufzte unhörbar. «Frau Lanz, das überzeugt mich nicht. Sie sind seit Tagen in einem erbärmlichen Zustand. Etwas belastet Sie ganz ungeheuer. Sie hatten Glück – dieser Sturz hätte viel schlimmer ausgehen können. Sie könnten tot sein. Wollen Sie mir nicht sagen, was mit Ihnen los ist?»

Frau Lanz heulte auf, ein unartikulierter, schmerzlicher Laut. Sie senkte ihren Kopf ruckartig und schlug mit der Stirn auf der Tischplatte auf – sie schien es kaum zu spüren.

«Und wenn schon?», stiess sie aus. «Tot sein wäre besser! Verdiene es nicht zu leben …» Sie verfiel in lautloses Schluchzen.

«Frau Lanz», sagte ich ruhig und nicht ohne Mitgefühl. «Was ist geschehen?»

Sie rang mit sich, aber der Alkohol und die Schmerzen, das war offensichtlich, lockerten ihre Selbstkontrolle. Endlich brach es aus ihr heraus:

«Ich bin schuld am Tod von Patricia! Sie hatte rausgefunden … hatte rausgefunden … Ich hatte eine Affäre mit Adrian. War nichts Ernstes, mehr nebenbei. Ich mochte ihn. Ich wusste nicht, dass er auch mit Patricia … Ich habe es ihr erzählt, einfach so. Konnte nicht wissen, dass sie es so schwer nimmt! Dass es ihr etwas ausmacht!»

Marie Lanz holte tief Atem. Tränen und Schleim rannen ihr über das verzerrte Gesicht.

«Als sie es erfahren hatte, war sie völlig von der Rolle. Durchgedreht ist sie, hat mich angeschrien, herumgetobt! Ist von zuhause ausgezogen, zu ihrer Mutter. Kein Wort hat sie mehr mit mir gesprochen – und dann war sie tot. Tot! Einfach so! Ich bin schuld. Ich bin schuld ...»

Sie verbarg ihr Gesicht in ihrer Armbeuge und schneuzte sich in den Ärmel ihres Pullovers. Während Alain neben mir ihr mit stoischer Miene ein Papiertaschentuch reichte, das sie mit bebender Hand entgegennahm, rasten meine Gedanken.

Eine Affäre? Adrian Wyss hatte eine Affäre mit einer Patientin gehabt? Mit mehreren Patientinnen? Patricia Mathier de Rossi hatte entsetzt und eifersüchtig auf die Enthüllung ihrer Freundin reagiert – hatte diese Entdeckung sie in den Suizid getrieben?

Es war unfassbar.

Marie Lanz schniefte und rieb mit dem zerknüllten Taschentuch unbeholfen an ihrem verschmierten Ärmel herum. Ich betrachtete sie, registrierte betroffen, wie wenig Würde der Alkohol seinen Opfern lässt, und versuchte erfolglos, das Bild dieser Frau in Einklang zu bringen mit dem eleganten, attraktiven Psychiater Adrian Wyss. War es wirklich möglich?

Ich räusperte mich. «Ich verstehe nun, dass der Tod von Herrn Wyss Sie aus der Fassung gebracht hat. Sie müssen sehr traurig gewesen sein.»

Wieder knickte Marie Lanz ein, wieder kamen die Tränen. Alain warf mir einen vorwurfsvollen Blick von der Seite her zu, den ich ignorierte.

«Tot, tot, tot!», wiederholte meine Patientin, verwaschen und monoton, ehe sie erneut laut zu schluchzen begann. «Alle tot. Ich wusste es. Hatte Angst um Adrian. Ich habe ein gutes Gefühl für so was», wie die Karikatur einer dozierenden Lehrerin hob sie den Finger, «ich spüre, wenn etwas nicht stimmt. Es liegt etwas in der Luft. Ich hatte Angst! Aber er wollte nicht hören. Er wollte nicht hören ...»

«Er wollte nicht hören?», schaltete ich mich eilig ein. «Sie haben Herrn Wyss von Ihren Sorgen berichtet?»

Sie nickte heftig. «In der Nacht, als er gestorben ist. Habe ihn gewarnt. Er wollte nicht hören. Wollte nicht hören. Und ich bin als Nächste dran. Ein Fluch. Es ist wie ein Fluch. Wegen Patricia. Ich bin schuld ...»

Marie Lanz krümmte sich. Wie ein Taschenmesser klappte sie zusammen, die Stirn auf ihren Knien, die Arme um den Kopf geschlungen, wiegte sie sich hin und her und schluchzte und schluchzte. Kein Elend ist vergleichbar mit dem Elend der Betrunkenen.

Ich fühlte mich wie elektrisiert. Der rätselhafte Anruf aus der Klinik in der Mordnacht war von Marie Lanz gekommen? Sie hatte Adrian Wyss gewarnt? Ich wollte nachhaken, fragen, mehr wissen. Aber ich spürte Alains Blick auf mir, eisern und ungehalten.

Er hatte vollkommen Recht. Ich konnte nicht weitermachen. Ich musste die Situation unter Kontrolle bringen, die Frau stützen und dafür sorgen, dass sie sich beruhigte. Ich war in erster Linie ihre Ärztin.

Also tat ich das einzig Richtige, ich sagte beruhigende, versöhnliche Worte des Verständnisses und des Trostes, ich reichte ihr mehr Taschentücher, legte eine Hand auf ihren Arm, und ich verordnete die Medikation, die ihr den Entzug erleichtern und ihre emotionale Qual lindern würde.

Marie Lanz nahm es hin, wortlos, erleichtert, dass meine Fragen ein Ende hatten, dankbar, weil sie sich hinter einem chemischen Schutzwall würde in Sicherheit bringen können, in Sicherheit vor der Scham und der Schuld und dem Entsetzen.

Ich spulte die tröstliche Routine ab, schrieb meine Verordnungen und traf die nötigen Absprachen mit Alain, während es parallel dazu in meinem Kopf ratterte und drehte. Endlich. Endlich war ich einen Schritt weiter.

Wenig später traf ich mich mit Martin in der Cafeteria. Er war blass und wirkte angespannt, bemühte sich aber um Nonchalance. Scheinbar gelassen rührte er in seinem Cappuccino, doch unter seinen Augen lagen Ringe, die mir nie zuvor aufgefallen waren.

Mein Magen zog sich zusammen. «Wie ist das Gespräch ausgegangen?», fragte ich kleinlaut.

Sein Lächeln war etwas schwächlich. «Ich würde es nicht als Gespräch bezeichnen – Blanc und ich haben einander vornehmlich angebrüllt. Aber er hat schliesslich eingelenkt, Kassandra. Du wirst nicht entlassen. Wir tun alle so, als wäre nichts passiert. Sofern das möglich ist.»

Er verstummte, rührte dann verbissen weiter in seiner Cappucchino-Tasse. Von der üppigen Haube aus Milchschaum war kaum mehr etwas übrig.

Schuldgefühle übermannten mich. Impulsiv griff ich nach seiner Hand. «Es tut mir so leid, Martin. Ich habe Mist gebaut, und du hast mich aus dem Dreck gezogen. Und hast dabei selbst eine grosse Ladung Dreck abbekommen. Ich wünschte, ich könnte es rückgängig machen.»

Martin blickte erstaunt zu mir auf. «Du hast keinen Mist gebaut. Die Idee war gut, direkt und clever. Schade nur, dass Blanc dich erwischt hat.» Er erwiderte den Druck meiner Hand. «Und ich weiss, dass du dieses Risiko auch um meinetwillen eingegangen bist. Sobald ich dir erzählt hatte, dass ich für fünf Uhr zum Direktor bestellt worden war, hast du einen Weg gesucht, die INTPERS-Verbindung zu klären und mich damit zu entlasten. Da ist es selbstverständlich für mich, dass ich für dich einstehe, egal wie viel es mich kostet. Ich halte nichts von Schönwetter-Beziehungen. Ich bin für dich da, wenn du mich brauchst.»

Ein seltsames Gefühl von Dankbarkeit und Wärme breitete sich in mir aus und machte mich sprachlos. Was für ein Freund. Was für ein Mann.

Martin, der Pragmatischere von uns beiden, war es, der mir nach einigen Augenblicken mit einem sachlichen Räuspern seine Hand entzog und sich gerade hinsetzte. Offenbar war er zum Schluss gekommen, dass es sich für Aussenstehende seltsam ausmachen würde, uns Hand in Hand und in versonnenem Schweigen in der öffentlichen Cafeteria sitzen zu sehen. Ich realisierte mit Unbehagen, dass mir sein Rückzug einen Stich versetzte.

Um meine Gefühle zu überspielen, erzählte ich ihm rasch von meiner Unterhaltung mit der betrunkenen Marie Lanz. Martin hörte mir stirnrunzelnd zu. Als ich geendet hatte, verzog er das Gesicht in skeptische Falten.

«Du bist sicher, dass du das richtig verstanden hast? Adrian Wyss habe Affären gehabt, mit dieser Patricia – und mit Marie Lanz? Du bist wirklich sicher?»

Ich zuckte die Achseln. «Das hat sie zumindest gesagt.»

Martin schüttelte den Kopf. «Schwer zu glauben», beschied er. «Natürlich ist Marie Lanz in Topform nicht unattraktiv, aber trotzdem – würde ein Adrian Wyss, seines Zeichens Promi-Psychiater, das Risiko eingehen, ein Verhältnis mit Patientinnen anzufangen? Ich muss dir nicht sagen, dass so etwas eine therapeutische Todsünde ist. Wäre das rausgekommen, wäre sein Ruf ruiniert gewesen.»

«Eben.» Ich nickte bedeutungsvoll. «Hier steckt doch jede Menge Zündstoff. Enttäuschte Geliebte, wütende Ehefrau, erzürnte Angehörige, sensationsgierige Klatschpresse, juristische Konsequenzen. Kein Wunder, dass Adrian Wyss unter Druck stand.»

«Du hast nur die Aussage einer Betrunkenen», gab Martin zu bedenken. «Vielleicht hatte sie sich eine Beziehung zu ihm gewünscht und verwechselt jetzt Wunsch und Wirklichkeit? Vielleicht veranstaltet sie eine histrionische Szene, will Aufmerksamkeit und Drama?»

«Blödsinn. Bislang hat sie die Geschichte entschlossen für sich behalten. Und ihre Schuldgefühle und ihre Angst sind echt.»

«Du glaubst ihr.» Es war mehr eine Feststellung denn eine Frage.

«Ja, das tue ich», bestätigte ich entschlossen.

Er nickte nachdenklich. «Und auch nach der Szene in Blancs Büro lässt du dich nicht davon abbringen, Adrian Wyss' Tod aufzuklären.»

«Natürlich nicht. Ich sehe die Erkenntnisse, die ich im Büro des Direktors gewonnen habe, als Fortschritt an. INTPERS können wir abhaken, aber die Suizidtheorie wackelt mehr denn je. Und jetzt hat Marie Lanz einige hochinteressante neue Aspekte eingebracht, denen ich unbedingt nachgehen muss.»

Martin löffelte angelegentlich den mageren Rest Milchschaum aus seiner Tasse. «Wie du meinst. Was hast du vor?»

«Ich werde mit der Mutter von Patricia Mathier de Rossi sprechen.»

«Und wie willst du das auf unauffällige Art anstellen?»

Ich musterte ihn grimmig. «Ich habe keine Ahnung. Aber es wird mir schon etwas einfallen.»

11. Kapitel

Die Berner Stadtwohnung von Claudine Mathier lag versteckt im Monbijouquartier. Das Haus sah von aussen unspektakulär aus. Seine wahren Werte eröffnete es einem erst, wenn man drinnen war.

Als Claudine Mathier mir auf mein Klingeln hin die Tür öffnete, hatte ich den verwirrenden Eindruck, durch das Portal in eine andere Welt getreten zu sein. Das lag sicher an der Wohnung, an dem geräumigen Entree mit dem weiss und schwarz gemusterten Kachelboden – ich war mir ziemlich sicher, dass es sich hierbei nicht um Keramikkacheln handelte, sondern tippte ohne grosses Sachverständnis auf Marmor; es lag auch an der üppigen, mehrstöckigen goldenen Designerlampe, die den Eingangsbereich beherrschte, an den erlesenen, teuer aussehenden Teppichen und am prasselnden Feuer in einem Raum zu meiner Rechten, der verdächtig nach einer klassisch eingerichteten Bibliothek aussah – die Wände waren ochsenblutrot gestrichen, und auf einem schlichten Glastisch stand ein geschmackvolles Blumenbouquet. Aber es lag auch an der Frau selbst. Claudine Mathier war eine eigenartige Person, die mich, ohne dass ich diesen Eindruck näher hätte erklären können, an eine Sphinx erinnerte. Sie wirkte irgendwie uneinheitlich, in gleichem Masse ätherisch und pragmatisch. Ihr durchscheinend blasses Gesicht war ungeschminkt, umrahmt von bronzefarbenen, akkurat in Form geschnittenen Locken. Ihre Hände waren zart, ihre Schultern ungewöhnlich breit. Es war mir nicht möglich, ihr Alter zu schätzen.

Frau Mathier begrüsste mich höflich, mit einer klaren, hellen Stimme. Die Hand, die sie mir reichte, war kühl, der Händedruck fest. Wortlos ging sie mir voraus in einen Wohnraum.

«Rasco?», rief sie.

Entgegen meiner Erwartung trat nicht ein livrierter Butler aus dem Zimmer, sondern eine tiefschwarze deutsche Dogge von gewaltigen Ausmassen. Ihre Pfoten waren breit wie die eines Raubtiers, und die melancholisch dunklen Augen musterten mich mit resigniertem Interesse.

Claudine Mathier hob kurz die Hand – der Hund gehorchte augenblicklich und liess sich in eine Liegeposition sinken.

Claudine Mathier lächelte mir kurz zu, ein kühles, erklärendes Lächeln. «Einige meiner Besucher fürchten sich vor grossen Hunden.» In ihren Augen lag eine unausgesprochene Frage.

«Ich gehöre nicht dazu», versicherte ich und kraulte Rasco wagemutig am Kopf, um meine Unerschrockenheit zu demonstrieren. Rasco schloss zufrieden die Augen und gab einen kehligen Grunzlaut von sich.

Meine Gastgeberin wies mich in den Wohnraum – ein heller, modern eingerichteter Raum, kühl und sachlich und mit kundiger Hand gestaltet. Ich betrachtete die schwarzen Ledersofas, die abstrakte Malerei an den Wänden und die futuristische Deckenbeleuchtung und fühlte mich augenblicklich eingeschüchtert. Vorsichtig liess ich mich auf dem Rand des kleineren Sofas nieder. Frau Mathier nahm mir gegenüber Platz. Im Vorbeigehen rückte sie eine Hochglanzzeitschrift gerade, die auf dem Couchtisch lag. Rasco, der ihr ohne Aufforderung gefolgt war, liess sich zu ihren Füssen nieder.

«Wie Sie mir am Telefon mitgeteilt haben, sind Sie eine Freundin meiner verstorbenen Tochter und wollten mich sprechen? Worum handelt es sich?»

Ich räusperte mich. «Genau – ich habe Patricia gekannt, allerdings haben wir uns schon eine Weile nicht mehr gesehen, ein halbes Jahr vielleicht. Ich war eine Zeitlang im Ausland», fügte ich erklärend hinzu.

Claudine Mathier musterte mich aufmerksam. Täuschte ich mich, oder hatte sie verschiedenfarbige Augen? Eines war grün, das andere braun.

«Ich habe vor ein paar Tagen bei ihr angerufen und mit Stefano gesprochen – ich war ganz erschüttert zu hören, dass Patricia gestorben ist. Ich konnte es nicht glauben, als er mir von der traurigen Geschichte erzählt hat. Und nun lässt mich der Gedanke an Patricia nicht mehr los. Ich mache mir Vorwürfe – ich hätte mich eher bei ihr melden sollen, ich hätte für sie da sein sollen. Ich möchte so gern verstehen, was in ihr vorgegangen ist in den Tagen vor ihrem Tod. Stefano hat mir gesagt, sie habe zuletzt bei Ihnen gewohnt. Ich weiss, ich bin ungeheuer aufdringlich, und für Sie muss es sicher sehr schmerzlich sein. Aber können Sie mir erzählen, wie es zu diesem Unfall gekommen ist? Was zuvor passiert ist?»

Zufrieden registrierte ich das Zittern in meiner Stimme. Es klang gut, glaubwürdig. Ich bekam das nicht übel hin.

Die Miene meines Gegenübers blieb unbewegt, während sie offenbar nachdachte. Die Frau war seltsam unberührbar, unfassbar.

«Woher kannten Sie meine Tochter?», fragte sie unvermittelt.

Mist. Ich bemühte mich, eine unverfängliche Antwort zusammenzustoppeln, aber sie kam mir zuvor. «Patricia hat mir von einer Freundin aus dem Schachclub erzählt – sind Sie das?»

Dankbar griff ich nach der Gelegenheit. «Ja, genau. Freut mich, dass sie von mir erzählt hat.»

Ich lächelte verbindlich.

Claudine Mathier erwiderte mein Lächeln sinnierend. «Meine Tochter» – ihr Lächeln vertiefte sich, erreichte jedoch nicht ihre merkwürdigen Augen- «hasste jede Art von Brettspielen. Sie war ein lausiger Verlierer. Und natürlich war sie nie Mitglied in einem Schachclub. Wer sind Sie, und was wollen Sie wirklich?»

Mir klappte der Kiefer herunter. Verdammt.

«Nun? Ich warte.» Das anhaltende unterkühlte Lächeln gab meiner Fassung den Rest.

«Mein Name ist Kassandra Bergen», platzte ich heraus, noch ehe ich mir über das weitere taktische Vorgehen wirklich im Klaren war. «Ich bin Psychiaterin und wurde zufällig Zeugin des Todes von Adrian Wyss, dem Berner Psychiater. Sein Tod, mutmasslich ein Suizid, beschäftigt mich. Ich habe mich erkundigt und erfahren, dass Ihre Tochter bei ihm in Behandlung war und vor einigen Wochen gestorben ist. Ich wollte klären, ob zwischen den beiden Todesfällen ein Zusammenhang besteht.»

Sie betrachtete mich, als wäre ich eine Laborratte. «Und weshalb fanden Sie es notwendig, mich zu belügen?»

Ich schluckte. «Ich fand, die erste Version klang glaubhafter.»

Überraschenderweise verzog sich der blasse Mund Claudine Mathiers zu einem amüsierten Grinsen. Die Situation schien ihr beinahe Spass zu machen. «Ihre Erklärung klingt tatsächlich etwas eigenartig. Dennoch bin ich der Überzeugung, dass Sie jetzt die Wahrheit sagen. Wissen Sie, Sie sind keine besonders gute Lügnerin.»

Ich verzog beleidigt das Gesicht, was sie weiter zu amüsieren schien. Mir gefiel die Rollenverteilung in diesem Gespräch gar nicht – sie kontrollierte die Situation, und ich zappelte wie ein Fisch an ihrem Haken. Mühsam versuchte ich, meine Würde wieder herzustellen.

«Frau Mathier, ich entschuldige mich für mein ungeschicktes Vorgehen. Ich habe keine schlechten Absichten. Aber der Todesfall meines Kollegen» – ich schönte die kollegialen Beziehungen zu Adrian Wyss aus taktischen Gründen beträchtlich – «hat mich betroffen gemacht. Ich versuche zu verstehen, wie es dazu kommen konnte. Und als Fachfrau weiss ich, wie sehr der

Tod einer Patientin einen Arzt mitnimmt. Wären Sie bereit, mir etwas über den Tod von Patricia zu erzählen?»

Die verschiedenfarbigen Augen fixierten mich prüfend. Dann liess sich mein Gegenüber in das kühle Ledersofa zurücksinken.

«Was wollen Sie wissen?»

«Hat sich Ihre Tochter das Leben genommen?»

Sie starrte einen Moment durch das hohe Fenster nach draussen in die Abenddämmerung. «Ich weiss es nicht», gestand sie schliesslich ein. Sie verzog den Mund und griff nach einem antik aussehenden silbernen Zigarettenetui, zog eine Zigarette hervor, entzündete sie mit einem Streichholz, nahm einen ersten Zug und lehnte sich erneut zurück. Ihre Hände zitterten kaum merklich. Der schwarze Hund zu ihren Füssen reagierte auf ihre Anspannung, stiess ein leises Jaulen aus. Claudine Mathier strich ihm abwesend über den Kopf.

«Ich habe meine Tochter nicht so gut gekannt, wie ich es mir gewünscht hätte. Patricia und ich sind nicht immer gut miteinander ausgekommen. Sie wissen von ihrem Unfall?»

Ich bestätigte es mit einem Nicken.

«Nach dem Verlust ihres Beins hat meine Tochter mir Vorwürfe gemacht. Ich sei nie für sie dagewesen, hätte mich zu sehr auf meine Karriere konzentriert. Mein Mann, Patricias Vater, ist früh gestorben – sie war damals dreizehn. Krebs. Damit waren wir auf uns gestellt, Patricia und ich. Wir litten nie finanzielle Not, aber meine Arbeit nahm mich sehr in Anspruch.»

«Worin besteht Ihre Arbeit?», warf ich ein.

«Ich bin Chief Operating Officer in der SaluSuisse. Wir sind ein traditionsreiches Schweizer Pharma-Unternehmen mit Hauptsitz in Basel. In den letzten Jahren haben wir uns stark auf die Vermarktung von Generika spezialisiert.»

Und damit war die Firma nicht allein, dachte ich insgeheim. Die Herstellung kostengünstiger Arzneimittel nach

Ablauf des Patentschutzes der Originalpräparate war offenbar ein lohnendes Geschäft – die Anbieter schossen wie Pilze aus dem Boden, und dass für umsatzstarke Medikamente teilweise ein Dutzend oder mehr Generika existierten, erleichterte die Übersichtlichkeit für die ärztliche Verschreibung nicht gerade. Umsichtigerweise verkniff ich mir jedoch einen entsprechenden Kommentar.

«Ich habe ursprünglich Pharmakologie studiert», fuhr mein Gegenüber fort, «und mich dann nach ersten Lehr- und Wanderjahren im Hauptsitz der SaluSuisse hochgearbeitet – Laborleiterin, Projektleiterin, Produktionsleiterin. Vor fünf Jahren wurde ich dann zum Chief Operating Officer gewählt.» Sie schnippte fahrig einen Hauch von Asche von ihrer makellosen schwarzen Hose. «Sie können sich vorstellen, dass so eine Aufgabe wenig Raum für das Privatleben lässt.»

Ich konnte es mir vorstellen – lebhaft sogar. Schon mein vergleichsweise bescheidener Job als Oberärztin mit einem siebzigprozentigen Teilpensum war nicht immer mit meiner Rolle als Mutter und Ehefrau zu vereinen – weder die eine noch die andere Aufgabe konnte ich zu meiner vollen Zufriedenheit erfüllen; mein Leben war bestimmt von knappen Ressourcen und Kompromissen. «Oh, ich kenne das. Ich habe selbst zwei Kinder. Ihre Tochter hat sich über Ihr berufliches Engagement beklagt?»

Claudine Mathier verzog das Gesicht. «Ich dachte immer, es gehe ihr gut, sie komme damit klar, dass ich nicht wie die anderen Mütter zuhause Kuchen backe und auf sie warte. Sie war nie ein Schlüsselkind, verstehen Sie?» Ihr Blick war defensiv. «Sie hatte immer verlässliche Ansprechpersonen, wenn ich nicht verfügbar war. Tagesmütter, Nachbarn. Ich habe versucht, mir so viel Zeit wie möglich für sie zu nehmen. Sie hat sich nie beklagt.» Sie drückte ihre Zigarette in einem silbernen Aschenbecher aus. Der Zigarettenstummel und die Aschereste waren in dem schimmernden eleganten Stück fehl am Platz, durchbrachen rebellisch die museale Ordnung des Raumes.

Ich bemerkte, dass ich immer noch steif auf meiner Sofakante sass. Ich fühlte mich hier nicht wohl.

«Aber nach dem Unfall hat sie sich zu beklagen begonnen?»

Sie nickte. «Der Unfall, der Verlust ihres Beins hat sie aus der Bahn geworfen. Sie konnte nicht damit umgehen, dass sie auf einmal nicht mehr ganz war. Sie war wütend, traurig, verunsichert.»

«Wann war dieser Unfall?»

«Vor etwas mehr als einem Jahr. Die ersten paar Monate danach hatte ich die Hoffnung, dass Patricia gut über das Geschehene hinwegkommen würde, dass sie den Verlust verkraften würde. Sie wirkte anpackend, entschlossen. Dass diese Entschlossenheit etwas Fiebriges, Ungesundes hatte, realisierte ich erst hinterher. Und dann kam die Krise. Die Aggression, die Anfälle, die Zusammenbrüche, die Eheprobleme, die Vorwürfe gegen mich.»

«Und da suchte sie sich psychiatrische Hilfe?», hakte ich nach.

Sie verzog den Mund zu einem trockenen Lächeln. «Nein. Sie wollte keine Hilfe annehmen. Stefano und ich drängten sie über Monate dazu, und sie gab schliesslich nach. Adrian Wyss hatte einen hervorragenden Ruf. Ich kannte ihn flüchtig, war selber zeitweise bei dessen Praxispartner in Beratung gewesen. Ich hatte die Hoffnung, dass dieser Arzt meiner Tochter würde helfen können.»

«Erfüllte sich diese Hoffnung?»

Sie zuckte die Achseln. «Kurzfristig ja. Es ging ihr tatsächlich besser; sie war aufgehellt und optimistisch, sie glühte zeitweise vor Lebensfreude.»

Eine Nebenwirkung der Affäre mit ihrem Therapeuten, vermutete ich. Eine zwar erfolgreiche, aber höchst fragwürdige Behandlungsmethode, wenn es denn so gewesen war.

«Aber kurz vor ihrem Tod platzte die Seifenblase, Patricia brach zusammen, überwarf sich mit Stefano, stand unvermittelt mit einer hastig gepackten Reisetasche vor meiner Tür, verzweifelt und ausser sich. Sie konnte mir nicht wirklich begreiflich machen, was passiert war – alles sei sinnlos, sie habe sich Illusionen gemacht. Das war alles, was ich aus ihr herausbekommen konnte. Sie übernachtete bei mir. Tags darauf kam sie ums Leben.»

Sie wischte sich beiläufig eine Träne aus dem Augenwinkel, griff dann wieder zum Zigarettenetui. Sie machte sich nicht die Mühe, ihre Erschütterung und ihren Schmerz zu verbergen, sie wirkte völlig authentisch – und trotzdem blieb sie unberührbar und distanziert. Eine rätselhafte Frau.

Ich erwog, mein Mitgefühl auszudrücken, scheute aber davor zurück. Diese Frau brauchte keinen Zuspruch. «Wissen Sie, wie es zu dem Autounfall kam, bei dem Ihre Tochter ums Leben kam?»

Claudine Mathier sah den Rauchkringeln nach, die aus ihrer frisch angezündeten Zigarette aufstiegen. «Ich musste an diesem Tag wegen einer beruflichen Verabredung früh aus dem Haus, deshalb konnte ich mich nicht von ihr verabschieden.» Hinter ihrem sachlichen Tonfall verbarg sich spürbar ein schmerzliches Bedauern darüber, dass etwas so Nichtiges wie ein geschäftlicher Termin sie daran gehindert hatte, ihrem einzigen Kind Lebewohl zu sagen. «Von Stefano habe ich erfahren, dass Patricia am Vormittag noch einen Termin bei Adrian Wyss hatte. Offenbar hat der ihr Temesta zur Beruhigung verschrieben. Später muss sie hierher zurückgekehrt sein; als ich nach Hause kam, fand ich eine halbleere Flasche Whisky auf dem Küchentisch, im Waschbecken lagen die Scherben eines zerbrochenen Glases und im Bad der angebrochene Temesta-Blister – drei Stück fehlten. Patricia muss heillos betrunken gewesen sein, als sie in ihr Auto stieg. Irgendwie ist es ihr gelungen, den Stadtverkehr und ein kurzes Autobahnstück unbeschadet zu bewältigen, aber kurz nach der Ausfahrt Bern-Bethlehem ist sie auf einer waldigen Zufahrtstrasse auf die Gegenfahrbahn geraten und mit einem ihr entgegenkommenden Fahrzeug zusammengestossen. Sie muss sofort tot gewesen sein.»

«Wissen Sie, wohin Ihre Tochter wollte?»

Sie sah mich irritiert an. «Frau Bergen, warum interessiert Sie das? Ich dachte, Sie interessieren sich für den Tod Ihres Arztkollegen?»

Ihr Scharfsinn war unangenehm. «Natürlich, entschuldigen Sie. Frau Mathier, haben Sie den Eindruck, dass es zwischen Patricia und ihrem Therapeuten irgendwelche Konflikte gab? War die ... therapeutische Beziehung gut?»

Jetzt wirkte sie verwirrt. «Konflikte? Warum, was meinen Sie damit? Ich denke, Patricia war sehr zufrieden mit seiner Arbeit. Sie ist gern in die Gespräche bei ihm gegangen. Von Konflikten hat sie nie etwas berichtet.»

«Sehen Sie einen Zusammenhang zwischen dem Suizid von Adrian Wyss und dem Tod Ihrer Tochter? Glauben Sie, Adrian Wyss hat sich Vorwürfe gemacht, weil Ihre Tochter ums Leben gekommen ist?»

Ihr Bicolor-Blick röntgte mich. Sie schwieg eine Weile, ehe Sie antwortete. «Sie stellen eigenartige Fragen. Ich frage mich, worauf Sie hinauswollen. Nein, Frau Bergen, ich sehe keinen Zusammenhang – ich habe mir keinerlei Gedanken darüber gemacht, ob Adrian Wyss sich Vorwürfe wegen des Unfalls meiner Tochter gemacht hat. Hat er ihren Zustand unterschätzt? Wohl möglich. War es ein Fehler, Patricia mit Temesta zu versorgen? Denkbar. Hat er sie über alle Risiken informiert, über die verminderte Fahrtüchtigkeit unter dem

Einfluss von Benzodiazepinen, über deren Zusammenspiel mit Alkohol? Vielleicht nicht.»

Sie holte tief Luft und richtete sich auf. Ihre Haltung vermittelte etwas Abschliessendes.

«Wissen Sie, zweifellos war Herr Wyss ein hochqualifizierter Arzt. Er hat meiner Tochter zumindest streckenweise geholfen. Zweifellos hat er sein Bestes gegeben. Aber Ärzte sind nicht allmächtig. Sie versagen, sie machen Fehler. Vielleicht hat er in dieser Sache Fehler gemacht, vielleicht nicht. Vielleicht lag es einfach nicht in seiner Macht, meine Tochter zu retten, so wie es nicht in meiner Macht lag. Vielleicht hatte sein Selbstmord einen Zusammenhang mit meiner Tochter, vielleicht nicht. Ich wünschte, es würde mich kümmern. Ich wünschte, in mir wäre Raum für etwas anderes als meine eigene Trauer, meine eigenen Selbstvorwürfe, meinen eigenen Verlust. Aber ich habe keinen Platz für anderes. Ich habe meine Tochter verloren, das füllt mich vollkommen aus und lässt mich dennoch leer zurück. Trauern Sie um Ihren Kollegen, Frau Bergen, es ist schön, dass Sie es tun. Ich kann Ihnen nicht helfen.»

Und damit war ich entlassen.

Eine Viertelstunde später, es war mittlerweile nach acht Uhr abends, sass ich unschlüssig in meinem Auto, das nach wie vor am Strassenrand in der Nähe von Claudine Mathiers Wohnung parkiert stand. Ich fühlte mich belämmert – Patricia Mathier de Rossis Mutter hatte mich durchschaut, verwirrt und eingeschüchtert. Ich war es nicht gewohnt, in einem Gespräch zu unterliegen, und ich hasste es, mich wie ein Trottel zu fühlen. Die Frau hatte einen starken Eindruck auf mich gemacht, den ich nicht abschütteln konnte.

Und die Vorstellung, was Marc zu diesem Gesprächsverlauf sagen würde, liess meine Ohren vor Scham glühen. Kein Wunder, dass ich wenig Lust hatte, den Motor zu starten und nach Hause zu fahren.

Verärgert schüttelte ich den Kopf, um meine Gedanken zu klären. Vergiss dein angeschrammtes Selbstvertrauen und bleib bei den Fakten, ermahnte ich mich streng.

Ich hatte nicht viel Neues erfahren. Claudine Mathier hatte im Grossen und Ganzen nur bestätigt, was ich schon gewusst hatte. Offenkundig hatte sie nichts von einem Verhältnis zwischen ihrer Tochter und deren Therapeuten geahnt – ihre Verblüffung über meine dahinzielenden Fragen hatte echt gewirkt. Meine Zweifel an Marie Lanz' Glaubwürdigkeit nahmen zu.

Ich war in eine Sackgasse geraten. Wie sollte ich weitermachen? Wollte ich es überhaupt? Mehr denn je fühlte ich mich dilettantisch und anmassend – ich stocherte im Leben anderer Menschen herum, rührte an ihre Trauer und machte mich dabei zum Narren, ohne dass es irgendjemandem nützte. Ich hatte einiges in Erfahrung gebracht, aber nichts davon schien wirklich von Bedeutung zu sein, nichts davon führte mich weiter.

Adrian Wyss war tot, augenscheinlich hatte er sich selbst das Leben genommen. Es gab Ungereimtheiten, aber gab es die im Leben nicht immer? Vielleicht war es an der Zeit, den Rat meines Mannes anzunehmen und die Sache auf sich beruhen zu lassen.

Und doch …

Irgendetwas war hängen geblieben. Ich liess das Gespräch mit Claudine Mathier noch einmal vor meinem inneren Auge ablaufen. Etwas hatte mein Interesse geweckt.

Und dann erinnerte ich mich. Bern-Bethlehem. Eine Zufahrtstrasse.

Was war Patricias Ziel gewesen?

12. Kapitel

Zehn Minuten später war ich wieder auf der Strasse. Verflogen waren Unschlüssigkeit und Zweifel, ich stand unter Strom. Mein iPhone lag auf dem Beifahrersitz, die gelassene Frauenstimme meines Navigationssystems lenkte mich durch das Gewirr der Berner Stadtstrassen. Autobahneinfahrt Forsthaus. Autobahnausfahrt Bern Bethlehem. Abbiegen auf die Eymattstrasse. Gehorsam setzte ich den Blinker.

Es war bereits dunkel, als ich der Eymattstrasse folgte. Düster ragten Bäume am Strassenrand auf.

Hier musste es passiert sein. Irgendwo hier war Patricias Wagen mit dem von Yves Bärtschi kollidiert.

Ein seltsames Gefühl befiel mich. Ich schluckte.

Ich war dankbar, als ich diesen unheilvollen Strassenabschnitt hinter mich gebracht und die Aare überquert hatte. Die Lichter von Hinterkappelen hiessen mich willkommen.

Ich folgte den Anweisungen der Frauenstimme und bog nach links ab, dann wieder links. War ich hier richtig, in dieser seelenlosen Überbauung?

Dann lenkte mich mein Navigationssystem auf einen kleinen Weg. Vor einer geschlossenen Schranke kam ich zum Stehen.

Endstation, Privatbesitz.

Ratlos stieg ich aus und betrachtete die Schranke. Was blieb mir anderes übrig? Ich drückte auf den Knopf für die Gegensprechanlage.

Es dauerte einen Augenblick, bis mein Ruf beantwortet wurde. «Ja?»

Ich räusperte mich und kam mir ein wenig dumm vor. «Frau Wyss? Verzeihen Sie die unangemeldete Störung. Mein Name ist Kassandra Bergen, wir kennen uns, Sie haben mich in der Klinik Eschenberg aufgesucht. Ich weiss, es ist schon spät, aber dürfte ich Sie sprechen? Es geht um Ihren Mann.»

Keine Antwort. Schweigen, das sich ausdehnte. Mein Herz klopfte.

Dann, wie von Geisterhand, hob sich die Schranke.

«Bitte legen Sie doch ab.»

Catherine Wyss war ungeachtet der ungewöhnlichen Situation ganz Herrin der Lage. Höflich nahm sie mir meine Jeansjacke ab und hängte sie an eine Wandgarderobe.

«Folgen Sie mir.»

Ich tat es wortlos, folgte der Witwe von Adrian Wyss in einen geräumigen Wohnbereich. Draussen war es fast dunkel, aber ich erahnte durch die hohe Fensterfront einen spektakulären Blick auf den Wohlensee. Trotz der Wärme des Sommerabends brannte im Kamin ein Feuer. Ich nahm auf ihren Wink hin auf einem niedrigen Sofa Platz und blickte mich um. Designermöbel, abstrakte Statuetten, weitläufiger Garten. Offenbar besuchte ich an diesem Abend einige der feinsten Adressen im Grossraum Bern. Alles war wohlgeordnet, aufgeräumt und sauber. Catherine Wyss war keine Frau, die ihre Trauer nach aussen trug.

«Die Kinder sind schon im Bett», erklärte sie ungefragt. «Wollen Sie etwas trinken?»

«Nein, vielen Dank. Verzeihen Sie, dass ich Sie so überfalle. Es war ein spontaner Einfall. Ich hätte vorher anrufen sollen.»

Sie schüttelte leicht den Kopf. «Sie wollten mit mir über meinen Mann sprechen?»

Also keine Präliminarien.

Ich nahm einen tiefen Atemzug. «Frau Wyss, ich will ganz offen zu Ihnen sein. Ich mache mir Gedanken über den Tod Ihres Mannes. Ich glaube nicht, dass er sich das Leben genommen hat.»

Catherine Wyss wurde blass. Rasch setzte sie sich neben mich. Ihre Knöchel schimmerten weisslich.

«Sie glauben nicht an einen Suizid? Wie kommen Sie darauf?» Eindringlich sah sie mich an.

Ich erzählte ihr alles, erzählte von meinen Beobachtungen an jenem Abend im Grandhotel Giessbach, von meinen Zweifeln hinsichtlich des Abschiedsbriefs, von meinem Verdacht, dass es sich dabei um einen Eintrag in eine Krankengeschichte handeln könnte. Ich erzählte ihr von INTPERS, von der Spur, die ich verfolgt hatte und von der ich abgekommen war, von der letzten E-Mail ihres verstorbenen Mannes an seinen Freund Rudolf Blanc. Ich erzählte ihr von Patricia Mathier de Rossi, von deren Unfall und Tod, von meinen Ermittlungen in ihrem Umfeld. Meine Stimme stockte, als ich den Verdacht äusserte, Adrian Wyss könnte ein Verhältnis mit seiner Patientin gehabt haben – Marie Lanz liess ich aus Datenschutzgründen aus dem Spiel.

Und ich berichtete darüber, was mich an diesem Abend zu Catherine Wyss geführt hatte.

Als ich geendet hatte, stand die Frau auf und begann im Raum umherzugehen. Erregung stand ihr ins Gesicht geschrieben.

«Und da haben Sie sich überlegt, dass diese Patricia zu mir unterwegs gewesen sein könnte?»

Ich zuckte die Achseln. «Ich habe mir überlegt, was ihr Ziel gewesen sein könnte, bin verschiedene Varianten durchgegangen, habe aufs Geratewohl im elektronischen Telefonbuch nach Adressen von Leuten gesucht, die in Verbindung mit ihr standen. Und da habe ich Ihre Anschrift gefunden – in Hinterkappelen, nur wenige Kilometer von der Unfallstelle entfernt. Da Patricia so aufgebracht war, als sie entdeckt hatte, dass Ihr Mann auch mit anderen Frauen», ich hüstelte verlegen, «Affären gehabt haben soll, wäre es denkbar, dass sie zu

Ihnen unterwegs war. Vielleicht wollte sie Ihnen von ihrem Verhältnis berichten, um es ihm heimzuzahlen.»

Catherine Wyss tigerte weiter im Raum auf und ab, rang dabei die Hände. «Das ist denkbar. Natürlich. Es ist denkbar.»

«Frau Wyss», setzte ich sachte an. Diese Frage war mir sehr unangenehm. «Wäre es möglich? Dass Ihr Mann Affären mit seinen Patientinnen hatte?»

Sie blieb stehen. Musterte mich. Dann setzte sie sich wieder neben mich. Und lächelte milde.

«Es ist Ihnen peinlich, mich das zu fragen, habe ich Recht? Das muss es nicht. Mein Mann hatte Schwächen, ja, die hatte er wirklich.» Sie lachte. Es war ein seltsames Lachen, kippelig und übermütig. Als hätte sie einen leichten Schwips.

Catherine Wyss schien meine Verwirrung zu bemerken und fasste sich. «Verzeihung. Sie müssen mich für verrückt halten. Wir sprechen darüber, dass mein Mann mich betrogen hat, und ich muss lachen. Aber wissen Sie», impulsiv fasste sie meine Hände, «Sie ahnen nicht, was für eine Last Sie mir abgenommen haben.»

Fragend blickte ich sie an. Ich verstand überhaupt nichts.

«Dadurch, dass Sie nicht an diesen Suizid glauben. Durch Ihre Zweifel, durch Ihr Engagement, durch Ihre Ehrlichkeit», erklärte sie fast übermütig. Sie drückte meine Hände so fest, dass es schmerzte.

«Wenn er sich nicht das Leben genommen hat, dann hat er mich nicht verraten. Mich, unsere Kinder, unser Leben. Unsere Vergangenheit. Ich habe ihn verloren, das stimmt. Er ist tot. Aber wenn er sich nicht umgebracht hat, wenn er nicht freiwillig gestorben ist, dann hat er uns nicht verlassen wollen. Er wollte es nicht. Verstehen Sie?»

Ihre Augen füllten sich mit Tränen.

Ich verstand.

Sie liess mich los, verbarg ihr Gesicht in den Händen. Ihre Schultern bebten. Dann erhob sie sich ruckartig und ging mit einer gemurmelten Entschuldigung eiligen Schrittes aus dem Raum.

Ich liess sie ziehen – Catherine Wyss würde nicht wollen, dass ich ihr nachging. Sie brauchte einen Moment für sich, um sich zu fassen, um ihre übliche Gelassenheit wiederzufinden, ihr Gleichgewicht. Also wartete ich, versuchte, nicht darüber nachzudenken, was ich getan hatte, was Marc, Martin und Selma zu meiner freimütigen Offenheit gegenüber dieser Frau sagen würden, und starrte stattdessen in die züngelnden Flammen im Kamin.

Es dauerte fast zehn Minuten, bis sie zurückkam. Als sie sich wieder neben mich setzte, waren ihre Augen und Wangen gerötet, ihre Hände zitterten leicht, aber ihr Gesicht war frisch gewaschen und die Haare ordentlich. Sie war wieder sie selbst.

«Danke für Ihre Offenheit», sagte sie, ohne mich anzusehen. Ihre Stimme klang ruhig. «Ich bin Ihnen sehr dankbar, dass Sie gekommen sind. Wie ich schon sagte, mein Mann hatte Schwächen. Er war brillant, charismatisch und gewandt. Aber er war nicht so selbstbewusst, wie er gegen aussen auftrat, beileibe nicht. Teilweise konnte er das durch seine beruflichen Erfolge kompensieren. Aber nicht ganz. Frau Bergen, Sie haben meinen Mann gesehen. Hätten Sie gedacht, dass er unsicher war? Dass er alle möglichen Ängste hatte? Dass er Mühe hatte, vor Menschen zu sprechen, Angst, sich zu blamieren? Dass er sich selbst unter einen enormen Leistungsdruck setzte?» Sie lachte leise. «Er hatte sogar Angst vor Spinnen, vor Hunden, vor Katzen. Hätten Sie das gedacht?»

Ich schüttelte den Kopf. Nein, diesen Eindruck hatte Adrian Wyss wahrlich nicht vermittelt.

«Er musste seine Schwächen kompensieren, beinahe zwanghaft. Dadurch, dass er ein kompetenter und weithin bekannter Psychiater, ein versierter Forscher war. Und durch seinen Erfolg bei Frauen.» Sie seufzte leicht. «Ich wusste es schon seit Jahren. Glauben Sie mir, diese Patientin war nicht die erste Frau, mit der er mich betrogen hat, und sie wäre auch nicht die letzte geblieben. Er musste es sich beweisen. Er musste spüren, dass er ankam, dass er diese Frauen erobern konnte, eins ums andere Mal.» Sie sah mich von der Seite an. Ihre Miene war völlig ruhig. «Es spielte keine Rolle. Es dauerte nie lange. Es ging nicht um diese Frauen. Es ging um den Sieg. Im Innersten ist er mir immer treu geblieben. Ich war seine Frau, wir waren seine Familie. Nur das zählte.»

Ich schluckte angesichts dieser gelösten, verzeihenden Haltung. Angesichts dessen kam mir mein Streit mit Marc vor einigen Tagen sehr kleinlich vor. «War Ihrem Mann bekannt, dass Sie über seine Affären Bescheid wussten?»

«Nein. Er ging davon aus, dass ich ahnungslos war. Und ich liess ihn in dem Glauben. Es war besser so.» Sie straffte sich und sah mir entschlossen ins Gesicht. «Frau Bergen, Sie bezweifeln, dass mein Mann sich das Leben genommen hat, Sie bezweifeln die Echtheit des fraglichen Abschiedsbriefs. Das wirft Fragen auf. Wenn sein Tod kein Suizid war, was dann? Unfall? Mord?» Sie wirkte vordergründig sachlich ungerührt, aber ich bemerkte, dass ihr rechtes Unterlid nervös zuckte.

Ich hob unbehaglich die Achseln. «Ich weiss es nicht. Aber es scheint, dass jemand sich die Mühe gemacht hat, eine falsche Suizidankündigung zu deponieren. Die Frage ist – wer war es, und warum? Wer hatte Zugang zu der Praxis Ihres Mannes? Und wer hatte ein Interesse daran, dass sein Tod als Suizid gewertet wurde?»

Catherine Wyss wurde blass. «Emil Lüscher!», stiess sie hervor.

«Ist das der Praxispartner Ihres Mannes?»

Sie nickte heftig. «Ein unangenehmer Mensch. Seine Fassade ist perfekt, zweifellos – der gediegene ältere Herr aus gutem Haus, kultiviert, gebildet, herzlich, jovial. Er liebt Opern, sammelt kontemporäre Kunst und fährt in seinen Ferien nach Afrika, zur Grosswildjagd. Ich habe ihm nie getraut. Als er Adrian vor acht Jahren als Partner in seine psychiatrische Praxis geholt hat, hat Emil sich gefallen in der Rolle des gönnerhaften Mentors, des väterlichen Freundes, der einem leidlich begabten Anfänger grossmütig auf die Sprünge hilft. Aber es dauerte nicht lange, bis Adrian ihn links überholt hatte – seine Sprechstunde war übervoll, seine Warteliste wurde länger und länger, und seine Fachkenntnisse als Weiterbildner und Supervisor waren überall gefragt, während Emil in seinem Schatten versank. Da war es vorbei mit der Posse des väterlichen Gönners. Emil hat meinen Mann mehr und mehr angefeindet, gehässige Streitereien wegen Kleinigkeiten angefangen. Adrian hat unter der missgünstigen Atmosphäre zwischen ihm und seinem Partner sehr gelitten.»

«Könnten Sie sich vorstellen, dass Emil Lüscher Ihrem Mann den Tod gewünscht hat?»

Ungeduldig hob sie die Hände. «Ich weiss es nicht. Es scheint mir trotz seines offensichtlichen Neides unwahrscheinlich. Aber wer sollte die Notiz auf dem Pult deponiert haben, wenn nicht er?»

«Gibt es eine Praxisassistentin? Eine Putzfrau?»

«Die Putzfrau kommt immer am Mittwoch, die kann nicht beteiligt sein. Und Margrit Pfister, die Praxisassistentin, ist eine langjährige Angestellte. Ich kann mir schwerlich vorstellen, dass sie etwas mit Adrians Tod zu tun hat.»

«Wie alt ist diese Angestellte?», fragte ich vorsichtig.

Sie sah mich belustigt an. «Sie vermuten auch dort eine verschmähte Geliebte? Da kann ich Sie beruhigen. Margrit ist fünfundfünfzig, eine mütterliche, bodenständige Frau von 120 Kilogramm Lebendgewicht. Sie ist seit sechs Jahren die Perle der Gemeinschaftspraxis, organisiert alles, weiss alles, macht alles. Und sie ist untröstlich über Adrians Tod.»

«In Ordnung. Wer hat sonst noch einen Schlüssel zu der Praxis?»

«Ich kann nicht sagen, ob Emil Schlüssel an Drittpersonen abgegeben hat – er ist alleinstehend, aber ausgeschlossen ist es natürlich nicht. Mein Mann hatte einen Reserveschlüssel hier im Haus deponiert, weggeschlossen in unserem Safe. Er hat es mit der ärztlichen Geheimhaltung sehr genau genommen.»

«Einmal abgesehen von dem Abschiedsschreiben – gibt es jemanden, der einen Grund gehabt hätte, Ihren Mann umzubringen?»

Catherine Wyss überlegte eingehend, schüttelte dann den Kopf.

«War Ihr Mann vor seinem Tod beunruhigt, belastet?»

«Ja, das lässt sich nicht leugnen. Er war über mehrere Wochen fahrig, angespannt und reizbar. Er hat mir Sorgen gemacht.»

«Haben Sie ihn darauf angesprochen?»

Sie nickte resigniert. «Ohne Erfolg. Er ist mir ausgewichen, hat seine schlechte Stimmung abgetan als Überarbeitung. Aber ich spürte, dass mehr dahinter steckte.» Sie wandte den Kopf zu mir um. «Das hat übrigens auch Emil Lüscher bestätigt. Er hat meinen Mann kurz vor seinem Tod angerufen.»

Ich richtete mich auf. «Ach, hat er das?»

«Nach dem Tod meines Mannes wurde ich von der Polizei befragt, unter anderem darüber, was die Anrufe bedeuten könnten, die mein Mann kurz vor seinem Tod getätigt hatte. Der erste Anruf, für den Adrian das Restaurant verliess, kam aus der Klinik Eschenberg, das wissen Sie bereits. Daraufhin kam der Anruf von Emil. Und im Anschluss hat mein Mann rätselhafterweise versucht, Sie anzurufen.» Der Blick, mit dem sie mich bedachte, war höflich fragend.

«Frau Wyss», erwiderte ich ruhig, «ich vermute, dass der Anruf aus der Klinik Eschenberg von der besagten gemeinsamen Patientin», ich machte eine beredte Handbewegung, «getätigt wurde. Sie hat so etwas angedeutet – sie habe ein ungutes Gefühl gehabt, wollte Ihren Mann warnen, aber er habe nicht auf sie gehört. Woher er meine Handynummer hatte oder warum er mich noch in dieser Nacht angerufen hat, ist mir nach wie vor vollkommen unklar. Ich kannte Ihren Mann nicht persönlich.»

Ich suchte in ihrem Blick und fand die Bestätigung, dass sie meinen Worten Glauben schenkte. Also fuhr ich fort: «Dass Emil Lüscher Ihren Mann in der Nacht seines Todes angerufen hat, ist mir neu. Wissen Sie etwas darüber?»

«Ja, ich habe ihn gefragt. Emil hat erklärt, er habe meinen Mann an jenem Samstagabend spontan angerufen, weil er sich vergewissern wollte, ob es ihm gut ging – am Vortag sei mein Mann in der Praxis bedrückt, erschöpft und unkonzentriert gewesen. Das habe ihm keine Ruhe gelassen.»

«Und wie hat er das Gespräch geschildert?»

Catherine Wyss schlang die Arme um sich. «Mein Mann sei kurz angebunden gewesen und habe ihn abgewimmelt. Es gehe ihm gut, Emil müsse sich keine Sorgen machen. Emil hat mir gestanden, dass er sich schwere Vorwürfe mache, weil er nicht nachgehakt habe.»

«Und glauben Sie ihm das?», fragte ich skeptisch.

«Nun, es passte so wunderbar zum Bild des entschlossenen Selbstmörders, der sich nicht von seinen Plänen abhalten lässt, nicht wahr?» Sie lächelte ironisch.

Ich liess die neuen Informationen Revue passieren.

«Ihr Mann wirkte belastet, schon Wochen vor dem Ereignis. Hat er je den Fall Patricia Mathier de Rossi erwähnt?»

Die Witwe schüttelte den Kopf.

«Hat er INTPERS erwähnt, die Studie? Die Anschuldigungen, die von Seiten einer Probandin gegen ihn gemacht wurden?»

Sie nickte. «Das hat er einige Male erwähnt. Es hat ihn verärgert, aber nicht besonders aufgeregt. Er war sich sicher, dass man ihm diesbezüglich nichts anlasten konnte. Er hat den ganzen Aufruhr einem krankhaften Bedürfnis der Patientin zugeschrieben, auf sich aufmerksam zu machen.»

«Sie glauben also nicht, dass seine Anspannung mit diesen Anschuldigungen zusammenhing?»

«Sicher nicht.»

«Hat er mit Ihnen über seine Fälle gesprochen?»

«Ja, ab und zu. Abends, wenn die Kinder im Bett waren, sassen wir gern bei einem Glas Wein zusammen. Es war ein liebgewonnenes Ritual. Dabei hat Adrian mir oft aus seiner Praxis berichtet, über besonders schwierige, belastende Fälle.»

In meinem Kopf formte sich eine Idee. «Frau Wyss – verfügte Ihr Mann in seiner Praxis über ein elektronisches System für seine Krankengeschichten?»

Sie lächelte wehmütig. «Nein, er führte ganz altmodisch Papier-KGs. Seine Berufskollegen haben ihn gern damit aufgezogen.»

Das hatte ich gehofft. «Wenn der Abschiedsbrief tatsächlich ein zweckentfremdeter Eintrag aus einer Krankengeschichte Ihres Mannes war, dann müsste dieser Eintrag in dem betreffenden Dossier fehlen. Das liesse sich nachweisen.»

Sie blickte mich an. «Theoretisch schon. Aber wenn die Stelle aus einer beliebigen KG herausgepickt wurde, dann wäre sie kaum zu finden. Sie wissen schon, die Suche nach der Nadel im Heuhaufen. Mein Mann hat Tausende von Krankendossiers in seinem Archiv.»

«Genau. Allerdings war auch der Unbekannte, der die Notiz hinterlegt hat, mit diesem Problem konfrontiert. Ich gehe nicht davon aus, dass er die Zeit dafür hatte, das gesamte Archiv nach einer passenden Stelle zu durchforsten. Es liegt nahe, dass eine aktuelle KG verwendet wurde, möglicherweise sogar ein recht frischer Eintrag, wenn wir Glück haben.»

Ich erhob mich, ging die paar Schritte zum Eingang und holte das iPhone aus meiner Handtasche. Blätterte auf meinem Rückweg zum Sofa durch meinen Fotoordner, bis ich die Aufnahme der vermeintlichen Suizidnote fand.

Ich setzte mich wieder neben meine Gastgeberin. «Verzeihen Sie, aber ich habe an dem Tag, als Sie mich besuchten, eine Fotografie der Suizidnote gemacht. Weil sie mir schon damals seltsam erschien.» Laut zitierte ich die Worte auf dem gelblich linierten Papier: «Ratlosigkeit, Panikattacken, Verzweiflung, Selbstvorwürfe. Ruhelos und perspektivlos schon seit Wochen. Schuldgefühle. Suizid ist der einzige Ausweg. – Frau Wyss, denken Sie bitte nach. Treffen diese Worte auf einen der Patienten zu, mit denen Ihr Mann in letzter Zeit zu tun hatte?»

Catherine Wyss presste die Lippen zusammen. Ihre Stirn lag in angestrengten Falten.

Ich wartete angespannt, ohne viel Hoffnung. Die Worte waren recht allgemein – es würde schwierig sein, daraus Rückschlüsse zu ziehen.

«Warten Sie.» Ihre Stimme klang gedehnt, nachdenklich. «Da war dieser Mann, der seine Frau betrogen hat und in eine Krise geraten ist, als die Sache aufflog, das könnte passen. Oder die Frau mit der Kleptomanie? Frau Werner? Bei beiden würden die Selbstvorwürfe passen ... Oder da war der verzweifelte junge Mann mit der Phobie, der kaum mehr aus dem Haus konnte vor Angst. Wie hiess er noch gleich ...?»

Ich schwieg atemlos.

Schliesslich richtete sie sich auf. «Die Frau mit der Kleptomanie hiess Werner, das weiss ich noch. Eva? Erika? Da bin ich mir nicht sicher. Der treulose Ehemann hatte einen recht eigentümlichen Namen, irgendetwas Slavisches. Pawlow oder Petrow oder so. Der junge Phobiker hatte einen lustigen Vornamen, Ferdinand, an den erinnere ich mich noch. Wer heisst heute schon noch Ferdinand?»

Aufregung packte mich. Ich stand auf. «Das ist grossartig, tausend Dank, Frau Wyss. Ich schlage vor, dass wir in die Praxis Ihres Mannes fahren und die entsprechenden Krankengeschichten untersuchen. Sind Sie einverstanden?»

Auch mein Gegenüber stand auf, allerdings langsamer, zögerlich. «Frau Bergen ...», begann sie. In ihrem Gesicht zeichneten sich Zweifel ab, ja Angst. Verflogen waren ihr Enthusiasmus und ihre Entschlossenheit. Und ich begriff, wie schrecklich die Vorstellung für sie sein musste, die Praxis ihres Mannes aufzusuchen, in seinen Papieren zu wühlen, seine Handschrift, seine persönlichen Gegenstände zu sehen und am Ende möglicherweise einen handfesten Beweis dafür zu entdecken, dass etwas an seinem Tod nicht mit rechten Dingen zugegangen war. Es war das eine, dergleichen zu diskutieren, aber ganz etwas anderes, es zu wissen.

«Ich verstehe», warf ich ein, ehe sie weitersprechen konnte. «Sie müssen natürlich bei Ihren Kindern bleiben. Kein Problem.»

Sie nickte dankbar. Dann entfernte sie sich, um mir die Schlüssel zu holen.

13. Kapitel

Es war schon nach zehn Uhr, als ich in Richtung der Berner Innenstadt fuhr. Vollkommene Dunkelheit – das war mir nur Recht.

Ich hatte ein wenig erfreuliches Telefonat mit Marc hinter mir – er hatte sich mit den Allgemeinplätzen, mittels derer ich ihm hatte erklären wollen, dass ich noch ein, zwei Stunden länger wegbleiben würde, keineswegs zufrieden gegeben. Mit ein paar gut gezielten, stahlharten Fragen hatte er mir eine widerwillige Zusammenfassung des heutigen Abends abgerungen, und meine Antworten hatten ihn nicht amüsiert. Neben unumwunden geäusserten Zweifeln an meinem Geisteszustand waren Stichworte wie «unverantwortlich» und «naiv» gefallen, verbunden mit der Forderung, meine neuen Erkenntnisse den dafür zuständigen Behörden zu übergeben, statt «wie ein hysterisches Huhn» auf eigene Faust Ermittlungen anzustellen.

Ich hatte das Gespräch abgebrochen.

Nun hatte ich den Rosengarten und den Aargauerstalden hinter mir gelassen und holperte über das Kopfsteinpflaster der Berner Altstadt, folgte dann der asphaltierten Umfahrungsstrasse in Richtung der grossen Parkhäuser. Nur wenige Fahrzeuge waren unterwegs, und im Parkhaus Metro fand ich auf der ersten Etage einen Parkplatz nahe des Ausgangs. Als ich ausstieg, war die Luft heiss und stickig und roch unangenehm nach Abgasen.

Ich war froh, als ich aus den Tiefen des unterirdischen Parkhauses an die Oberfläche kam. Der Waisenhausplatz war für die späte Stunde erstaunlich bevölkert; Jugendliche flanierten in losen Gruppen, Pärchen schlenderten Hand in Hand durch die Sommernacht. Ich zirkelte um die Passanten herum und eilte zielstrebig die Neuengasse aufwärts Richtung Bahnhof, bog in die Von-Werdt-Passage ein. Ich ging rasch und entschlossen, beäugte Entgegenkommende kritisch. Bern bei Nacht hatte trotz der gut schweizerischen Beschaulichkeit etwas Bedrohliches.

Die Praxis der Psychiater Wyss und Lüscher lag an bester Geschäftslage an der Spitalgasse. Die schwere, gläserne Hauseingangstür liess sich mit meinem Schlüssel problemlos öffnen. Der Aufzug war klein und altmodisch und passte zu dem muffigen Gebäude.

Zweiter Stock. Ich stiess die Lifttür auf. Der Gang war spärlich beleuchtet, eine Neonröhre flackerte. Offenbar befanden sich hier keine Wohnungen, nur Geschäftsräume – Ärzte, Fürsprecher, Vermittlungsbüros.

Ich fand den Eingang zur Praxis rasch, griff schon nach meinem Schlüssel, hielt dann aber inne. War wirklich niemand hier?

Lauschend drückte ich mein Ohr an die massive Tür. Mein Herz schlug schneller.

Nimm dich zusammen, herrschte ich mich an. Du bist mit gutem Recht hier, auf Wunsch der Witwe von Adrian Wyss, mit ihrem Schlüssel und ihrer Autorisation. Du tust nichts Falsches.

Trotzdem hielt in den Atem an, als ich den Schlüssel ins Schloss steckte und umdrehte.

Die Tür schwang lautlos auf. Der Korridor dahinter lag in tiefer Dunkelheit, einzig das trübe orangefarbene Licht der Strassenbeleuchtung draussen fiel durch ein Fenster weiter vorne und liess die Kontur eines Garderobenständers erkennen.

Keiner hier. Ich war allein.

Zur Sicherheit schloss ich die Tür hinter mir mit dem Schlüssel ab, steckte ihn ein. Das Gefühl, unrechtmässig hier zu sein, verfolgte mich. Verflixter Marc! Seine Worte hatten mich verunsichert.

Catherine Wyss hatte mir den Aufbau der Praxis in groben Zügen geschildert. Links vom Eingang das Büro und Sprechzimmer von Emil Lüscher. Am Ende des Gangs links ein offener Trakt für die Administration mit einer Theke für die Patienten, einem Arbeitsplatz für die Praxisassistentin und den drei metallenen Schränken für das Archiv. Rechts ein grosser Gesprächsraum, dann das Sprechzimmer von Adrian Wyss.

Laut seiner Frau hatte Adrian Wyss die Dossiers seiner aktuellen Patienten in einem abschliessbaren Regal in seinem Sprechzimmer aufbewahrt. Nur die Akten der abgeschlossenen Fälle waren im Archiv abgelegt worden.

In einem Anflug von Paranoia löschte ich das Licht im Gang hinter mir – ein kleines Fenster aus Mattglas ging auf den Korridor und hätte Vorbeigehenden verraten können, dass in der Praxis Licht brannte – und schlich auf Zehenspitzen ins Sprechzimmer von Adrian Wyss. Die Strassenbeleuchtung von der Spitalgasse her füllte den Raum mit diffusem Dämmerlicht – nicht hell genug, als dass ich die Aufschrift auf einer Krankengeschichte hätte erkennen können. Also zog ich die Lamellenstoren vor, so gut es ging, und knipste dann die Schreibtischlampe an.

Der Raum war wuchtig und nobel eingerichtet, mit rotbraunen Chesterfield-Sesseln aus Leder, einem massiven Holz-Schreibtisch mit vielen Schubladen und dunklen Bücherregalen, die eine ganze Wand verkleideten. Die Schreibtischleuchte, es überraschte mich nicht, hatte einen Schirm aus grünem Glas.

Ich sah mich um. Das Aluminiumregal für die Krankengeschichten stand nahe der Tür und wirkte störend futuristisch in diesem Raum, der von der Würde früherer Zeiten lebte. Aber gute Güte, ich war nicht Innendekorateurin. Ich suchte Beweise.

Eilig schloss ich mit einem zweiten, kleineren Schlüssel den Schrank auf und zog eine Schublade hervor. Alphabetisch geordnet, wenig erstaunlich.

In der untersten der drei Schubladen fand ich «Werner Erika, 1968» auf Anhieb, und pries innerlich das hervorragende

Gedächtnis von Catherine Wyss. Ich schlug die Akte auf und fand säuberliche handschriftliche Einträge auf dem gelblichen linierten Papier, das ich bereits kannte, in knappem, stichwortartigem Stil.

Catherine Wyss hatte nicht falsch gelegen – die Frau, die offenbar schon seit Jahren an einer Kleptomanie litt, war ihrer Krankheit immer wieder erlegen und hatte ausgedehnte Ladendiebstähle in den grossen Warenhäusern in und um Bern unternommen. Typischerweise hatte sie ihr Interesse auf ausgewählte, unpassende Artikel beschränkt – Akkubohrer, Herrensocken, Spielzeug, alles Gegenstände, die die Alleinstehende nicht brauchen konnte. Die nüchternen Einträge ihres Psychiaters berichteten von tiefer Scham, von Reue und Versagen und auch von Suizidabsichten. Nur: Die Akte war komplett, von den methodisch durchnummerierten Seiten fehlte keine einzige.

Seufzend legte ich die Akte zurück und zog die mittlere Schublade auf – ich hoffte, mit dem treulosen Ehemann mehr Glück zu haben, um nicht den ganzen Schrank nach einem Ferdinand durchforsten zu müssen.

Unter P fand ich einen Pavlicec Stefan, den ich nach einem kurzen Durchblättern ausschliessen konnte – der Mann litt lediglich unter einer beruflich bedingten Überlastungssituation. Zu meinem Verdruss fand ich in diesem Register keine weiteren slavisch klingenden Namen. Lustlos blätterte ich aufs Geratewohl ein paar Akten durch, ehe mich ein Geistesblitz die mittlere Schublade zuschieben und die oberste öffnen liess. Tatsächlich, B statt P – «Baranow Peter, 1959».

Ich benötigte nicht mehr als einen Blick in die Krankengeschichte, um zu wissen, dass ich ins Schwarze getroffen hatte.

«15.7.: Aktuelle Situation: Ehefrau hat Fremdgehen entdeckt (E-Mails auf gem. Computer), Konflikt, droht mit Trennung. Zudem Druck am Arbeitsplatz, knappe Auftragslage. Akute Krise, depressive Verstimmung, Konzentrationsprobleme» – hier endete der Eintrag. Kein Procedere, keine Medikation, kein Vermerk bezüglich eines nächsten Termins. Ich zog mein Telefon hervor und verglich den Eintrag mit dem angeblichen Abschiedsbrief. Es passte.

Ich spürte ein Kribbeln am ganzen Körper. Ich hatte Recht gehabt.

Mit zitternden Händen packte ich die Krankengeschichte in meine Handtasche, ungeachtet dessen, dass ich hier das Prinzip der Geheimhaltung von Patientendaten mit Füssen trat. Die ärztliche Schweigepflicht, so sagte ich mir resolut, war gut und recht, aber hier ging es um Mord.

Marcs Worte gingen mir durch den Kopf. Sollte ich die Polizei verständigen? Dies hier war ein gewichtiger Hinweis. Nicht vollkommen wasserdicht, zweifellos, aber vielleicht verdächtig genug, um weitere Nachforschungen anzuregen? Sollte ich die Notrufnummer wählen, hier und jetzt?

Ich verwarf diesen Gedanken. Der Tod von Adrian Wyss lag schon eine ganze Weile zurück. Ich wusste selbst, wie ärgerlich es war, als Dienstarzt wegen Nichtigkeiten zu Unzeiten beansprucht zu werden – dies hier war kein Notfall. Ich würde die Akte mitnehmen und konnte morgen damit zur Polizei gehen. Natürlich.

Und eigentlich, so ergänzte eine listige Stimme in meinem Kopf, könnte es durchaus hilfreich sein, der Polizei weitere sachdienliche Hinweise zu geben. Über den Fall Patricia Mathier de Rossi, als frei gewähltes Beispiel. Es konnte auf keinen Fall schaden, auch ihr Dossier kurz durchzublättern. Schliesslich war ich ja vom Fach, meine Einschätzung konnte den Behörden durchaus nützlich sein.

Beherzt öffnete ich erneut die mittlere Schublade und stöberte unter M/N, musste aber feststellen, dass die Akte fehlte. Auch unter D und R fand sich nichts.

Adrian Wyss war wirklich effizient gewesen. Offenbar hatte er die Krankengeschichte kurz nach dem Tod der Patientin im Archiv ablegen lassen.

Ich verschloss den Aktenschrank, knipste die Schreibtischleuchte aus und öffnete die Storen vor dem Fenster. Langsam gewöhnten sich meine Augen wieder an die Dunkelheit, und ich verliess den Raum und wechselte in den offenen Empfangsbereich hinüber.

Hier liess die hohe Fensterfront mehr von dem spärlichen Licht von der Strasse her ein. Die Ecken des Raumes lagen in tiefen Schatten, aber die wuchtigen, hohen Archivschränke standen nahe am Fenster, hinter dem Schreibtisch der Praxisassistentin. Ich konnte knapp die Beschriftung auf den einzelnen Schubladen erkennen.

Ich tastete eben nach dem Schlüsselbund von Catherine Wyss, als ein Geräusch vom Korridor jenseits der Eingangstür mich erstarren liess.

Hatte ich Schritte gehört?

Alarmiert trat ich vor, um die Tür im Blick zu haben.

Wahrscheinlich ein Fehlalarm. Im Gang draussen brannte kein Licht.

Gott sei Dank. Ich hätte Schwierigkeiten gehabt, einem Emil Lüscher zu erklären, warum ich mir hier im Dunkeln am Archivschrank zu schaffen machte, Schlüssel und Ermächtigung von Adrian Wyss' Witwe hin oder her.

Das Geräusch wiederholte sich. Dieses Mal lauter.

Was war das? Da draussen war niemand, oder?

Wie hypnotisiert starrte ich auf den dunkelgrauen Flecken Mattglas neben der Tür und lauschte angestrengt. Immer noch kein Licht.

Und dann passierte alles auf einmal. Die Scheibe neben der Tür leuchtete kurz auf – der Strahl einer Taschenlampe, der erlosch und wieder erschien. Kratzende, scharrende Geräusche an der Aussenseite der Tür. Und dann ein metallisches Knacken, ein Schlag.

Jemand brach in die Praxis ein.

Ich hatte keine Zeit für klare Gedanken, nicht einmal für Angst. Mein Bewegungsapparat übernahm die Führung, und ich nahm seltsam distanziert zur Kenntnis, dass ich mich blitzschnell unter dem Schreibtisch der Praxisassistentin in Deckung geworfen hatte. Hastig drückte ich meine Handtasche an mich, riss meine Füsse unter den Tisch und zog den Schreibtischstuhl nahe an den Tisch heran, im kläglichen Versuch, mich unsichtbar zu machen.

Keinen Augenblick zu früh. Die Tür öffnete sich mit einem abschliessenden Knacken. Ein kühler Luftzug strich um mein Gesicht.

Es war gespenstisch. Ich lag verdreht in meiner düsteren Nische, wagte kaum zu atmen und horchte mit aller Kraft. Hörte die verstohlenen Schritte, das gepresste Atmen. Etwas streifte eine Wand. Etwas Metallisches wurde abgelegt, ein leises Klirren. Die Tür schloss sich wieder. Ein Rempeln, ein Wispern.

«Leise!»

«Mann, mach kein Theater. Ist ja keiner hier.»

Zwei Stimmen. Zwei Männer. Mir wurde schlecht.

Etwas Schweres wurde abgestellt.

«So», sagte die erste Stimme. «Wo hat er gesagt, dass das Ding liegt?»

«Hier drüben», folgte die raue Antwort. Die Geräusche wurden leiser. Dann das entfernte Aufblitzen eines Lichtstrahls. Aus Emil Lüschers Büro?

Der Lichtstrahl erlosch. Die Schritte näherten sich wieder, behutsam, vorsichtig. Sie näherten sich, so registrierte ich atemlos, sogar in bedrohlichem Masse. Die Männer kamen auf mich zu.

Ich konnte in der schummrigen Beleuchtung zwei Paar Füsse in Turnschuhen erkennen, dunkle Hosenbeine über kräftigen Waden. Hilflos wie ein Käfer auf dem Rücken musste ich zusehen, wie die Gestalten vorrückten. Hatten sie mich entdeckt?

Ich vermied jeden Atemzug. Mein Herzschlag raste in meinen Ohren.

Die beiden Männer gingen um das Pult herum, unter dem ich versteckt war. Immerhin stand jetzt der Stuhl zwischen uns. Am Fenster hielten sie inne.

«Scheisse. Siehst du was? Kannst du das lesen?»

«Hast du vorhin nicht geschaut, Idiot?»

«Ich wollte die Lampe nicht zu lange anlassen. Kann ja sonst gleich die Festbeleuchtung anschalten. Verflucht, diese Winzschrift. Kann ich nicht entziffern.»

«Gib her!», fauchte der Zweite ungehalten. Dann: «Mathier de Rossi Patricia. Stimmt alles. Erledigt.»

«Jetzt die beiden Büros. Es muss echt aussehen, hat er gesagt. Aber leise, ja?»

Ein leises Klatschen auf der Tischplatte über mir. Dann hörte ich, wie die beiden erneut um mein Versteck herumgingen. Die Beine kamen wieder in mein Blickfeld. Und verschwanden im Sprechzimmer von Adrian Wyss.

Die Tür wurde geschlossen.

Was sollte ich tun? Sollte ich versuchen zu fliehen? Oder liegen bleiben, in der Hoffnung, die beiden würden die Praxis verlassen, ohne mich zu bemerken?

Aus Wyss' Sprechzimmer erklangen gedämpfte Geräusche. Schubladen wurden geöffnet, Papier raschelte.

Jetzt.

Ich holte tief Luft, füllte meine Lungen mit Sauerstoff. Dann erhob ich mich, langsam, steif, jeden Muskel angespannt, tauchte vorsichtig, mit weit aufgerissenen Augen unter der Tischplatte hervor. Meine Handtasche schleifte über den Boden, als ich sie aus dem Versteck zog. Hatten die beiden etwas gehört? Ich verharrte bewegungslos.

Nichts passierte. Nebenan fiel etwas Schweres zu Boden, gefolgt von einem zischenden Fluch.

Ich setzte mich in Bewegung. Langsam, Schritt für Schritt.

Bis ein flüchtiger Gedanke mich verharren liess.

Das Geräusch auf der Tischplatte. Was hatten die beiden dort abgelegt?

Rasch blickte ich zurück. Eine Akte.

Ich zögerte nur einen Augenblick. Dann schlich ich zurück, griff rasch nach dem schmalen Ordner, presste ihn an mich und bewegte mich dann Richtung Tür, langsam und sorgsam, mühsam dem Impuls widerstehend, panisch davonzurennen. Hier war die Dunkelheit fast vollkommen. Halb blind tappte ich den Wänden entlang, tastete mit Händen und Füssen. Endlich war ich an der Tür. Sie war nur lose angelehnt, das Schloss offenbar zerstört. Wie in Trance öffnete ich sie, schob mich hindurch, zog sie hinter mir zu. Draussen ging ich schneller. Mit zitternden Fingern zog ich mein Telefon aus der Tasche, aktivierte das Display, fand in dessen Lichtschimmer das Treppenhaus. Nach einigen Stufen konnte ich nicht mehr an mich halten. Ich begann zu rennen, verfehlte eine Stufe, fing mich wieder, rannte weiter, schleuderte um eine Biegung, stürzte auf die Glastür zu. Ich drehte fahrig den Verriegelungsknopf und war draussen.

Endlich.

Ich rannte den ganzen Weg zum Parkhaus wie vom Teufel gehetzt, rempelte angetrunkene Nachtschwärmer an und erntete Gelächter und spöttische Rufe. Es war mir gleichgültig.

Es gelang mir kaum, den Kassenautomaten zu bedienen, so stark zitterten meine Hände, mein ganzer Körper. Bei meinem Auto angekommen, warf ich mich auf den Fahrersitz und meine Tasche neben mich, verriegelte schlotternd die Türen und brach schluchzend über dem Lenkrad zusammen.

Ich brauchte fast fünf Minuten, ehe ich mich fassen konnte. Ungeschickt wühlte ich mit einer Hand in meiner Tasche, um ein Taschentuch aufzutreiben. Meine Finger stiessen auf Karton. Da begann ich, wieder klar zu denken. Ich zog die Nase hoch und griff nach den Akten, die auf dem Sitz neben mir lagen.

«Baranow Peter, 1959», und «Mathier de Rossi Patricia, 1981».

14. Kapitel

«Verdammt nochmal, Ka! Wie kann man nur so leichtsinnig sein!» Marcs Stimme füllte donnernd den Raum. Sein Gesicht war verzerrt, bewegt, voller Vorwurf, Angst und Wut – Gefühle, die sich den ganzen Tag lang angestaut hatten und die Marc aus Rücksicht auf die Kinder zurückgehalten hatte, die jetzt aber aus ihm herausbrachen. Und zwar gründlich.

«Lass sie doch. Geschehen ist geschehen, und es ist ja noch einmal gut gegangen.» Selmas besänftigende Worte verfehlten ihr Ziel. Marc starrte mich weiter drohend an, offenbar geneigt, seine Tirade fortzusetzen.

Martin war es, der mit männlicher Sachlichkeit den Konflikt unterband. «Kann ich die Akte mal sehen, Kassandra?» Ungerührt von Marcs zornigem Ausruf streckte er die Hand aus.

Ich reichte ihm das Dossier.

Es war Samstagabend, am Tag nach meiner Exkursion. Jana und Mia waren bereits im Bett, und Martin und Selma waren meinem Ruf gefolgt und hatten sich zu einem Gipfeltreffen in unserem Haus eingefunden. Es war ein nüchterner Anlass, kein geselliges Beisammensein – es gab keine brennenden Kerzen, keine Gläser mit Rotwein. Die Atmosphäre war angespannt.

Ich wich Marcs Blick aus und beobachtete Martin, der mit konzentrierter Miene durch die Krankengeschichte von Patricia Mathier de Rossi blätterte.

«Nicht sehr erhebend», beschied er schliesslich und legte die Papiere vor sich auf den Tisch. «Kaum etwas Neues. In seinem gewohnt knappen Stil hat Wyss nur das Nötigste über seine Patientin gesagt. Keinerlei Anhaltspunkte für eine Affäre.»

«Würdest du dergleichen in der Patientenakte festhalten?», warf Selma tadelnd ein.

Martin ging nicht darauf ein. «Den letzten Eintrag betreffend den Tag ihres Todes hat er besonders spärlich dokumentiert. ‹Agitiert depressives Zustandsbild. Verzweiflung bez. Mutter, orientierungslos. Temesta expidet 1mg bis 4 x 1/Tag in Reserve.› Besonders herzlich klingt das nicht.»

«Ich kann mir nicht vorstellen, was mit ‹Verzweiflung bezüglich Mutter› gemeint sein soll», gab ich zu bedenken, noch immer sorgsam den dräuenden Blick meines Mannes vermeidend. «Laut Marie Lanz galt Patricias Verzweiflung Adrian Wyss, der Erkenntnis, dass er auch mit anderen Patientinnen Affären hatte und ihre Beziehung zu ihm damit bedeutungslos wurde. Aber die Mutter? Hat er diesbezüglich gelogen, um den wahren Auslöser zu verschleiern?»

«Oder Marie Lanz liegt falsch», erwog Martin, «und diese Affäre hat es nie gegeben. Dass Adrian Wyss gemäss seiner Frau Aussenbeziehungen mit anderen Frauen hatte, beweist nicht, dass er mit Patientinnen geschlafen hat. Das sind zwei verschiedene Paar Schuhe.»

«Eigentlich ist der Inhalt dieser Krankengeschichte enttäuschend», meinte Selma nachdenklich. «Sie vermittelt keinerlei neue Anhaltspunkte. Vielleicht hat die Sache doch nichts mit dem Tod von Adrian Wyss zu tun?»

«Seltsam nur», warf ich honigsüss ein, «dass die beiden finsteren Gestalten von Einbrechern gerade diese Akte mitnehmen sollten, nicht wahr? Das mindert doch die Wahrscheinlichkeit, dass der Fall gänzlich irrelevant ist.»

Ich hatte am Morgen ein aufschlussreiches Telefonat mit Catherine Wyss geführt. Ich hatte sie über den Einbruch informieren wollen, aber Emil Lüscher war mir offenbar zuvorgekommen und hatte Catherine Wyss zuvor angerufen: Er habe am Vormittag in der Praxis vorbeigeschaut und dabei entdeckt, dass die Tür aufgebrochen und die Sprechzimmer von Adrian

Wyss und Emil Lüscher durchwühlt worden seien. Offenbar hatten die beiden Männer ganze Arbeit geleistet und ein gewaltiges Durcheinander von Papieren, Büchern und Akten angerichtet. Zwei Laptops, eine teure Stereoanlage und ein paar weitere elektronische Geräte waren gestohlen worden, zudem wenig Bargeld.

«Die Absicht ist wohl gewesen, dass die fehlende Akte in der Unordnung untergegangen wäre. Die fehlenden Wertsachen waren Tarnung, da bin ich mir sicher. Es ging allein um die Krankengeschichte», hielt ich fest.

«Zu dumm, dass die beiden eine Zeugin übersehen haben, die nicht nur alles mitbekommen, sondern ihnen die Akte sogar unter der Nase weggeschnappt hat», meinte Selma vergnügt. Es war gut gemeint, ich jedoch duckte mich in weiser Voraussicht – Marc konnte Selmas Schadenfreude in dieser Sache offenkundig nicht teilen.

«Das findest du amüsant?», fragte er in kaltem Tonfall, der an das stählerne Schimmern einer geladenen Faustfeuerwaffe erinnerte. «Ein Schurkenstück, wie unsere unerschrockene Ka unter dem Pult liegt und die bösen Buben belauscht. Und was, wenn sie entdeckt worden wäre? Was?» Er donnerte seine Faust auf die Tischplatte. «Ich finde das nicht amüsant. Oh nein, ich nicht!»

«Marc ...», begann ich hilflos, aber wieder war es Martin, der eingriff.

«Es reicht jetzt, Marc», meinte er schneidend. «Ich verstehe vollkommen, was du durchmachst, und ich bin auch nicht glücklich über Kassandras unüberlegten Alleingang.» Er warf mir einen raschen Seitenblick irgendwo im Übergang zwischen Vorwurf und Resignation zu. «Aber sie konnte nicht wissen, was passieren würde. Wer konnte denn ahnen, dass in der gleichen Nacht in diese Praxis eingebrochen wird! Sie hat sich tapfer geschlagen, und jetzt ist sie sichtlich erschüttert und verunsichert. Deine Aggression hilft niemandem.»

Eisern hielt er Marcs zorndampfender Miene stand.

Selma durchbrach die angespannte Stille. «Emil Lüscher ist hochverdächtig», konstatierte sie. «Wie Ka berichtet, muss die gesuchte Krankengeschichte in Lüschers Büro bereitgelegen haben, damit die Einbrecher sie sofort fänden. Und rein zufällig war es Lüscher, der den Einbruch entdeckte – an einem Samstagmorgen, an dem kein vernünftiger Mensch sich an seinem Arbeitsort aufhält. Die Frage ist nur, warum? Wenn Emil Lüscher den Abschiedsbrief gefälscht hat, warum hat er das getan? Warum wollte er die Akte von Patricia Mathier de Rossi stehlen lassen? Und warum hat er sie nicht einfach selbst aus der Praxis entfernt? Er hätte sich die Mühe sparen können.»

«Die letzte Frage ist einfach zu beantworten», befand ich. «Es besteht eine gesetzliche Aufbewahrungspflicht für Krankenakten, und zwar über den Tod hinaus. Der Tod von Patricia hat zudem juristische Fragen aufgeworfen; die Versicherung von Yves Bärtschi, dem Unfallopfer, will offenbar nicht zahlen. Es ist hochwahrscheinlich, dass die Akte irgendwann eingesehen wird. Da ist es eleganter, wenn das Dossier im Rahmen eines Einbruchs verschwindet, zusammen mit ein paar beliebigen anderen Dossiers. Eine schöne, glaubwürdige Erklärung für ihr Fehlen.»

«Irgendjemand, wahrscheinlich Emil Lüscher, will also auf keinen Fall, dass diese Akte eingesehen wird. Aber warum?», fragte Martin scharfsinnig und hob die Dokumente in die Luft. «Was enthält sie, das niemand sehen darf?»

Ich rieb mir erschöpft die Schläfen. Ich hatte Kopfschmerzen, und halbgare Gedanken schwirrten wie aufgescheuchte Hühner in meinem Schädel herum.

«Halten wir fest, was wir sicher sagen können», schlug ich vor. «Erstens: Emil Lüscher hat etwas mit der Sache zu tun.»

«Zweitens: Der Fall Patricia Mathier de Rossi ist wichtig», ergänzte Selma. «Möglicherweise ist die Mutter der Verstorbenen relevant, etwas aus ihrer Vorgeschichte.»

«Hervorragendes Ergebnis», meinte Marc schroff – immerhin schrie er nicht mehr.

Ich ignorierte seinen Einwurf. «An diesen beiden Aspekten können wir uns orientieren», fuhr ich fort. «Emil Lüscher und Claudine Mathier.»

«Ka, wenn du vorhast, mit einem von beiden weitere Gespräche zu führen, dann werde ich ...» Marcs Stimme verkam zu einem drohenden Donnergrollen.

«Natürlich wird Kassandra nichts dergleichen tun», bestätigte Martin sachlich. «Mit dem Einbruch gestern Nacht hat die Angelegenheit eine schärfere Note angenommen. Naiv auf Leute zugehen und Fragen stellen liegt nicht mehr drin.»

«Eben!», bekräftigte Marc grimmig. «Diese Sache ist mittlerweile zu gross für uns, sie ist ein Fall für die Polizei. Besonders jetzt, nach diesem Einbruch.»

Mein Herz sank. Ich hatte das erwartet, und ich wusste, Marc hatte gute Gründe für seinen Vorschlag. Einleuchtende, vernünftige Gründe, denen ich durchaus zugestimmt hätte, wenn nicht ...

«Ich verstehe, dass du die Polizei beiziehen möchtest, Marc», warf ich verzagt ein. «Gestern Abend noch war ich entschlossen, die Akte Baranow der Polizei zu übergeben. Aber jetzt?» Hilflos hob ich die Hände. «Was soll ich denen sagen? Ich habe diesen Einbruch hautnah miterlebt, aber statt unverzüglich abzuhauen und die Polizei zu rufen, schnappe ich mir die Akte Mathier de Rossi und fahre heim. Es sieht seltsam aus! Und da Adrian Wyss' mysteriöser Anruf auf mein Handy in der Nacht seines Todes noch immer nicht geklärt ist ...»

«... würde es verdächtig aussehen, dass ausgerechnet du zufällig Zeugin des fingierten Einbruchs wurdest. Ich verstehe, was du meinst», beendete Martin nachdenklich meinen Satz. «Wenn du dich an die Polizei wendest, könnte dich das erneut in Schwierigkeiten bringen.»

Marc blickte aufgebracht von mir zu Martin und wieder zurück zu mir. Er sagte kein Wort, aber seine Miene sprach Bände, spiegelte seine innerliche Zerrissenheit. Er verstand, was wir meinten, konnte sich der Logik unserer Bedenken nicht entziehen. Aber er wollte mich, er wollte uns alle ausser Gefahr wissen, er wollte, dass diese ganze hässliche Sache uns nichts mehr anging. Ich konnte es ihm nicht verdenken. Auch ich hatte Angst.

Einige Augenblicke angespannten Schweigens vergingen. Dann räusperte sich Martin.

«Kassandra hat berichtet, dass diese Frau, Claudine Mathier, in einer Basler Pharmafirma arbeitet – wie hiess sie noch?» Er wandte sich in sachlichem Tonfall zu mir um.

«SaluSuisse», entgegnete ich mit belegter Stimme.

Er nickte. «Ich habe aus meinen Berufsjahren in Basel ein paar Kontakte – zu Fachkollegen, aber auch zu Leuten aus der Pharmabranche. Ich werde mich unauffällig umhören.»

Selma beugte sich vor. «Und jemand Neutrales sollte sich Emil Lüscher vornehmen. Das kann ich machen. Ich kann mir nicht vorstellen, dass jemand mich mit Adrian Wyss oder Kassandra in Verbindung bringt.» Sie strahlte in die Runde, wurde jedoch sofort und dreistimmig niedergeschrien. Martin brüllte «Auf gar keinen Fall!», Marc brachte ein empörtes «Nicht in deinem Zustand!» ein, das ich mit einem rüden «Das kannst du vergessen!» untermalte.

Beleidigt lehnte Selma sich wieder zurück. «Ah, die viktorianische Einstellung – Frauen guter Hoffnung müssen die Beine hochlegen und sind zu nichts zu gebrauchen – das hatten wir bereits. Danke sehr. Was schlagt ihr also vor?»

Martin warf mir einen Blick zu. «Kerstin?»

Ich schüttelte den Kopf. «Sie macht ein halbjähriges Praktikum in einem Londoner Spital. Aber», ich suchte Marcs Blick, «meine Cousine Nora vielleicht? Sie hat mir bereits bei der Suche nach Anita Bärtschi geholfen. Sie liebt solche Einsätze.»

«Ka.» Marc bemühte sich um Contenance, konnte aber ein unheilvolles Zittern nicht ganz aus seiner Stimme tilgen. «Das ist keine gute Idee. Willst du Nora einer potentiellen Gefahr aussetzen?»

Ich überlegte. «Nein, natürlich nicht. Die Situation darf nicht gefährlich sein. Es geht mir mehr um einen Eindruck als um neue Informationen. Ich möchte wissen, was für ein Mensch Emil Lüscher ist. Nora könnte sich als Patientin ausgeben und über eine Lebenssituation berichten, die vage an den Fall Adrian Wyss erinnert – sie könnte vorgeben, ein Freund von ihr habe sich das Leben genommen. Ich möchte wissen, wie der Mann darauf reagiert. Emil Lüscher ist gesichtslos, ein Phantom. Das möchte ich ändern – und nur das. Nora hat eine gute Menschenkenntnis. Ihre Meinung ist mir wichtig.»

«Das klingt vernünftig», beschied Martin und brachte Marc damit zum Schweigen.

«Und ich werde erneut mit Marie Lanz sprechen», kündigte ich an. «Als ich das letzte Mal mit ihr gesprochen habe, war sie sturzbetrunken. Vielleicht kann sie mir jetzt, wenn sie sich erholt hat, etwas über Emil Lüscher oder Claudine Mathier erzählen. Ja, Marc, versprochen. Ich werde vorsichtig sein.»

Die Runde dauerte nicht mehr lange, und sie endete ohne gemütlichen Ausklang. Selma wirkte bedrückt, als sie sich von uns verabschiedete. Martin zog mich kurz an sich, eine Hand in meinem Nacken – eine tröstliche Geste, die mir vertraut war und die gut tat. «Lass dich nicht unterkriegen», flüsterte er mir ins Ohr.

Ich nickte, öffnete den beiden die Haustür und schaute ihnen nach, bis sie in der Dunkelheit jenseits unseres Gartentors verschwanden.

Dann wappnete ich mich und stellte mich dem Zorn meines Ehemannes.

15. Kapitel

Als ich am Montagmorgen mit verspannter Nackenmuskulatur und zusammengebissenen Zähnen meinen Arbeitsweg abfuhr, begrüsste ich die neue Arbeitswoche mit der resignierten Gewissheit, dass alles besser sein würde als das vergangene Wochenende. Ich war froh, mich in die Klinik flüchten zu können. Marc hatte seine Angst und Ratlosigkeit in vorwurfsvolles, verkrampftes Schweigen umgesetzt, in eine bissige Reizbarkeit, die mich gleichermassen deprimierte und erzürnte. Als der engagierte Vater, der er war, hatte er versucht, seine Gefühle vor Jana und Mia zu verbergen, sich natürlich und unbeschwert zu geben, aber auch sie hatten die Gewitterwolken gespürt, die sich zwischen ihren Eltern auftürmten, und ihrerseits launisch und empfindlich reagiert. Ich hatte sie, zerrüttet von dem wortlosen Zweikampf mit meinem Mann, häufiger angeschrien, als es nötig gewesen wäre, hatte immer wieder die Nerven verloren, was meine Schuldgefühle weiter verstärkte.

Ich verstand Marcs Sorge und teilte seine Angst, aber seine Anklagen mir gegenüber, seine anhaltende Missbilligung taten mir weh. Marc verstand nicht oder weigerte sich zu verstehen, dass ich nicht aus Starrsinn oder Selbstsucht an der Sache Adrian Wyss dranblieb, sondern weil mein Gewissen mich dazu drängte. Ich fühlte mich verantwortlich, wollte mich nicht drücken, musste Zivilcourage beweisen, um mit mir selbst im Reinen zu bleiben. Marc hingegen sah nur eine Frau, die sich einmal mehr tolldreist in Gefahr begab, ohne Rücksicht auf Verluste, ohne Rücksicht auf ihn und die Kinder. Und diese Kluft zwischen uns war kaum zu überbrücken.

Später, als ich niedergeschlagen und missmutig am runden Stationstisch beim Oberarztrapport sass, erfuhr ich, dass

Marie Lanz von der geschlossenen Station bereits wieder zu uns verlegt werden sollte.

«Die Aufnahmestationen sind nach dem hektischen Wochenende alle übervoll. Die brauchen Platz», kommentierte Jelika lapidar.

Ich nahm diese Neuigkeit mit zwiespältigen Gefühlen zur Kenntnis. Einerseits fürchtete ich, dass die Verlegung verfrüht war, dass Frau Lanz noch nicht in der Lage war, mit dem offenen Rahmen umzugehen. Andererseits hatte ich sie so in meiner Nähe. Das war ein Vorteil.

«Wann wird sie verlegt?»

«Irgendwann am Nachmittag. Genaueres erfahren wir beim Pflegerapport.»

Ich nickte. «Gebt mir Bescheid. Ich will mit ihr sprechen.»

Im grossen Rapport hielt ich nach Martin Ausschau. Ich hatte das intensive Bedürfnis, mit ihm zu sprechen – nach der frostigen Stimmung zu Hause brauchte ich Zuspruch. Ich entdeckte ihn in der Menge und steuerte schon auf ihn zu, als ich sah, dass er in ein Gespräch mit Selma vertieft war, den Kopf vertraulich zu ihr hingeneigt. Abrupt wechselte ich die Richtung und ging an meinen persönlichen Platz am grossen Konferenztisch. Ich fühlte mich entmutigt. Ich hatte nichts gegen Selma, nicht eigentlich, nicht wirklich, aber hier und jetzt konnte ich sie nicht brauchen. Ich wollte Martin für mich allein. Und schämte mich gleichzeitig dafür.

Marie Lanz wurde nachmittags um drei auf unsere Station verlegt. Ich führte das Aufnahmegespräch allein. Die offizielle Version war, dass ich die Pflege entlasten wollte, und das klang glaubwürdig – zwei Pflegefachleute unserer Station waren krank, was die ohnehin prekäre Personalsituation an den Rand des Kollapses schob. Inoffiziell wollte ich die Gelegenheit nutzen, der Frau ohne lästige Zuhörer auf den Zahn zu fühlen.

Ich gab mich leutselig, als Marie Lanz von Rolf, einem Pfleger der Akutstation, ins Gesprächszimmer begleitet wurde, begrüsste sie mit aufmunterndem Lächeln und nahm nickend Rolfs kurze Pflegeübergabe zur Kenntnis, die mich nicht die Bohne interessierte, dankbar, als er endlich den Raum verliess.

«So, Frau Lanz», sagte ich, während ich mich setzte. «Willkommen zurück. Wie geht es Ihnen?»

Marie Lanz hatte sich in bemerkenswerter Weise gefangen. Ich betrachtete mein Gegenüber, die versierte Gelassenheit ihrer verwitterten, aber nunmehr wieder gepflegten Eleganz, nur wenig gemindert durch den Rucksackverband, den sie nach wie vor tragen musste, und hatte Mühe, dieses Bild in Einklang zu bringen mit der würdelosen Figur der völlig Betrunkenen nur wenige Tage zuvor. Doktor Jeckyll und Mister Hide. Sie strich sich mit einer beiläufigen Bewegung die dunklen Haare aus dem Gesicht. Ihre Hand zitterte ganz leicht.

«Es geht mir gut, vielen Dank.» Ihre Stimme klang träge. Aalglatt.

«Das freut mich sehr», erwiderte ich munter. «Zumal es Ihnen letzte Woche ja wirklich schlecht ging, nicht wahr?»

Sie musterte mich kühl. «Das ist so üblich bei einem Rückfall.»

Ich liess die aufgesetzte Munterkeit beiseite und lehnte mich vor, mit ernstem Blick. «Es war nicht nur der Rückfall. Sie waren voller Schuldgefühle – wegen des Todes ihrer Freundin Patricia. Und Sie hatten Angst. Grosse Angst.»

Ich achtete auf das leiseste Flackern des Eingeständnisses in den fachkundig geschminkten Augen. Nichts.

«Frau Doktor Bergen», meinte meine Patientin und trommelte dabei beiläufig mit den Fingern auf den Tisch. «Ich muss Ihnen als Fachfrau nicht sagen, dass ein Alkoholrausch Dinge hervorbringt, die nichts mit der Wirklichkeit zu tun haben. Ich versichere Ihnen, ich habe vor gar nichts Angst. Und Patricia ist tot. Das ist traurig, gewiss. Aber es ist vorbei.»

Ich spürte, wie Ungeduld mich übermannte, Frustration und noch etwas anderes, etwas Drängendes, Verzweifeltes. «Frau Lanz, hören Sie auf, mir etwas vorzumachen. Die Angst und die Sorge, die ich vor ein paar Tagen bei Ihnen gesehen habe, waren echt. Ja, ich bin Fachfrau, und ich kann inhaltsloses trunkenes Elend unterscheiden von der tiefen Verzweiflung, die Sie verspürt haben. Die Sie seit Wochen verspüren, und das mit gutem Grund. Es brauchte ein paar Promille Blutalkohol, um den Damm zu brechen, um Sie zum Reden zu bringen.»

Marie Lanz musterte gelassen ihre Fingernägel. Einer war eingerissen.

«Frau Lanz! Sehen Sie mich an!»

Sie tat es, wenn auch widerwillig. Ihre Miene drückte gelangweilte Duldsamkeit aus. Verdammte Fassade.

Ich liess mich nicht entmutigen, sondern wagte die Flucht nach vorn: «Mit Adrian Wyss' Tod stimmt etwas nicht. Ich beschäftige mich mit dieser Sache, und ich glaube nicht an Suizid. Ich glaube, dass jemand ihn ermordet hat. Und ich glaube, dass sein Tod mit Patricia Mathier de Rossi in Zusammenhang steht. Ich weiss nicht genau wie, und ich kann nichts beweisen. Aber ich bin sicher, dass Sie etwas darüber wissen. Helfen Sie mir, Frau Lanz. Erzählen Sie es mir.»

Atemlos beobachtete ich Marie Lanz, versuchte zu ergründen, ob mein hitziges Plädoyer Spuren in ihrer Miene hinterlassen hatte. Ich fand keine. «Sie faseln», erwiderte sie unbeeindruckt.

Störrisch versuchte ich einen letzten Anlauf. «Nach dem Rückfall hatten Sie Angst. Sie befürchteten, Sie seien als Nächste dran. Was ist damit? Wenn Adrian Wyss ermordet wurde, und Sie wissen etwas – dann sind auch Sie in Gefahr.»

Eindringlich blickte ich sie an. Ich sah ein kurzes Aufblitzen von Zweifel, der durch ihren Blick wanderte und wieder erlosch.

«Frau Doktor, Ihre Sorgen um mich sind wirklich rührend.» Marie Lanz lächelte milde, ein leerer Abklatsch aristokratischer Herablassung. «Aber Sie jagen Gespenstern nach. Ich frage mich, ob Sie zu viele Krimis lesen?»

Ich unterdrückte eine wütende Replik, bemühte mich um Gelassenheit. «Es ist mir ernst, Frau Lanz. Und ich nehme Ihnen Ihre Kaltschnäuzigkeit nicht ab.»

Genervt stiess sie die Luft aus, lehnte sich im Stuhl zurück und überschlug die in schwarzes Nylon gehüllten Beine. «Würde es Ihnen etwas ausmachen, dieses Thema jetzt fallen zu lassen? Es ermüdet mich. Wie sieht es mit Ausgang aus? Kann ich heute Abend ein paar Stunden weg?»

Es war sinnlos. Die Frau versteckte sich hinter einem undurchdringlichen Panzer. Sie hatte für den Moment ihre Selbstsicherheit wiedergefunden, mochte der Himmel wissen warum, und war nicht dazu zu bewegen, ihre Maske abzulegen. Und ich, die Psychiaterin, sass daneben, erahnte den verängstigten Kern in ihr, der unhörbar um Hilfe schrie, und kam nicht an ihn heran. Sie liess mich nicht. Und ich war machtlos.

Mit einem erdrückenden Gefühl von Hilflosigkeit gab ich auf, spulte die üblichen Verordnungen und Absprachen herunter und liess meine Patientin dann gehen. Ich sah ihr nach, als sie kerzengerade und mit erhobenem Kinn aus dem Raum ging, und konnte ein Frösteln nicht unterdrücken.

Auf dem Rückweg zu meinem Büro verspürte ich eine seltsame Unruhe, ein Gefühl sich anbahnender Katastrophe. Ich fragte mich, ob meine Stimmung mit den Gewitterwolken zusammenhing, die sich bleiern und drohend am Himmel auftürmten. Ich hoffte, es war nicht mehr als das.

Sobald ich oben im Dachgeschoss angekommen war, setzte ich mich auf meinen Schreibtischstuhl und griff nach dem Tischtelefon, tippte eine mir wohlbekannte Nummer ein. Biss mir ungeduldig auf die Lippe, während nervtötend lange das Freizeichen erklang.

«Ja?»

«Nora? Hier spricht Ka.»

Die Stimme meiner besten Freundin klang erfreut. «Ich hätte nicht mit so einem raschen Anruf gerechnet. Und? Wie sieht es aus? Bist du weitergekommen?»

«Nein», erwiderte ich resigniert. «Chancenlos. Ich fürchte, mit meiner Patientin komme ich nicht weiter. Wir müssen es über Emil Lüscher probieren. Nora, bist du wirklich bereit, die Sache durchzuziehen?»

Noras Stimme klang heiter. Sie war, da ich sie am Vortag über alles informiert hatte, bestens im Bild. «Aber sicher, ich würde mir das um nichts in der Welt nehmen lassen. Undercover-Einsatz im Lager des Feindes. Das erlebt man nicht alle Tage. Ich rufe morgen in seiner Praxis an und mache einen Termin aus.»

«Nora?»

«Hmm?»

«Sei bitte vorsichtig, ja?»

Die bösen Ahnungen und die klamme Besorgnis liessen mich nicht los. Ich nahm sie mit nach Hause, wo sie durch die anhaltende Anspannung zwischen Marc und mir mit weiterer Nahrung versorgt wurden, und am nächsten Morgen wieder zurück in die Klinik. Sie klebten an mir wie Kaugummi.

So war ich nicht überrascht, als mir am morgendlichen Stationsrapport mitgeteilt wurde, dass Marie Lanz nicht aus dem abendlichen Ausgang zurückgekehrt war.

«Sie hat dem Spätdienst erzählt, dass sie eine Verabredung mit einer Bekannten habe», erläuterte Jelika, die aufgrund der Krankheitsfälle im Team schon wieder und das siebte Mal in Folge Frühdienst hatte, mit mässigem Interesse. «Ich ahne, was kommen wird – ein erneuter Rückfall, wieder ein paar Tage auf der Akuten, immer das gleiche Spiel. Ich frage mich wirklich, was mit der Frau los ist.»

«Hat sie etwas darüber gesagt, wer die Bekannte war?», hakte ich nach.

Jelika zuckte die Schultern. «Nicht dass ich wüsste. Was spielt das schon für eine Rolle?»

«Keine. Natürlich nicht», erwiderte ich lahm.

Ich fing Martin kurz vor dem grossen Rapport ab. «Marie Lanz ist schon wieder abgängig», informierte ich ihn im Flüsterton.

«Ach ja? Das wird ja zur lieben Gewohnheit. Ich denke, dieses Mal müssen wir sie länger auf der Geschlossenen lassen, Überbelegung hin oder her. So geht das nicht weiter.»

«Wenn sie denn zurückkommt», entgegnete ich düster.

Martin drückte mir aufmunternd die Schulter. «Sie kommen immer zurück, auf die eine oder andere Weise.»

«Was ist mit Basel?», fragte ich hoffnungsvoll. «Hast du deine Fühler bereits ausgestreckt?»

«Aber sicher. Ich habe ein paar alte Kontakte aktiviert.»

«Mitarbeiter der SaluSuisse?»

«Nicht direkt. Aber du weisst, wie das läuft – ich kenne jemanden, der jemanden kennt, der jemanden kennt ...»

«Halt mich auf dem Laufenden, ja?»

«Natürlich, Miss Marple.»

Gegen Mittag erhielt ich eine SMS von Nora: «Habe Termin bei EL vereinbart. Mittwoch 14 Uhr. Musste etwas Druck machen,

sonst hätte ich drei Wochen warten müssen fürs Erstgespräch
– habe behauptet, EL sei mir vom Berner Stadtpräsidenten
persönlich empfohlen worden. Der Zweck heiligt die Mittel.
Wünsch mir Glück!»

Die Zeit stand still. Jede Stunde erschien mir unendlich. Rings
um mich her bewegten sich die Dinge – Nora würde Emil
Lüscher aushorchen, Martin nutzte seine Basler Kontakte, und
Marie Lanz, meine widerspenstige Patientin, lief vor der Wahrheit davon, so weit die Beine sie trugen, schwemmte sie weg in
einer Flut von Alkohol. Nur ich stand bewegungslos da, zum
Warten verdammt und erfüllt von einer zunehmenden Besorgnis, die mir den Atem nahm.

16. Kapitel

Der Dienstag zog sich in die Länge. Nichts passierte. Marie Lanz blieb verschwunden, und Martin wimmelte meine zunehmend drängenden Nachfragen mit einem bestimmten «Bitte hör auf, mich unter Druck zu setzen. Ich gebe dir Bescheid, sobald ich etwas aus Basel höre!» ab.

Marc machte mir am Abend ungnädig deutlich, dass ich unausstehlich sei und meine rastlose schlechte Laune bitteschön woanders pflegen solle. Ich widersprach ihm nicht. Die Stimmung zwischen uns war ein wenig besser geworden, unser Umgang erinnerte an die tastende Höflichkeit zweier Staaten, die sich nach ausgiebigen kriegerischen Auseinandersetzungen diplomatisch erstmals wieder annähern. Diesen halben Frieden wollte ich nicht gefährden. Ich wagte nicht, offen mit ihm zu sprechen, die formlosen Befürchtungen mit ihm zu teilen, die ich mir selbst nicht erklären konnte, und vermisste gleichzeitig schmerzlich die alte Vertrautheit.

Am Mittwoch platzte ich fast vor Anspannung. Fahrig erledigte ich den Haushalt, beinahe dankbar für die Ablenkung, die Wäsche, Staubsaugen und Einkaufen mir boten, und schielte alle Viertelstunde auf meine Armbanduhr. Es wollte und wollte nicht Nachmittag werden.

Nora kannte mich gut genug, um zu erahnen, wie begierig ich auf ihren Bescheid wartete. Ihr Anruf kam um fünf nach drei, unmittelbar nach Abschluss ihres Erstgesprächs mit Emil Lüscher.

«Und?», platzte ich heraus.

«Auch dir einen wunderschönen Nachmittag», flötete Nora, senkte dann ihre Stimme zu einem genussvoll verschwörerischen Wisperton. «Alles klar, ich war da. Es war sehr interessant.»

Ich vernahm Stimmen im Hintergrund, Verkehrslärm, Rufe. Die Geräusche der Grossstadt. «Wo bist du?»

«Ich warte am Bärenplatz aufs Tram. Bin eben aus der Praxis rausgekommen.»

«Und?», wiederholte ich ungeduldig.

«Emil Lüscher wird Mitte fünfzig sein, ungefähr. Glattrasiert, eiförmiger Schädel, untersetzt, altmodisch, trägt einen dieser unsäglichen Pullunder zur Anzugshose. Sein Benehmen ist aalglatt, überaus freundlich und verbindlich, fast süsslich. Typisch Psychiater eben. Ich mochte ihn nicht.»

Ich überhörte diese Stichelei. «Wie war das Gespräch?»

«Es ging so. Ich habe mich erst zurückgehalten. Habe eine Geschichte erfunden, um meinen angeblichen Bedarf an psychiatrischer Behandlung zu erklären: Dass ich nach dem Selbstmord einer nahen Freundin belastet sei. Dass ich mir Vorwürfe mache, weil ich nicht rechtzeitig habe reagieren können. Dass ich nicht schlafen könne und auf der Arbeit ständig in Tränen ausbreche.»

«Wie hat er darauf reagiert?»

«Unauffällig, würde ich sagen. So, wie ich es von einem Psychiater erwarte: Anteilnehmend, interessiert und wertschätzend. Wirkte dabei wie ein schlechter Verkäufer.»

Enttäuscht liess ich die Schultern sinken. «Also ein Fehlschlag.»

«Würde ich nicht sagen. Da ich mit dieser Geschichte so wenig Wirkung erzielt hatte, zog ich die Schraube an. Ich erwähnte, dass er diese Situation ja gut kennen müsse, da sein Praxispartner offenbar vor kurzem ums Leben gekommen sei. Ob es ihm auch so gehe wie mir mit meiner Freundin?»

Ich hielt den Atem an. «War das klug?»

Nora schnaubte verächtlich und übertönte damit das Gebimmel eines ankommenden Trams im Hintergrund. «Meinst du, ich gebe 180 Franken pro Stunde für nichts und wieder nichts aus? Ich wollte Resultate. Und dass Adrian Wyss gestorben ist, wissen nicht nur Insider.»

«Was hat Lüscher darauf geantwortet?»

«Nun, seine vorab so joviale Haltung erkaltete merklich. Er gab ein paar Allgemeinplätze von sich, aber dann wollte er wissen, wie ich ausgerechnet auf dieses Thema komme. Ich mimte die Dümmlich-Zutrauliche, meinte, dass ich viel leichter Vertrauen zu einem Therapeuten haben könne, der selbst Schweres erlebt habe, dass er mich sicher besser verstehe als mancher andere. Und gerade, als ich den Eindruck hatte, dass er mit dieser Begründung zufrieden war und sich wieder entspannte, doppelte ich nach.»

«Nachdoppeln?», echote ich, von unguten Ahnungen erfüllt.

«Ich stellte Mutmassungen darüber an, dass Selbstmorde nicht immer das seien, was sie zu sein scheinen. Behauptete, ich wisse nicht wirklich, ob meine Freundin sich tatsächlich selbst das Leben genommen habe, ob er dieses ungute Gefühl nicht auch kenne? Ob er wirklich sicher sein könne, dass sein Praxispartner sich umgebracht habe? Oder ob diese scheinbar einfache Erklärung jemandem ganz gelegen komme?»

Mir wurde schwindlig. «Nora, bist du verrückt geworden? Keine direkte Konfrontation – das war die Abmachung.»

«Keine Sorge. Ich habe im Anschluss daran eine ganze Menge von vagen, esoterisch anmutenden Äusserungen von mir gegeben – dass ich glaube, wir würden alle von den Geistern unserer Ahnen begleitet, dass unser Karma unseren Weg von Anbeginn an festlege, dass die Aura meiner Freundin in den Wochen vor ihrem Tod von hellblau zu sumpfgrün gewechselt habe, was ein wirklich schlechtes Zeichen sei, dass ich schon lange gespürt hätte, dass etwas Dunkles sich zusammenbraue.

Ich glaube, das hat er geschluckt. Er begann mich vorsichtig zu fragen, ob ich bisweilen Stimmen höre, wenn niemand im Raum sei, und wollte mir am Ende ein Neuroleptikum verschreiben.» Sie kicherte.

Ich konnte ihre Heiterkeit nicht teilen. «Wie hat er auf deine Fragen reagiert? Hat er sie ernst genommen?»

Ihr Tonfall wurde wieder seriös. «Ja, Ka. Er hat mich ernst genommen. Er war eine Weile wie erstarrt. Drei, vier Sekunden, bis er die glatte ärztliche Fassade wieder hochfahren konnte. Ich habe ihm einen gewaltigen Schrecken eingejagt.» Sie räusperte sich. «Ich glaube, er hat ein schlechtes Gewissen. Er hängt mit in der Sache drin, wetten?»

Das Gespräch mit Nora verstärkte meine Unruhe. Ihr Eindruck bestärkte mich in meinem Verdacht gegen Emil Lüscher, aber ihre Unvorsichtigkeit beunruhigte mich. Ich bezweifelte, dass sie einen erfahrenen Psychiater mit ihrem Gerede von Karma und Auren hatte hinters Licht führen können.

Komm schon, versuchte ich mir gut zuzureden. Was kann schon passieren? Nora ist für ihn lediglich eine neugierige Patientin, die ihre Nase in Dinge steckt, die sie nichts angehen. Oder?

Mit Unbehagen hielt ich mir vor Augen, dass Nora in der Praxis ihre Personalien angegeben haben musste. Emil Lüscher wusste, wer sie war und wo er sie finden konnte.

Als ich am Donnerstagmorgen im Stationsrapport erfuhr, dass Marie Lanz noch immer nicht aufgetaucht war, hielt ich es nicht mehr aus. Ich musste handeln.

In einem ruhigen Moment verzog ich mich in mein Büro und öffnete ihr elektronisches Dossier – Marie Lanz war bereits als Austritt eingetragen, ihr Bett schon wieder vergeben. Ich suchte in ihren Personalien nach Angehörigen. Ihre Mutter war verzeichnet, aber ich wusste, dass sie an einer Demenz litt und in einem Pflegeheim untergebracht war. Sie würde mir keine Hilfe sein. Aber da war noch ein Bruder, Beat Lanz. Er war Verkaufsleiter bei einer grossen Versicherung. Ich holte tief Luft, griff nach meinem Telefon und tippte seine Nummer ein.

«Lanz?», schnarrte eine befehlsgewohnte Stimme durch die Leitung.

Ich räusperte mich. «Guten Morgen, Herr Lanz. Mein Name ist Bergen, ich bin Oberärztin in der Psychiatrischen Klinik Eschenberg. Es geht um Ihre Schwester. Haben Sie einen Moment Zeit?»

Ich hörte ein verhaltenes Stöhnen. «Was hat Marie dieses Mal wieder angestellt?»

«Nun, sie hat nicht direkt etwas angestellt. Es ist nur so, dass sie bei uns hospitalisiert war und dann verschwunden ist. Wir haben seit Tagen nichts von ihr gehört.»

«So? Ja und? Ich meine, das macht sie doch ab und zu. Sie geht in die Klinik, bleibt eine Weile, tritt wieder aus, beginnt wieder zu trinken. Und so weiter.»

«Haben Sie viel Kontakt mit Ihrer Schwester?», fragte ich vorsichtig.

«Nicht wirklich. Ab und zu taucht sie betrunken bei mir auf und verlangt Geld. Oder sie ruft mich nachts heulend an. Bisweilen werde ich von irgendwelchen Fachleuten zu diesen grauenhaften Familiengesprächen eingeladen, die alle nichts bringen – pardon, ich wollte Sie nicht beleidigen. Aber meistens gehen wir getrennte Wege. Ist besser so. Wir sind sehr verschieden. Aber sagen Sie, warum rufen Sie mich eigentlich an?»

«Weil ich mir Sorgen mache, Herr Lanz. Ich befürchte, dass Ihrer Schwester etwas zugestossen sein könnte.»

«Das glaube ich nicht. Unkraut vergeht nicht, oder?» Er lachte laut.

«Herr Lanz, Ihre Schwester war in letzter Zeit sehr niedergeschlagen. Seit Wochen ging es ihr auffallend schlecht.»

«Wirklich? Nun, richtig gut geht es ihr ja selten.»

So kam ich nicht weiter. «Sagt Ihnen der Name Patricia
Mathier de Rossi etwas? Oder Adrian Wyss?»

«Bitte was?»

«Beide sind in letzter Zeit zu Tode gekommen. Patricia
Mathier de Rossi durch einen Selbstunfall, Adrian Wyss durch
Suizid. Angeblich. Hat Ihre Schwester Ihnen je etwas über diese
Personen erzählt?»

«Wie? Nein. Aber wie ich schon sagte ...»

«Sie hatten nicht viel Kontakt zu ihr. Ich weiss», ergänzte
ich müde seinen Satz. «Sie wissen also nichts über diese Sache?»

«Natürlich nicht. Ich verstehe nicht, was diese Fragen sollen.»

«Das verstehe ich selbst nicht ganz.» Ich seufzte. «Darf ich
Sie um etwas bitten? Schauen Sie nach Ihrer Schwester. Suchen
Sie sie.»

«Suchen? Wie stellen Sie sich das vor? Ich wohne im Kanton Aargau. Ich bin ein beschäftigter Mann, ich kann nicht
dauernd meiner Schwester nachrennen.»

«Das verstehe ich sehr gut. Sie haben bestimmt schon eine
Menge mit ihr erlebt. Aber ich rede nicht von dauernd. Ich
rede von jetzt. Ich habe ein ungutes Gefühl, Herr Lanz. Suchen
Sie nach Ihrer Schwester.»

17. Kapitel

Die Zeit hat einen skurrilen Sinn für Humor. In Momenten der Langeweile kriecht sie, tändelt herum und zieht die Stunden mutwillig in die Länge. Und dann, von einem Augenblick auf den anderen, überstürzt sie sich und reisst einen mit sich in die Tiefe.

Ein derartiger Augenblick fand mich am frühen Dienstagnachmittag in der Gestalt von Selma, die nach einem höflichen Klopfen in mein Büro trat.

Ich sah sofort, dass etwas nicht stimmte. Selma war blass und wirkte bestürzt. Sie schloss umsichtig die Tür hinter sich, dann kam sie mit ineinander verkrampften Händen auf mich zu.

«Was ist passiert?», fragte ich ohne Umschweife.

«Ich komme von Martin», begann sie unsicher. «Er wollte sich eigentlich bei dir melden, um dir mitzuteilen, dass er erste Rückmeldungen aus Basel bekommen hat.»

«Das ist doch gut, oder? Warum sagt er mir das nicht selbst?»

«Das war seine Absicht, aber er wurde unterbrochen. Durch einen Anruf. Vom Chef, Rudolf Blanc.» Sie presste die Lippen zusammen. «Ka, der Chef hat Martin zu sich zitiert. Marie Lanz ist gestorben. Sie wurde von ihrem Bruder in ihrer Wohnung aufgefunden. Sie muss schon ein paar Tage tot gewesen sein.»

Ich spürte, wie mir das Blut aus dem Kopf wich. Déja vu. Ich erinnerte mich an einen anderen Fall, eine andere Frau, einen anderen Todesfall. Registrierte, dass ich bestürzt, aber nicht überrascht war.

«Wie ist sie gestorben?»

Selma schüttelte den Kopf. «Das scheint noch unklar zu sein. Die Leiche wird ins Institut für Rechtsmedizin überstellt, zur Autopsie. Auf den ersten Blick konnte keine Todesursache festgestellt werden.»

«Selma? Warum erzählst du mir das? Warum weisst du mehr darüber als ich? Warum hat der Chef Martin angerufen und nicht mich? Ich war ihre Oberärztin, ich war für sie zuständig. Nicht Martin.»

Sie schluckte krampfhaft. Als sie antwortete, war ihre Stimme fast tonlos. «Rudolf Blanc wurde nicht von der Polizei verständigt, sondern vom Bruder der Patientin. Dem sehr verstörten Bruder der Patientin. Den du offenbar letzte Woche angerufen hast. Und der sich gefragt hat, warum du ihn so eindringlich gebeten hast, nach seiner Schwester zu suchen.»

Ich verstand. «Er hat Rudolf Blanc im Detail von meinem Anruf erzählt, richtig? Und er hat sich gewundert, warum ich ihn nach Todesfällen in der Umgebung seiner Schwester gefragt habe?»

Selma nickte schwach. «Er hatte das Gefühl, dass da irgendetwas nicht stimmte. Und darum hat er sich direkt an den Chef gewandt.»

Ich erhob mich. Meine Knie zitterten. «Gehe ich zu Recht davon aus, dass ich erwartet werde?»

Sie nickte erneut. «Im Büro von Rudolf Blanc. Jetzt gleich.»

Ich bemühte mich um Haltung, ging aufrecht, das Kinn erhoben, auch wenn meine Nerven flatterten. Ich wollte mir nicht eingestehen, dass mir die neuerliche Konfrontation mit Rudolf Blanc Angst machte. Seit der hässlichen Szene in seinem Büro waren wir einander in stummer Übereinkunft aus dem Weg gegangen, aber wann immer sein Blick mich gestreift hatte, hatte die Kälte in seinen Augen mich schaudern lassen.

Ich nahm die Treppe. Während meine Absätze auf den steinernen Stufen klapperten, streiften meine Gedanken Marie Lanz. Hätte sie doch gesprochen. Wäre sie doch nicht so dickköpfig gewesen. Wäre sie doch in der Klinik geblieben. Hätte ich es doch geschafft, zu ihr vorzudringen.

Als ich nach kurzem Anklopfen das Büro von Rudolf Blanc betrat, raste mein Puls, aber meine Miene blieb unbewegt. «Sie haben mich rufen lassen?»

Auf ein knappes Nicken hin setzte ich mich neben Martin, dessen Miene nicht weniger angespannt war als die von Rudolf Blanc. Auch hier ein Déja vu, die gleiche Sitzordnung, die gleiche Anspannung wie bei unserem letzten Zusammentreffen in diesem Raum. Nur dass der Anlass heute noch ernster war.

«Es geht um Marie Lanz?», begann ich das Gespräch in sachlichem Tonfall. «Wie ich höre, ist sie ums Leben gekommen?» Ich war nicht bereit, die Kontrolle über das Geschehen abzugeben, mich erneut behandeln zu lassen wie ein überführtes Schulmädchen. Ich hatte mir nichts vorzuwerfen, heute nicht.

Erneut klopfte es an die Tür. Zu meinem Erstaunen trat Bernhard Leutwyler ein, der Chefarzt. Sein Gesichtsausdruck, sonst immer freundlich und humorvoll, zeigte Verwirrung.

«Ah, danke, dass du gekommen bist, Bernhard. Setz dich doch», wies Rudolf Blanc ihn an.

Der Chefarzt? Warum war der Chefarzt hier? Warum dieses Aufgebot?

«Frau Bergen, Sie haben durchaus Recht. Es geht um den Tod von Marie Lanz. Und es geht um Ihren Anruf an deren Bruder vor ein paar Tagen. Sie haben ihn aufgefordert, nach seiner Schwester zu suchen. Weil Sie sich Sorgen machten. Und Sie haben den Tod von Adrian Wyss erwähnt.»

«Wie sich herausgestellt hat, waren meine Sorgen berechtigt», warf ich ein.

Rudolf Blancs Gesicht nahm eine erschreckend dunkelrote Farbe an. Krachend donnerte seine Faust auf den Schreibtisch.

Noch nie hatte ich den Chef so die Beherrschung verlieren sehen.

«Es gibt hier zu viele Tote!», brüllte er. Erschrocken zuckte ich zurück, als er aufsprang und sich über den Tisch vorbeugte, mich mit einem flammenden Blick fixierend. «Und Sie hängen mit drin. Adrian Wyss stirbt beim Grandhotel Giessbach und Sie sind da. Er hat Sie kurz vor seinem Tod angerufen, und keiner kann sich das erklären. Wir haben die Polizei in der Klinik wegen Ihnen! Dann schnüffeln Sie hinter meinem Rücken in meinen E-Mails, stochern in INTPERS herum. Aber nicht genug damit, sie rufen den Bruder von Marie Lanz an, erwähnen Todesfälle, schicken ihn auf die Suche nach seiner Schwester – und auch sie ist tot! Frau Bergen, da ist etwas faul! Mit Ihnen stimmt etwas nicht!» Mühsam rang Blanc nach Atem.

Ich wollte mich verteidigen, ihm die Stange halten, mich rechtfertigen. Aber ich brachte keinen Ton heraus.

«Ich stelle Sie frei. Sie sind von Ihrem Dienst in der Klinik entbunden. Bei vollem Gehalt. Machen Sie, dass Sie hier rauskommen! Und wehe, wenn sich herausstellen sollte, dass Sie etwas mit Adrians Tod zu tun haben. Wehe!»

Die Sekunden verstrichen. Keiner sagte etwas. Mein Herzschlag hämmerte in meinen Ohren.

Dann erhob ich mich. Es kam mir vor, als wäre ich ferngesteuert. Ich registrierte, dass meine Beine mich wider Erwarten trugen, als ich den Stuhl zurückschob und zur Tür ging, Schritt für Schritt. Bevor ich den Raum verliess, drehte ich mich um, musterte die drei Gesichter, zwei davon erstarrt, eines noch immer dampfend vor Wut. Und spürte auf einmal eine seltsame Ruhe.

«Ich danke Ihnen, Herr Direktor», sagte ich förmlich. «Dass ich freigestellt werde, gibt mir den notwendigen Freiraum, um den Tod von Adrian Wyss gründlich zu untersuchen. Denn

Sie haben Recht, ich habe damit zu tun. Ich wurde unfreiwillig zur Zeugin und werde nicht ruhen, ehe ich weiss, was wirklich passiert ist.»

Ohne eine Antwort abzuwarten, drehte ich mich um und ging.

Der Schock holte mich auf halbem Weg zu meinem Büro ein. Die gespenstische Ruhe, die mich nach der Attacke von Rudolf Blanc einige gnädige Augenblicke lang erfüllt hatte, wich einem überwältigenden Kältegefühl. Alles an mir zitterte.

Ich schaffte es gerade noch, die Tür hinter mir ins Schloss zu drücken, ehe ich in Tränen ausbrach.

Martin fand mich fünf Minuten später in einem erbärmlichen Zustand vor, als er, selbst fahl und aufgewühlt, an meine Tür klopfte und eintrat.

«Kassandra.» Seine Stimme erinnerte an das ehrfürchtige Flüstern, das man in Kirchen und Museen anschlägt. Hilflos trat er neben mich und tätschelte vorsichtig meine Schulter.

«Dieser räudige Mistkäfer!», stiess ich unter hysterischem Schluchzen hervor. «Selbstgerechter Widerling! Dem wünsche ich einen Herpes Zoster über mehrere Segmente an den Hals!»

Martins Stimme tönte weniger ehrfürchtig, als er erwiderte: «Ich hatte schon befürchtet, dich gebrochen zu sehen. Dieser Wutanfall beruhigt mich. Du bist noch die Alte.»

Ich warf ihm aus geröteten Augen einen zornigen Seitenblick zu, riss ihm das Papiertaschentuch, das er mir hinhielt, aus der Hand und schneuzte mich forsch. Dann richtete ich mich auf.

«Nun denn. Ich bin eine freie Frau. Ich habe alle Zeit der Welt, diese leidige Sache ein für alle Mal zu klären, und das werde ich auch tun. Selma sagte, du hättest neue Informationen aus Basel?»

Martin passte sich geschmeidig meinem flott geschäfts-mässigen Tonfall an. «In der Tat. Ich habe heute Mittag einen Anruf von Cornelia erhalten. Sie ist Pharmaassistentin bei der Novartis in Basel und kennt ein paar Leute, die bei der Salu-Suisse arbeiten. Sie wollte mir am Telefon nicht viel verraten, hat aber angedeutet, dass in der Firma offenbar ein paar brisan-te Dinge vorgefallen seien.»

«Das ist alles?», blaffte ich unfreundlich. «Ich hasse es, wenn Leute um den heissen Brei herumreden. Wo finde ich die Frau? Ich fahre hin und befrage sie selbst.»

Martin hüstelte bescheiden. «Ich glaube nicht, dass Conny dir etwas verraten würde. Wenn ich ihren gurrenden Tonfall und die lockenden Andeutungen richtig verstanden habe, liegt ihr vor allem daran, mich zu treffen. Während meiner Basler Zeit hat sie mich heftig umworben.»

Ich spürte, wie Ärger in mir emporschoss. «Tatsächlich? Ich kann mir nicht vorstellen, dass so eine Person etwas Nützli-ches liefern kann. Ihr Beitrag beschränkt sich wahrscheinlich auf eine Menge heisser Luft – die will sich doch nur wichtig machen. Und überhaupt, was bildet die sich ein? Du bist in festen Händen!»

Martin bemühte sich sichtlich, seine Miene streng im neu-tralen Bereich zu halten. «Ich dachte, wir wollen etwas über die SaluSuisse herausfinden? Sollten wir da nicht jede Möglichkeit nutzen?»

«Mag sein», knurrte ich. «Aber ich komme mit. Als Anstandsdame. Weiss nicht, ob ich in dieser Sache deinem Urteilsvermögen trauen kann.»

«Natürlich. Da bin ich sehr froh.» Er nickte gravitätisch. «Wie wäre es mit Donnerstag? Ich habe Rudolf Blanc deutlich gemacht, dass ich mir vorbehalten werde, einige Tage frei zu nehmen. Um dich zu unterstützen.»

Erstaunt blickte ich zu ihm hoch. «Du hast dich hinter mich gestellt?»

Martin war verdutzt. «Natürlich. Was denkst du denn? Ich habe deutlich festgehalten, dass er einen massiven Fehler macht und dass er mit mir nicht mehr rechnen könne, wenn er vorhaben sollte, dir zu kündigen. Schau nicht so gerührt», warf er grinsend ein, als er die butterweiche Ergriffenheit in meinem Gesicht sah. «Angesichts des dramatischen Nachwuchsmangels in der Psychiatrie ist das für mich wirklich kein grosses Risiko. Der kann es sich gar nicht leisten, zwei von uns auf einen Schlag zu verlieren.»

Ich grinste mit ihm, ohne mich durch seinen saloppen Tonfall in die Irre führen zu lassen. Ich wusste, was für ein Mensch er war, ich kannte seine Korrektheit, seinen Anstand und seinen Respekt vor seinen Vorgesetzten. Ich wusste genau, was die Konfrontation mit dem erbosten Klinikdirektor ihn gekostet hatte.

«Donnerstag», bestätigte ich. «Packen wir es an.»

18. Kapitel

Die aufgesetzte Stärke, die anpackende Energie, die ich nach der Konfrontation mit Rudolf Blanc produziert hatte, hielt nicht lange an. Kaum hatte Martin mein Büro verlassen, verlor sich die Welle meiner Wut, und damit auch meine trotzige Selbstsicherheit. Meine Gefühle, so kam es mir vor, fuhren Achterbahn.

Ich war freigestellt worden, in Schimpf und Schande rausgeworfen, unter Verdacht gestellt. War dies das Ende meiner Karriere? Würde ich meinen Job verlieren? Wie würde ich vor meinen Arztkollegen, vor den Klinikmitarbeitern dastehen? Was würde man über mich denken? Würde man mich verdächtigen, an Marie Lanz' Tod mitschuldig zu sein?

Marie Lanz' Tod. Es war so rasch so viel passiert, dass ich noch gar nicht die Zeit gehabt hatte, wirklich zu begreifen, was es bedeutete, dass sie gestorben war. Mein Magen zog sich zusammen. Ich hatte darum gerungen, zu ihr durchzudringen, ich hatte es immer wieder versucht und war ohne Erfolg geblieben, und jetzt war sie tot, weg, unerreichbar. Endgültig. Die Last meines Versagens drückte schwer auf meine Schultern. Ich hatte sie nicht retten können.

Rastlos sprang ich auf. Ich hielt es nicht aus, hier, in diesem Büro, das nicht mehr so richtig meins war, in dieser Klinik, in der ich nicht mehr erwünscht war. Ich nahm mir kurz Zeit, meine Assistenzärztin und meine Station telefonisch mit knappen Worten darüber zu informieren, dass ich in nächster Zeit nicht in der Klinik verfügbar sein würde – meine Vertretung, so fügte ich bissig hinzu, würde zweifellos von Rudolf Blanc persönlich organisiert. Hastig packte ich daraufhin meine Sachen, meine Agenda, die mir auf einmal nutzlos erschien, mein Mobiltelefon, und verliess mein Büro. Ich nahm die Treppen nach unten, hastete schnell und mit gesenktem Blick an Vorbeigehenden vorüber. Ich wollte niemanden sehen und mit keinem sprechen. Als ich das Hauptgebäude verlassen hatte und auf dem Weg zum Parkplatz war, rannte ich beinahe. Ich wollte hier weg.

Ich fuhr fahrig und nervös – mein Glück, dass auf der Überlandstrasse Richtung Thun kaum Verkehr herrschte. Es war eigenartig, mitten am Tag unterwegs zu sein. Wir, die wichtigen, beschäftigten Leute, drängten uns morgens und abends im Stossverkehr, wir waren immer in Eile, immer im Druck. Zum ersten Mal seit langem war ich nicht verplant, wurde nirgends erwartet. Ein ungutes Gefühl von Unwirklichkeit überkam mich. Ich hatte Zeit. Das war wirklich übel.

Ich schaltete Musik an, die mir sofort auf die Nerven ging, also schaltete ich sie wieder aus. Mehrmals merkte ich zu spät, dass ich die Geschwindigkeitsgrenze überschritten hatte, und ein Fussgänger, dem ich den wohlverdienten Vortritt vorenthielt, drohte mir mit der Faust. Ich musste mich zusammenreissen. Während ich mein Tempo mässigte, versuchte ich mich zu beruhigen, Ordnung in die losen Gedankenfäden zu bringen, die meinen Kopf verwirrten.

Ich liess die Ereignisse Revue passieren, wie einen Film in Zeitlupe. Das Hotel Giessbach, der weiss schimmernde Hemdrücken von Adrian Wyss unten im Wasser. Der Verdacht, den die aufgefundene Suizidnote von mir genommen hatte. Meine Zweifel an deren Echtheit. INTPERS und mein Schnüffel-Desaster, eine Spur, die ins Leere geführt hatte. Marie Lanz und ihre Verbindung zu Patricia Mathier de Rossi, die wir über die unsägliche Jessi-Belle Chanelle, über Stefano de Rossi und Anita Bärtschi zu Claudine Mathier und Emil Lüscher verfolgt hatten. Die unstandesgemässen Aussenbeziehungen von Adrian Wyss. Die Nacht in der Gemeinschaftspraxis, in der ich den beiden Einbrechern nur knapp entkommen war. Ich schauderte.

Wir waren einen weiten Weg gegangen, und alles, was wir hatten, waren zwei vage Verdachtsmomente und eine Unzahl offener Fragen. Patricia Mathier de Rossi war verzweifelt gewesen wegen ihrer Mutter, und Emil Lüscher hatte gute Gründe gehabt, ihre Akte auf unkonventionelle Weise aus seiner Praxis verschwinden zu lassen. Marie Lanz war tot, was auch immer das bedeuten mochte. Und ich war in Ungnade gefallen.

Was für eine Geschichte. Was für ein Desaster.

Kurz vor Heimberg klingelte mein Mobiltelefon. Ich wühlte mit einer Hand blind in meiner Handtasche, den Blick auf die Strasse gerichtet. Als ich das Telefon fand, hatte das Läuten bereits aufgehört. Ich warf einen kurzen Blick aufs Display: Der Anrufer war Bernhard Leutwyler gewesen. Mein Chef.

Nach kurzem Zögern bog ich ab und brachte den Wagen an einer Tankstelle zum Stehen. Mit klopfendem Herzen drückte ich die Rückwahltaste.

Bernhard Leutwyler meldete sich atypisch rasch. «Ka? Wo bist du?» Er klang besorgt.

«Nun, es wird dich nicht wundern zu hören, dass ich nicht mehr in der Klinik bin», entgegnete ich abweisender, als ich vorgehabt hatte. «Ich bin auf dem Weg nach Hause.»

Bernhard räusperte sich unbehaglich. «Ka, was da eben passiert ist ... Nun, es tut mir sehr leid.»

«Das ist nett.» Im Gegensatz zu meinem Tonfall. Der klang nicht nett, sondern merklich unterkühlt.

«Ka, ich habe versucht, Rudolf zur Vernunft zu bringen. Ich habe mich für dich eingesetzt. Aber er war völlig ausser sich. Ich fürchte, der Tod seines Freundes Adrian hat ihn mehr mitgenommen, als es von aussen den Anschein macht. Auch Direktoren sind Menschen, und Rudolf Blanc ist in den letzten Wochen unter enormer Anspannung gestanden. Ich hoffe, du verstehst ...»

«Ich verstehe durchaus die Belastung, die so ein Todesfall für Betroffene darstellt», unterbrach ich ihn frostig. «Ich habe es ja selbst erlebt. Ich habe den gewaltsamen Tod von Adrian Wyss unmittelbar mitbekommen. Ich stand unter Verdacht. Und jetzt wurde ich deswegen gefeuert.»

«Nicht gefeuert, nein, auf keinen Fall! Ka, diese Freistellung ist kurzfristig, Rudolf wird sich beruhigen und ...»

«Lass gut sein, Bernhard.» Durch meine Verärgerung, durch all die gerechte Empörung drang langsam die Erkenntnis, dass Bernhard nicht wie ein tröstlicher Chef klang, der seine Untergebene unterstützen und für sie da sein möchte. Er klang aufgewühlt und verhärmt. «Warum rufst du mich an?»

Ein langer, zitternder Seufzer. Das klang definitiv nicht nach meinen Chef.

«Bernhard», wiederholte ich, zunehmend alarmiert. «Was ist los?»

«Ich fühle mich mitschuldig.» Bernhard schluckte krampfhaft. «Dass du überhaupt unter Verdacht gestanden hast. Ka, dass Adrian Wyss dich in dieser Nacht angerufen hat ... das war meine Schuld.»

Dröhnendes Schweigen machte sich in der Leitung breit.

«Würdest du mir das bitte genauer erklären?» Meine Stimme klang wattig in meinen Ohren.

«Nun, ich ... Adrian hatte offenbar Schwierigkeiten mit einer Patientin, die damals gerade bei uns hospitalisiert war. Ich habe ihn nur wenige Tage vor seinem Tod an einem Anlass getroffen – unser Psychiaterzirkel, du weisst schon. Gemeinsames Essen alle vier Wochen.»

Ich wusste gar nichts, und es interessierte mich auch nicht im Geringsten. «Weiter», forderte ich ihn auf.

«Rudolf hat an diesem Abend gefehlt, er war an diesem Kongress in Berlin, du weisst schon ...»

Auch das interessierte mich nicht. «Bernhard, bitte. Erzähl es mir.»

Wieder schluckte er. «Adrian war angespannt. Er vertraute mir an, dass diese Patientin ihm Sorgen mache. Sie sei wahnhaft und habe ihn offenbar in ihr Wahnsystem einbezogen, und nun, da sie bei uns hospitalisiert sei, habe er Bedenken, ob wir ihre Wahninhalte allenfalls für bare Münze nehmen würden.»

«Nennen wir sie beim Namen: Marie Lanz, nicht wahr?»

«Richtig.» Er räusperte sich erneut. «Ich versuchte ihn zu beruhigen – wir alle kennen solche Geschichten, und keiner würde vermuten, dass ihre Vorwürfe berechtigt seien.»

«Hat er sich präziser zu diesen Vorwürfen geäussert?»

«Nein. Aber ich habe vermutet, dass es sich um den Vorwurf sexueller Übergriffe handelte. Selbstverständlich lächerlich.»

«Selbstverständlich», entgegnete ich tonlos.

«Aber er war so beunruhigt, dass ich ihm schliesslich vorgeschlagen habe, sich mit der behandelnden Ärztin zu besprechen.»

«Mit mir.»

«Richtig. Und da ihm wegen der heiklen Natur der Vorwürfe an einer gewissen Vertraulichkeit gelegen war ...»

«... hast du ihm meine private Telefonnummer gegeben», ergänzte ich. «Vollkommen regelwidrig und ohne mich zu fragen. Und er hat mich, sobald er Marie Lanz' verzweifelten Anruf aus der Klinik empfangen hatte, sofort angerufen. Um ihr zuvorzukommen, um mich für sich einzunehmen. Und kurz darauf ist er gestorben.»

Wieder lastete die Stille über uns.

«Ich weiss, ich hätte es dir sofort sagen müssen, als klar wurde, dass Adrian ums Leben gekommen ist», presste Bernhard schliesslich hervor. «Und ich hätte es auch getan, wenn der Abschiedsbrief dich nicht ohnehin entlastet hätte. Aber durch diesen Brief wurde der Anruf bedeutungslos. Und da dachte ich, es wäre nicht mehr nötig, es würde nur Staub aufwirbeln und womöglich Adrians Andenken in den Schmutz ziehen.»

Ich sagte nichts darauf.

Des Rätsels Lösung war so trivial, so unbedeutend, beinahe enttäuschend. Ich fasste es nicht. Das war alles, das ganze Mysterium? Und dann fragte ich mich: Hätte es etwas geändert, wenn ich es gewusst hätte? Hätte ich von dem Fall abgelassen?

Ich atmete tief durch. Ich spürte die Versuchung in mir, über Bernhard herzufallen, ihn zusammenzustauchen. Doch der Impuls ebbte so rasch ab, wie er gekommen war.

«Ist schon gut, Bernhard. Ich verstehe dich. Danke, dass du es mir gesagt hat. Es erklärt einiges. Aber es ändert nichts. Du weisst, dass ich mit der Sache nichts zu tun habe? Mit Adrian Wyss, mit Marie Lanz' Tod?»

«Ohne jeden Zweifel.» Seine schlichte Feststellung tat gut. «Wenn ich etwas für dich tun kann ...?»

«Ich möchte wissen, woran Marie Lanz gestorben ist. Würdest du versuchen, das für mich herauszufinden?»

«Natürlich.»

«Und ich brauche Martin an meiner Seite», entgegnete ich – und realisierte erst beim Aussprechen dieser Worte, wie wichtig das für mich war. «Kannst du dafür sorgen, dass er frei bekommt, ohne dass es deswegen Ärger gibt?»

«Natürlich», wiederholte Bernhard fest.

Ich hatte noch eine Weile auf dem Parkplatz herumgetrödelt, in Gedanken versunken. Ich hatte in Erwägung gezogen, etwas trinken zu gehen, ehe ich heimkehrte – die Vorstellung, am helllichten Tag in einem Café sitzen und Zeitung lesen zu können, war mir immer wie der Gipfel der persönlichen Freiheit vorgekommen, aber jetzt, wo es mir möglich gewesen wäre, hatte es seinen Reiz verloren. Also war ich heimgefahren, vor der üblichen Zeit, hatte unsere leicht konsternierte Tagesmutter abgelöst und war eingetaucht in die bodenständige Realität einer Mutter zweier kleiner Kinder, die keinen Platz lassen für wirre Gedanken und rastloses Umherirren. Ich hatte die Kinderzimmer aufgeräumt und Abendessen gekocht und die Katze gefüttert und die Pflanzen gegossen und fühlte mich beinahe normal, als Marc heimkam und mit seinem «Was, du bist schon zu Hause?» meine ganze schöne Seifenblase zum Platzen brachte.

«Es gab Probleme», entgegnete ich kurz.

Das Ausmass der Probleme schilderte ich ihm später, als Jana und Mia im Bett waren. Von oben drangen vage die Geräusche von Kinder-Hörbüchern, Globi aus Janas und Timmy das Schäfchen aus Mias Zimmer, während Marc am Tisch sass und mich bestürzt anstarrte.

«Marie Lanz ist tot? Wie ist das passiert?»

«Ich weiss es nicht», antwortete ich mit einem Seufzen. «Eine Autopsie wird die Todesursache klären.»

«Glaubst du, es war ein Unfall? Alkohol?»

«Du nicht?»

Marc schwieg eine Weile. «Nun. Du hast mehrfach betont, dass sie Angst hatte. Vielleicht war diese Angst sehr begründet. Er blickte auf und fixierte mich. «Mir gefällt das nicht. Ich wünschte, du hättest mehr aus ihr rausbekommen können.»

Ich wusste, dass es unfair war, dass er es nicht so meinte, aber ich konnte nicht verhindern, dass Wut in mir aufstieg. «Entschuldige herzlich, dass ich es nicht hinbekommen habe. Es ist ja nicht so, dass ich es nicht versucht hätte, oder? Aber auch ein Psychiater ist nicht allmächtig. Sie hat mich ausgeschlossen, Punkt. Und das hat sie jetzt davon.»

«Vielleicht glaubte sie, keine Wahl zu haben», gab Marc zu bedenken. «Vielleicht konnte sie nicht anders. Es wäre wichtig gewesen, ihr Vertrauen zu gewinnen.»

Seine Worte streuten Salz in die Wunde meines Selbstzweifels und nährten deshalb meine Wut. «Danke sehr für den wertvollen Tipp, wirklich. Jetzt, wo du es sagst, wird natürlich alles klar – einfach Vertrauen gewinnen, dass ich daran nicht gedacht hatte!»

Marc strich sich müde mit der Hand über die Augen. Er hatte einen langen, mühsamen Tag in der Praxis hinter und eine Gift und Galle spuckende Ehefrau vor sich – er war nicht in der Stimmung für Diplomatie und Fürsorge. Der kleine Teil in mir, der noch mit Vernunft und gesundem Menschenverstand gesegnet war, konnte das durchaus würdigen.

«Du bist freigestellt, sagst du?», versuchte er abzulenken. «Das ist nicht so schlecht. Für mich steht ausser Frage, dass sich das wieder einrenken wird. Rudolf Blanc wird seinen Irrtum einsehen und sich entschuldigen. Und du hast ein paar freie Tage, die werden dir sicher gut tun. Du könntest sie sinnvoll nutzen.»

Ich nickte, halbwegs besänftigt. «Ich werde mit Martin nach Basel fahren und einigen vielversprechenden Hinweisen nachgehen.»

Marc runzelte die Stirn. «So? Ich habe mit ‹sinnvoll› etwas anderes gemeint – Brunch mit einer Freundin, Hallenbad mit den Kindern, meinetwegen Fensterputzen. Etwas Normales. Etwas Ungefährliches.»

Wieder stieg Wut in mir auf. «Kommen wir immer wieder an den gleichen Punkt? Die Sache auf sich beruhen lassen, aufgeben, so tun, als hätten wir nichts gesehen? Weil es heikel sein könnte, uns weiterhin damit zu beschäftigen?»

Auch Marcs Ton gewann an Schärfe. «Es tut mir aufrichtig leid, wenn du dich von meinen Bedenken belästigt fühlst, wenn ich deine Begeisterung für die hehre Mission dämpfe. Aber für meinen Geschmack gibt es hier zu viele Unglücksfälle. Patricia Mathier de Rossi ist tot, Adrian Wyss ist tot, und nun ist auch Marie Lanz unter mysteriösen Umständen ums Leben gekommen. Du bist zwei handfesten Einbrechern nur um ein Haar entwischt und wurdest beruflich kaltgestellt. Ein etwas feinfühligerer Mensch würde all das womöglich als Wink des Schicksals sehen, die Finger von der Sache zu lassen.»

«Nein», sagte ich störrisch und verschränkte die Arme.

Marc seufzte und strich sich wieder über das Gesicht. «Vielleicht ...», setzte er bedächtig an, «vielleicht solltest du dir einfach klar darüber werden, was dir im Leben wirklich wichtig ist. Sind wir es, deine Familie? Dein Job, deine Existenz? Oder ist dir all das womöglich nicht spannend, aufregend und herausfordernd genug? Wo setzt du deine Prioritäten? Nein», er unterband mein Aufbegehren mit einer dezidierten Handbewegung, «lass mich ausreden. Ich bin einig mit dir, an der Sache stinkt etwas. Und ich schätze deinen Mut, deinen Gerechtigkeitssinn und deine Energie durchaus. Aber vielleicht ist diese Geschichte einfach zu gross für uns, zu gefährlich, und es wäre besser, wir würden das tun, wonach die Menschheit seit Jahrtausenden strebt: Unsere Existenz sichern, zu unserer Familie schauen und überleben. So einfach.»

Ich schnappte nach Luft, ehe ich ausstiess: «Ist es das, was dir lieber wäre? Dass ich zu Hause Kuchen backe, während draussen die himmelschreiendsten Ungerechtigkeiten passieren, oder noch besser: Fenster putze? Mit den Kindern Eile mit Weile spiele? Und zulasse, dass sie in einer Welt aufwachsen, in der Menschen ungestraft um die Ecke gebracht werden?»

Er konterte meinen Blick nicht minder feurig. «Wenn die Alternative dazu ist, dass du als ihre Mutter aufgrund deiner naiven Neugier und Einmischung selbst um die Ecke gebracht wirst: Ja! Dann wäre es mir lieber, wenn du Fenster putzt. Sie hätten es übrigens nötig», fügte er unnötigerweise mit einem ätzenden Seitenblick auf die trüb verdreckte Terrassentür hinzu. Ich fasste es nicht. Was war aus meinem Mann geworden? Ein Macho, der seine Frau zu Hause hinter dem Herd versorgt sehen wollte, weil draussen ein rauer Wind wehte? Sprachlos starrte ich ihn an, studierte jede Linie seines Gesichts, die ersten grauen Haare an seinen dunklen Schläfen, die kräftigen, fest vor der Brust verschränkten Arme, als hätte ich ihn nie zuvor so richtig betrachtet. Er schien mir auf einmal seltsam fremd.

Wer war dieser Mann? Was hatte er mit dem Mann gemein, den ich geheiratet, der mich immer verstanden hatte? Der mich unterstützt hatte? Martin würde nicht so denken, schoss es mir unwillkürlich durch den Kopf. Martin würde mich verstehen. Er würde nicht erwarten, dass ich klein beigebe. Er kannte mich.

Ich merkte erst jetzt, dass ich die Luft angehalten hatte. Langsam atmete ich aus. «Ich fahre am Donnerstag nach Basel. Mit Martin.»

Marc wandte den Blick ab. «Bitte sehr. Wenn du es nicht lassen kannst.»

Zwei Tage später sass ich neben Martin im Auto. Der Verkehr auf der A2 Richtung Basel war dichter, als ich es um diese Zeit – es war kurz nach ein Uhr nachmittags – erwartet hätte. Martin unterdrückte einen Fluch, als ein schimmernder Audi sich vor ihm auf die Überholspur drängte. «Ein Zürcher. Natürlich», knurrte er mit einem kurzen, verächtlichen Blick auf dessen Nummernschild.

«Wo treffen wir uns mit dieser Conny?», fragte ich.

«Im ‹Kohlmanns› am Barfüsserplatz, um zwei. Sie hat gerade Ferien, bummelt ein wenig durch die Stadt.»

«Ist ihr bewusst, dass ich mit dabei bin?»

«Nun, ich habe leider vergessen, es zu erwähnen», meinte Martin scheinheilig. «Dachte, es könnte ihre Begeisterung dämpfen. Und das wollen wir ja nicht.»

«Gewiss nicht», entgegnete ich kühl. Ich schwieg eine Weile, ehe ich fortfuhr. «Martin? Findest du, wir tun das Richtige?»

Er warf mir einen raschen, erstaunten Blick zu. «Was meinst du?»

Mit einer vagen Handbewegung führte ich aus: «Unsere Nachforschungen. Dass wir herauszufinden versuchen, wie Adrian Wyss gestorben ist. Alles. Ich meine, findest du es zu gefährlich? Findest du es unverantwortlich?»

Sein Blick wurde weicher. «Streit mit Marc?», fragte er einfühlsam.

«Ja. Ein besonders hässlicher.»

Er nickte wissend. «Er macht sich Sorgen, weisst du? Er will dich nicht verlieren. Das kann ich gut verstehen.»

Ich blickte zu ihm hinüber, aber sein Blick, ruhig und unbewegt, blieb auf die Strasse vor ihm gerichtet.

«Findest du, wir sollten aufhören?»

Er lächelte leicht. «Nein.»

Martin nahm die Ausfahrt Basel St. Jakob und stellte seinen Wagen auf einem riesigen, baumbestandenen Parkplatz ab. Wir stapften in drückender Hitze eine Strasse entlang und nahmen dann das Tram 14 in Richtung Dreirosenbrücke. Ich war dankbar, dass Martin als Ortskundiger die Führung übernahm. Ich kannte mich in Basel überhaupt nicht aus, und das sportlastige Sankt-Jakob-Areal mit all seinen Hallen und Arenen schüchterte mich ein. Zu viel Testosteron.

Die Fahrt zum Barfüsserplatz dauerte eine knappe Viertelstunde. Martin übernahm die Rolle des begeisterten Fremdenführers und wies mich auf verschiedene Sehenswürdigkeiten hin. Ich nahm mit geheucheltem Interesse zur Kenntnis, dass der Tinguely-Brunnen im Winter unter Eis und Schnee einfach spektakulär aussehe – in Wahrheit waren mir die kulturellen Werte der Stadt gleichgültig. Ich hatte Wichtigeres im Kopf.

Der Barfüsserplatz war stark bevölkert; Passanten mit grossen Einkaufstüten schlängelten sich zwischen den vielfarbigen an- und abfahrenden Trams hindurch, Jugendliche lümmelten sich auf Treppenstufen und tranken Softdrinks, Mütter mit sperrigen Kinderwagen versuchten genervt, sich einen Weg durch die Menge zu bahnen. Nachdem ich im Versuch, das richtige Lokal auszumachen, rückwärts eine Gruppe von Geschäftsleuten angerempelt hatte, führte mich Martin mit bestimmtem Griff in Richtung «Kohlmanns».

Das Lokal, so stellte ich fest, als ich Martin auf dem Fuss ins Innere des Gebäudes folgte, war eine Oase der Stille nach dem Trubel draussen, eine Oase aus klaren Linien und schmeichelnden honigfarbenen Lichtinseln in beruhigendem Dämmerlicht. Genau der Ort für ein verheissungsvolles Rendez-vous, genau die passende Umgebung für ein intimes Zwiegespräch.

Das schien sich auch Conny Moser gedacht zu haben, eine kurvenreiche junge Brünette mit langen, weichen Locken und gewagtem Ausschnitt, die sich in eleganter Pose an einem Fenstertisch räkelte und sichtlich erfreut aufsah, als Martin zielstrebig auf sie zusteuerte. Genau der richtige Ort, um in rauchigem Flüsterton einen attraktiven Mann zu umgarnen.

Dumm nur, dass ich mit dabei war.

Connys sinnlich umflortes Lächeln rutschte mit der Erkenntnis, dass Martin nicht allein gekommen war, so rapide von ihrem kunstvoll zurechtgemachten Gesicht, dass ich mir das Lachen verbeissen musste. Weise gab ich mich zurückhaltend, blickte angelegentlich aus dem Fenster, als die Frau Martin mit einer ausgesprochen hitzigen Umarmung willkommen hiess, und gab mir dann alle Mühe, mich möglichst unbedeutend und mausartig zu benehmen, um unsere Informantin nicht unnötig zu vergrämen.

«Conny, dies hier ist Kassandra Bergen, eine Mitarbeiterin. Wir untersuchen zusammen einen Fall, der im weitesten Sinn die SaluSuisse betrifft. Deshalb sind wir hier.»

Conny schüttelte mir knapp und mit spitzen Fingern die Hand. Wir setzten uns, Martin liess sich neben Conny nieder, die sofort besitzergreifend seinen Oberarm drückte und vertraulich lächelte, ich rückte mir einen Stuhl gegenüber den beiden zurecht.

«Soso, eine Mitarbeiterin?», fragte Conny kühl und betrachtete mich taxierend.

Ich nahm eine betont schlaffe Körperhaltung ein und gab meiner Stimme einen flachen, quäkenden Klang. «Martin ist mein Vorgesetzter. Ich bin ganz aufgeregt, dass ich mitkommen durfte. Ich kann so viel von ihm lernen.» Ich sah sie dümmlich durch halb geschlossene Lider an und erwog, zusätzlich die Vorderzähne etwas vorzuschieben, um noch beschränkter auszusehen, liess es dann aber bleiben. Martin mir gegenüber imitierte wenig überzeugend einen Hustenanfall, um sein Lachen zu verbergen.

Immerhin schienen meine Bemühungen Wirkung zu zeigen, Connys Miene taute ein wenig auf. «Jaja, von Martin kann man sicher viel lernen. Er ist ein ganz Kluger, stimmt's, mein Herz?» Erneutes vertrauliches Oberarm-Drücken.

Martin lächelte verbindlich und investierte die nächsten zehn Minuten, bis unsere Bestellung kam – ich wählte eine appetitliche pinkfarbene Himbeerlimonade, was Martin offenbar witzig fand –, in schmeichelnde Erkundigungen über Connys Befindlichkeit und ihr berufliches Fortkommen, in animiertes Nicken, perlendes Lachen und wohldosierten Körperkontakt. Ich fand sein Verhalten schamlos, aber nutzbringend – sie frass ihm sichtlich aus der Hand. Der Mann verstand sein Handwerk.

Geschmeidig lenkte er ihren Sermon über die Personalsituation bei der Novartis über zum eigentlichen Thema. «Wie bereits am Telefon erwähnt, interessieren wir uns für die SaluSuisse. Ich dachte mir sofort, dass niemand die Verhältnisse besser beurteilen könnte als du, deshalb warst du natürlich meine erste Anlaufstelle.»

Schamlos, dachte ich erneut. Wirklich schamlos.

«Du hast erwähnt», fuhr Martin fort, «dass in der SaluSuisse in der Vergangenheit etwas Brisantes vorgefallen sei?»

Conny rückte noch ein wenig näher an ihn heran. «Jaja», wisperte sie verschwörerisch, «da gab es einen ordentlichen Wirbel. Es ging dabei um die Nachfolge des Chief Operating Officer. Ist schon ein paar Jahre her, warte mal ...» Mit konzentriertem Gesichtsausdruck und unter unverständlichem Gemurmel zählte sie die Jahre an ihren dunkelrot lackierten Fingern ab. «Ja, es muss sicher fünf Jahre her sein.» Sie strahlte erfreut über ihre Fähigkeit, bis fünf zu zählen. Ich nickte bewundernd angesichts von so viel Talent.

«Was für ein Wirbel?», ermutigte Martin sie sanft.

«Nun, der alte Weibel hatte seinen Rücktritt eingegeben – der hatte die Firma quasi aufgebaut, war ein ganz grosses Tier. War dann ungeheuer spannend, wer sein Nachfolger werden würde. Claudine Mathier war ganz vorne im Rennen – langjährige, zuverlässige Mitarbeiterin, die sich hochgearbeitet hatte, ihr wisst schon. Und dann – zack! – tauchte aus dem Nichts dieser Newcomer auf, Maximilian von Büren. Der Name war bei ihm Programm: Ein schnieke Typ im schicken Anzug und mit gelackter Frisur. Anfang dreissig und damals erst seit einem Jahr in der Firma. So ein richtiger Senkrechtstarter. Und was glaubt ihr, wer das Rennen gemacht hat? Der gute Max natürlich!»

Sensationslustig blickte sie Martin an. Mich streifte sie immerhin mit einem kurzen Blick. Sehr freundlich.

«Oh, sehr spannend», entgegnete ich lahm. Martin warf mir einen strafenden Seitenblick zu und hakte nach. «Das muss für Claudine Mathier ärgerlich gewesen sein.»

«Ärgerlich?» Conny lachte wiehernd. «Sie war völlig von der Rolle. Hat mir die Andrea erzählt, die da schon eine Weile arbeitet. Eine Kollegin», fügte sie gnädig erklärend hinzu.

Wieder bemühte ich mich um einen dümmlichen Gesichtsausdruck. «Von Büren kann aber nicht lange in dieser Position geblieben sein, oder? Schliesslich hat Claudine Mathier diesen Posten schon einige Jahre, nicht wahr?»

Wieder wieherte Conny penetrant. Einige Gäste an anderen Tischen sahen sich verstohlen zu uns um, und ich übte mich in Fremdschämen.

«Nicht lange? Das kann man wirklich nicht sagen, nein! Maximilian von Büren ist in der Nacht seiner Ernennung zum Chief Operating Officer gestorben!»

19. Kapitel

«Hier muss es sein. Dort drüben ist schon das Lokal.»

Martin dirigierte mich mit sanftem Druck aus dem Tram nach draussen. Ich blickte mich um. Die Haltestelle hiess Voltaplatz – kommoderweise waren wir mit dem Elfertram direkt vom Barfüsserplatz hierher gelangt; ich musste die Bequemlichkeit des öffentlichen Verkehrs in Basel wirklich bewundern. Wir befanden uns in der Nähe der Landesgrenze, und rechts in der Ferne ragten die Gebäude des Novartis-Campus vor uns auf.

«Ist nicht gerade eine anheimelnde Gegend hier», nasrümpfte ich schnippisch. Tatsächlich vermittelten die breiten, stark befahrenen Strassen, das Gewirr von Oberleitungen und die sachlichen Bauten kein Gefühl von Gemütlichkeit. Dazu kam, dass sich am Himmel dräuende Wolken zusammenzubrauen begannen. Die Atmosphäre wirkte geladen und seltsam drohend.

«Wir machen keine Stadtrundfahrt», tadelte mich Martin mit leisem Amüsement in der Stimme. «Wir verhören eine Zeugin.»

Es hatte uns eine Menge Mühe gekostet, Conny dazu zu bringen, einerseits einen Kontakt zu ihrer gut informierten Kollegin bei der SaluSuisse, Andrea Bussinger, herzustellen, und andererseits Martin aus ihren lackierten Krallen entwischen zu lassen. Sie hatte uns unbedingt und nachdrücklich zu dem vereinbarten Treffen mit Andrea begleiten wollen, und ich hatte schon befürchtet, sie niederschlagen zu müssen, als Martin schliesslich seinen Charme auf volle Wattstärke hochgeschraubt und sie damit schachmatt gesetzt hatte. «Conny, diese Sache ist möglicherweise gefährlich, und ich kann auf keinen Fall riskieren, dass dir etwas passiert. Nimm Rücksicht auf meine Gefühle, mein Schatz. Ich wäre untröstlich.»

Dies und das Versprechen, dass er sich kurzum bei ihr melden werde, hatten sie schliesslich zum Aufgeben bewegt, und sie hatte mich mit einem höhnisch triumphierenden Blick gemustert, der unmissverständlich besagte: «Wenn die Sache für dich gefährlich wird, kümmert ihn das nicht die Bohne, Mädel.» Ich hatte im Geiste der Stunde auf eine gepfefferte Replik verzichtet.

«Ein Glück, dass Andrea gerade Zeit für uns hat», bemerkte ich, während ich mit den Augen die Umgebung absuchte. «Wo ist die SaluSuisse?»

«Dort drüben. In dieser anthrazitfarbenen Häuserreihe. Du kannst das Signet von hier aus sehen. Aber», er fing meine Hand auf, mit der ich eifrig auf das betreffende Haus weisen wollte, und nahm sie vorsorglich in seine, «es wäre vielleicht besser, wenn du dich unauffällig verhalten und die Firma nicht offen angaffen würdest. Wir möchten schliesslich diskret sein. Insbesondere Andrea möchte, wie sie mir mitgeteilt hat, diskret sein. Es müsse nicht jeder wissen, dass sie uns über ein pikantes Firmengeheimnis aufklärte.»

Ich nickte gemessen und liess mich von ihm zu einem Restaurant führen. Das «Florida» war mediterran eingerichtet, weisse Markise, üppige Grünpflanzen in Töpfen, Bistrostühle aus silberfarbenem Metall. Der Innenraum, weiss, rot und schwarz gehalten, mit eigentümlichen Lampen und einer breiten Auswahl an Gebäck in einer Vitrine, die ich interessiert musterte, wirkte sachlich und einladend zugleich. Das Lokal gefiel mir.

Martin blickte sich prüfend um. Es war gegen vier Uhr, und das Restaurant war nur spärlich besucht. Zwei junge Männer diskutierten in einer Ecke bei einem Bier die neuesten Sportresultate, ein Mann und eine Frau, beide wahrscheinlich in geschäftlicher Mission unterwegs, wechselten Worte in ungelenkem Englisch, und ein breitschultriger Mann mit olivfarbener Haut und grau meliertem Schnurrbart unterhielt sich angeregt auf Türkisch mit der weiblichen Bedienung. Andrea war offensichtlich noch nicht hier.

Wir setzten uns an einen der Holztische, und ich bestellte mir ein üppiges Stück Kuchen und Tee, während Martin sich bescheiden an Kaffee hielt.

Andrea liess auf sich warten. Wir befürchteten schon, versetzt worden zu sein, als nach mehr als zwanzig Minuten eine schmale, blasse Blondine das Lokal betrat. Es war mir schleierhaft, wie diese etwas ungelenke, ungeschminkte Intellektuelle mit einer Walküre wie Conny befreundet sein konnte, aber das Leben ging oft seltsame Wege. Andrea trug ein streng geschnittenes Kostüm, natürlich in mittelgrau, eine breitrandige Brille und halblanges, uninspiriert herabhängendes Haar. Ihre ganze Erscheinung schrie nach einem Tupfer Farbe und Leben.

«Martin und Kassandra?», fragte sie, nachdem sie zögernd an unseren Tisch getreten war. «Ka», verbesserte ich sie und streckte ihr die Hand entgegen, die sie zaghaft ergriff. Ihr Händedruck war schwächlich. Die Frau ist das wandelnde Klischee einer grauen Maus, dachte ich, als sie sich vorsichtig auf der Stuhlkante niederliess. «Ich hoffe, niemand sieht uns zusammen», erklärte sie mit skeptischem Stirnrunzeln.

«Wir wissen es ungeheuer zu schätzen, dass du dir die Zeit nimmst, um mit uns zu sprechen, Andrea.» Martin lächelte sie an, wie nur er es konnte, und ein Hauch Rosa – ein weiteres Klischee – erschien auf ihren blutleeren Wangen. Sie bestellte bei der Bedienung ein stilles Mineralwasser – was sonst.

«Ihr wollt etwas über die Chefin wissen? Und über diese Sache mit Maximilian von Büren?» Sie kam erstaunlich schnell zur Sache. Kein Raum für oberflächliche Konversation.

Martin übernahm gewandt. «Genau. Conny hat uns über seine überraschende Wahl zum Chief Operating Officer und seinen plötzlichen Tod erzählt, und sie meinte, du könntest mehr darüber wissen.»

Der Hauch Rosa auf Andreas Wangen vertiefte sich. «Allerdings», entgegnete sie mit einer seltsamen Härte in der Stimme. Sie musterte uns einen Augenblick lang, als müsste sie mit sich einig werden, ob man uns trauen könne. Dann gab sie sich sichtlich einen Ruck. «Es ist fünf Jahre her», begann sie, während sie sich vertraulich zu uns vorbeugte, «aber ich erinnere mich daran, als ob es gestern gewesen wäre. Claudine Mathier hatte sich in der Firma hochgearbeitet wie ein Terrier – beharrlich, zielstrebig und stur.»

«Du magst sie nicht besonders?», mutmasste ich.

Andrea schüttelte entschieden den Kopf. «Sie ist kompetent, das muss man ihr lassen. Sie ist sich nicht zu schade, hart anzupacken, sie ist exakt und zuverlässig, sie steht zu ihrem Wort. Aber», sie verwarf in einer frustrierten Geste die Hände, «sie lässt einem keine Luft. Alles muss sie kontrollieren, organisieren, reglementieren! Sie ist vernarrt in Regeln, Weisungen, Listen, Ordnung, und sie lässt kein Abweichen zu.»

Ich nickte verständnisvoll, während ich im Geiste den denkwürdigen Abend in Claudine Mathiers Wohnung Revue passieren liess. Die perfekte Ordnung, die kühle Atmosphäre. Das Gefühl von Unzulänglichkeit, von Missbehagen, das mich beschlichen hatte. Von Unterlegenheit. Nein, ich würde diese unlesbare Frau mit den verschiedenfarbigen Augen auch nicht als Chefin haben wollen.

«Und mit menschlichen Regungen kann sie nichts anfangen. Wehe, man hat einen schlechten Tag, wehe, man wird emotional! Solange man funktioniert wie ein Uhrwerk, wunderbar. Aber wehe, man weicht ab!» Verärgert streifte sie den Ärmel ihres taillierten Blazers zurück und enthüllte – mir klappte der Mund auf – ein recht wild aussehendes Tattoo auf ihrem Unterarm. Eine sich windende, tiefschwarze Schlange.

«Seht ihr das?» Ihre Stimme klang anklagend. «Die Chefin fand, mit diesem Ding auf meinem Arm sei ich unmöglich geeignet für den Aussendienst. Es passe nicht zum Image der Firma. Sobald sie den Chefposten einmal übernommen hatte, wurde ich in den Hauptsitz zurückgepfiffen, auf reine Büroarbeiten zurückgestuft und freundlich, aber bestimmt dazu angehalten, meine farbigen Tuniken und langen Ohrgehänge einzutauschen gegen diese biederen», sie zupfte angewidert an ihrem Blazer, «mausgrauen verflixten Klamotten hier. Sonst, das wusste ich genau, hätte sie mir gekündigt! Dabei mochten mich die Kunden! Sie fanden mich lebendig und speziell! Aber lebendig und speziell sind nicht die Qualitäten, die eine Claudine Mathier als wertvoll erachtet.» Die vermeintliche graue Maus hatte sich in Rage geredet. Wütend schleuderte sie das Haar über die Schulter. Ein Hauch von Patchouliduft wehte mir in die Nase. So viel zu meiner treffsicheren psychiatrischen Menschenkenntnis, dachte ich verdrossen.

«Ich mag die Arbeit», räumte sie ein, sich langsam wieder beruhigend. «Ich mag mein Team, ich mag den Firmengeist, und die Arbeitsbedingungen sind gut. Sonst wäre ich schon lange nicht mehr bei SaluSuisse. Einige in dieser Firma», ihre Stimme klang ätzend, «wissen meine Kompetenzen durchaus zu schätzen, zum Glück.»

Martin nickte mitfühlend. «Das muss wirklich unangenehm für dich sein. Und wie war das noch, damals vor fünf Jahren?»

«Ja, richtig. Claudine Mathier hatte sich beharrlich hochgearbeitet. Sie hatte alles für den Job geopfert, sich loyal an die Flanke des langjährigen Chefs, Alois Weibel geheftet wie ein treuer Jagdhund, und sie rechnete fest damit, dass sie seine Nachfolge antreten würde. Bis Max kam.» Ihr Blick wurde weicher. «Max war ein ganz anderer Typ als sie. Er war durchaus dynamisch, fähig, tüchtig; darin ähnelten sie einander. Aber er war menschlich. Er hatte Charme, Humor und immer ein offenes Ohr. Er gab jedem das Gefühl, wichtig und unverwechselbar zu sein – der Putzfrau brachte er das gleiche warme, aufrichtige Interesse entgegen wie dem Chef persönlich. Er war magnetisch. Er hat den alten Weibel sofort für sich eingenommen. Nach einem halben Jahr wurde er dessen rechte Hand. Und als Weibel dann zurücktrat, war niemand wirklich überrascht, dass er Max als seinen Nachfolger haben wollte. Niemand ausser Claudine Mathier.»

«Sie hat es nicht gut aufgenommen?», hakte Martin nach.

«Oh, vordergründig schon. Sie wahrte die Fassade, sie lächelte brav und nickte und wünschte Max alles Gute. Doch innerlich zerbröckelte sie an der Feier zu Max von Bürens Wahl in tausend Stücke.»

«Du warst dabei? An der Feier?»

Sie schüttelte den Kopf. «Nein, die Feier zur Pensionierung von Alois Weibel und zur Neueinsetzung von Max fand im ausgewählten kleinen Kreis, zu dem kleine Fische wie ich nicht gehörten, im ‹Les Trois Rois› statt. Ihr wisst schon, dieses Fünfsternehotel direkt am Rhein. Sehr exklusiv, sehr luxuriös. Eines der Häuser, in denen keiner nach dem Preis fragt.» Sie wedelte beredt mit der schmalen Hand in der Luft herum. «Zur Feier gehörten neben den Ansprachen, dem Apéro und dem üppigen Bankett, unter dem sich die Tische bogen, auch Übernachtungen. Die illustren Gäste durften auf Kosten des Hauses eine Nacht im Hotel logieren – Max bekam eine Suite. Nicht billig, gewiss», bestätigte sie auf meinen beeindruckten Blick hin trocken, «aber Alois Weibel war kein besonders bescheidener Mann. Zur Würdigung seines Abgangs wollte er sich nicht lumpen lassen.»

«Und dann?»

«Es muss eine ausgelassene Feier gewesen sein. Max hatte offenbar ziemlich viel Wein getrunken. Er zog sich spät in sein Zimmer zurück. Und erschien am nächsten Morgen nicht zum Frühstück.» Andrea seufzte. «Zuerst dachten sich die anderen Gäste nicht viel dabei. Sie nahmen an, er schlafe seinen Rausch aus, gönne sich eine wohlverdiente Ruhepause. Aber kurz vor Mittag, als Max weder auf Anrufe noch auf zunehmend drängendes Klingeln an seiner Zimmertür reagiert hatte, begann man sich Sorgen zu machen. Der Concierge wurde einbezogen und öffnete die Tür. Und fand Max tot in seinem Bett.» Ihre Stimme zitterte.

In meinem Kopf formierten sich vage Erinnerungen an einige Zeitungsartikel, die vor Jahren einen mysteriösen Todesfall in einem Luxushotel in Basel behandelt hatten. Ich hatte die Mutmassungen damals von Ferne mitbekommen, aus tröstlicher Distanz. Es schien mir unwirklich, dass ich nun einer Frau gegenübersass, die diese Geschichte hautnah miterlebt hatte, für die die Vorfälle dieser Nacht schonungslose Realität waren.

«Du hast Max sehr gemocht, nicht wahr?», fragte ich behutsam.

Sie strich sich eine Haarsträhne hinters Ohr. «Ich hatte mal eine Affäre mit ihm. Nichts Ernstes, kurze Sache, keine drei Monate. Wie das halt so geht, wenn man zusammen arbeitet. Aber er war mir doch ans Herz gewachsen.»

Ich schluckte. Ich hatte die Frau wirklich völlig falsch eingeschätzt.

«Was war die Todesursache gewesen?» Martin schaltete sich ein.

«Offenbar eine Überdosis Insulin. Max war Diabetiker Typ eins, insulinabhängig. Gemäss der nachfolgenden Untersuchung habe er sich im Rausch nach der Feier eine viel zu hohe Dosis Insulin gespritzt. Er ist an einer Hypoglykämie gestorben.»

Mühsam kramte ich mein internistisches Grundwissen aus meiner Studienzeit zusammen: Zu viel Insulin würde den Blutzucker drastisch senken, natürlich. Und bekanntlich hemmte Alkoholkonsum auch die Gluconeogenese, die Fähigkeit der Leber, bei Bedarf Zucker in den Blutkreislauf auszuschütten. Bei einem Diabetiker eine fatale Kombination.

«Ein Unfall?», wollte ich wissen.

«Man sagt es.» Andreas Stimme klang frostig.

«Aber du glaubst nicht daran», stellte Martin unnötigerweise fest.

«Nein. Ich glaube nicht daran. Nicht wirklich.» Sie seufzte erneut, tief und trostlos. «Ich weiss nicht, was ich glauben soll. Max liebte das Leben, er war fröhlich, ein Geniesser und ein bisschen verrückt. Aber mit seinem Diabetes nahm er es sehr genau. Ich muss es wissen. Er hat einmal ein heisses Vorspiel unterbrochen, weil es Zeit für seine Blutzuckermessung war. Wenn ein Typ beim Sex an Insulin denkt, dann vergisst er es auch im Vollsuff nicht, oder?» Sie lächelte erinnerungsselig.

Martin räusperte sich sachlich. «Du glaubst nicht an einen Unfall», stellte er fest. «Was gäbe es für Alternativen? Suizid?»

Andrea prustete. «In der Nacht seines Triumphes? Auf keinen Fall.» Sie betrachtete ihre kurzgeschnittenen Fingernägel. «Seine Mutter denkt, es war Mord. Sie ist überzeugt, dass Claudine Mathier ihn umgebracht hat.» Sie blickte wieder auf. «Fragt seine Mutter. Sie wird eine Menge darüber zu sagen haben.»

«Langsam», ich keuchte, «kommt mir das hier wie eine Schnitzeljagd vor. Eine kriminalistische Schnitzeljagd durch Basel. Ich weiss nicht, ob mir die Vorstellung gefällt.»

Atemlos schleppte ich mich die Steigung hoch.

Martin, der meine schlechte Kondition zur Genüge kannte und ein Einsehen hatte, legte einen Arm um meinen Rücken und schob mich bergan. Es half ein wenig, aber nicht viel. Lieber wäre mir gewesen, er hätte mich ganz getragen. Ich hasste Anstrengungen dieser Art.

«Komm schon, Kassandra. Du hast es fast geschafft. Es muss irgendwo da vorne sein. Wenn ich nur diese Hausnummern richtig lesen könnte ...» Er kniff die Augen zusammen, um durch den heftigen Regen und das Dämmerlicht etwas erkennen zu können, blieb aber erfolglos.

Eine rundliche Frau, die der unfreundlichen Witterung zum Trotz ihren missmutigen Beagle spazieren führte, erbarmte sich unser und fragte, ob sie uns helfen könne. Unter ihrem gewaltigen pinkfarbenen Schirm studierte sie den Zettel, auf den Andrea uns die Adresse von Bernadette von Büren notiert hatte, und beschrieb uns dann mit ausladenden Handbewegungen den Weg zum gesuchten Haus.

Mit unter meinen Minitaschenschirm geduckten Köpfen eilten Martin und ich in die genannte Richtung.

«Ich habe mir das Bruderholzquartier anders vorgestellt», schrie ich, um das Prasseln des Regens auf dem gespannten Nylon zu übertönen. «Irgendwie edler, bonzenhafter.» Anerkennend liess ich meinen Blick über üppige Hecken, überwachsene Hausfassaden und schmale Kieswege in verwilderten Gärten schweifen. Alles hier war grün und freundlich. Wenn auch im Augenblick triefend vor Nässe.

«In Basel ist alles ein bisschen entspannter als erwartet», brüllte Martin zurück. «Ich mag diese Stadt. Sie ist so unkompliziert und menschlich.» Er wies nach rechts. «Hier muss es sein.»

Unter einem schmiedeeisernen Tor durch führte der Weg über eine kurze, rasenbewachsene Auffahrt an einem netten kleinen Garten mit Rosenbeeten und einem Aprikosenbaum entlang zu einem zweigeschossigen Haus in heiterem Vanille-gelb. Hinter den hohen Scheiben im Parterre leuchtete einladend warmes Licht.

Auf unser Klingeln hin wurde rasch geöffnet.

«Ach je, Sie beide sind ja pitschnass. Rein mit Ihnen ins Warme!»

Bernadette von Büren entsprach in mancherlei Hinsicht dem Bild, das ich mir von einer älteren Dame der oberen Zehntausend von Basel gemacht hatte. Ihr weiches weisses Haar hatte einen natürlichen warmen Schimmer, in den Ohrläppchen steckten dezente, aber zweifellos erlesene Goldohrringe, sie trug einen eleganten kniebedeckenden Bouclé-Rock und ein Twinset in dunklem Rot. Auch das Haus entsprach mit seinen Ständerlampen und schweren Holzmöbeln und Kerzenständern aus Zinn ganz meinem Vorurteil. Nicht gerechnet hätte ich allerdings mit der Tatsache, dass die gut Siebzigjährige an den Füssen flauschige Puschen aus pinkfarbenem Frottee trug, die niedlichen Häschen nachempfunden waren, und im gleichen Masse überraschte mich die anpackende, ungekünstelte Herzlichkeit, mit der die Frau uns empfing.

«Kommen Sie, kommen Sie, machen Sie die Tür zu. Was für ein scheussliches Wetter. Brauchen Sie ein Handtuch? Nein? Hier, Hausschuhe, damit Sie wieder warme Füsse bekommen! Geben Sie mir diesen Schirm, er tropft!»

Gehorsam folgten wir ihr in den viel zu grossen Pantoffeln in die Küche.

«Ich wollte mir eben etwas zu essen herrichten – nehmen Sie auch etwas? Kommen Sie, seien Sie nicht schüchtern. Sie sehen verhungert aus – wann haben Sie das letzte Mal richtig gegessen?» Streng sah sie mich an und deutete mein verdattertes Schweigen offenbar richtig. «Na sehen Sie. Herr Rychener?

Würden Sie mir diese Teller ins Esszimmer tragen? Und Sie, nehmen Sie das Besteck und die Gläser!»

Wir wagten nicht, ihr zu widersprechen, zumal wir jetzt – es war schon nach sechs – tatsächlich hungrig waren. Mit vorsichtig schlurfenden Schritten, um in den Hausschlappen nicht zu stürzen und dabei das wertvoll aussehende Geschirr ins Verderben zu reissen, deckten wir den Tisch und zündeten auf Geheiss der Gastgeberin die fünf hohen weissen Kerzen im Kandelaber an, während diese die Zutaten für ein opulentes kaltes Abendessen hereintrug.

Wir assen hungrig. Ich belud mir dicke Brotscheiben mit Parmaschinken und Camembert, während Martin mit Frau von Büren angeregt über das aktuelle Programm der Basler Theater diskutierte, pickte mir einige saftige Trauben von einem Limoges-Teller und lobte ausgiebig die Fleischterrine, die Frau von Büren, wie sie erläuterte, von ihrem Hausmetzger bezog. «Das Zeug aus dem Supermarkt ist einfach nicht damit zu vergleichen.»

Nach dem Essen nippte ich zufrieden an meinem Rotwein, der samtig und rund schmeckte, und lauschte dem Rauschen des Regens draussen. Martin war es, der aus der wohligen Atmosphäre ausbrach und das Gespräch in ernstere Bahnen lenkte.

«Herzlichen Dank für dieses ausgezeichnete Essen und Ihre Gastfreundschaft, Frau von Büren. Wir wissen das zu schätzen, insbesondere, weil wir so kurzfristig und beinahe ohne Voranmeldung bei Ihnen aufgetaucht sind. Sie wissen, es geht um Ihren Sohn.»

Draussen zeichneten rasch aufeinanderfolgend heftige Blitze und grollender Donner das rasche Umschlagen der Stimmung nach. Bernadette von Büren straffte sich.

«Natürlich. Ich weiss. Andrea hat es mir erzählt.» Sie seufzte. «Andrea war immer so ein liebes Mädchen. Etwas eigenwillig, gewiss, aber voller Lebensfreude und so wunderbar geradeheraus.

Ich hatte damals gehofft, dass aus der Beziehung zwischen Max und ihr etwas werden könnte, aber leider ... Sie wissen schon, wir alten Schachteln wünschen uns alle einen grossen Haufen Enkelkinder. Mütter sind halt so. Aber dann», sie lächelte wehmütig, «ist ohnehin alles anders gekommen. Fünf Jahre ist es her, seit Max gestorben ist. Ich bin eine alte Frau, und ich kenne den Tod. Mein lieber Mann ist vor mehr als zehn Jahren von mir gegangen, und es war ein schwerer Schlag – aber es ist der Lauf der Dinge. Man muss lernen, damit zu leben. Und ich habe meine beiden Töchter, die mich glücklich und stolz machen, und die drei Enkel, die Leben in dieses leere alte Haus bringen. Ich habe viele treue Freunde und meine kleinen und grossen Freuden. Aber in den letzten fünf Jahren habe ich keinen einzigen Tag verbracht, ohne um Max zu trauern. Ein Kind darf nicht vor seinen Eltern sterben. Es ist gegen die Natur. Und es ist kaum zu ertragen.»

Ich nickte stumm. Alles, was ich hierzu hätte sagen können, hätte banal geklungen angesichts der ruhigen Würde dieser Frau.

«Andrea hat angedeutet, dass Sie nicht an einen Unfalltod Ihres Sohnes glauben», warf Martin behutsam ein.

«Nein, das glaube ich tatsächlich nicht. Immer noch nicht», bekräftigte Frau von Büren mit Bestimmtheit.

«Worauf gründet sich Ihre Überzeugung?», fragte ich. «Gab es Ungereimtheiten? Verdachtsmomente?»

Resigniert schüttelte die Frau den Kopf. «Nein. Es war alles sehr gereimt und unverdächtig. Es ist nicht so, dass man seinen Tod nicht sehr genau untersucht hätte. Natürlich wurde sofort die Polizei gerufen, als man ihn gefunden hatte, und auch die Rechtsmediziner nahmen ihre Aufgabe sehr ernst. Aber es passte alles gut zusammen. Die ausgelassene Feier um seine Beförderung, bei der reichlich Alkohol floss, mehr, als er gewohnt war. Die Euphorie. Wie es aussieht, hatte Max sich irrtümlich viel zu viel Insulin gespritzt – das heisst, er hatte mit seinem Insulin-Pen zu viele Einheiten aufgezogen. Dergleichen, so wurde argumentiert, kann bei schummriger Beleuchtung im Hotelzimmer und im alkoholisierten Zustand durchaus passieren. Offenbar ist Max kurz nach der Injektion zu Bett gegangen und eingeschlafen. So konnte das Insulin seine verheerende Wirkung tun, ohne dass er das gemerkt hätte. Augenscheinlich», sie holte tief Luft, offenbar bemüht, sachlich zu klingen, «hat Max infolge seines viel zu geringen Blutzuckers einen epileptischen Anfall erlitten – Anzeichen wie Urinabgang und Zungenbiss liessen das vermuten, zudem habe er bei der Autopsie», sie schluckte, «ein ausgeprägtes Hirnödem gezeigt, und natürlich einen viel zu hohen Insulinspiegel im Blut. Durch den Anfall musste Max erbrechen, das Erbrochene gelangte in seine Lunge und er erstickte. Natürlich sei sein Bettzeug in Unordnung gewesen, wie es im Rahmen eines epileptischen Anfalls nicht anders zu erwarten war – aber man fand keinerlei Anzeichen für Fremdeinwirkung, keine Verdachtsmomente. Die Zimmertür war abgeschlossen, der Schlüssel lag im Zimmer. Auf dem Pen waren nur seine Fingerabdrücke. Alles klang sauber und logisch.»

«Nun ja», meinte ich vorsichtig, «rein medizinisch klingt es einleuchtend. Natürlich sollte ein Diabetiker immer sehr genau kontrollieren, wie viele Insulin-Einheiten er sich verabreicht. Aber ist es nicht menschlich, einmal nachlässiger zu sein? Gerade, wenn man in Hochstimmung und angeheitert ist? Und der Alkohol hemmt ja die Freisetzung von Zucker aus der Leber ins Blut und hat damit die Lage noch verschlimmert, auch das passt zusammen. Die Fundsituation war unverdächtig. Was daran geht für Sie nicht auf?»

Überraschend schlug Bernadette von Büren mit der flachen Hand auf den Nussbaum-Tisch. «Weil es nicht zu Max passte,

Herrgott nochmal! Ich sehe ja die wissenschaftliche Logik ein, aber die menschliche Logik stimmt nicht! Ich kannte meinen Sohn! Er hatte diese Krankheit seit zwanzig Jahren, und sein Umgang damit war vorbildlich. Er war gewissenhaft, er war unbedingt zuverlässig, in allen Lebenslagen! Ob im Skilager oder nach einer Party, ob in der Sahara oder vor einer Prüfung – er war im Umgang mit seinem Diabetes geradezu pingelig genau. Er hätte diesen Fehler nicht gemacht! Aber wann immer ich auf diesen Punkt hinwies, wurde ich belächelt. Die liebe Mama, dachten alle, kann sich nicht vorstellen, dass ihr Sohnemann mal einen Fehler macht.»

«Wenn es kein Unfall war – was war es dann?», stellte Martin ruhig in den Raum.

«Ich glaube, es war Mord», antwortete sie mit Nachdruck.

«Mord? Begangen durch wen und wie?», hakte ich nach.

Sie seufzte. «Ich weiss nicht, wie es gemacht wurde. Die Tür war von innen abgeschlossen, also ist es schwer vorstellbar, wie jemand sich Zugang zu seiner Suite verschafft und ihm im Schlaf eine zusätzliche Insulindosis verabreicht haben soll. Aber wer? Da bin ich mir ganz sicher: Claudine Mathier.»

«Ganz sicher? Wie kommt das?», wollte ich wissen.

«Weil ich weiss, was das für eine Frau ist», schnaubte Bernadette von Büren verächtlich. «Machtversessen, skrupellos und stahlhart. Ich habe sie einmal kennengelernt, an einem Firmenanlass. Mich hat gefröstelt. Diese unheimlichen Augen, diese unnatürliche, unberührbare Kälte. Max hatte immer Mühe mit ihr. Sie hat ihm seinen raschen Aufstieg und seine allgemeine Beliebtheit mehr als übel genommen und ihm Seitenhiebe verpasst, wo und wann sie konnte – unauffällig natürlich, um sich beim alten Chef nichts zu vergeben. Max hat einmal gesagt: «Die eiserne Mathier würde mich liebend gern über eine Klippe stossen, wenn gerade keiner hinschaut.» Er fand das witzig, ich nicht. Ich glaube, an diesem Abend hat sie ihre Chance gewittert.» Energisch schob sie das Kinn vor.

Nachdenklich betrachtete ich sie. Ihre Überzeugung war spürbar, ihre Argumentation jedoch wenig stichhaltig, sie gründete auf ihrem Instinkt und einem dicken Packen mütterlicher Loyalität und Vorurteilen. Ich versuchte, meinen eigenen Eindruck von Claudine Mathier in Einklang zu bringen mit den Bildern, die Andrea und jetzt Max von Bürens Mutter gezeichnet hatten, und spürte, wie Verwirrung sich in mir breit machte. Die Frau war nicht fassbar, ein Chamäleon. War sie kalt oder geheimnisvoll, stark oder machtgierig? War sie beherrscht von Ehrgeiz oder jemand, der nach Perfektion strebt, sein Bestes gibt? War sie gut oder schlecht?

Ich sah in Martins Blick, dass auch er unschlüssig war, was er glauben sollte. Und auch Bernadette von Büren sah es.

«Warum fragen Sie mich diese Dinge?»

Ich zögerte einen Moment, entschloss mich dann aber unter dem direkten Blick der Älteren, die Wahrheit zu sagen. «Wegen Claudine Mathier. Wir haben den Verdacht, dass sie mit einem ungeklärten Todesfall zu tun haben könnte, der sich vor einigen Wochen in unserer Umgebung ereignet hat. Mit mehreren ungeklärten Todesfällen, um genau zu sein. Aber es ist alles sehr diffus, ohne konkrete Verdachtsmomente, und wir sind uns nicht sicher.»

Etwas loderte in Bernadette von Bürens Blick auf. «Na also. Genau das ist ihr Stil. Diffus, ohne konkrete Verdachtsmomente, ungeklärt. Wie sind die Menschen ums Leben gekommen?»

Martin räusperte sich. «Einer ist aus grosser Höhe zu Tode gestürzt. Die andere, eine bekannte Alkoholikerin, ist wahrscheinlich an einer Überdosis von Alkohol gestorben.»

Sie nickte grimmig. «Raffiniert. Unauffällig, plausibel. Genau so macht sie es. Hören Sie. Mit dem Mord an Max ist sie davongekommen. Lassen Sie nicht zu, dass sie auch mit diesen Morden davonkommt. Ich bitte Sie.» Impulsiv ergriff sie meine Hände und drückte sie. Sie hatte mehr Kraft, als ich diesen knotigen, von Arthrose gezeichneten Fingern zugetraut hätte.

«Wir tun, was wir können», versprach Martin und erhob sich. «Ich danke Ihnen für Ihre Offenheit und Ihr Vertrauen. Ich denke, wir sollten uns auf den Heimweg machen. Wir haben eine lange Rückfahrt vor uns, und bei diesem Wetter», er blickte skeptisch durch das Fenster nach draussen in den strömenden Regen und die bleierne Dämmerung, die nur ab und zu von wilden Blitzen erhellt wurde, «werden wir nicht so schnell vorankommen.»

Auch Bernadette von Büren erhob sich. «Sie wollen noch zurück nach Bern? In diesem Sturm?», fragte Sie beunruhigt.

«Na, so schlimm wird es nicht sein», meinte Martin mit einem Lächeln. «Irgendwann muss dieses Gewitter ja wieder aufhören, nicht wahr?»

«Wenn Sie sich da nur nicht täuschen.»

20. Kapitel

Das Gewitter machte keine Anstalten, irgendwann in der nächsten Zeit aufzuhören. Tatsächlich schien es sich von Minute zu Minute zu steigern.

«Das ist doch absurd», brüllte Martin, während er sich mit mir auf unserem Weg zur Tramhaltestation unter meinen Schirm duckte, den die starken Windböen bereits übel zerzaust hatten, «wird das eine Sintflut? Sollten Gewitter nicht kurz und heftig sein?»

«Dieses hier ist lang und heftig», schrie ich zurück, um das Trommeln des Regens zu übertönen, «und es scheint mir, als komme es erst langsam in Schwung!»

Erleichtert warfen wir uns in das schützende Tram, schüttelten uns wie nasse Hunde nach einem ausgiebigen Bad und liessen uns dann auf einer Sitzbank nieder.

«Sauwetter», grummelte Martin und verzog das Gesicht, weil ihm Rinnsale kalten Regenwassers aus den Haaren in den Hemdkragen rannen.

Ich ordnete mein Haar, soweit es möglich war. Ein Seitenblick in die spiegelnde Fensterscheibe bestätigte, was ich befürchtet hatte: Ich sah aus wie eine ertränkte Ratte. Angewidert wandte ich mich ab.

«Ich weiss nicht, was ich von unserer Exkursion halten soll», sagte ich nachdenklich. «Es ist alles reibungslos gelaufen, wir haben interessante Dinge erfahren, aber was haben wir wirklich in der Hand? Nichts. Und ich fühle mich müde und frustriert.»

Bedrückt sah ich nach draussen. Durch den endlosen Regen, der an der Scheibe herunterströmte wie ein Wasserfall, erahnte ich tief hängende, anthrazitfarbene Wolken. Auf der Strasse war kaum Betrieb. Vereinzelte Autos fuhren langsam vorüber und liessen, wenn sie durch die ausgedehnten Pfützen fuhren, Wasserfontänen aufspritzen. Ein einsamer Passant hastete gebeugt durch das Unwetter und versuchte erfolglos, seinen Kopf mit den Armen vor dem prasselnden Niederschlag zu schützen. Im Tram herrschte eine beklommene Stille. Vielleicht war ich nicht die Einzige, die sich in dem ruckelnden Gefährt wie ein Statist in einem Katastrophenfilm fühlte.

«Wir haben eine Menge herausgefunden», versuchte Martin mich zu trösten. «Und natürlich bist du müde. Die letzten Tage und Wochen waren hart. Die Suche nach der Wahrheit ist kein Frühlingsspaziergang, weisst du? Niemand hat gesagt, dass es einfach wird. Vielleicht ist es sogar unmöglich. Wir können nicht mehr tun, als es zu versuchen. Und das zumindest tun wir.» Er legte seine Hand in meinen Nacken und schüttelte mich leicht, wie er es immer tat, um mich aufzuheitern. Dann liess er seine Hand um meine Schulter gleiten und zog mich an sich.

Es half ein wenig. Nicht viel, denn da war noch immer der schier unerschöpfliche Regen und der Blitz und der grollende Donner und das Gefühl, zu versagen und hilflos zu sein, machtlos und gelähmt, aber sein Arm war warm und verlässlich. Ich lehnte die Stirn an sein Kinn und schloss die Augen, um das Unwetter auszusperren.

Als wir nach feuchtkaltem Umsteigen und längerer Fahrt am Parkplatz St. Jakob angekommen waren, hatte der Regen nicht im Geringsten nachgelassen. Wasserlachen waren zusammengeflossen und hatten sich in Senken zu teichgrossen Flächen ausgedehnt, die, wie ich zu meinem Nachteil feststellen musste, stellenweise mehr als knöcheltief waren. Fluchend flüchtete ich mit einigen ungeschickten Sprüngen auf vergleichsweise trockenes

Terrain und schüttelte meinen triefenden Turnschuh aus, während Martin den mittlerweile arg ramponierten Regenschirm über meinen Kopf hielt.

«Das sieht nicht gut aus», meinte er. Mit ernstem Blick musterte er die Strasse, die über grosse Strecken von Wasser bedeckt war.

Martins gepflegter BMW, dem ich normalerweise mit einer Mischung aus Spott und Skepsis begegnete, kam mir jetzt vor wie ein rettender Zufluchtsort. Das satte Geräusch der zufallenden Autotür klang wunderbar beruhigend. Martin, der als unverbesserlicher Kavalier darauf bestanden hatte, mir mit hochgehaltenem Schirm das Einsteigen zu erleichtern – als hätte das etwas genützt, der Regen peitschte mittlerweile von der Seite her auf uns ein –, liess sich kurz darauf auf den Fahrersitz fallen und pfefferte die kläglichen Überreste meines Taschenschirms umstandslos auf den Rücksitz, ehe er den Motor startete. Die Scheibenwischer rasten hin und her, blieben aber gegen die herabströmenden Wassermassen chancenlos, und die Scheinwerfer schlugen kläglich Schneisen in die triefende Düsternis. Als Martin seinen Wagen vorsichtig vom Parkplatz auf die Strasse lenkte, fühlte sich das mehr wie das Gleiten eines Bootes auf aufgewühlter See an. Ich spürte, wie ich mich verspannte. Rund um uns her sah ich nur Wasser, Wasser, Wasser.

«Wir schaffen das schon», versicherte mir Martin mit einem trockenen Krächzen in der Stimme. «Ich fahre einfach langsam, und auf der Autobahn wird es schon besser werden.»

Aber es wurde nicht besser. Die Autobahnauffahrt passierten wir mit dreissig Stundenkilometern, in Schlangenlinien den gröbsten Wasserlachen ausweichend. Blitz und Donner begleiteten uns hartnäckig, ansonsten waren wir allein auf der Strasse. Dicke Äste lagen auf der Fahrbahn, Zeugen heftiger Windböen. Martins Gesicht wirkte im Widerschein der

Bordarmaturen angespannt und besorgt. Wortlos schaltete er das Autoradio an, Radio DRS 1. Wir mussten einige Minuten undefiniertes musikalisches Gedudel ertragen, das vom Getöse draussen fast übertönt wurde, bis die Nachrichten und damit die Wetter- und Verkehrsmeldungen eingespielt wurden.

«Heftige, anhaltende Gewitter in der Region Basel führen zu zahlreichen schweren Verkehrsbehinderungen – starke Windböen lassen Bäume umstürzen, der andauernde Starkregen führt zu überschwemmten Fahrbahnen. Auf der Autobahn A2 bei Arisdorf laufen grosse Wassermengen auf die Fahrbahn. Verkehrsteilnehmer werden gebeten ...»

Martin schaltete das Radio aus. «Kassandra, wir müssen runter von der Strasse. Wir schaffen es heute nicht mehr nach Hause, wir müssen irgendwo übernachten. Ich nehme die nächste Ausfahrt.»

Ich nickte stumm, während in der Ferne schwächlich illuminiert ein Ausfahrtsschild auftauchte: Ausfahrt Liestal, 1000 Meter.

Die scharfe Rechtskurve nach der Ausfahrt illustrierte mit hoher Deutlichkeit die Gefahren eines Aquaplanings – die Reifen von Martins BMW verloren den Halt auf der nassen Fahrbahn, und der Wagen kam ins Schleudern. Ich krallte mich am Sitz fest, doch ehe ich auch nur aufschreien konnte, hatte Martin den Wagen bereits wieder unter Kontrolle gebracht. «Der Schleuderkurs hat sich gelohnt», meinte er knapp.

Im kleinen Ort Frenkendorf hielt Martin kurz an, um sich per Smartphone über das nächste Hotel zu informieren und sich dorthin navigieren zu lassen. Ich achtete nicht darauf, wo er mich hinfuhr. Ich wollte raus aus diesem Unwetter, einfach raus, möglichst schnell.

Nach wenigen Minuten hielten wir auf einem Parkplatz vor einem grossen Gebäude – offenbar waren wir am Ziel angekommen. Während wir durch den Regen auf den Eingang des

Hotels zurannten, nahm ich verschwommen wahr, dass dies unter normalen Umständen ein recht hübscher Ort sein musste, auf einer Anhöhe mit viel Grün rundherum, dunkles Holz mit gelben Fensterläden – aber es kümmerte mich nicht.

Die Rezeption war sachlich gehalten. Wir nahmen unbewegt zur Kenntnis, dass die Einzelzimmer alle ausgebucht seien, «ein Seminar, verstehen Sie?», dass aber noch ein Doppelzimmer frei sei. Wir nahmen es diskussionslos. Martin erklärte der freundlichen Empfangsdame, warum wir ohne Gepäck unterwegs waren, und organisierte uns mittels seines unfehlbaren Charmes zwei Zahnbürsten und eine kleine Tube Zahnpasta, ehe wir nach oben gingen, um unser Zimmer zu beziehen. Es war ein nettes Zimmer, modern, sauber, mit klaren Linien und dem Hauch von Sterilität, den Hotelzimmer an sich haben.

Es war halb zehn Uhr abends, und ich fühlte mich erschöpft und ausgelaugt. Mit vor Müdigkeit zitternden Fingern kramte ich in meiner Handtasche nach meinem Mobiltelefon, um Marc anzurufen. Es wurde ein kühles Gespräch. Ich erläuterte nach einer knappen Zusammenfassung dessen, was wir herausgefunden hatte, die katastrophale Wetterlage, dass wir in der Not in einem Hotel Unterschlupf gefunden und Zimmer bekommen hätten – ohne darüber nachgedacht zu haben, tönte ich angesichts der Zahl der Zimmer diskret einen nicht ganz wahrheitsgemässen Plural an. Nicht, dass es relevant gewesen wäre – wir waren erwachsene Menschen, sagte ich mir, aber ich kannte Marc und seine Neigung zu impulsiven Eifersuchtsdurchbrüchen, und das Letzte, was ich an diesem Abend brauchen konnte, war eine Szene. Marc reagierte knapp und sachlich, und wir beendeten das Gespräch nach wenigen Minuten. Nachdem ich aufgelegt hatte, fühlte ich mich seltsam verloren. Zum Ausgleich tippte ich eine frustrierte SMS an Nora, berichtete ihr von den zweifelhaften Fortschritten, die wir heute gemacht hatten, und nutzte den Rest der Nachricht, um mich ausgiebig zu beklagen.

Martin rief Selma an, während ich unter der Dusche stand. Den Versuch, mir mit dem Hotelföhn binnen nützlicher Frist die Haare zu trocknen, gab ich rasch halbverrichteter Dinge auf und beschränkte mich darauf, mir mit meinem Taschenkamm die wirren Haarsträhnen zumindest soweit herzurichten, dass ich ausreichend zivilisiert aussah für eine letzte Tasse Tee im Hotelrestaurant.

Im Restaurant war bereits Ruhe eingekehrt. Vereinzelte Tische waren noch von Gästen besetzt, die ihr üppiges Abendessen bei einer Tasse Kaffee ausklingen liessen, leises Gemurmel erfüllte den Raum. Wir liessen uns am Tisch ganz hinten nieder. Hohe Fensterfronten deuteten an, dass hier üblicherweise ein beeindruckendes Panorama zu bewundern war. Jetzt allerdings floss der Regen an den Scheiben hinunter und vermittelte den Eindruck, als sässen wir in einem gläsernen Käfig auf dem Grund des Ozeans. Gespenstisch.

Ich zog schaudernd die Schultern hoch, was Martin zum Anlass nahm, mir aus therapeutischen Gründen, wie er erläuterte, bei der freundlichen Bedienung neben einem stärkenden Kräutertee auch ein kalorienreich-tröstliches Dessert zu bestellen. Ich widersprach ihm nicht – zur Hölle mit der Figur, heute hatte ich andere Probleme. Und tatsächlich tat das Zimtparfait mit Rumtopf, das kurz darauf gebracht wurde, seine Wirkung, und ich begann mich zu entspannen.

«Hier ist aber viel Rum drin», bemerkte ich mit vollem Mund.

«Umso besser. Was Seeleute aufmuntert, wird auch dir nicht schaden», entgegnete Martin, der an seinem Latte macchiato nippte.

Als ich mein Parfait verputzt hatte, schob ich den Teller zur Seite und streckte mich wohlig. «Besser», meinte ich zufrieden.

Ich fror nicht mehr, der Alkohol sandte warme Behaglichkeit in meine Glieder und liess mich meine Umgebung mit anderen Augen sehen. Das Unwetter draussen wirkte nicht mehr bedrohlich, nun, da wir ihm entronnen waren. Vielmehr kam mir dieser warme Gastraum vor wie ein Kokon der Geborgenheit, der Martin und mich umgab und die Welt da draussen verlässlich aussperrte. Kurzentschlossen winkte ich die Bedienung heran und bat um ein Glas Dessertwein. Martin, ganz Suchttherapeut, hob eine Augenbraue, zog dann aber nach und bestellte einen Cognac.

Nach einer Viertelstunde hatte sich unsere Stimmung massgeblich gebessert.

«Weisst du, mein Lieber, unsere Patienten haben gute Gründe, das Zeug da zu trinken. Es wirkt», bemerkte ich klug und schwenkte mein Glas.

Martin grinste. «Meine Liebe, du weisst genau: Es wirkt kurzfristig und in kleinen Dosen, ansonsten überwiegen die nachteiligen Nebenwirkungen. Daher verbiete ich dir, heute Abend zu überborden – jetzt ist es genug. Wenn du noch Durst hast, bestell Pfefferminztee. Der ist gut für dich.»

Ich salutierte zackig. «Aye aye, Sir!» Dann stützte ich mein Kinn in beide Hände. «Glaubst du, dass wir mit diesem Fall jemals auf einen grünen Zweig kommen? Ich fürchte, wir stellen uns an wie Idioten. Stochern wild herum, erreichen aber nichts. Drehen uns im Kreis. Machen uns zu Affen.»

«Ich würde es nicht so eng sehen. Wir sind Amateure, sicher, aber wir geben nicht auf, das ist das Wesentliche.»

«Aber es bringt nichts!», warf ich selbstmitleidig ein. Ich hatte definitiv genug getrunken.

«Wir sind noch nicht fertig, also hör auf zu jammern», versetzte Martin sachlich. «Wir haben die Verdächtigen eingegrenzt auf Claudine Mathier und Emil Lüscher. Wir haben die gefälschte Suizidnote und den fingierten Praxiseinbruch, beide weisen auf Emil Lüscher hin, wir haben den KG-Eintrag von Adrian Wyss in der Krankengeschichte von Patricia Mathier de Rossi, der darauf hinweist, dass ihre Mutter etwas Schreckliches getan hat, und wir haben einen zweifelhaften Todesfall in deren Vergangenheit, Max von Büren. Ja, du hast Recht», er würgte meinen Protest mit einer knappen Handbewegung ab, «wir wissen nicht, wie die beiden Verdächtigen zusammenhängen, und wir haben nichts Handfestes. Da müssen wir noch daran arbeiten. Wie ich sagte: Wir sind noch nicht fertig.»

«Und wie machen wir das? Wie gehen wir vor?» Mutlos fuchtelte ich mit den Händen in der Luft.

Martin fing meine Hände auf und hielt sie fest. Seine Haut fühlte sich beruhigend warm an, sein Händedruck war fest. Er hatte alles im Griff, mich inklusive. «Womöglich gibt es eine Verbindung zwischen Claudine Mathier und Emil Lüscher – wenn wir die finden, wäre das sehr hilfreich. Und wir suchen nach Zeugen und Beweisen.»

«Das klingt gut. Aber wenn wir keine finden? Zeugen und Beweise liegen nämlich nicht haufenweise auf der Strasse herum.»

Er sah mir fest in die Augen. Sein Blick hatte etwas Hypnotisches. «Dann brauchen wir ein Geständnis.»

Ich lachte auf – zu laut in der gedämpften nächtlichen Atmosphäre. «Ein Geständnis? Aber natürlich! Dass ich da nicht darauf gekommen bin! Wir gehen einfach hin, fragen Claudine Mathier, ob sie die Morde begangen hat, und sie wird dann ohne weiteres ...»

«Kassandra. Nimm dich zusammen, bitte.» Sein Griff um meine Hände verstärkte sich. «Du machst dich darüber lustig – aber am Ende mag es die einzige Möglichkeit sein. Ich weiss nicht, wie wir einen der beiden dazu bringen könnten, zu sprechen, aber vielleicht wird das die einzige Option sein, die uns bleibt.»

Wieder schauderte ich, trotz der Weichzeichner-Wirkung des Rums und des Weins. «Sie konfrontieren? Die Rolle des stillen Beobachters verlassen? Martin, wenn wir richtig liegen, wurden drei Menschen umgebracht. Wenn wir offen auftreten, kann das gefährlich werden.»

Er streichelte mit dem rechten Daumen über meinen Handrücken. «Ja, ich weiss.»

Ich schnaubte zittrig. «Marc bringt mich um.»

Martin lächelte leise. «Das werde ich verhindern.»

Auf dem Weg nach oben in unser Zimmer, ich schwankte ein klein wenig, lenkten sehr gegenwärtige Erwägungen mich von meinen Sorgen über allfällige zukünftige Gefahren ab: Ich würde eine Nacht mit Martin Rychener verbringen. In einem Zimmer, in einem Bett. Natürlich, so versicherte ich mir innerlich erneut, war das überhaupt kein Problem. Wir waren erwachsene Menschen, gute Freunde, Arbeitskollegen – er war sogar mein Chef, wenn man es eng betrachtete, was ich üblicherweise nicht tat. Wir waren beide in einer festen Beziehung, wir waren vernünftig und verantwortungsbewusst. Selbstverständlich war das alles kein Problem. Wirklich nicht. Es war nur ein wenig speziell, nicht mehr als das.

Die Deckenbeleuchtung im Zimmer war grell. Die beruhigende Wirkung des Alkohols schien verflogen, und ich fühlte mich unbehaglich. Offenbar empfand Martin das ähnlich, die ruhige, warme Gelassenheit, die er unten im Restaurant ausgestrahlt hatte, war von ihm abgefallen. Er hüstelte, kratzte sich am Ohr und zappelte herum. Wir machten einige höfliche Bücklinge bezüglich der Frage, wer zuerst ins Bad dürfe, ich gab ihm schliesslich den Vortritt, um Nora, die per Textnachricht ein paar bohrende Nachfragen gestellt hatte, weitergehend zu informieren.

Als ich im Bad an der Reihe war, befiel mich schlagartig die Erkenntnis, dass ich keinen Pyjama dabeihatte. Beim Zähneputzen zermarterte ich mir das Gehirn, wie ich diese Situation diplomatisch am besten lösen könnte – das kurze Sommerkleid anbehalten, das ich tagsüber über einer Jeans getragen hatte? Zu bieder, zu verklemmt, zudem unhygienisch. Nur in Unterwäsche ins Bett? Nein! Schliesslich entschied ich mich missmutig für die Variante ‹Unterwäsche plus›, indem ich mir über der selbigen ein grosses Hotel-Badetuch um den Körper wickelte. Ich kam mir saublöd vor, als ich, in das weisse Tuch gepackt, wie eine japanische Geisha aus dem Bad trippelte – möglichst lässig und unauffällig.

Martin hatte die grauen Vorhänge vorgezogen und die Deckenbeleuchtung ausgeschaltet. Im schummrigen Licht der Leselampen über dem Bett wirkte der Raum heimeliger. Und intimer. Martin sass in Boxershorts auf einem der zwei Stühle und schoss hoch, als ich aus dem Bad kam. Auch er bemühte sich sichtlich um Nonchalance. Die Arme eng vor der nackten Brust verschränkt – meine Güte, schalt ich mich, du hast den Mann auch schon in Badehosen gesehen, warum ist dir das jetzt so peinlich? –, tat er sein Bestes, so zu tun, als wäre die Situation völlig normal.

«Nun. Eben. Ja», plapperte er. «Möchtest du das Fenster einen Spalt öffnen? Und ist es in Ordnung, dass ich die Vorhänge zugezogen habe? Oder willst du sie lieber offen lassen? Welche Seite des Bettes möchtest du? Die rechte ist näher am Bad, dafür liegt die linke näher am Fenster, und man hat mehr Platz. Wobei ich nicht sagen möchte, dass du besonders viel Platz brauchen würdest. Im Gegenteil. Ich dachte nur, vielleicht wäre es komfortabler, wenn du …»

Ich konnte nicht anders. Ich begann zu lachen. Ich versuchte, mein Gelächter zu verbergen, was mir aber gründlich misslang, und so platzte ich schliesslich laut heraus.

Martin war einen Moment lang irritiert. Dann jedoch tat die Skurrilität der Situation auch auf ihn seine Wirkung, und er prustete laut heraus. Gemeinsam kicherten und gackerten wir, wir bogen uns vor Lachen und wischten uns die Lachtränen aus den Augen, und die ganze absurde Anspannung fiel von uns ab. Mein verflixtes Badetuch drohte sich zu lösen, und im Bemühen, es rasch wieder um meinen Körper zu zerren, kam ich ins Schwanken und prallte gegen Martin, so dass wir, beide nicht mehr ganz sicher auf den Füssen, mit rudernden Armen auf das Bett kippten, wo wir weiterlachten und weiterlachten, bis wir nach Atem ringend zur Ruhe kamen.

Und wie wir da so lagen, ich japsend flach auf dem Rücken, er, noch immer breit grinsend, auf einen Ellbogen gestützt und mir zugewandt, schien es völlig natürlich zu sein, dass er sich vornüberbeugte und mich küsste, ohne jedes Zögern, und es schien völlig natürlich, dass ich ihn zu mir herunterzog, die Hände in seinem Haar und auf seiner Haut, die mir vertraut und fremd zugleich vorkamen, und die Frage nach der geeigneten Nachtbekleidung und dem Badetuch erübrigte sich im Verlauf gänzlich.

Wir schliefen nicht viel in dieser Nacht. Wir holten Jahre der unterdrückten Gefühle nach und konnten uns nicht nahe genug sein. Gemeinsam igelten wir uns in diesem Zimmer und diesen wenigen Stunden ein, die nur uns gehörten. Die Realität mochte ihre Nase an die Fensterscheiben drücken oder mahnend an unsere Zimmertür klopfen, wir sahen und hörten nichts – in wortloser Übereinkunft schlossen wir alles aus, was nicht zur unmittelbaren Gegenwart gehörte. Die Fragen konnten warten.

Es schien, als wäre immer zumindest einer von uns wach. Wenn ich nach kurzem, unruhigem Schlaf aufschreckte, lag Martin neben mir und betrachtete mich, wenn er eine halbe Stunde wegnickte, zählte ich seine Atemzüge. In dieser Nacht trieben wir das Prinzip der Achtsamkeit, der Orientierung auf den Augenblick auf die Spitze. Ich fühlte mich überdreht und schwindelig. Und wie berauscht.

Mit der Dämmerung kehrte auch die Wirklichkeit zurück. Gegen sechs Uhr früh stand ich auf, seltsam leicht im Kopf und überwach, mit pochendem Herzen wie nach einer Überdosis Koffein. Auf Zehenspitzen, um Martin nicht zu wecken, der eben eingeschlafen war, ging ich zum Fenster und schob den Vorhang ein wenig zur Seite. Der Morgen war mild, der Himmel von einem unschuldigen Zartblau, der das Unwetter der vorhergehenden Nacht Lügen strafte, und wären nicht die ausgedehnten Wasserflächen auf den Feldern gewesen, die abgerissenen Äste und umgeworfenen Gartenmöbel, hätte ich daran gezweifelt, ob die Ereignisse vom Vortag überhaupt real gewesen waren.

Ich blieb eine Weile am Fenster stehen, liess meinen Blick über die Umgebung schweifen, die sehr lieblich und grün war, und versuchte, ein wenig von der Ruhe dieser Landschaft auf mein Innenleben zu übertragen. Es gelang mir nicht.

Ich hatte Marc betrogen. Im anbrechenden Tageslicht lastete diese Erkenntnis schwer auf meinen Schultern. Ich hatte ihm ohne Unterlass versichert und versprochen, dass er von Martin nichts zu befürchten habe, und er hatte mir vertraut. Ich hatte geglaubt, meine unerwünschten Gefühle für Martin Rychener im Zaum halten, kontrollieren und überlisten zu können, und war mir sehr schlau dabei vorgekommen – zu Unrecht, wie sich jetzt zeigte. Ich hatte versagt. Und doch – ich warf über meine

Schulter einen raschen Blick auf den schlafenden Mann im zerwühlten Hotelbett – fühlte ich mich nicht wie eine Versagerin, nicht wirklich. Wie konnte sich etwas gleichzeitig so richtig und so falsch anfühlen? So unausweichlich?

Und jetzt? Ich hatte niemals Mühe mit Entscheidungen gehabt, zögerliches Abwägen war meine Sache nicht. Aber hier war ich ratlos. Ich kam mir vor, als wäre ich in einem Spinnennetz gefangen, als könne ich weder vor noch zurück.

«Du bist wach?»

Martins Stimme klang rauer als üblich. Er blinzelte gegen den Streifen Licht zu mir auf und lächelte. Sein üblicherweise makellos frisiertes Haar war zerzaust, und die dichten Haare auf seiner Brust waren von erstem Grau durchsetzt. Er sah wunderbar aus.

Martin streckte schläfrig eine Hand nach mir aus. Ich nahm sie und liess mich von ihm an seine Seite ziehen, zurück in die angenehme Wärme der weichen Decke und seines Körpers. Er umschloss mich mit seinen Armen, vergrub die Nase in meinen Haaren und machte ein wohliges, kehliges Geräusch. Ein Geräusch, das mich an Marc erinnerte, ein Geräusch, das mein Mann bisweilen machte, wenn er mit mir im Bett lag. Unwillkürlich verspannte ich mich.

Martin reagierte umgehend auf meine veränderte Stimmung. Er stützte sich auf den Ellbogen und betrachtete mich forschend. «Die harsche Realität?» Es klang mehr nach einer Feststellung denn nach einer Frage.

Ich machte eine vage Kopfbewegung. «Und bei dir?»

Martin rieb sich die Augen, strich über sein Kinn. Seine Hand kratzte über seine Bartstoppeln. «Das Nachdenken habe ich bis jetzt hinausgezögert. Schien mir einfacher.» Er setzte sich aufrecht hin und fixierte mich. «Aber es lässt sich nicht ewig aufschieben. Was soll aus uns werden, Kassandra?»

Mir wurde kalt. Nicht das schon wieder. Er hatte diese unselige Neigung, mich in heiklen Situationen – und diese Situation war heikler als alle anderen zuvor – mit tiefem Ernst anzustarren und mir Fragen zu stellen, auf die ich keine Antwort hatte. Rasch setzte ich mich an den Bettrand, wandte ihm den Rücken zu. Und schwieg.

Er wartete eine Weile, gab dann auf. Sachte berührte er meinen nackten Rücken, strich mit den Fingern über jeden einzelnen Wirbel. Ich fragte mich, ob ihm deren anatomische Bezeichnungen durch den Kopf gingen, ob er den Übergang der Thorakal- zu den Lumbalwirbeln nachvollzog, nach den Processi spinosi tastete. Wahrscheinlich nicht.

«Martin, ich weiss es nicht. Das hier», ich strich über das Laken des Hotelbetts, «war nicht geplant. Nichts davon war geplant. Ich bin ganz wirr im Kopf. Jetzt, bei Tageslicht, sieht alles schrecklich und grell und klischeehaft aus. Ich weiss nicht, was ich machen soll. Ich weiss nicht einmal, was ich fühlen soll. Bitte stell mir keine Fragen.»

Er antwortete nicht. Ich spürte, wie er näher an mich heranrückte, seine Lippen auf meine Schulter drückte. Dann ruckte das Bett, als er aufstand und um das Bett herum zum Fenster ging. Er zog den Vorhang wieder ganz zu.

«So», sagte er leise, als er sich zu mir herunterbeugte, «das Tageslicht ist weg. Das war recht einfach.» Er küsste mich sanft. «Der Rest wird sich finden. Irgendwie.»

Wir assen unser Frühstück unten im Essraum mehrheitlich schweigend. Aller Erwartung zum Trotz hatte ich einen Bärenhunger – Kalorien als Kompensation für zu wenig Schlaf, für zu viel Schuld? Martin ass kaum etwas, trank seinen Kaffee und sah mir wortlos dabei zu, wie ich Brötchen und Joghurt verschlang, mit einem geduldigen, wissenden Gesichtsausdruck, der mir seinen Vorsprung an Jahren und Reife vor Augen führte und mein Gefühl verstärkte, der Situation nicht gewachsen zu sein. Ich merkte, dass ich etwas hätte sagen sollen, aber ich wusste nicht was. Meine Welt stand Kopf, und ich war die fleischgewordene Ambivalenz.

Rasch hatten wir ausgecheckt – kein Wunder, besonders viel Gepäck hatten wir ja nicht dabei. Trotzig übernahm ich die Rechnung, weil sich das irgendwie besser anfühlte. Martin liess mich gewähren, mit unverändert ruhigem, gelassenem Blick, der mich zunehmend irritierte, als wüsste er mehr als ich.

Als ich im Auto neben ihm sass, befiel mich Panik. Ich griff nach seiner Hand, die eben den Zündschlüssel umdrehen wollte, und hielt ihn zurück.

«Das geht nicht», stiess ich hervor. «Ich kann nicht in meinen Alltag zurück, als wäre nichts gewesen, ich kann Marc nicht gegenübertreten. Das hier war eine Ausnahmesituation – die Nachforschungen, der Sturm, diese Nacht mit dir. Es ist nicht real, wie ein verrückter Traum. Wenn ich zurückgehe, in meine Realität, meine Familie, dann erst wird es wirklich, dann erst habe ich ihn betrogen. Diese beiden Welten lassen sich nicht verbinden, irgendetwas wird kaputt gehen. Ich will das alles nicht, ich wünschte, es wäre nie passiert. Es geht nicht, Martin. Ich kann das nicht.»

Martin sah mich an, mit einer seltsamen Mischung aus Trauer, Mitgefühl und Hilflosigkeit.

«Es ist jetzt schon Wirklichkeit, Kassandra, hier und jetzt. Mehr noch: es war wirklich, lange bevor wir miteinander geschlafen haben. Es war immer so, seit Jahren. Ich weiss, dass das schwer für dich ist, und ich sehe deinen Zwiespalt – aber würdest du aufhören, mich zu verdrängen? Mich wie einen lästigen Störfaktor anzusehen? Auch ich habe eine Freundin zuhause, die auf mich wartet und mein Kind austrägt. Meinst du, ich bin stolz auf mich? Meinst du, ich nehme das locker?» Er hob seine Hand zu meinem Gesicht. «Ich fühle mich völlig zerrissen, mir ist übel vor Schuldgefühl und Selbstvorwürfen, und nein, ich weiss auch nicht, wie ich Selma gegenübertreten werde. Aber das ändert nichts daran, was ich für dich empfinde, was du für mich bedeutest. Also würdest du bitte für einmal ehrlich zu mir sein? Ehrlich zu dir selbst?»

Seine Worte schnürten mir die Kehle zu. Ich brachte kein Wort heraus. Er betrachtete mich einige Augenblicke, liess seine Hand dann wieder sinken.

«Nun gut», sagte er, und seine Stimme klang sachlicher, kühler. «Du kannst gerne aussteigen und in deiner Basler Unwirklichkeitsblase hängen bleiben, wenn es dir hilft. Ich fahre zurück. Keine Ahnung, wie ich mit dieser Sache hier umgehen werde, keine Ahnung, wie ich klarkommen werde. Aber ich werde es irgendwie hinkriegen müssen. Weil ich ein erwachsener Mann bin.» Seine letzten Worte hatten etwas unverkennbar Ätzendes an sich.

Ich spürte nicht den Hauch eines Impulses, zurückzuschlagen, mich mit ihm zu streiten, was völlig atypisch für mich war und aufs Trefflichste illustrierte, wie sehr ich neben mir stand. Stattdessen sagte ich ihm die Wahrheit. Tonlos, den Blick unverwandt auf den Parkplatz gewandt.

«Du weisst, wenn ich frei wäre, würde ich nicht zögern, Martin. Du bedeutest mir die Welt. Ich habe lange geglaubt, dass deine Freundschaft mir genügt, dass ich auf die Nähe und die Ausschliesslichkeit verzichten kann, aber jetzt, nach dieser Nacht, weiss ich gar nichts mehr. Auf einmal ist gar nichts mehr sicher, nichts mehr natürlich. Aber ich bin nicht frei, und du auch nicht.» Jetzt wandte ich mich ihm zu und sah ihm ins Gesicht. «Ich habe einen Mann, den ich liebe, und zwei Kinder, einen Kater und ein Haus. Und du bist Vater eines ungeborenen Kindes, du liebst Selma, und sie liebt dich. Wir sind beide gebunden, und wir haben Mist gebaut. Damit müssen wir jetzt leben. Wir müssen nach Hause gehen und lächeln und unsere Partner umarmen und mit dem Wissen leben, dass wir sie betrogen und verletzt und hintergangen haben. Also bitte gestatte meine Panik. Sie stellt nicht dich in Frage.»

Er erwiderte meinen Blick und nickte dann. «Okay. Entschuldige.»

«Schon gut.» Ich hatte ein Quentchen meiner alten Brummigkeit zurückgewonnen, und das war beruhigend. «Mein Problem ist, dass ich mein Herz auf der Zunge trage. Du bist kultiviert und gelassen und würdig, aber ich?» Ich verwarf die Hände. «Mir sieht man jede Gefühlsregung von weitem an. Marc liest mich wie ein Buch.» An ihn zu denken versetzte mir einen Stich. «Er wird sofort wittern, dass etwas nicht in Ordnung ist. Und das kann ich jetzt nicht gebrauchen. Ich brauche Zeit.» Ich seufzte.

Martin setzte zu einer Erwiderung an, erstarrte jedoch, als sein Mobiltelefon zu klingeln begann. Ein Anruf. Nervös tastete er in seiner Tasche nach dem Gerät, blickte aufs Display. Auch ich spürte Anspannung in mir aufsteigen. Selma? Ein erster Realitätstest, ein erstes Einbrechen der scharfkantigen Wirklichkeit in unsere limitierte Zweisamkeit?

«Ja, hallo?», rief Martin mehr überrascht denn schuldbewusst. «Conny?»

Ich verdrehte die Augen, während mein Herzschlag sich allmählich wieder beruhigte. Dass diese aufdringliche Person uns so einen Schrecken einjagen musste …

«Ja? Tatsächlich? Was hat sie gesagt?» Schweigen. Martins Stirn verzog sich in besorgte Falten. «Das ist bedenklich. Wirklich? Nein, nein, ist schon gut, das verstehe ich. Ja. Ja. Nein, ich bin nicht mehr in der Gegend, leider – aber ich rufe dich bald mal an, versprochen. Ja, ja. Du auch.»

Er beendete das Gespräch, schwieg einen Augenblick, räusperte sich dann. «Das war Conny. Sie hat eben einen Anruf von Andrea erhalten, du weisst schon, Andrea Bussinger von gestern.» Er räusperte sich erneut. Das klang nicht gut.

«Was ist?», drängte ich.

«Andrea wurde heute Morgen von Claudine Mathier in deren Büro zitiert. Warum sie sich gestern während der Arbeitszeit mit zwei Leuten im ‹Florida› getroffen habe?» Er holte tief Luft. «Sie hat dich erkannt, Kassandra. Sie hat konkret nach dir gefragt, was du hier gesucht hättest, worum es gegangen sei und ob du einen gewissen Psychiater aus Bern erwähnt hättest.»

Ich spürte, wie mir das Blut aus dem Gesicht wich. «Sie weiss also Bescheid, dass wir hinter ihr her sind.»

Er nickte grimmig. «Und sie wird keine Freude daran haben. Nun denn, die Spiele sind eröffnet.» Energisch startete er den Motor seines BMW. «Das Nützliche daran ist: Marc wird nichts dabei finden, wenn du aufgelöst und nervös bei ihm auftauchst. Weil du gute Gründe dafür hast.»

21. Kapitel

«Es wird darum gehen, wer schneller ist», sagte Marc in die Runde. Eine stählerne Entschlossenheit ging von ihm aus.

Man sagt, dass in einer langjährigen Beziehung Alltag und Routine einkehren, dass man sich gegenseitig so gut kennt, dass nichts mehr neu und überraschend ist. Das war, so merkte ich, ein Irrtum. Mein Mann überraschte mich.

Nicht nur, dass er mein ungeplantes nächtliches Wegbleiben organisatorisch problemlos über die Runden gebracht hatte – die Kinder waren an diesem Morgen offenbar pünktlich, ordentlich gekleidet und mit den jeweils passenden Zwischenmahlzeiten in der jeweils passenden Verpflegungsbox (pink für Mia, türkis für Jana) in den Kindergarten gegangen beziehungsweise der Obhut meiner Schwiegermutter übergeben worden, die Katze war gefüttert und die Lieferung vom Milchmann fein säuberlich im Kühlschrank verstaut. Mehr als das: Als ich bei seiner Rückkehr aus der Praxis am Mittag fahrig, unzusammenhängend und von schlechtem Gewissen gepeinigt eine stümperhafte Zusammenfassung der Ereignisse, zumindest der offiziellen, zusammengestoffelt hatte, war Marcs Reaktion beträchtlich von der von mir erwarteten abgewichen.

«Wenn diese verdammte Frau versucht, dir nur ein Haar zu krümmen, erschlage ich sie höchstpersönlich», hatte er grimmig verkündet. «Ka, es tut mir leid. Ich habe die Sache nicht genügend ernst genommen. Ich habe diese Nacht lange wach gelegen und nachgedacht, und ich habe mir Vorwürfe gemacht. Ich bin ein Feigling gewesen. Du hast Recht – wenn diese Frau tatsächlich drei Menschen auf dem Gewissen hat, dann muss ihr ein Riegel vorgeschoben werden.»

«Wir wissen nicht, ob sie es war und wie Emil Lüscher mit

drinhängt», hatte ich zu bedenken gegeben, etwas konfus hinsichtlich dieses unerwarteten Stimmungswandels.

«Wir werden es herausfinden. Ich schlage vor, wir treffen uns heute Abend notfallmässig mit Martin und Selma, um das konkrete Vorgehen abzusprechen – kannst du das organisieren? Ich komme selbst nicht dazu. In der Praxis ist die Hölle los.»

Ich hatte es organisiert, hatte mit Martin telefonisch vereinbart, dass wir uns diesen Abend in seiner Wohnung treffen würden, hatte Laura, die Tochter unserer Nachbarn, als Babysitter für Jana und Mia engagiert.

Jetzt sassen wir um Martins Esszimmertisch, grob behauenes Eichenholz, und nippten an gekühltem Pinot grigio, ausgenommen Selma, die sich schwangerschaftsbedingt auf ein Chinotto beschränkte.

Ich hatte allerhand damit zu tun, sowohl Martins bedeutungsvollen als auch Selmas heiteren Blicken auszuweichen, und musterte daher angelegentlich Zimmerpflanzen und Tischdekoration.

«Wie meinst du das, wer schneller ist?», griff Selma Marcs Votum auf und nahm sich eine der Oliven, die Martin bereitgestellt hatte. Ich hasste Oliven.

«Ich meine, dass wir rasch reagieren müssen. Claudine Mathier weiss jetzt, dass wir an ihr dran sind. Diese Andrea hat zwar offenbar versucht, eine Ausrede zu finden, und Max von Büren nicht erwähnt», er warf einen fragenden Blick zu Martin, der bestätigend nickte, «aber sie war dann doch zu perplex, so unerwartet zur Rede gestellt zu werden, als dass sie eine glaubwürdige Erklärung hingekriegt hätte. Claudine Mathier wird zwei und zwei zusammenzählen und vermuten, dass wir vom verdächtigen Tod ihres Konkurrenten erfahren haben.

Und wenn sie tatsächlich schuldig ist, dann stellen wir damit eine akute Gefahr für sie dar.»

Martins Miene wirkte besorgt. «Die Frage ist nun, wie sie auf diese Gefahr reagieren wird. Falls Adrian Wyss sterben musste, weil er durch Patricia Mathier de Rossi von der Tat ihrer Mutter erfahren hatte, und falls auch Marie Lanz unbequem wurde und ihr Tod kein Unfall war, dann haben wir es hier mit jemandem zu tun, der nicht lange fackelt. Und wie es aussieht, ist Claudine Mathier sehr geschickt darin, zweckdienliche Todesfälle wie Unfälle erscheinen zu lassen.»

«Es lohnt sich, gut vorbereitet zu sein», befand Selma sachlich und legte den Stein einer weiteren Olive weg. «Wie könnte sie jemanden wie uns unauffällig um die Ecke bringen? Gift? Das sieht immer verdächtig aus. Könnte sie uns überfahren? Heikel, da gibt es meistens Zeugen, und das Tatfahrzeug könnte identifiziert werden. Es ist immer praktisch, wenn man Leute von Bahnsteigen oder Klippen stossen kann – also mag es sich lohnen, im Moment auf Zugfahrten und Bergwanderungen zu verzichten.»

«Ich weiss nicht, ob ich das schaffe», warf ich sarkastisch dazwischen. «Ohne Bergwanderungen kann ich wirklich nicht auskommen.»

Selma ignorierte das. «Natürlich gibt es professionelle Killer – aber ist Claudine Mathier jemand, er einen professionellen Killer engagiert?»

Ihre Nüchternheit liess mich frösteln. «Sie hätte zweifellos das notwendige Kleingeld. Allerdings wäre auch ein professioneller Killer ein Mitwisser, und Claudine Mathier ist ein Kontrollfreak und behält gern die Zügel in der Hand. Sie ist kühl und überlegt und dominant. Sie würde es selbst erledigen wollen.» Die Gewissheit, mit der ich dies aussprach, überraschte mich, und trotzdem – ich war überzeugt, dass es sich so verhielt.

«In Ordnung», Selma nickte. «Kein professioneller Killer, keine Schusswaffen oder Messer. Ihr Stil ist der unauffällige, unverdächtige Tod. Könnte sie an unseren Autos rumfummeln? Irgendwelche Bremsschläuche durchschneiden oder Zündkerzen rausschrauben oder so?»

Marc lächelte nachsichtig, die Weisheit des Mannes angesichts naiver Weiblichkeit. «Das ist heute nicht mehr ganz so einfach wie zu Agatha Christies Zeiten, Selma. Und ich glaube nicht, dass herausgeschraubte Zündkerzen», sein Tonfall wurde unverkennbar herablassend, «Claudine Mathier eine grosse Hilfe wären.»

«Wir reden immer von Claudine Mathier», schaltete Martin sich ein. «Was ist mit Emil Lüscher? Immerhin hat er auf Noras Nachbohren verdächtig reagiert, und der fingierte Einbruch in seine Praxis spricht Bände. Was ist Emil Lüscher für ein Mensch, was haben wir von ihm zu erwarten? – Herrgott nochmal, Kassandra, jetzt hör mal auf, an deinem iPhone herumzufummeln! Wir führen hier ein ernsthaftes Gespräch!»

«Pardon», schoss ich verärgert zurück, «aber mein Herumfummeln ist durchaus zweckdienlich. Ich versuche seit heute Vormittag erfolglos, Nora zu erreichen. Weil diese Unglücksfrau mir heute Morgen nämlich eine kryptische und sehr beunruhigende Nachricht geschickt hat.»

«Was für eine Nachricht?», fragte Marc.

Ich seufzte. «Ich habe ihr gestern von den Ergebnissen unserer Nachforschungen in Basel berichtet, per SMS – ihr wisst ja, wie unsäglich neugierig sie ist. Und heute Morgen kam das hier.» Ich legte mein Telefon auf den Tisch. Marc griff danach.

«‹Ich werde Emil Lüscher nochmal auf den Zahn fühlen, diesmal ohne Narkose. Lass mich nur machen. Melde mich! Kuss, Nora› – verdammt. Was soll das bedeuten?»

Ich verwarf die Hände. «Eben! Ich weiss es nicht. Seit dieser Nachricht habe ich ihr drei SMS geschrieben und sie zweimal

angerufen, aber sie reagiert nicht! Ich mache mir wirklich Sorgen!»
«Versuch es noch einmal», schlug Martin vor.

Ich tat es, wählte Noras Nummer, lauschte nervös dem Rufton, der nach wenigen Sekunden durch ihre Mailbox abgelöst wurde. «Hallo! Ich bin im Moment nicht zu erreichen, hinterlassen Sie mir doch ...» Frustriert stöhnte ich auf. «Nora, um Himmels Willen! Es ist nach neun Uhr abends, und ich versuche den ganzen Tag, dich zu erreichen! Melde dich, bitte! Es ist dringend.» Mutlos drückte ich den Anruf weg.

Selma räusperte sich. «Sie ruft sicher bald zurück.» Martin und Marc nickten unisono. Keiner sah sehr überzeugt aus.

Ich brach das unbehagliche Schweigen. «Wir meiden also Bahnfahrten und Bergtouren, verstecken unsere Autos in der Garage, damit niemand uns die Zündkerzen rausschraubt», Marc schnaubte, «wir vermeiden es, an öffentlich zugänglichen Orten Speisen und Getränke zu uns zu nehmen und lungern nicht unter losen Felsbrocken herum. Kurz: Wir sind alle sehr vorsichtig. Und wir versuchen, schneller zu sein. Wie gehen wir vor? Martin. Du hast gestern etwas Kluges gesagt: Wir brauchen Zeugen oder Beweise.» Wir tauschten einen kurzen, inhaltsschweren Blick.

«Ich sage immer kluge Sachen», meinte Martin ironisch, während er aufstand und aus dem Nebenraum einen Block Papier und Stifte holte. «Gehen wir methodisch vor», schlug er vor, während er schwungvoll ein paar Worte auf das Papier kritzelte: Claudine Mathier, Emil Lüscher. Kringel um beide Namen. Eine Linie dazwischen. «Wir haben Claudine Mathier, wir haben Emil Lüscher. Wir haben eine Verbindung, die uns noch unbekannt ist. Beweise. Zeugen. Hat jemand Ideen?»

Einen Moment lang herrschte Stille. «Gibt es jemanden, der mehr über den Tod von Max von Büren weiss? Hat Claudine Mathier enge Freunde? Wem würde sie sich anvertrauen, wenn sie den Mann tatsächlich umgebracht hat?», warf Marc ein.

Martin schrieb etwas.

«So wie du die Frau schilderst, scheint sie mir nicht der Typ zu sein, der sich an der Schulter der besten Freundin darüber ausweint, dass sie eben ihren Konkurrenten ermordet hat», vermutete Selma.

Ich schüttelte den Kopf, in Gedanken versunken. Irgendetwas juckte mich, drängte ins Bewusstsein. Irgendetwas, was ich gehört hatte, irgendwo.

«Nein», sagte ich langsam, «das kann ich mir nicht vorstellen. Und doch, wenn sie nicht völlig gefühllos ist, wird es sie belastet haben. Hat sie Tagebuch geschrieben? Nein, kaum. Oder sie hat es später vernichtet. Die Frau ist gründlich und besonnen. Sie macht keine Fehler.»

«Vielleicht hatte Patricia noch die Zeit, jemandem zu erzählen, worum es ging», schlug Marc vor. «Ihrem Ehemann? Einer Freundin?»

Martin nickte und kritzelte erneut. «Gute Idee. Kassandra hat schon einen Bezug zu Stefano de Rossi hergestellt. Ihn müssen wir erneut befragen, konkreter. Vielleicht weiss er was.»

«Und vielleicht rennt er umgehend zu seiner Schwiegermutter und erzählt ihr von unserer Frage», warf Selma kritisch ein.

«Das müssen wir riskieren», beschied Marc. «Der potentielle Nutzen ist grösser. Zudem geht es hier nicht nur um unsere Sicherheit. Wenn es noch weitere Mitwisser gibt, sind diese in Gefahr. Wir müssen schneller bei ihnen sein als Claudine.»

Verwirrt betrachtete ich ihn. Es schien, als verfüge dieser Mann, den ich so gut zu kennen glaubte, über eine Art unsichtbarer innerer Grenze, die seine wohlbekannte Neigung zu vorsichtigem Zweifeln von einer kalten, klaren Entschiedenheit trennte. Und es schien, als habe Claudine Mathier diese Grenze überschritten.

Ich wusste nicht, was ich davon halten sollte. Ich war dankbar für seine Loyalität, die ich zuvor so schmerzlich vermisst hatte, für seine Unterstützung und seine Tatkraft. Und gleichzeitig entglitt mir damit die Möglichkeit, ihm die Schuld zu geben für meinen Treuebruch. Es war leichter gewesen, diese Nacht mit Martin vor mir selbst zu rechtfertigen, solange Marc so abweisend und vorwurfsvoll gewesen war. Jetzt erschien mir dieser Fehltritt umso bitterer.

«Emil Lüscher», warf Martin ein, der sich unentwegt Notizen machte. «Wie er involviert ist, ist noch völlig unklar. Warum schafft er die Krankengeschichte von Patricia Mathier de Rossi aus dem Weg? Was hat er mit dieser Geschichte überhaupt zu schaffen? Will er Claudine Mathier schützen? Wenn ja, weshalb? Haben sie ein Verhältnis? Tut er ihr einen Gefallen? Eine Straftat scheint mir indes ein ziemlich grosser Gefallen zu sein. Auch das Deponieren einer fingierten Suizidnote ist grenzwertig. Was hat er für ein Motiv?»

«Ein Motiv, mit dem er seine eigene Haut rettet, nehme ich an», mutmasste Marc. «Ich zumindest müsste gravierende Eigeninteressen haben, um dafür ein Verbrechen zu begehen.»

Und das war es. Das Bruchstück einer Erinnerung, das ich die ganze Zeit zu erhaschen versucht hatte. «Claudine Mathier war seine Patientin!», brach es aus mir heraus. «Natürlich! Sie hat es mir gesagt!» Ich fühlte mich wie elektrisiert. «Sie hat ihrer Tochter eine Behandlung bei Adrian Wyss empfohlen – weil sie selbst eine Weile bei dessen Praxispartner in Beratung gewesen war. Das ist es!»

«Dann wird er von ihrer Tat wissen. Und offenbar hat er geschwiegen, das Geheimnis bewahrt. Obwohl trotz ärztlicher Schweigepflicht bei Verbrechen gegen Leib und Leben ein Melderecht besteht – er hätte es den Behörden mitteilen dürfen. Aber er hat es nicht getan», spann Selma den Faden weiter.

«Kinder», mahnte Martin, «wir operieren hier im Konjunktiv. Nichts ist sicher.»

«Eine Krankengeschichte», rief ich. «Wenn er sie behandelt hat, dann wird noch eine Krankengeschichte in der Praxis vorhanden sein!»

«Schon wieder nächtliche Aktionen?», entgegnete Marc stirnrunzelnd. «Aber diesmal bin ich mit dabei.»

«Wenn er soweit geht, dass er Straftaten für sie begeht, dann wird er ihre Akte schon lange auf die Seite geschafft haben», gab Selma zu bedenken.

«Aber es ist einen Versuch wert», beharrte ich stur. «Ich muss noch einmal mit Catherine Wyss sprechen. Ob Emil Lüscher nach dem Einbruch die Schlösser hat auswechseln lassen? Und ob sie einen neuen Schlüssel hat?»

In diesem Moment klingelte mein Telefon.

«Nora!» Gierig griff ich nach dem Gerät, stutzte dann. «Das ist nicht Nora», stellte ich mit einem Blick aufs Display fest. Und dann spürte ich, wie mein Mund trocken wurde. «Es ist Leo. Noras Ehemann.» Mit zitternden Fingern nahm ich das Gespräch an.

«Ka?» Leos Bariton, der normalerweise bärenhafte Ruhe ausstrahlte, kippte in den Tenor. «Gott sei Dank! Es geht um Nora. Sie ist angegriffen worden. Ka, hörst du? Nora wurde überfallen!»

22. Kapitel

Die Notfallstation des Sonnenhofspitals verbreitete die gedämpfte Ruhe, die ich von Spitälern im Nachtbetrieb kannte. Der Wartebereich war leer, als wir zu viert durch die gläserne Eingangstür stürmten, auch die Loge war verlassen. Wir kamen zum Stehen, blickten uns suchend um, und mir schoss wirr durch den Kopf, dass es beruhigend war, dass Nora hier war, im kleineren Sonnenhofspital, nicht im Inselspital. Dann konnte es nicht ganz so schlimm sein. Oder doch? Leo war vollkommen ausser sich gewesen, kaum fähig zu sprechen. Was war mit Nora passiert?

Eine Pflegefachfrau in weiss-gelber Arbeitskleidung kam uns aus einem weiter hinten gelegenen Bereich entgegen. Mit professioneller Gründlichkeit musterte sie uns, suchte unsere Erscheinung ab nach augenfälligen Verletzungen oder Krankheitszeichen, um auszumachen, wer von uns der Patient war.

«Wir möchten zu Nora Rufer», erklärte ich rasch. «Ich bin ihre Cousine, ihr Mann erwartet mich. Wo finde ich sie?»

Mit einem seltsamen Lächeln auf dem Gesicht, das ich mir nicht erklären konnte, wies uns die Frau in Richtung des kleinen Operationsraums – oh Gott, Operationsraum? Mir wurde schwarz vor Augen. Hastig eilte ich durch einen schmalen Gang mit einem Leuchtkasten für Röntgenbilder und klopfte dann vorsichtig an die mit OP1 angeschriebene Tür. Eine weitere Pflegefachfrau öffnete und liess uns ein.

Nervös blickte ich auf den Operationstisch, an dem ein Assistenzarzt in weissem Kittel eben mit einer Wundversorgung beschäftigt war – auf einem Beistelltisch, bedeckt mit einem grünen Tuch, lagen sterile Instrumente und blutige Tupfer.

Auf der Operationsliege lag – Leo.

«Was machen Sie denn hier», schnappte der gestresste Arzt unwirsch, während er eine unschöne Platzwunde an Leos Stirn mit einer Einwegspritze ausspülte, «ich bin hier am Nähen und möchte nicht gestört werden.»

«Keine Sorge», erklang eine genervte Stimme aus einer Ecke des Raums, «drei dieser vier Besucher hier sind Ärzte, die werden Ihnen weder an Ihren Instrumenten herumfingern noch in Ohnmacht fallen. Im Gegensatz ...» Nora liess den Satz unheilvoll im Raum hängen und beäugte ihren bleichen Ehemann vorwurfsvoll.

«Nora!» Aufgelöst trat ich auf meine Cousine zu. «Du bist überfallen worden? Was ist passiert? Wie geht es dir?»

Nora lächelte breit und umarmte mich. «Keine Sorge, es geht mir bestens. Ein paar Kratzer und Blutergüsse, nichts weiter. Nicht der Rede wert. Das habe ich auch Leo hier», verächtlich wies sie mit dem Daumen über ihre Schulter, «in aller Ausführlichkeit klar gemacht, was ihn aber nicht davon abgehalten hat, ein Theater zu veranstalten und mich hier auf den Notfall zu schleppen. Natürlich hat auch Dr. Fehrmann», sie wies auf den Assistenzarzt, «mir bestätigt, dass die paar Blessuren, die ich bei dem Angriff abbekommen habe, nichts Ernstes seien. Und als er dann zur Sicherheit meine Tetanus-Impfung aufgefrischt hat, hatte Leo», ein dramatisches Augenrollen, «nichts Besseres zu tun, als in Ohnmacht zu fallen und sich dabei die Stirn blutig zu hauen. Jetzt hat Dr. Fehrmann mit ihm mehr zu tun als mit mir.»

Anklagend drehte sie sich zu Leo um.

«Mir liegt eben an dir», knurrte dieser unter dem Abdecktuch hervor. Nora schnaubte.

Erleichterung machte sich in mir breit. «Was ist passiert? Ich bin fast durchgedreht vor Angst.»

Nora setzte zu einer Erwiderung an, wurde aber vom zunehmend irritierten Dr. Fehrmann unterbrochen. «Würde es Ihnen etwas ausmachen, diese Unterhaltung draussen fortzusetzen? Ich versuche, mich hier zu konzentrieren – damit Herr Rufer später nicht aussieht wie Frankensteins Monster, wenn Sie erlauben.»

«Aber sicher, Herr Doktor, natürlich», meinte Nora ungewöhnlich milde und schob uns alle aus dem Zimmer in Richtung Wartebereich, wo sie sich auf einen der Besuchersessel fallen liess. Sie sah ungeachtet ihrer aufmüpfigen Art blass aus, und als sie sich ausstreckte, fiel mir ein hässlicher dunkelroter Bluterguss an ihrem Hals auf.

Nora, die meiner Blickrichtung folgte, wirkte schuldbewusst. «Ka, tut mir leid, dass ich mich nicht gemeldet habe. Der Akku meines Mobiltelefons hat den Geist aufgegeben, das verflixte Gerät ist mausetot, und ich war den ganzen Tag unterwegs – ich wollte dich heute Abend von unserem Festnetzanschluss aus anrufen und dir alles erzählen, aber dann ...»

«Schwamm drüber», erwiderte ich forsch. «Erzähl uns, was passiert ist.»

Nora dehnte sich unbehaglich. «Nun, wie versprochen habe ich mir gleich als Erstes heute Morgen einen dringenden Termin bei Emil Lüscher geben lassen. Ich bin ja seine Patientin, nicht wahr? Um halb elf wurde ich vorgelassen.»

«Was hast du ihm erzählt?», fragte ich, um Ruhe bemüht.

«Nun, ich hatte diese schlimmen Alpträume, nicht wahr?» Nora lächelte unschuldig. «Wirklich hässliche Träume von toten Menschen, die mir im Schlaf erschienen sind und mir Botschaften zugeflüstert haben. Ein dunkelhaariger Mann, triefend nass und totenbleich. Eine Frau mittleren Alters, mit verschwollenem Gesicht und starrenden Augen. Und ein junger Mann mit Basler Akzent – findet ihr, das mit dem Basler Akzent war zu dick aufgetragen? Alle sind sie in meinem Traum um mich herumgestrichen, geisterhafte Gestalten, und haben mir zugewispert: ‹Geh zu Emil Lüscher! Frage ihn nach uns!›...» Sie grinste breit und sah dabei, ungeachtet ihrer dunklen, eleganten Schönheit, mehr denn je aus wie ein Kobold.

«Das hast du nicht im Ernst zu ihm gesagt!», stiess Marc dumpf hervor.

Nora zuckte gleichmütig die Achseln. «Wie ich schon sagte, diesmal ohne Narkose.»

«Und Lüscher?», warf ich ein. «Wie hat er reagiert?»

«Hat selbst ausgesehen wie eine totenbleiche, geisterhafte Gestalt. Schluckte trocken, als müsste er sich gleich übergeben. Faselte etwas von Psychose und wollte mir eine Unmenge an Medikamenten verschreiben. ‹Doktor Lüscher›, habe ich gesagt und ihm tief in die Augen geschaut, ‹ich kann diese Medikamente nicht nehmen. Ich muss diese Botschaften hören, muss diesen Toten Raum geben. Ich bin sicher, sie wollen mir noch mehr sagen, viel mehr. Heute Nacht.› Ziemlich cool, findet ihr nicht auch?»

«Bist du des Wahnsinns fette Beute?», brüllte ich sie an. «Der weiss, wer du bist, der hat deine Adresse! Wie konntest du nur so leichtsinnig sein!»

«Nun ja», räumte Nora ein, «das hatte ich nicht bedacht. Ich hatte an sich nicht geplant, dermassen dick aufzutragen, aber als ich da so vor ihm sass, gingen die Pferde mit mir durch. Ich habe die möglichen Risiken völlig ausgeblendet. Die kamen mir erst zu Bewusstsein, als ich heute Abend von einem Besuch bei einer Bekannten heimkam – als ich auf unser Haus zuging, stürzte sich unvermittelt eine Gestalt aus der Dunkelheit und griff mich von hinten an, packte mich und begann mich zu würgen.» Beredt packte sie mit beiden Händen ihren versehrten Hals und demonstrierte das Geschehen.

Mir wurde schwindlig. Marc riss schockiert die Augen auf. «Wer hat dich gerettet? Leo?»

Nora blickte ihn verständnislos an. «Gerettet? Wieso?»

«Du wurdest gewürgt! Wer hat dir geholfen, wer hat den Kerl vertrieben?»

«Niemand hat mir geholfen», versetzte Nora unwillig und stand unvermittelt auf. «Marc, komm mal her. Würge mich.»

«Bitte was?» Marc wirkte entgeistert.

«Na los, steh auf, würge mich, von hinten, mit dem Unterarm quer über meinem Hals! Hopp!»

Marc erhob sich langsam, warf mir dabei einen ratlosen Blick der Sorte «hat der Angreifer sie am Hirn verletzt?» zu.

«Würge mich! Von hinten! Und zwar richtig!», befahl Nora streng.

Marc legte ihr zaghaft seine grossen Hände um den Hals, als sie ihn jedoch erneut anpflaumte: «Richtig, habe ich gesagt!», griff er beherzter zu, trat nahe an sie heran und schlang ihr sehr realitätsgetreu seinen muskulösen Unterarm um den Hals. Es sah erschreckend aus.

Noch erschreckender jedoch war die rasche, mit blossem Auge kaum nachvollziehbare Drehbewegung, mit der Nora unter ihm wegtauchte und ihm dabei mit fast tänzerischer Eleganz den Würgearm verdrehte. Behende täuschte sie einen Schlag mit der freien Hand an seine Schläfe an: «Zack. Wenn ich jetzt richtig zuschlagen würde, sähst du alt aus, mein Lieber.»

Sie liess Marc los und sah mit Genugtuung in die Runde, in die fassungslosen Gesichter von Martin, Selma und mir. «Krav Maga», erklärte sie schlicht. «Israelisches Selbstverteidigungsprogramm. Ziemlich heftig. Und ganz schön blöd für den Angreifer, dass ich erst am Dienstagabend im Kurs die Würgeabwehr von hinten trainiert habe.»

Ich erinnerte mich recht spät daran, meinen Mund wieder zuzuklappen. «Ich wusste gar nicht, dass du das kannst!»

Marc strahlte. «Das lernst du auch, Ka! Bei deiner Neigung zu heiklen Fällen ist das ein Muss!»

Ich überging ihn. «Und was ist dann passiert?»

Nora verzog das Gesicht. «Dann bin ich ins Stolpern geraten, und der Kerl hat die Gelegenheit beim Schopf ergriffen, sich aufgerappelt und ist davongelaufen. Ich hatte wenig Lust, ihm hinterherzusetzen. Er war doch deutlich grösser und schwerer als ich.»

Für einen Moment war ihr der Schrecken deutlich anzusehen, ehe sie sich wieder zusammenriss. Seufzend liess sie sich in den Sessel fallen. «Der Ernstfall ist nie so lustig wie das Training. Geht einem doch an die Nieren.»

Mein Herz zog sich zusammen. Tapfere, unverwüstliche, wunderbare Nora. Sie sah verletzlicher aus, als ich sie je zuvor gesehen hatte.

«Hast du den Angreifer erkannt?», fragte Martin ruhig.

Sie warf ihm einen Seitenblick zu. «Nein. Er war maskiert, wie ein Schmierenkomödiant. Mit Skimütze und Sonnenbrille – bei der Dunkelheit. Ein Wunder, dass er genug gesehen hat, um mich zu attackieren. Ich könnte nicht beschwören, dass es Lüscher war.»

«So ein Mist», stiess Marc hervor. «Aber vielleicht lässt sich das trotzdem nachweisen? Hast du ihn gekratzt? Vielleicht finden sich seine Hautzellen unter deinen Fingernägeln! Herrgott nochmal, es muss sich doch beweisen lassen, dass er hinter dem Angriff steckt!»

Nora musterte leicht angewidert ihre Fingernägel, ehe sie entgegnete: «Nein, ich fürchte nicht, Marc. Ich habe seine Haut nicht zu fassen bekommen – ich glaube, er trug sogar Latexhandschuhe, so fühlte es sich zumindest an. Er hat sich abgesichert.»

Ich stampfte vor Wut und Enttäuschung mit dem Fuss auf. «Verdammt nochmal! Macht der denn nie einen Fehler?»

«Wie es aussieht, macht er seine Sache geschickt», meinte Nora. «Aber eins weiss ich: Der Mann hatte Angst.»

«Angst?»

«Panische Angst. Ich habe es gerochen. Oh Gott!» Unvermittelt setzte Nora sich gerade hin. «Das darf doch nicht wahr sein.»

Alarmiert wandten wir uns um, in ihre Blickrichtung. War der Angreifer zurück? Hatte er Nora bis ins Spital verfolgt?

Dann sah ich die schlanke Gestalt einer älteren Dame auf den Eingangsbereich zuhasten, kopflos und sichtlich zermürbt.

«Ich bringe Leo um», knurrte Nora leise, um dann mit aufgesetzter Heiterkeit aufzuspringen und der Frau entgegenzugehen. «Mama! Alles in Ordnung! Keine Sorge, mir ist nichts passiert!»

Es hatte eine Weile gedauert, Noras Mutter zu beruhigen, den belämmerten Leo auf seinem Weg ins Auto zu stützen und Nora mit scharfen Worten anzuweisen, sehr gut auf sich aufzupassen. Nachdem die drei abgefahren waren, standen Marc, Martin, Selma und ich noch eine Weile auf dem dunklen Parkplatz des Spitals zusammen. Eine Weile sagte keiner von uns ein Wort.

«Nun gut», sagte ich schliesslich. «Jetzt gilt es ernst. Ich kümmere mich um Stefano de Rossi und um Catherine Wyss, gleich morgen.»

«Ich rufe Andrea Bussinger an», ergänzte Martin ruhig. «Ich frage sie, ob sie von engen Freunden und Vertrauten von Claudine Mathier weiss. Einen Versuch ist es wert.» Er warf mir einen langen Blick zu, der mich für einen Moment aus dem Konzept brachte.

«Ich gehe auf Bernhard Leutwyler zu – der kennt so ungefähr jeden niedergelassenen Psychiater in der Umgebung», sagte Selma. «Und er schuldet dir einen Gefallen, Ka, nach der Sache mit dem Telefon. Vielleicht weiss er, wer Emil Lüschers engste Freunde sind. Und denen kann ich nachgehen.»

Martin machte eine unwillige Kopfbewegung, die mir einen seltsamen Stich versetzte. Warum durfte ich mich einer Gefahr aussetzen, Selma jedoch nicht?

«Und ich», schloss Marc mit einem leicht bedrohlichen Unterton, «überlege mir einen Plan B. Für den Notfall.»

Fragend blickte ich ihn an, doch er sagte nicht mehr dazu. Sein Gesicht sah in der Dunkelheit eigenartig hölzern aus.

23. Kapitel

Etwas war anders geworden. Jetzt, wo der befürchtete Ernstfall eingetreten war und ich uns alle in umfangreiche Schwierigkeiten gebracht hatte, war mein Mann ruhig, gelassen und angesichts der drohenden Gefahr kalt wie Stahl. Diese Kälte indes erstreckte sich nicht auf meine Person. Marc war wieder da, warm, zugewandt, tröstlich. Er war der Mann, den ich kannte, und gleichzeitig ein verwirrender Fremder.

Lag es an mir? Hatte die Nacht mit Martin mich verändert, meinen Blick auf unsere Ehe, auf mich selbst? Oder war er ein anderer geworden? Ich konnte es nicht sagen. Sicher war nur, dass er mir echter, präsenter, dreidimensionaler vorkam als zuvor. Es war, als würde ich ihn deutlicher wahrnehmen – die dunklen Haare auf seinem Unterarm, seinen Geruch, seine Angewohnheit, sich fahrig über die Stirn zu streichen. Nichts an ihm wirkte mehr gewöhnlich oder alltäglich. Er kam mir flüchtig vor, beängstigend endlich. Nichts war mehr selbstverständlich, alles schien in Frage gestellt. Weil ich es in Frage stellte, insgeheim. Weil in meinem Geist ein neuer Ordner geöffnet worden war, ob es mir passte oder nicht, ein Ordner, der Martins Namen trug.

Dass er nicht mehr selbstverständlich war, machte ihn kostbarer, ging mir durch den Kopf, als ich in dieser Nacht in unserem Bett lag, eng an Marcs Brust geschmiegt. Unser Bett, unser Zimmer, unser Haus, unser Leben. Alles endlich. Ich drückte mich enger an ihn, und er erwiderte meine Umarmung, suchte nach meinen Lippen.

Zwei Männer, zwei Möglichkeiten. Und ich wusste nicht mehr ein noch aus.

Am Montagmorgen machte ich mich ohne Umschweife ans Werk. Ich rief Catherine Wyss an, um mich für den Vormittag anzumelden, und fuhr dann los Richtung Zollikofen. Zur Bankfiliale, wo Stefano de Rossi arbeitete.

Diese Banken, so fand ich, sahen alle gleich aus – gediegen, bodenständig, verlässlich. Zielstrebig trat ich an den Informationsschalter.

«Guten Tag. Ich möchte mit dem Filialleiter sprechen, mit Stefano de Rossi.»

Der beflissene junge Mann im schicken Anzug nickte freundlich. «Sie haben einen Termin?»

«Leider nein.»

Seine Beflissenheit verminderte sich kaum merklich. «Oh, das ist aber unangenehm. Herr de Rossi ist sehr beschäftigt, gerade jetzt ist er in einer Sitzung. Ich kann ihn unmöglich stören. Aber wenn Sie möchten, kann ich Ihnen gerne einen Termin für nächste Woche geben.»

Mir war bewusst, dass in so einem Fall zielstrebige Höflichkeit angeraten war. Aber meine Nerven waren überreizt und meine Geduld spärlich.

«Nun gut», sagte ich mit schwellender Stimme. «Nun gut, wenn der Filialleiter keine Zeit für mich hat, dann will ich natürlich nicht stören!» Eisern blickte ich dem verdatterten Angestellten ins Auge. «Ist ja klar, dass man solche Machenschaften lieber unter den Teppich kehren und bescheidene Kunden wie mich zum Schweigen bringen möchte, aber ich werde nicht schweigen, oh nein!» Mittlerweile hatte ich meine Tonlage von barsch zu schrill hochgedreht, und verschiedene Kunden drehten sich beunruhigt nach mir um. «Wenn der Herr Filialleiter keine Zeit hat, dann werde ich hier warten, genau hier, und ich werde aller Welt erzählen, wie schändlich und himmelschreiend diese Bank mit mir umgegangen ist. Oh ja! Alle sollen es hören!»

Nicht ohne Mitgefühl nahm ich zur Kenntnis, dass mein Gegenüber einen ungesunden Rotton angenommen und zu schwitzen begonnen hatte. «Nun, meine Dame», redete er auf mich ein, «vielleicht kann ich Ihnen weiterhelfen? Wenn Sie mir in den Beratungsbereich folgen würden ...»

«Beratungsbereich?», trompetete ich empört. «Auf keinen Fall! Ich spreche mit Herrn de Rossi und keinem anderen!»

Mit einem hilflosen «Ich werde sehen, was ich machen kann» stürzte der Jüngling davon. Ich wartete gelassen, die argwöhnischen Blicke der Umstehenden ignorierend, bis er nur wenige Augenblicke später mit seinem angespannt wirkenden Chef zurückkkam.

«Bitte sehr, Herr de Rossi persönlich», hechelte er entgegenkommend. «Er konnte es nun doch möglich machen ...»

«Danke sehr», entgegnete ich zuckersüss, und dann, an den sichtlich erstaunten de Rossi gewandt: «Können wir? Ich habe etwas Wichtiges mit Ihnen zu besprechen.»

Perplex ging mir Stefano de Rossi voran, hielt mir, ganz Gentleman in allen Lebenslagen, die Tür zu seinem geräumigen und edel eingerichteten Büro auf. Ich setzte mich mit Grazie auf einen seiner Besuchersessel.

«Sie kenne ich doch», stiess er verdattert aus. «Aus dem Fitnessstudio. Die Psychiaterin, richtig? Und nun haben Sie ... eine Beschwerde?»

«Nein, Herr de Rossi, keine Beschwerde. Das war nur ein Vorwand.»

«Oh.» Er setzte sich.

«Ich hatte nicht die Zeit, einen Termin mit Ihnen zu vereinbaren. Entschuldigen Sie das Theater, aber es ist dringend.»

Er zuckte nonchalant die Achseln. Er sah gut aus in seinem Anzug, erwachsener und ernster als im Trainingszeug. «Nun denn. Die Sitzung war ohnehin sterbenslangweilig.»

Ich lächelte dankbar. «Es geht um Ihre verstorbene Frau. Beziehungsweise um deren Mutter.»

Jetzt wirkte er vor den Kopf gestossen. «Um Claudine?»

«Ja. Wie stehen Sie zu Ihrer Schwiegermutter? Haben Sie ein enges Verhältnis zu ihr?»

«Entschuldigen Sie ...» Er hielt mich offenbar für eine Irre. «Wieso kommen Sie hierher, mit Pomp und Getöse, und fragen nach meiner Schwiegermutter?»

«Herr de Rossi.» Ich sah ihn flehend an. «Es ist wichtig. Mehr noch: Es geht um Leben und Tod. Stehen Sie gut mit Ihrer Schwiegermutter?»

Er blickte mich lange unverwandt an, ohne etwas zu sagen. Dann gab er sich einen Ruck. «Nicht besonders. Sie ist eine unnahbare Frau, korrekt, anständig, aber kühl. Wir hatten kein schlechtes Verhältnis, aber auch kein besonders gutes. Weshalb?»

Ich schüttelte den Kopf. «Hat Ihre Frau Ihnen jemals etwas anvertraut, das ihre Mutter betraf? Eine Geschichte, die sie erschreckt hatte? In den Tagen vor ihrem Tod vielleicht?»

Ratlos öffnete er den Mund. «Nein. Nicht, dass ich wüsste. Aber warum ...»

«Hatte Patricia enge Freundinnen? Denen sie so etwas anvertraut hätte?»

«Verdammt nochmal!», fuhr er mich an. «Jetzt sagen Sie mir endlich, warum Sie hier sind!»

Ich faltete meine Hände. «Weil ich Ihre Schwiegermutter des Mordes verdächtige.»

«Mord?», flüsterte de Rossi heiser, ehe er zu seinem Arbeitstisch hinüberging und sich eine Zigarette ansteckte.

«Ich fürchte es, ja.»

Gierig rauchend kehrte er zu mir zurück. «Erzählen Sie», forderte er knapp.

«Ich bin mir nicht sicher. Aber vor einigen Wochen ist der Psychiater Ihrer verstorbenen Frau zu Tode gestürzt, Adrian Wyss. Später kam eine Patientin von mir, eine Marie Lanz ums Leben.» Die Datenschützerin in mir kringelte sich vor Elend, aber es half alles nichts – ich musste offen mit ihm sein, wenn ich ihn für meine Sache gewinnen wollte.

«Ich kenne Marie», versetzte Stefano. «Sie war eine entfernte Freundin von Patricia.» Sein etwas angewiderter Blick machte deutlich, dass diese Bekanntschaft bei weitem nicht entfernt genug für seinen Geschmack gewesen war. «Sie ist tot?»

Ich nickte. «Und vor fünf Jahren kam in Basel der Konkurrent Ihrer Schwiegermutter, Max von Büren ums Leben.»

«Ach, das», de Rossi wedelte abwehrend mit seiner halb gerauchten Zigarette, «das ist Schnee von gestern. Wurde aufgeklärt – es war ein Unfall.»

«Sind Sie sicher?», fragte ich ruhig.

«Claudine hat es uns so geschildert», entgegnete er.

Ich nickte erneut. «Alle drei Todesfälle sehen wie Unfälle aus. Aber da gibt es eine Menge Ungereimtheiten. Und die losen Fäden, die ich aufgesammelt habe, weisen in die Richtung von Claudine Mathier. Wissen Sie, was ich glaube? Ich glaube, Ihre Schwiegermutter hat vor fünf Jahren Max von Büren umgebracht. Alles lief gut, bis die Sache eines Tages herauskam. Ausgerechnet Ihre verstorbene Frau hat herausgefunden, was ihre Mutter getan hatte. Patricia hat es ihrem Psychiater anvertraut, und offenbar hat sie es auch Marie Lanz erzählt. Beide waren gefährliche Mitwisser, und beide sind nun tot. Welch dienlicher Zufall, nicht wahr?»

«Wie hat Patricia davon erfahren?», stiess de Rossi hervor.

Ich seufzte. «Ich weiss es nicht. Ich habe gehofft, Sie könnten mir hier helfen. Herr de Rossi – hatte Ihre Frau Freundinnen, die ich fragen könnte? Die etwas wissen könnten?» Ich breitete in einer hilflosen Geste die Hände aus. Ich war mir nur allzu bewusst, dass ich mich hier einem Fremden anvertraute, dass ich nicht wusste, wo seine Loyalitäten lagen. «Ich versuche, die Sache zu beweisen. Ich brauche Ihre Unterstützung.»

Er rang mit sich, das war offensichtlich. Seine Kiefer mahlten. Seine Zigarette, längst aufgeraucht und ausgedrückt, hielt er nach wie vor krampfhaft zwischen seinen Fingern, wie einen Talisman.

«Es gab Freundinnen, sicher», sagte er schliesslich. «Aber keine davon wird Ihnen etwas verraten.»

Ich liess meine Schultern nach unten sacken.

«Aber», er presste die Lippen zusammen, «vielleicht werden sie mir etwas sagen.»

Rasch hob ich den Kopf. «Sie helfen mir?»

«Ja. Geben Sie mir Ihre Telefonnummer. Ich rufe Sie an, wenn ich etwas weiss.»

Ich hatte mich in Stefano de Rossis Hand begeben, das war mir bewusst. Allerdings, so überlegte ich, während ich mein Auto in Richtung Hinterkappelen steuerte, hatte ich nicht viel zu verlieren. Auf dem Weg rief ich Martin an – um ihn über meine Fortschritte zu informieren, wie ich mir versicherte. Mein Herz machte einen Satz, als ich seine Stimme über die Freisprechanlage hörte.

«Kassandra? Wo steckst du?»

Rasch informierte ich ihn über die Lage. «Und bist du zu Andrea durchgedrungen?», wollte ich wissen, ehe er mir Vorhaltungen über meine Offenheit gegenüber de Rossi machen konnte.

«Ich musste erst an Conny vorbei, und glaub mir, das war harte Arbeit.» Ich musste über den selbstmitleidigen Unterton in seiner Stimme lachen. «Fehlanzeige. Andrea weiss nichts von engen Freunden. Die Mathier halte ihr Privatleben streng von ihrer Arbeit getrennt. Ausserdem, so mutmasst Andrea, habe sie wahrscheinlich überhaupt kein Privatleben. Die Frau lebe für ihre Arbeit, sei immer erreichbar, immer zur Stelle, wenn die Firma sie brauche. Als ich nachgefragt habe, ob Andrea jemanden wüsste, dem Claudine Mathier sich anvertrauen würde, hat die nur laut gelacht. Ich fürchte, hier kommen wir nicht weiter.»

Ich ächzte. «Wir haben es nicht anders erwartet, aber trotzdem schade. Wie geht es dir?»

Es hätte beiläufig klingen sollen, tat es aber nicht.

Er zögerte einen Moment. «Ich denke den ganzen Tag an dich. Du fehlst mir.»

Und auf einmal waren die Bilder wieder da, sein Gesicht ganz nah an meinem, seine Hände auf meiner Haut, sein leises Atmen, als er neben mir schlief. Mein Mund wurde trocken.

«Du mir auch.»

Wieder stand ich vor dieser Barriere, wieder liess Catherine Wyss mich ein. Sie wirkte angespannt.

«Die Kinder sind in der Schule», sagte sie, während sie mich ins Wohnzimmer führte. Ich erinnerte mich, dass sie schon bei meinem letzten Besuch den Verbleib ihrer Kinder erwähnt hatte. Als ob deren Fehlen ihre Existenz in Frage stellte. Eine Mutter mit Leib und Seele.

«Worum geht es?», wollte sie wissen. «Wieder um meinen Mann? Haben Sie etwas herausgefunden?»

Schlagartig wurde mir bewusst, dass ich mich seit dem fingierten Einbruch in Emil Lüschers Praxis nicht mehr bei ihr gemeldet hatte. Ich hatte ihr ihre Schlüssel zurückgeschickt – und sie dann vergessen. Als ich jetzt in ihr aufgeregtes Gesicht sah, kam ich mir schäbig vor.

«Es ist viel passiert, seit wir uns zuletzt gesehen haben, Frau Wyss», begann ich behutsam, sobald wir uns gesetzt hatten. «Eine weitere Frau ist gestorben, eine Patientin Ihres Mannes. Ich bin sicher, dass sie etwas wusste und deshalb umgebracht wurde, aber nach aussen hin sah es wie ein Unfall aus.» Catherine Wyss presste sich erschrocken eine Hand vor den Mund.

«Meine Freunde und ich verfolgen zwei Spuren», fuhr ich fort und fühlte mich recht professionell bei diesen Worten. «Eine von beiden führt zu Emil Lüscher.»

Sie erbleichte. «Also doch.»

«Wir gehen davon aus, dass der Einbruch in die Praxis damals arrangiert war, und zwar von Emil Lüscher, um Hinweise beiseitezuschaffen. Das ist ihm aber nicht gelungen, ich bin ihm zuvorgekommen. Trotzdem», ich hob die Hände, «haben wir nicht genug gegen ihn in der Hand. Frau Wyss? Hat Lüscher Ihnen die neuen Praxisschlüssel gegeben?»

Sie sah auf. «Ja, hat er. Er möchte, dass ich Adrians Büro ausräume – er will einen neuen Partner suchen. Aber bis jetzt habe ich es einfach nicht geschafft. All diese Erinnerungen ...»

Ich nickte verständnisvoll. «Dürfte ich die Schlüssel noch einmal haben?»

«Sicher. Wenn es Ihnen nützt. Ich will, dass Adrians Tod aufgeklärt wird.» Sie erhob sich, um die Schlüssel zu holen.

Ich hielt sie zurück. «Es gibt noch etwas anderes, um das ich Sie bitten möchte. Etwas Schwieriges.»

Sie blickte mich fragend an. «Was denn?»

«Haben Sie alte Briefe von Ihrem Mann? Kurze Notizen, kleine Botschaften, dergleichen?»

Sie zuckte zusammen, fasste sich dann wieder. «Ja, einige. Was wollen Sie damit?»

Entschuldigend sah ich sie an. «Sie zerschneiden.»

24. Kapitel

«Ich fasse es nicht, dass du schon wieder in dieser Praxis stehst. Das Leben geht oft seltsame Wege», philosophierte Marc. Im Licht der Taschenlampe wirkte er bleich, wie ein Fisch im Aquarium.

«Hilf mir lieber, statt Sprüche zu klopfen», versetzte ich zischend. «Richte den Lichtstrahl hierhin, damit ich etwas sehe. Dieses Herumgetappe im Dunkeln beginnt mich zu nerven.»

Marc gehorchte und richtete die Taschenlampe auf die Kartei, die ich gerade durchwühlte – Emil Lüscher, so wusste ich von Catherine Wyss, hatte seine aktuellen Fälle in einem eigenen Schrank neben dem Archiv abgelegt.

«Masson, Mast, Mathis, Matter ... So ein Mist, hier ist sie nicht.» Frustriert stiess ich die Schublade zu. Es schepperte metallisch.

«Scht!», machte Marc streng. «Nicht so laut! Schau trotzdem im Archiv nach, ja?»

Ich tat wie geheissen – langsam kannte ich mich im Archivsystem der Praxis Wyss und Lüscher besser aus als in meiner eigenen Küche. In der Schublade M/N wühlte ich mich erneut durch die einzelnen Krankengeschichten, wenn auch diesmal mit anderer Mission. Ohne Erfolg.

«In Lüschers Büro», kommandierte Marc, und gemeinsam schlichen wir durch die nächtliche Stille.

Es war halb elf Uhr nachts, und von der Strasse unten drangen vereinzelt Rufe und Gelächter herauf, Partygänger, die den Samstagabend genossen – im Haus war alles still. Und angesichts meiner Erfahrungen bei meinem letzten Besuch hoffte ich, dass dem auch so blieb. Ich war froh, dass Marc bei mir war. Seine breite, stabile Gestalt gab mir

Sicherheit und drängte die vergangenen Schrecken in den Hintergrund.

Emil Lüschers Praxisraum war noch gediegener als der seines verstorbenen Kollegen. Ein düsteres Ölportrait in einem barocken Goldrahmen prangte über einem eleganten rotbraunen Schreibtisch mit geschwungenen Beinen.

«Louis quinze», bemerkte Marc mit Kennerblick, «sicher schweineteuer.»

Ich nahm das wortlos zur Kenntnis und suchte den Raum nach einem Aktenschrank ab. Ich hatte Glück – er war nicht verschlossen. Aber auch hier blieb ich erfolglos und fand nichts ausser alten Bankbelegen und Buchhaltungs-Ordnern.

«Verdammt», stiess ich halblaut hervor. «Hier ist sie auch nicht. Vielleicht in den Schubladen seines Schreibtisches?»

Emil Lüscher war offenbar kein misstrauischer Mensch. Die Schubfächer seines Pultes waren alle unverschlossen. Rasch wühlte ich ihren Inhalt durch, schob leere Couverts und Sichtmappen beiseite, sah unter einem Stapel von Abrechnungen nach und durchsuchte ein Fach mit Süssigkeiten – Lindorkugeln, Gummibärchen. Lüscher hatte offenbar einen süssen Zahn.

«Und?», wollte Marc ungeduldig wissen.

«Nichts. Wie befürchtet.» Resigniert atmete ich aus. «Ich bin nicht überrascht. Also nicht auf die einfache Tour.»

Marc musterte mich. Ich konnte sein Gesicht nicht richtig erkennen, aber seine Augen glänzten im Halbdunkel wie polierter Stein. «Und jetzt? Gehen wir wieder?»

«Gleich.»

Ohne mich weiter zu erklären, trat ich durch die Tür auf den Gang der Praxis, durchmass ihn mit einigen raschen Schritten. Zielstrebig öffnete ich die Tür zu Adrian Wyss' Praxisraum. Auch sie war nicht verschlossen.

«Was hast du vor?», fragte mein Mann, der mir auf dem Fuss gefolgt war.

«Lass mich nur machen.»

Ich betrachtete den Raum eine Weile prüfend. Dann rollte ich den Schreibtischsessel ein Stück zurück, verrückte einige Gegenstände auf dem Pult – einen Schreiber, die Lampe, einen Locher – und öffnete schliesslich ein Fenster. Eine abendliche Brise wehte herein und liess einige Papiere auf dem Schreibtisch rascheln. Nach einigem Überlegen zog ich die Lamellenstoren vor das geöffnete Fenster. Sie bewegten sich leise im Luftzug. Perfekt.

Ohne auf Marcs zunehmend fragende Blicke zu achten, marschierte ich wieder aus dem Raum – die Türe liess ich offen – und kehrte in Lüschers Zimmer zurück. Umsichtig öffnete ich meine Umhängetasche und zog einen Umschlag heraus. Mit der winzigen Pinzette aus meinem Mini-Taschenmesser ergriff ich ein Stück Papier, das ich sorgsam auf Lüschers Schreibtisch platzierte. So, dass es sofort ins Auge fallen musste.

«Was ist das?», platzte Marc heraus, der offenbar nicht mehr an sich halten konnte. Stirnrunzelnd beugte er sich vor und las die Worte, die in akkurater Handschrift auf dem Fetzen Papier standen:

«Ich komme bald zurück.» Ratlos blickte er mich an.

Ich lächelte zufrieden. «Oh ja. ‹Ich komme bald zurück.› In der Handschrift von Adrian Wyss.»

Marc klappte der Mund auf. «Bist du des Teufels? Was soll das werden?»

«Psst! Sei still!», zischte ich ihn an. «Ich habe Catherine Wyss eine alte Notiz ihres Mannes abgeschwatzt. Glücklicherweise hatte sie eine, die meinen Zwecken dient – Wyss hatte ihr einen Zettel auf dem Küchentisch hinterlassen, dass er zum Joggen rausgegangen sei und bald zurückkomme. Ich habe die passende Stelle ausgeschnitten.»

«Und warum hinterlässt du die auf Lüschers Pult?», fauchte Marc halblaut. «Willst du vielleicht noch eine Visitenkarte hinterlassen, um deutlich zu machen, dass wir unerlaubt in der Praxis waren?»

«Wir?», entgegnete ich listig. «Jemand war in der Praxis. Vielleicht», ich sprach jetzt in einem unheimlichen, wabernden Hauchton, «war es kein Mensch. Vielleicht war es der Schatten eines Menschen, ein Geist, der Rache will?»

«Hast du den Verstand verloren?», versetzte Marc ungnädig.

«Nein, habe ich nicht», erwiderte ich nüchtern. «Aber wir müssen Lüscher aus seinem Bau treiben, und zwar rasch und gründlich. Gemäss Noras Bericht hat ihre absurde Story von dem Traum über die rachsüchtigen geisterhaften Gestalten Emil Lüscher schwer getroffen. Sie hatte den Eindruck, er habe Angst gehabt. Vielleicht glaubt er an Geister? Ein ausreichend schlechtes Gewissen hat er offenbar. Und dem will ich gern noch etwas nachhelfen.» Entschlossen liess ich den Verschluss meiner Tasche zuschnappen.

«Ka.» Marc rang offenbar um Selbstbeherrschung, aber seine Stimme bebte vor unterdrücktem Ärger. «Emil Lüscher ist Arzt. Denkst du allen Ernstes, er glaube an Geister und Botschaften aus dem Jenseits? Denkst du, er habe Nora auch nur ein Wort von dem abgenommen, was sie ihm damals erzählt hat? Undenkbar. Er muss sie sofort durchschaut haben, er realisierte, dass Nora etwas über den Tod seines Praxispartners wusste. Und er handelte daraufhin rasch und entschlossen. Und jetzt kommst du und verteilst Gespensterzettelchen? Ich bitte dich!»

Ich winkte ungeduldig ab. «Das spielt keine Rolle. Ob er unheilschwangere Flüsterbotschaften aus dem Jenseits zu vernehmen glaubt oder vermuten muss, dass ein Unbekannter von seiner Verwicklung in Wyss' Tod weiss und ihn in die Enge treiben will, ist einerlei. Beides wird ihn unter Druck setzen, und zwar gewaltig. Und genau das wollen wir erreichen.»

Marc konnte meinen Enthusiasmus für die fingierte Botschaft aller Argumentation zum Trotz nicht teilen. Wir stritten uns den ganzen Heimweg über. Ich wusste durchaus seine Sorge um unsere Sicherheit zu schätzen und tat seine Bedenken, dass Lüscher auf Noras fiktiven Alptraum hin rasch und gewaltsam reagiert hatte, nicht leichtfertig ab. Ich wusste, dass jede Provokation, jeder neue Vorstoss mit Risiken verbunden waren. Aber ich konnte mir nicht helfen: Ein bohrendes Gefühl von Dringlichkeit erfüllte mich, als schlösse sich ein Ring unsichtbarer Feinde immer enger um uns. Als zählte jede Minute.

Am Dienstag fuhr ich am frühen Vormittag in die Klinik Eschenberg. Ich mied die Stosszeit zwischen halb acht und Viertel nach, um ein Zusammentreffen mit ankommenden Mitarbeitern möglichst zu umgehen, und schlich mich knapp vor neun auf Umwegen ins Hauptgebäude. Ich hatte keine Lust darauf, Fragen über meine Freistellung zu beantworten.

Bernhard Leutwyler erwartete mich schon.

«Danke, dass du dir Zeit für mich nimmst», sagte ich nach einer knappen Begrüssung, «ich weiss, ich habe mich unanständig kurzfristig angemeldet.»

Bernhard schüttelte abwehrend den Kopf. «Ich habe eine Sitzung verschoben – kein Problem. Was kann ich für dich tun?»

Ich betrachtete meinen Chef kurz. Er wirkte besorgt, aber sehr warm und anteilnehmend.

«Hast du schon klären können, wie Marie Lanz zu Tode gekommen ist? Wissen wir etwas über den Autopsie-Befund?»

Bernhard nickte grimmig. «Der Staatsanwalt hat schlussendlich erlaubt, dass die Rechtsmediziner uns informieren dürfen – ich habe heute früh mit dem zuständigen Oberarzt telefoniert. Offenbar lag bei Marie Lanz eine tödliche Mischintoxikation vor – Alkohol und Benzodiazepine. Sie haben sowohl ein Lungenödem wie auch ein Hirnödem gefunden, zudem hohe Werte von Alkohol und Lorazepam im Leichenblut. Ein klarer Fall von akzidenteller Überdosis. Ein Unfall.»

«Keine äusseren Verletzungen?»

«Nein. Auch keine Hinweise auf einen Suizid.»

Nachdenklich biss ich mir auf die Lippe. «Lorazepam ... Temesta also. Aber sie war nie medikamentenabhängig. Sie war eine reine Alkoholikerin. Das kommt mir eigenartig vor.»

Bernhard betrachtete mich mit mildem Tadel. «Ka. Du weisst, so etwas passiert. Die entspannende Wirkung von Alkohol nimmt beim chronischen Trinker mit der Zeit ab, auch wenn er immer mehr davon konsumiert. Da liegt es nahe, es mit einer neuen Substanz zu versuchen.»

«Das mag schon sein», entgegnete ich störrisch. Ich wusste nur zu gut, dass seine Argumentation durchaus stichhaltig war. «Aber sie hatte Angst vor der Kombination von Alkohol und Benzodiazepinen. Sie wusste, dass diese Mischung lebensgefährlich sein kann. Da stimmt doch etwas nicht.»

Der Blick meines Vorgesetzten wurde mitfühlend. «Ka. Warum macht es dir Mühe, zu akzeptieren, dass dieser Tod aller Wahrscheinlichkeit nur eines ist: Ein tragischer Unfall? Machst du dir Vorwürfe? Das solltest du nicht tun. Du hast nichts falsch gemacht.»

Unwirsch winkte ich ab. «Das ist es nicht.»

«Was ist es dann?»

Ich holte tief Luft. «Bernhard, wir haben uns mit unseren Nachforschungen zu Adrian Wyss' Tod in ein Wespennetz gesetzt», begann ich ohne Umschweife. «Die Todesfälle von Adrian Wyss und Marie Lanz hängen zusammen, da bin ich sicher, und wir gehen davon aus, dass ein dritter verdächtiger

Unfalltod, der sich vor einigen Jahren in Basel ereignete, ebenfalls in Zusammenhang mit den aktuellen Ereignissen steht. Deshalb glaube ich nicht, dass Marie Lanz zufällig gestorben ist.» Ich sah ihm in die Augen. «Kann ich dir vertrauen, Bernhard?»

«Natürlich», erwiderte er ernst.

«Und vertraust du mir?»

Auch diesmal antwortete er ohne jedes Zögern. «Natürlich.»

Ich nickte dankbar. Dann beugte ich mich vor. «Wir haben zwei Verdächtige. Einer davon ist Emil Lüscher.»

Bernhard wurde eine Nuance blasser. «Der Praxispartner von Adrian. Selma Vogt hat mich bereits auf ihn angesprochen, hat wissen wollen, ob ich Kontakte zu seinem Umfeld habe. Ich konnte ihr leider nicht helfen.»

Ich winkte ungeduldig ab. «Aber du kennst ihn? Persönlich?»

«Oberflächlich. Nicht wirklich persönlich.»

«Persönlich genug, dass er weiss, wer du bist?»

«Selbstverständlich.» Bernhards Antwort trug eine gewisse Würde in sich, das Wissen darum, dass jeder, der in diesem Kanton etwas mit Psychiatrie zu tun hatte, seinen Namen kannte.

«Gut. Du musst mir einen Gefallen tun.»

Fünf Minuten später klopfte ich an Martins Bürotür, dankbar dafür, dass ich unterwegs niemandem begegnet war. Die Klinik wirkte eigenartig fremd und feindselig auf mich, und ich fühlte mich wie eine Ausgestossene.

Martin hatte auf mich gewartet. Kaum war ich eingetreten, schloss er seine Tür hinter mir ab, verriegelte die Pforte zwischen der Realität und unserem Paralleluniversum. Es war nicht die Tatsache, dass wir einander sofort in die Arme fielen und uns ungestüm küssten, die mich erschütterte, sondern die

Selbstverständlichkeit und Routine, mit der wir es taten. Als wäre alles klar, als wäre das ganz natürlich. Mein Herz hämmerte wild auf Höhe meines Kehlkopfs, als ich mich von ihm löste, und ich wusste, der Grund dafür war nicht Leidenschaft, sondern Scham und Schuld.

«Setz dich», sagte Martin, und führte mich an der Hand zu einem Stuhl. «Wie ist es bei Bernhard gelaufen?»

«Er war einverstanden», antwortete ich, dankbar, über ein vergleichsweise sachliches Thema sprechen zu können, «wenn auch völlig zermürbt.»

Martin nickte weise. «Die Aussicht, Emil Lüscher anzurufen und ihm von einem angeblichen Kontakt mit dem Übersinnlichen zu berichten, hat ihm keine Freude gemacht? Er findet es nicht attraktiv, diesem zu berichten, dass Adrian Wyss' Geist ihm in Traum erschienen und Lüschers Namen genannt habe? Verständlich.»

Ich grinste matt. «Du findest die Idee auch verrückt?»

«Ich finde sie aussergewöhnlich», meinte Martin diplomatisch und lächelte in voller Wattstärke. Ich hasste dieses Lächeln. Es machte mich schwach.

«Ich bin ja selbst nicht völlig überzeugt davon», räumte ich ein. «Du weisst, ich neige absolut nicht zu einer esoterischen Geisteshaltung. Aber vielleicht springt Lüscher auf derlei Sperenzchen an. Und haben wir eine Wahl? Fällt dir etwas Besseres ein?»

Martin sah mich ernst an. «Lüscher scheint tatsächlich das schwächere Glied in der Kette zu sein, leicht aus dem Konzept zu bringen, emotional. Und da wir kaum Alternativen haben, ist der Plan, ihm von allen Seiten zu vermitteln, dass der Geist von Adrian Wyss um ihn herumschleicht und auf Rache sinnt, gar nicht übel. Das Paradoxe daran ist nur, dass wir uns einerseits eine Reaktion erhoffen, sie aber andererseits auch fürchten. Wir müssen vorsichtig sein. Du musst vorsichtig sein, Kassandra. Du exponierst dich am meisten. Dir darf nichts passieren.»

Unsere Blicke verhakten sich, blieben aneinander hängen. Mir schoss durch den Kopf, dass mir die Gefahr, die von Emil Lüscher ausging, handhabbarer schien als die Bedrohung, die Martin Rychener für mein Leben bedeutete. Ich traute mir zu, mich gegen einen charakterlich labilen Mittfünfziger zur Wehr zu setzen, wenn es sich als notwendig erweisen sollte. Gegen das, was Martin mit mir und aus mir machte, war ich machtlos.

Die Fragen hingen zwischen uns in der Luft, drängende Fragen darüber, wie es mit uns weitergehen würde, mit unseren Beziehungen und Familien. Es war Zeit, Verantwortung zu übernehmen, geradezustehen und eine Entscheidung zu treffen. Aber ich konnte es nicht. Die Notwendigkeit dieser Wahl schnürte mir die Luft ab. Und auch Martin, der sonst immer der Erste war, wenn es darum ging, schwierige Gespräche an die Hand zu nehmen, verharrte in unbehaglichem Schweigen. Wir wussten beide, dass Gefühle und Gegenwart nicht ausreichten, wenn man einmal die Schwelle zum Erwachsenenalter überschritten hatte. Aber wir waren wie gelähmt, unfähig, einen Schritt weiterzugehen – oder zurück.

Als das Schrillen meines Mobiltelefons die bedeutungsschwangere, emotionsgeladene Stille zwischen uns zerriss, war ich erleichtert.

«Ja?»

«Frau Bergen? Hier spricht Stefano de Rossi.»

Ich setzte mich aufrechter hin. «Herr de Rossi? Danke für Ihren Rückruf. Haben Sie etwas herausgefunden?»

De Rossi räusperte sich. «Ich habe es versucht, habe Kontakt zu verschiedenen Freundinnen meiner Frau aufgenommen. Es sind nicht viele, und ich habe nur drei erreicht.» Er seufzte. «Es tut mir leid. Wie es aussieht, hat Patricia sich keiner von ihnen anvertraut. Keine konnte mir wirklich etwas sagen. Eine, Mara, hat sogar mit offenem Misstrauen reagiert. Offenbar stehe ich bei Patricias Freundinnen nicht mehr in bestem Ruf.»

Seine Stimme klang mutlos und traurig.

Meine Schultern sackten herab. «Oh. Nun ja. Das ist schade. Aber danke, dass Sie es versucht haben. Ich weiss das wirklich zu schätzen.» Ich spürte Martins Blick auf mir.

«Frau Bergen?» De Rossis Stimme klang krächzend, angestrengt.

«Ja?»

«Ich glaube Ihnen.» Wieder räusperte er sich krampfhaft. «Ich glaube Ihnen, dass Claudine einen Mord begangen hat. Sie ist so ein Mensch.» Jetzt klang er aufgeregt. «Sie ist kalt. Kontrolliert und kalt. Ich habe es mir nie eingestanden, nicht wirklich, weil sie ja meine Schwiegermutter ist, aber ich traue ihr nicht. Ich kann sie nicht ausstehen. Ich glaube Ihnen. Ich glaube Ihnen wirklich.» Es klang wie ein Mantra.

Ich fühlte mich auf einmal hellwach. «Danke», sagte ich ruhig. «Und?»

Er atmete einige Male tief durch. Dann brach es aus ihm heraus. «Patricia hatte immer einen Schlüssel zu Claudines Wohnung. Er ist noch hier.»

Ein Prickeln überlief meinen Körper. «Und Claudine ist in Basel?»

«Ich glaube es, ja. Fahren wir hin? In ihre Wohnung? Vielleicht finden wir etwas. Ich muss es wissen. Wenn sie eine Mörderin ist, dann trägt sie letztlich die Schuld an Patricias Tod. Ich kann sie nicht davonkommen lassen.»

Zehn Minuten später war ich wieder auf der Strasse, in Richtung Zollikofen. Ich hatte mit de Rossi vereinbart, dass ich ihn in seiner Bankfiliale abholen würde.

Martin hatte wenig begeistert reagiert, als ich ihm über die neue Entwicklung berichtet hatte. Er hatte unbedingt mitkommen wollen, aber ich hatte es ihm ausgeredet. Ich musste de Rossi allein treffen, wenn ich eine Chance haben wollte, sein Vertrauen zu erringen.

«Kassandra, und wenn das eine Falle ist? Wer weiss, ob wir de Rossi trauen können?»

«Ich traue ihm», hatte ich entgegnet. «Und ich greife nach jedem Strohhalm, den ich kriegen kann. Wir haben nicht die Zeit, wählerisch zu sein.»

Martin hatte mich zum Abschied geküsst, als wäre es das letzte Mal. Und das war, so sinnierte ich jetzt, vielleicht auch nicht falsch. Zwischen uns war alles ungewiss und undefiniert. Wer konnte wissen, was der nächste Tag brachte?

Ich fühlte mich elend. Ich war nicht gut darin, ein Doppelleben zu führen, mich am Morgen von meinem Ehemann und den Kindern zu verabschieden, um dann eine Stunde später hinter verschlossener Tür in den Armen des Mannes einer anderen Frau zu liegen. Ich hasste es. Es kam mir vor, als ob mein Leben, meine Identität mir zu entgleiten drohten, als ob ich mich auf Glatteis bewegte, haltlos schlitternd. Es fühlte sich so an, als ob die Welt um mich herum mir entglitte, als ob die Strasse unter mir davonrutschte, ich meinen Halt auf dem festen Boden verlöre.

Es dauerte einige verwirrende Augenblicke, bis ich realisierte, dass diese Wahrnehmung real war. Irgendetwas stimmte nicht mit meinem Wagen. Die Lenkung fühlte sich eigenartig an. Und dann begann das Klopfen, rhythmisch, zunehmend lauter werdend.

Ich spürte, wie die Angst mir die Kehle zuschnürte. Ich war eben auf die Autobahn Richtung Bern gefahren, befand mich auf der Überholspur, es hatte eine Menge Verkehr, das Auto hinter mir war mir bedrohlich nahe, und zu meiner Rechten machte sich ein gewaltiger Lastwagen breit. Ein Blick auf meinen Tacho zeigte mir, dass ich mit über 120 Kilometern pro Stunde unterwegs war.

Das Klopfen wurde lauter. Ein Ruck ging durch das Lenkrad.

Panisch bremste ich ab, legte den Blinker nach rechts ein, drängte mich schlingernd in eine Lücke auf der rechten Spur, hinter den Lastwagen, was von wütendem Hupen quittiert wurde. Mit zitternden Händen betätigte ich den Schalter für den Warnblinker. Das Auto hinter mir fuhr bedenklich dicht auf und konnte nur durch eine Vollbremsung eine Kollision verhindern – ich sah den Fahrer zornig gestikulieren. Mein Herzschlag dröhnte in meinen Ohren, während ich erneut abbremste und dann auf den Pannenstreifen einschwenkte. Als ich zum Stehen gekommen war, realisierte ich erstmals, wie ungeheuer schmal der Pannenstreifen war, mit welch atemberaubender Geschwindigkeit der Verkehr an mir vorbeibrauste.

Ich schlotterte am ganzen Leib.

Es dauerte keine zwanzig Minuten, bis der Pannenhelfer vom TCS bei mir eintraf. Ich nahm nickend zur Kenntnis, dass ich mir hätte eine Leuchtweste überziehen und das Pannendreieck aufstellen sollen, und verfolgte dann atemlos, wie er mein Auto in Augenschein nahm.

«Aber hallo», meinte er besorgt. «Das darf doch nicht wahr sein.» Er beugte sich mit ernster Miene zum rechten Vorderrad hinab, hantierte mit einem Werkzeug herum, ging dann vorsichtig, den Verkehr sorgfältig im Auge behaltend, um den Wagen herum.

«Sie haben verdammtes Glück gehabt», verkündete er schliesslich, als er sich aufrichtete. «Was haben Sie denn für einen lausigen Garagisten? Die Radmuttern der beiden Vorderräder sind locker – wahrscheinlich hat der Lehrling sie nicht richtig festgedreht. So etwas kann lebensgefährlich sein!»

Meine Stimme klang klirrend und schrill, als ich ihm versicherte, dass ich ein ernstes Wort mit unserer Garage würde sprechen müssen, und ich bekam kaum mit, wie er mit raschen, fachkundigen Bewegungen die Radmuttern festzog. In meinem Kopf machte sich eiskalter Nebel breit. Schreckliche Bilder dehnten sich vor meinem inneren Auge aus, Bilder von zerrissenem Blech, Rauch, Blut und zerquetschten Organen.

Die Botschaft, dass ich Jagd auf sie machte, war endgültig bei der Gegenseite angekommen.

25. Kapitel

Stefano de Rossi wirkte weniger verärgert denn zerrüttet, als ich beinahe eine Stunde nach der vereinbarten Zeit bei ihm eintraf. Sein gut aussehendes Gesicht war blass, dunkle Ringe lagen unter seinen Augen, und er roch nach abgestandenem Zigarettenrauch.

De Rossi stellte mir keine Fragen hinsichtlich meiner Verspätung. Nach knappen Begrüssungsworten gingen wir zu meinem Auto, dessen Räder nun wieder fest und sicher montiert waren, und fuhren los in Richtung Innenstadt. Meine Hände zitterten noch immer, und ich fuhr fahrig und ungeschickt, aber de Rossi schien es nicht aufzufallen. Er war ganz in seine eigenen Gedanken versunken.

Wie durch ein Wunder fand ich einen Parkplatz in der Nähe von Claudine Mathiers Wohnadresse.

«Sie warten hier», befahl de Rossi. «Ich klingle erst an der Tür, und wenn niemand antwortet, schliesse ich die Wohnung allein auf. Sollte sich Claudine oder eine Putzfrau drinnen befinden, kann ich allein mich leichter rausreden.»

Wenige Minuten später stand er wieder neben meinem Auto. «Die Luft ist rein», meldete er knapp.

Claudine Mathiers Wohnung unerlaubt zu betreten fühlte sich an wie ein Sakrileg. Diese eleganten, wohlproportionierten Räume atmeten ihre Präsenz, beobachteten jede meiner Bewegungen vorwurfsvoll. Ich bekam kaum Luft.

Auf einmal kam mir ein Gedanke. «Der Hund!», stiess ich hervor, und packte de Rossi erschrocken am Arm. «Wo ist dieser riesige Hund?»

Er schüttelte beruhigend den Kopf. «Tagsüber ist Rasco immer bei einer Nachbarin. Keine Sorge.» Dann sah er mich unsicher an.

«Wonach suchen wir?»

Ja, dachte ich. Eine gute Frage. Wonach suchten wir? Nach einer blutigen Tatwaffe? Nach einem Tagebuch, das ein umfassendes Geständnis enthielt? Auf einmal fühlte ich mich lächerlich. Hier stand ich in dieser Wohnung, als ungebetener Gast, und hatte keine Ahnung, wie ich vorgehen sollte. Die prachtvolle goldene Lampe im Korridor schien mich auszulachen.

Denkst du wirklich, sie würde einen belastenden Hinweis herumliegen lassen, schien sie zu höhnen. Glaubst du, sie macht es dir so einfach?

Mühsam riss ich mich zusammen, wandte mich an de Rossi. «Ihre Schwiegermutter ist eine sehr beherrschte Frau. Wir werden nichts Offensichtliches finden. Aber mich interessiert alles Persönliche. Briefe, Aufzeichnungen, Adressbücher. Besitzt sie einen iPad oder dergleichen? Ich muss so viel wie möglich über sie erfahren.»

Stefano de Rossi betrachtete mich zweifelnd. Offenkundig hätte er mehr von mir erwartet, einen Geniestreich erhofft. Zögernd setzte er sich in Bewegung.

Ich nahm mir als Erstes die Küche vor – aus meiner Sicht einer der persönlichsten Räume, die man in einer Wohnung findet. Aber Claudine Mathier hatte diesen Raum zwar mit Stilempfinden eingerichtet und mit allen Schikanen der kulinarischen Kunst ausgestattet, aber er wiederspiegelte kaum etwas von ihrer Persönlichkeit. Keine Magnete am Kühlschrank, unter denen kleine Zettel und ausgeschnittene Zeitungsartikel klemmten, kein Krimskrams in den Schubladen. Die Gewürzdosen waren alle identisch, gebürsteter Edelstahl, in klarer Handschrift etikettiert. Alles war verstörend ordentlich, sauber und gut organisiert. Und seelenlos.

Während de Rossi mit einem fiebrigen Ausdruck im Gesicht den Schreibtisch seiner Schwiegermutter durchstöberte, wandte ich mich dem Wohnzimmer zu. Ich fand kaum DVDs; Claudine Mathier schien nicht die Frau zu sein, die sich stundenlang in Phantasiewelten versenkte. Aber sie hörte Musik. Interessiert beugte ich mich vor, um die eindrückliche CD-Sammlung zu betrachten. Klassik – natürlich. Jede Menge klassischer Musik. Ich wollte mich schon abwenden, hielt dann aber inne und nahm die CDs, die in Augenhöhe aufgereiht waren, etwas genauer in Augenschein.

Ein Requiem nach dem anderen. Ave Maria, chorale Stücke. Bach und Händel.

Marc, so sagte ich mir, hätte mit dieser Sammlung mehr anfangen können als ich. Aber auch ich als Laie erkannte den Kern, der alle diese Werke verband: Trauer.

Ich richtete mich auf. Es war mir, als würde ich die Wohnung von Claudine Mathier zum ersten Mal richtig sehen. Trauer. Ich fand sie im trüben Blutrot, das die Wände der Bibliothek verkleidete, fand sie in den dunklen alten Holzmöbeln ebenso wie in den kalten, puristischen Linien des schwarzen Ledersofas. Ich fand sie in der rigiden Ordnung und den abstrakten Ölgemälden. Ich fand sie in der Abwesenheit persönlicher Gegenstände und im Fehlen von Familienfotos. Trauer und Einsamkeit. Claudine Mathier, ungeachtet ihrer kontrollierten Stärke und Autorität, war eine gebrochene Frau.

Ich schrak zusammen, als Stefano de Rossi den Raum betrat. Er schüttelte den Kopf. «Claudine ist ein derart ordentlicher Mensch, dass es einen grausen kann. Offenbar bekommt sie keine Briefe, oder sie wirft sie alle weg. Der Computer ist passwortgeschützt, keine offensichtlichen Passwörter, ich habe es ausprobiert. Ihr iPad hat sie offenbar mitgenommen. Adressbuch hat sie keines, wahrscheinlich verwaltet sie ihre Adressdateien elektronisch. Keine persönlichen Aufzeichnungen, von einem Tagebuch ganz zu schweigen. Kein Kritzelblock neben dem Telefon. Nicht einmal eine einzige lausige Geburtstagskarte liegt irgendwo rum. Kann man so leben? Kann man so methodisch und organisiert sein?» Er schüttelte verärgert den Kopf. «Ich habe ein paar alte Schulhefte und Zeichnungen von Patricia gefunden, das war's dann auch schon. Das Einzige, was ausser Bankbelegen, Ausweisen und Versicherungspolicen zu finden war, ist das hier.»

Er streckte mir resigniert einen Ordner hin.

Ich nahm ihn an mich. Er war schmal und wirkte mit seinem leuchtenden Kobaltblau unter all den gedämpften Farben ringsherum fast frivol. Ich schlug ihn auf. Ein kunstvoll geschwungenes Logo prangte auf der ersten Seite: LWS. Leading Women of Switzerland.

Offenbar war Claudine Mathier Mitglied in einem Club für Frauen in Führungspositionen, und nicht nur das: Sie war im Vorstand, leitete als Vize-Präsidentin die Programmkoordination und betreute Projekte. Rasch blätterte ich weiter. Fein säuberlich waren das Jahresprogramm und die Mitgliederliste abgelegt. Nachdenklich studierte ich beides.

Es war nicht viel. Es war wirklich nicht gerade viel. Ein winziger Fetzen Privatleben, ein Hauch von persönlichen Interessen. Das war alles, was diese Wohnung uns zu bieten hatte.

«Es ist sinnlos», liess sich die mutlose Stimme von Stefano de Rossi neben mir vernehmen. «Sie wird davonkommen. Hier gibt es keinen einzigen Anhaltspunkt, geschweige denn einen Beweis. Wenn sie wirklich schuldig ist, hat Claudine sich wasserdicht abgesichert. Wir haben keine Chance.»

«Nun», sagte ich, den Blick nach wie vor auf den Ordner geheftet, «es ist noch nicht aller Tage Abend.»

«Das wäre wirklich nicht nötig gewesen, Martin. Ich komme sehr gut allein zurecht», wiederholte ich zum dritten Mal, während ich die leichte Steigung in Angriff nahm.

Martin blieb hartnäckig an meiner Seite. «Das mag schon sein, aber es ist mir lieber so. Man kann nicht vorsichtig genug sein.»

Insgeheim gab ich ihm Recht. Wenn er von den gelockerten Radmuttern am Vormittag gewusst hätte – ich hatte weder Marc noch ihm etwas darüber erzählt –, wäre er womöglich noch besorgter gewesen. Seine Miene wirkte im fahlen Licht der Laternen am Wegesrand starr und verzerrt.

Es war nach neun Uhr abends. Das Tageslicht war schon lange verglommen, einzig ein letzter heller Streifen am Horizont erinnerte daran, dass heute ein warmer, klarer Tag gewesen war. Jetzt, da die Sonne weg war, war auch die Temperatur gefallen. Immerhin befanden wir uns gut dreihundert Meter über der Stadt, auf dem Gurten, dem Berner Hausberg. Ich schlang die Arme um mich und beschleunigte meinen Schritt.

«Du denkst, dass es klappen wird?», fragte Martin neben mir beklommen.

«Aber sicher. Vor etwa zehn Minuten», ich blickte auf die Leuchtziffern meiner Armbanduhr, «muss der Vortrag geendet haben – spannendes Thema übrigens: Die aktuelle wirtschaftliche Entwicklung in Polen. Prickelnd, nicht wahr? In diesem Moment, so vermute ich, setzen sich die Damen in den Speisesaal, um ihr Dessert zu geniessen. Der Zeitpunkt könnte nicht besser sein.»

«Ich spreche nicht vom Zeitpunkt», entgegnete Martin. «Ich meine die Idee an sich. Ich fürchte, du wirst leichtsinnig.»

Verärgert wandte ich mich ihm zu. «Leichtsinnig? Waren wir uns nicht einig, dass wir alles daran setzen müssen, schneller zu sein, rasch zu handeln?»

Martin stöhnte gequält. «Sicher, das waren wir. Aber wir haben nichts von Selbstmordmissionen gesagt. Ich finde deinen Plan zu gefährlich. Zu direkt. Ich fürchte die Gegenreaktion.»

Ich auch, dachte ich insgeheim. Aber laut sagte ich: «Wir haben die neutrale Zone bereits verlassen. Jetzt sind wir am sichersten, wenn wir in Bewegung bleiben, der Gegenseite immer einen Schritt voraus sind. Wenn wir genügend Druck aufsetzen, machen sie einen Fehler. Sie müssen einfach irgendwann einen Fehler machen.» Ich blickte auf. «Wir sind da. Warte hier auf mich.»

Ich liess den hilflos und besorgt wirkenden Martin am Eingang zurück und machte mich auf zum Restaurant «Bel Etage». Ich gab mir Mühe, äusserlich ruhig und unbeeindruckt zu erscheinen, aber innerlich bebte ich vor Aufregung. Ich teilte Martins Bedenken. Was ich vorhatte, war nicht besonders klug, und hätte ich eine bessere, eine sicherere Idee gehabt, ich hätte die Finger davon gelassen.

«Da sind Sie ja. Guten Abend, Frau Bergen!»

Die Frau, die vor dem Restaurant auf mich wartete, mich anstrahlte und mir die Hand zur Begrüssung entgegenstreckte, war eine rundliche, fröhlich aussehende Mittvierzigerin mit blonden, gewellten Haaren. Das blaue Etuikleid, das sie trug, stand ihr ausgezeichnet. Sie sah aus wie das blühende Leben. Kaum zu glauben, dass sie noch vor zwei Jahren mit einer schweren Depression in der Klinik Eschenberg hospitalisiert gewesen war. Ich war ihre Ärztin gewesen. Dieser Umstand hatte mich veranlasst, sie anzurufen und einen Gefallen einzufordern, als ich sie auf jener Mitgliederliste entdeckt hatte – was ethisch keineswegs vertretbar war. Therapeuten meldeten sich nicht bei ehemaligen Patienten und missbrauchten sie für ihre eigenen Zwecke. Aber dies war eine Notsituation.

«Guten Abend, Frau Rindlisbacher», erwiderte ich und drückte herzlich ihre Hand. «Sie sehen grossartig aus. Wie geht es Ihnen?»

«Wunderbar, danke! Ich konnte mein Antidepressivum vor einem halben Jahr absetzen. Und es geht mir blendend. Dank Ihnen!»

Angesichts ihrer Dankbarkeit fühlte ich mich schuldig. «Das freut mich. Danke, dass Sie sich bereit erklärt haben, mir zu helfen.»

«Aber das ist doch selbstverständlich. Sie wollen Claudine Mathier sprechen, sagten Sie?»

Ich nickte und bemühte mich um ein harmloses Lächeln. «Genau. Ich kenne sie nur oberflächlich und wollte sie mit meinem Anliegen nicht zu Hause belästigen. Aber als ich feststellte, dass Sie beide Mitglieder im LWS-Club sind, dachte ich, ich könnte mich vielleicht an Sie wenden, um eine Gelegenheit zu bekommen, sie zu treffen.»

Diese Ausrede war dünn wie gestreckte Magermilch, das wusste ich sehr gut. Aber Maja Rindlisbacher hörte nicht auf, mich arglos anzustrahlen und zustimmend zu nicken. Ich war ihre Ärztin gewesen. Sie vertraute mir.

«Ich freue mich, wenn ich helfen kann», versicherte sie mir begeistert. «Schliesslich bin ich ja mit für die Organisation der Abendanlässe unseres Clubs zuständig, da weiss ich jeweils genau, wer anwesend sein wird. Claudine sitzt im Speisesaal. Kommen Sie. Unsere Tische sind dort hinten.»

Ich folgte ihr durch das Restaurant. Meine Absätze klackerten auf dem glänzenden Parkett. Nur beiläufig nahm ich die hohe Fensterfront mit der Aussicht auf die Bundeshauptstadt zur Kenntnis, die locker angeordneten Tische mit weissen Tischtüchern und die hohen Kerzenleuchter. Ich fokussierte mich ganz auf Claudine Mathier.

Sie sass an einem langen Tisch. Wie bei unserem letzten Zusammentreffen nahm mich das zeitlose Mysterium gefangen, das sie umgab. Sie trug ein langes, dunkelgrünes Brokatkleid, das an jeder anderen Frau steif und altbacken gewirkt hätte, ihr jedoch einen eigenartigen, düsteren Glanz verlieh. Ihre bronzefarbenen Haare erinnerten an eine Statue.

Claudine Mathier, das spürte ich, war hier so in ihrem Element, wie sie es nur sein konnte. Ihre Augen glänzten. Angeregt unterhielt sie sich mit einer grauhaarigen Frau zu ihrer Linken, deren aufrechte Haltung Autorität und Kompetenz vermittelte. Hier war sie unter ihresgleichen, hier musste sie sich nicht verstellen. Ich studierte sie eingehend, während ich auf sie zuging, und stellte zu meinem Erstaunen fest, dass ich sie nicht verabscheuen konnte. Obwohl ich es hätte tun müssen.

Claudine Mathier bemerkte mich erst, als ich direkt neben ihr stand. Ihre eiserne Selbstkontrolle wankte für einen winzigen Augenblick, als sie mich erkannte, dann fing sie sich wieder. Ihre changierenden Augen fixierten mich. Ich hielt ihrem Blick stand.

«Guten Abend, Frau Mathier. Überrascht, mich zu sehen? Die Radmuttern waren nicht locker genug, ich habe es überstanden. Es ist heutzutage so schwierig, Leute zu finden, die einen Auftrag zur vollen Zufriedenheit ausführen, nicht wahr? Oder haben Sie sich selbst die Finger schmutzig gemacht?»

Ihre Beherrschung war perfekt. Sie musterte mich mit einem scheinbar verständnislosen Lächeln. «Tut mir sehr leid, Frau Bergen. Ich weiss nicht, was Sie meinen. Aber es ist tatsächlich eine Überraschung, Sie hier zu sehen. Ein seltsamer Zufall.»

Ich schüttelte den Kopf, mit einem eisigen, höflichen Lächeln, das, so hoffte ich, eine ziemlich gute Kopie des ihren war. «Es ist kein Zufall. Ich will mit Ihnen sprechen.»

Alle Gespräche am Tisch waren verstummt, über ein Dutzend Augenpaare waren uns zugewandt, verunsichert durch die Feindseligkeit, die die friedliche Atmosphäre dieses Abends störte. Maja Rindlisbacher stand immer noch neben mir – wie vor den Kopf geschlagen. Das tat mir von Herzen leid, war aber nicht zu ändern.

Claudine Mathiers Augen verengten sich. Ich spürte, dass ihr mein Auftritt und dieses Gespräch zuwider waren. Unverwandt lächelnd erwiderte sie: «Ich glaube kaum, dass dies eine passende Gelegenheit für ein Gespräch ist. Ich unterhalte mich gerade. Vielleicht wollen Sie mich zu Hause anrufen?»

«Nein, Frau Mathier. Ich will Sie nicht zu Hause anrufen. Was ich Ihnen zu sagen habe, gehört hierhin, in die Öffentlichkeit. Ich habe keine Scheu, es laut auszusprechen. Keine Geheimnisse.» Mit Bedacht beugte ich mich vor. Ich stützte mich mit einem Arm auf den Tisch, mit dem anderen auf ihre Stuhllehne, schob mein Gesicht unangenehm nahe an ihres. Dominanz. Sie musste es hassen, wich aber nicht zurück. Kein Jota.

«Ich weiss, dass Sie Adrian Wyss auf dem Gewissen haben. Auch der Unfall von Marie Lanz wird auf Ihr Konto gehen, und natürlich waren Sie allein verantwortlich für den Tod Ihres Konkurrenten Max von Büren vor fünf Jahren in Basel. Sie sind eine Mörderin, Frau Mathier. Und Sie werden mir nicht davonkommen, weder Sie noch Ihr Spiessgeselle Emil Lüscher, verlassen Sie sich darauf.»

Unverwandt starrte ich ihr in die Augen. Sie starrte zurück. Keine von uns blinzelte.

Dann richtete ich mich wieder auf.

«Das war alles», erklärte ich unbeschwert. «Mehr habe ich Ihnen nicht zu sagen. Für den Moment. Einen schönen Abend wünsche ich Ihnen noch – geniessen Sie das Dessert. Sieht wirklich lecker aus.» Mit einem heiteren Nicken drehte ich mich um und entfernte mich, schlenderte schwungvoll aus dem Raum. Erst am Ausgang stellte ich fest, dass meine Beine haltlos zitterten.

Was hatte ich getan? Was hatte ich getan hatte ich getan hatte ich getan?

Martin erwartete mich vor dem Eingang, wie abgemacht. Er musterte mich anspannt von oben bis unten. «Und?», fragte er dann knapp. Seine Stimme klang heiser.

Ich holte schaudernd Luft. «Alles in Ordnung», versicherte ich ihm. «Aber die Frau ist eiskalt. Ich weiss nicht, was in ihr vorgeht.»

Er lachte zynisch auf. «Kein öffentliches Geständnis unter Tränen?»

Ich versetzte ihm einen Schlag in die Rippen. «Das hatte ich auch nicht erwartet. Ich bin ja nicht blöd.»

«Hoffen wir es.» Unvermittelt zog er mich an sich. Ich spürte die Anspannung seiner Muskeln unter meinen Händen, während er mich an sich drückte. Sein Rücken war hart wie ein Brett.

«Komm», sagte er dann mit belegter Stimme. «Lass uns verschwinden. Sofort.»

Er nahm mich an der Hand und zog mich fort, in Richtung Gurtenbahn.

Lange, während der Wartezeit und auf der Fahrt nach unten, sagte keiner von uns ein Wort. Erst als wir im Parkhaus an der Talstation am Automaten unsere Parkgebühren beglichen hatten, nahm Martin das Gespräch wieder auf.

«Diese Sache macht mich fertig, Kassandra. Ich kann schlecht damit umgehen.»

Er fuhr sich mit der Hand über das Gesicht. Die Neonbeleuchtung um die Kassenautomaten malte tiefe, grünlich-graue Schatten in seine Züge und liess ihn älter aussehen, als er war.

Ich zögerte. «Welche Sache?», wollte ich dann wissen. «Die Todesfälle? Oder ... die Sache mit uns? Denn wenn es Letzteres ist», ich zögerte, konnte dann aber nicht mehr an mich halten und redete weiter, wie ein Wasserfall, schnell und überstürzt, «wenn es Letzteres ist, dann geht es mir genauso. Ich fühle mich verloren und hilflos. Und ich fürchte mich vor dem, was kommt. Ich kann nicht ohne Marc leben, ich kann meine Familie nicht verlassen. Ich will nicht über aufgeteilte Wochenenden und getrennte Weihnachtsfeste nachdenken, ich kann die Vorstellung nicht ertragen, wie Marc mich ansieht, wenn ich ihn verlasse. Aber das Schlimme ist: Ich kann mir auch nicht mehr vorstellen, ohne dich auszukommen. Ich schaffe es nicht, unsere frühere Distanz wieder aufzunehmen, Abstand zu wahren, ich kann nicht so tun, als ob du nicht meine Gedanken und Gefühle beherrschen würdest. Ich weiss nicht, was ich machen soll, Martin. Ich muss mich entscheiden. Sag mir, was ich machen soll. Ich weiss nicht mehr weiter.» Atemlos hielt ich inne. Ich fühlte mich hilflos und entblösst, aber auch leichter. Ich hatte es ihm gesagt. Ich hatte ihm alles gesagt.

Martin schluckte, und seine Miene zerbröselte vor meinen Augen. Eine Sekunde lang kam es mir vor, als würde er gleich in Tränen ausbrechen. «Ich liebe dich, Kassandra. Ich kann es offen aussprechen, denn wir wissen es beide.»

Ich wollte etwas entgegnen, aber er liess mich nicht.

«Aber», er holte tief Luft, «aber ich kann dir nichts geben. Es gibt keine Entscheidung zu treffen, nicht mehr.» Hilflos hob er die Hände, als könnte er mit Gesten leichter als mit Worten erklären, was er empfand. «Ich war heute Nachmittag mit Selma bei der Gynäkologin», sprudelte es schliesslich aus ihm heraus. «Der erste grosse Ultraschall – du weisst, wie das ist, du kennst es selbst. Es ist alles da, Kassandra. Mein Kind. Es ist noch so klein, dass es in meine hohle Hand passen würde, aber es ist alles da. Jede einzelne Rippe, Finger, Zehen. Es bewegt sich. Es ist real.» Er trat einen Schritt zurück, weg von mir. Eine Geste, das wusste ich, die kein Zufall war. «Mein Kind, Kassandra. Winzig klein und vollkommen schutzlos. Es gibt nichts mehr zu entscheiden. Die Entscheidung ist gefällt.»

Mir wurde auf einen Schlag eiskalt. Dann, wie ein unbeteiligter Beobachter, nahm ich wahr, wie ich mich aus dieser Szene entfernte, mich nach innen stülpte, mich der Gegenwart und Martins Anwesenheit entzog, eine Andere wurde. Beinahe abwesend registrierte ich, wie in Martins Miene Zwiespalt und Entschlossenheit miteinander rangen, wie blass und unglücklich er aussah. Ich bewegte mich nicht, sagte kein Wort, vergass sogar zu atmen. Alles war wie erstarrt.

«Kassandra», stiess Martin hervor, «sag doch etwas!» Seine Worte drangen wie durch Nebel zu mir, von ganz weit weg.

Ein Pfeifen in meinen Ohren erinnerte mich daran, dass ich Luft holen musste. Ich tat es; einmal, zweimal. Es fühlte sich gut an.

Dann drehte ich mich um. Ohne Martins zunehmend drängend werdende Rufe zu beachten, ging ich davon, Schritt für Schritt, zuerst langsam und bedächtig, dann schneller werdend. Auch das fühlte sich gut an. Meine Finger verkrampften sich um das Parkticket in meiner Hand – ich durfte es nicht fallen lassen, es war wichtig, es öffnete mir einen Fluchtweg. Hölzern und wie ferngesteuert schloss ich meinen Wagen auf, öffnete die Fahrertür, stieg ein, schloss die Tür, schnallte mich an, startete den Motor. Umsichtig steuerte ich rückwärts aus meiner Parklücke, machte einen akkuraten Bogen, kam zum Stehen, legte den Vorwärtsgang ein. Es klappte ganz wunderbar, ein Fahrlehrer hätte es nicht besser gemacht. Ich hatte alles im Griff.

Als ich an der Schranke mein Ticket in die dafür vorgesehene Öffnung einschob, sorgfältig und gemessen, drang das Bild von Martin, der nach wie vor bewegungslos, wie aus Stein gemeisselt am Ticketautomaten stand, nicht weiter als an den Rand meines Bewusstseins, als wäre er eine Kulisse, eine Attrappe aus Papiermaché. Bedeutungslos.

Alles war in Ordnung. Nichts war passiert.

26. Kapitel

Natürlich, das war der Fachfrau in mir bewusst, konnte dieser tröstliche Zustand des empfindungslosen Schocks nicht anhalten. Natürlich würde die emotionale Reaktion nicht lange auf sich warten lassen.

Trotzdem, so nahm ich mit sachlich-klinischem Interesse wahr, hielt das Stadium der Betäubung länger an als erwartet. Die Welle vernichtender Gefühle erfasste mich erst auf der Autobahn, nachdem ich die Ausfahrt Rubigen passiert hatte. Doch dann tat sie es gründlich.

Ich schaffte gerade noch, den Blinker zu setzen und auf der unmittelbar nachfolgenden Autobahnraststätte auf einem Parkfeld zum Stehen zu kommen, ehe Wut, Eifersucht, Schmerz, Trauer und Reue sich auf mich stürzten wie ein Rudel hungriger Wölfe auf ihre wehrlose Beute. Ich schaffte es, nicht zu weinen – auch in Augenblicken grösster Not erinnert die moderne Frau sich daran, dass ihre Wimperntusche nicht wasserfest ist. Ich schrie auch nicht laut heraus, um das junge Paar nicht aufzuschrecken, das wenige Meter von mir in trauter Zweisamkeit an einem Wagen lehnte. Aber in mir tobte es.

Ich verfluchte Martin, seinen Verrat, seine Selbstsucht und Feigheit, zerfetzte in Gedanken Selma in der Luft, die diesen einen unschlagbaren Trumpf ausgespielt und gewonnen hatte, zermarterte mich in Selbstvorwürfen. Ich fühlte mich gedemütigt, verstossen, schimpfte mich eine würdelose Idiotin, bemitleidete meine verwundete Seele, sehnte die alten, friedlichen Zeiten zurück, als Martin noch ein verlässlicher Freund und ich eine treue Ehefrau gewesen waren. Ich entwarf wirre Reden, mit denen ich Martin umstimmen oder bestrafen oder blossstellen wollte, schob Schuld und Verantwortung hin und her wie ein Croupier Jetons.

Eine volle Viertelstunde überliess ich mich meinen Gefühlen, versank in den Tiefen meiner Rachsucht und trieb im Kielwasser meiner Verzweiflung dahin. Dann wurde ich ruhiger.

Es war schiefgegangen. Ich hatte mich auf ein Spiel eingelassen, in dem es keine Gewinner geben konnte, und hatte verloren. Ich war abgewiesen worden. Nicht ich hatte die Wahl gehabt, Martin hatte sich gegen mich entschieden. Das schmerzte mich tief. Ich ahnte, dass die Verbundenheit und das Vertrauen zwischen uns verloren waren, dass sie auch dann nicht wiederkehren würden, wenn der Sturm vorbei war. Mein Verstand sagte mir, dass Martin vollkommen richtig, sogar ehrenvoll gehandelt hatte, dass er keine Wahl gehabt hatte. Aber mein Herz würde ihm diesen Verrat niemals verzeihen. War ich selbstsüchtig, unfair, unvernünftig? Natürlich war ich das. Aber ich konnte es nicht ändern.

Und doch – inmitten von Trauer und Verlust, Enttäuschung und Vorwurf sah ich etwas herannahen, wie man in der Ferne einen Wanderer näherkommen sieht, zuerst winzig klein, dann immer grösser und deutlicher werdend. Es war Erleichterung. Sie liess dem Zorn und dem Schmerz zurückhaltend den Vortritt, betrachtete ruhig den dramatischen Auftritt ihrer raumgreifenden Geschwister, aber wartete, geduldig und unbeirrbar, bis sie an der Reihe war.

Erleichterung. Meine Familie, mein Leben würden intakt bleiben. Ich sah Bilder vor meinem inneren Auge, seltsame, zusammenhanglose Bruchstücke, die wahllos vorbeitrieben: Der Magnolienbaum, den Marc mir letzten Herbst eigenhändig gepflanzt hatte, weil ich die duftenden rosa Blüten so liebte. Ein Ausflug an den Oeschinensee, Jana, die sich verzweifelt mit dem Versuch abmühte, das gemietete Ruderboot wenigstens ein paar Meter voranzubringen, und Marc, der ihr lächelnd das Ruder führte. Schlittenfahren in Aeschi, Mia, die quer über die Schlittenbahn und unter dem Drahtzaun in den Tiefschnee steuerte, Marc, der ihr brüllend hinterher rannte. Janas erster Wackelzahn. Geburtstagsfeiern. Ich sah Marcs nackte Schulter im Halbdunkel vor mir, seine ruhigen Atemzüge, sah mich wach neben ihm im Bett liegen und ihn in seinem Schlaf beobachten.

Ich würde bei Marc bleiben. Nichts würde zerbrechen.

Ich richtete mich auf. Ich hatte einen Fehler gemacht, einen massiven, unverzeihlichen Fehler. Ich hatte alles aufs Spiel gesetzt, was mich ausmachte, hatte das Glück von vielen Menschen auf eine Karte gesetzt. Und so sehr es mich auch verletzte, dass Martin sich gegen mich entschieden hatte, spürte ich doch auch, dass es manchmal eine Gnade ist, nicht wählen zu müssen.

Entschlossen startete ich den Motor. Ich würde jetzt nach Hause fahren, zurück in meine Welt. Ich hatte Martin verloren, aber es hätte schlimmer kommen können.

Ich wusste, ich würde mich mit alledem auseinandersetzen müssen, würde meine Gefühle ordnen und meine Schuld bewältigen müssen. Ich würde lange Gespräche mit meinen Freundinnen brauchen, mit Nora und Kerstin, weil ich Marc, dem Menschen, der mir am nächsten stand, kein Wort über diese Sache sagen durfte. Ich würde nicht ohne Narben davonkommen und lebenslang ein Geheimnis mit mir tragen müssen. Die Zeit für all das würde kommen.

Aber hier und jetzt hatte ich keinen Platz für derartige Rührseligkeiten. Ich hatte ganz andere Probleme. Ich befand mich im Krieg.

Es war alles gut gegangen. Marc war noch wach gewesen, war ungeduldig im Wohnzimmer auf und ab gegangen, als ich eingetroffen war, begierig darauf, alles über meine Konfrontation mit Claudine Mathier zu erfahren. Er hatte meinen Bericht nachdenklich zur Kenntnis genommen. «Wir werden sehen, was jetzt passiert. Wir werden es sehen», hatte er gesagt, mit einem Gleichmut, der mir unheimlich vorkam.

Ich war bemerkenswert ruhig geblieben, hatte nichts von den emotionalen Stürmen der letzten Stunde in meinen Tonfall und meine Miene dringen lassen, hatte mich tatsächlich gefasster gefühlt, als ich erwartet hatte, weil Marcs vertraute Anwesenheit und seine verlässliche Anteilnahme tröstlich auf mich gewirkt hatten. Alles war gut.

Warum also konnte ich einfach nicht schlafen?

Verärgert warf ich mich im Bett herum. Mir war heiss, die Bettdecke fühlte sich an wie eine klebrige, schwere Last, aber wenn ich sie abstreifte, begann ich zu frieren. Ich konnte keine Position finden, in der ich mich behaglich fühlte, und mein Herz schlug unangenehm rasch.

Es war nach drei Uhr morgens. Ich musste ein paar Stunden geschlafen haben, denn ich glaubte, mich an wirre Träume zu erinnern, aber genau wusste ich es nicht. Die Minuten rannen zäh vorüber. Ich wollte nicht mehr dauernd auf die Uhr blicken und tat es dann doch wieder. Genervt versuchte ich es mit einigen Entspannungs-Techniken, scheiterte an der progressiven Muskelrelaxation, die mich nur noch nervöser machte, fand dann aber durch eine ausgedehnte Imaginationsübung endlich Ruhe. Ich spürte, wie meine Glieder sich entspannten, meine Atemzüge langsamer wurden, sah meinen Geist in friedliche Gefilde davontreiben, erahnte, dass der Schlaf sich näherte, das Vergessen …

Exakt in diesem Augenblick begann Egon, unser Kater, aufdringlich an unserer Tür zu kratzen. Schlagartig war ich wieder hellwach.

«Tscht!», zischte ich wütend. Egon ignorierte mich. Er kratzte weiter.

Genervt richtete ich mich auf. «Egon», flüsterte ich, «hau ab! Es gibt nichts zu fressen!»

Das schien Egon nicht zu kümmern. Mittlerweile war er dazu übergegangen, klagend zu maunzen.

Ich übte mich in Selbstbeherrschung, legte mich wieder hin, entschlossen, mich nicht stören zu lassen. Die Uhr zeigte 03:47 Uhr. Alles war dunkel und still, bis auf ein Auto, das irgendwo in der Nähe abfuhr. Marc schlief selig.

Und Egon tobte vor unserer Schlafzimmertür.

«Verdammt», knurrte ich schliesslich halblaut, warf die Decke zurück und stand auf. Ungeschickt, etwas schwindlig vor Müdigkeit, tastete ich mich durch den finsteren Raum, ehe ich die Türklinke fand.

«Egon, du verflixter Mistkater», stauchte ich ihn zusammen, sobald ich draussen stand. «Es ist mitten in der Nacht! Wenn du nicht die Klappe hältst, verarbeite ich dich zu Hackbraten, und dann ...»

Ich verstummte.

Egons Augen waren geweitet, seine Pupillen riesengross, und sein Schwanz war gesträubt wie eine Flaschenbürste.

«Was ist los? Ist eine fremde Katze im Haus? Kannst du dich nicht selbst verteidigen, du Waschlappen? Das kann doch nicht dein Ernst sein.»

Egon stellte sich auf die Hinterbeine, versenkte die Krallen in meine Pyjamahose.

«Au!», japste ich. «Spinnst du?»

Und dann roch ich es.

Rauch.

Alarmiert befreite ich mich von Egon, hastete die Treppe hinunter.

Und prallte zurück.

Aus dem Gang drangen dicke Rauchschwaden, im dämmrigen Licht der Strassenbeleuchtung von draussen fast körperlich wirkend, wie graue, wabernde Gestalten. Ich starrte sie an, unentschlossen und hilflos. In dem Moment schoss hell eine Flamme vom Teppichboden im Erdgeschoss empor.

Ich tat das Einzige, was mir in diesem Moment einfiel: Ich schrie aus Leibeskräften.

Es dauerte keine drei Sekunden, und Marc, der notfalldiensterprobte Hausarzt, stand neben mir, dunkle Bartstoppeln auf dem braungebrannten Gesicht und halbnackt. Es dauerte eine weitere Sekunde, bis sein verwirrter Blick die Situation analysierte und er so reagierte, wie ich es schon lange hätte tun sollen.

Er packte mich und starrte mich eindringlich an. «Rasch, die Kinder!», befahl er knapp. «Weck sie sofort auf, trag sie aus dem Bett, wenn nötig. Auf den Balkon! Schrei, so laut du kannst, damit jemand von den Nachbarn dich hört und die Feuerwehr ruft. Und schnapp dir ein paar Leintücher zum Zusammenbinden – verdammt, ich wünschte, wir hätten ein Seil hier oben.»

Er hatte das alles in einem drängenden, aber völlig kontrollierten Staccato ausgestossen, mich dabei energisch umgedreht und die Treppe hoch bugsiert. Jetzt versetzte er mir einen kräftigen Stoss auf Mias Zimmer zu und stürzte selbst zu einem Schrank im Korridor.

Mit dem winzigen Teil meines Gehirns, der noch klar denken konnte, wunderte ich mich über seine eiskalte Geistesgegenwart. Ich selbst fühlte mich völlig hysterisch.

Überstürzt platzte ich in Mias Zimmer, brüllte «Aufstehen!», drehte mich auf dem Absatz um, preschte kopflos zu Jana hinüber, rüttelte sie unsanft an der Schulter, besann mich eines Besseren, rannte wieder zu Mia zurück, die sich taumelnd aufgesetzt hatte und sich schlaftrunken die Augen rieb, packte sie kurzerhand um die Mitte und schleppte sie, ihre

Proteste ignorierend, zurück in Janas Zimmer. Dabei warf ich hektische Blicke umher, im Versuch, Marc zu erspähen, doch der war verschwunden.

Wo war er hin? Was war mit ihm passiert?

«Mama?», fragte Jana arglos, die mit einer gewissen Nonchalance zur Kenntnis nahm, dass ihre Mutter mitten in der Nacht mit der zappelnden jüngeren Schwester unter einem Arm in ihr Zimmer stürmte, «Ist es schon Morgen?»

Richtig – der Balkon. Ich liess Mia auf Janas Bett plumpsen und stürzte mich zur Balkontür, riss die Fensterläden auf. Die Luft draussen war erfrischend kühl.

«Feuer!», brüllte ich mit sich überschlagender Stimme. «Hilfe! Feuer! Es brennt! Hilfe!»

Nichts passierte, alles blieb still. Mia hatte im Raum hinter mir zu weinen begonnen, und Jana rief mit angsterfüllter Stimme. «Mama? Was ist los? Ich habe Angst!»

«Feuer! Bei uns brennt es! Bitte, Hilfe! Jemand muss die Feuerwehr rufen!»

Konzeptlos wandte ich mich wieder um. Mit Schrecken erkannte ich, dass der Rauch auch Janas Zimmer erreicht hatte – beissender Gestank erfüllte die Luft. Mia hustete.

Panisch lief ich zur Tür, versuchte, etwas zu erkennen, aber der Gang und das Treppenhaus waren erfüllt von dichtem, bedrohlichem Rauch.

«Marc?», schrie ich. «Marc, wo bist du?»

Meine Stimme kippte, keuchend holte ich Luft.

Jana hinter mir brüllte unter Tränen «Mama? Mama, was ist los? Was passiert mit uns?»

Mia hustete noch mehr, rang röchelnd nach Atem.

Ich schlug die Tür zu, um den Rauch auszusperren, versuchte, mich zu fassen, aber es gelang mir nicht. Ich sah und hörte und roch nur Rauch und Flammen, und mir wurde bewusst, dass ich hier oben mit meinen Kindern ganz allein und gefangen war, dass Marc verschwunden war und das Haus unter uns in Flammen stand.

Dass dies das Ende war.

27. Kapitel

«Ka, hörst du mich?»

Florence Röthlisberger, unsere Nachbarin, blickte mich besorgt an. «Ka, lass bitte Jana und Mia los. Laura wird sich um sie kümmern, sie ins Haus nehmen und ihnen warme Milch zu trinken geben. Ihr müsst alle zur Ruhe kommen. Lass los. Bitte.»

Warme Hände lösten den krampfhaften Griff, mit dem ich die Hände meiner Töchter umklammert hielt. Ich sah, wie Laura, unsere fünfzehnjährige Nachbarstochter, Mia auf den Arm nahm, Jana um die Schulter fasste und die beiden in ihr Haus führte. Sie warfen mir einen zögernden, fragenden Blick über die Schulter zu, folgten ihr dann aber vertrauensvoll.

«Es ist einfach furchtbar», meinte Florence und biss sich auf die Lippe, während sie mit bangem Blick den Trubel um unser Haus beobachtete, der die friedliche Ruhe dieses frühen Morgens störte: Ein Löschfahrzeug der Feuerwehr, Polizei, Männer, die hastig umhergingen, Befehle brüllten und in Telefone sprachen.

Ihr Arm, mit dem sie mich umschlungen hielt, zitterte.

«Komm rein», schlug sie vor. «Wir sind beide ganz durchfroren. Und du kannst hier nichts tun.»

Ich schüttelte den Kopf. «Ich kann hier nicht weg», erwiderte ich undeutlich, mit tauben Lippen. «Ich muss wissen, wie das passieren konnte. Ich kann es immer noch nicht fassen.»

Also blieben wir stehen, ich leblos und starr, sie in liebevoller Solidarität. Und wir warteten.

Schliesslich kam ein Mann auf uns zu. Ein uniformierter Polizist.

«Frau Bergen?» Er räusperte sich, wischte sich mit einem Papiertaschentuch den Schweiss von der Stirn.

Ich nickte stumm.

«Frau Bergen – Ihr Mann ....» Er zögerte. Er schien sich unbehaglich zu fühlen angesichts dieser Frau, die ihn verstört anstarrte. Angesichts meiner Angst. «Ihr Mann ist ein Teufelskerl. Wirklich. Wenn er nicht dermassen schnell reagiert hätte, weiss der Himmel, was passiert wäre. Meine Kollegen von der Feuerwehr haben mir versichert, dass solche Brände sich ungeheuer rasch ausbreiten können. Aber Herr Bergen hat das einzig Richtige getan. Ah», er blickte zur Seite. «Da ist er ja.»

Marc trat zu uns. «Alles in Ordnung mit dir?», fragte er mit einem forschenden Blick in mein Gesicht. «Du siehst furchtbar aus.»

«Pardon, der Herr», schnappte ich. «Ich hatte leider nicht Zeit, mein Make-up zu richten!»

Ein schiefes Grinsen erschien auf seinem russgeschwärzten Gesicht. «Schön. Du bist daran, dich zu erholen.»

Florence neben mir lachte leise und löste den Arm von meinen Schultern. Offenbar stimmte meine ruppige Antwort auch sie zuversichtlich, was meinen Zustand anging.

«Wirklich, Herr Bergen, wie ich Ihrer Frau schon sagte», mischte der Uniformierte sich wieder ein, «Sie haben es genau richtig gemacht: Die alte Militärdecke mit Wasser getränkt, das aufkeimende Feuer in Schach gehalten. Damit haben Sie dessen Ausbreitung verhindert. Natürlich musste die Feuerwehr noch einiges löschen, und der Wasserschaden, nun ja, ist nicht unbeträchtlich. Aber es ist niemand zu Schaden gekommen, und Ihr Haus steht noch. Kompliment!» Wieder wischte er sich Schweisstropfen aus dem Gesicht.

Marc, jetzt wieder mit grimmigem Gesichtsausdruck, quittierte dieses Lob mit einem Nicken. Aus dem Augenwinkel sah ich, wie Egon, der Heldenkater, sich um die Beine eines Feuerwehrmannes schlängelte. Er wirkte zerzaust, aber sehr bedeutend und würdevoll. Als wüsste er, dass nicht eigentlich Marc, sondern er uns allen das Leben gerettet hatte.

«Weiss man schon etwas über die Brandursache?», wollte Marc wissen.

Ich verspannte mich wieder.

Der Polizist hob die Schultern. «Abschliessend wird das erst die Brandermittlung klären – Sie wissen, hierfür haben wir versierte Fachleute.»

«Könnte es ein Elektrobrand gewesen sein? Ein defektes Gerät? Ein Unfall also?», hakte ich nach, ohne seine Worte zu beachten.

«Wie schon gesagt, Genaueres weiss man nicht. Die Kollegen von der Brandermittlung sollten jeden Moment eintreffen, sie sind die Spezialisten», wich der Polizist mit sichtlichem Unbehagen aus. Dann jedoch beugte er sich vertraulich vor. «Aber ganz inoffiziell: Es sieht nicht danach aus. Die Feuerwehrleute haben auch so ihre Erfahrung. Sie gehen von Brandstiftung aus.»

Florence machte einen erschrockenen Laut, und ihre dunklen Augen wirkten riesig in ihrem blassen Gesicht.

Der Uniformierte fuhr unbeeindruckt fort. «Sie haben Reste eines Molotow-Cocktails gefunden – Glassplitter in einer Ecke Ihrer Gästetoilette. Offenbar ungeschickt gemacht – wie es scheint, hat die Täterschaft das Objekt durch das gekippte Toilettenfenster im Erdgeschoss in den dahinterliegenden Raum geworfen, aber durch die beengten Platzverhältnisse nicht richtig ausholen können. Die mit brennbarer Flüssigkeit gefüllte Glasflasche ist auf dem Steinboden zerbrochen. Das einzige entzündliche Material, das sich in der Nähe befand, war ein Teppich im Korridor, und der hat wohl eine ganze Weile nur gequalmt, ehe er Feuer gefangen hat. Das gab Ihnen Zeit, rechtzeitig zu reagieren. Und das haben Sie getan.» Er strahlte Marc an.

«Also Brandstiftung», stiess Marc zwischen zusammengebissenen Zähnen hervor.

«Wie gesagt, man weiss noch nichts Genaues», erinnerte der Uniformierte. «Aber es könnte sein. Haben Sie etwas Verdächtiges bemerkt?»

«Ich habe ein Auto in der Nähe wegfahren hören, kurz bevor ich den Brand entdeckte», erklärte ich tonlos.

«Aha», machte der Polizist, und griff nach einem Notizblock. «Haben Sie Feinde? Vermuten Sie, wer hinter so einem Anschlag stecken könnte?»

Marc und ich tauschten einen langen Blick. Er war es, der schliesslich antwortete.

«Nein. Wir haben keinen blassen Schimmer.»

Ich hatte mir nie eine Vorstellung davon gemacht, was ein Hausbrand bedeutete. Bis zu diesem Zeitpunkt. Marc hatte mit seinem entschlossenen Handeln das Schlimmste verhindert, aber das Chaos, das nach dem Abzug des Löschzugs und der Polizei in unserem Haus herrschte, war unbeschreiblich. Asche und Russ hatten Wände und Oberflächen geschwärzt, brackige Wasserlachen bedeckten den Boden, und im ganzen Haus hing ein penetranter Gestank nach Rauch und verbranntem Plastik.

Nimm dich zusammen, sagte ich mir, wann immer mir angesichts dieses Elends die Tränen in die Augen zu steigen drohten. Es hätte schlimmer kommen können. Viel schlimmer.

Mutlos schnupperte ich an einem Pullover von Mia, den ich eben aus dem Schrank geholt hatte. Auch er roch nach Rauch. Man hätte denken können, sie hätte ausgelassen um ein Lagerfeuer getanzt, draussen gegrillt, behaglich am Cheminée gesessen. Von wegen.

Marc betrat den Raum. «Bist du mit dem Packen fertig?», wollte er wissen.

Ich liess das Kleidungsstück sinken. «Beinahe. Aber die ganze Wäsche stinkt. Die Zahnbürsten sind von Russ bedeckt

– unglaublich, wie sich das vermaledeite Zeug im ganzen Haus verteilt hat. Sogar im Inneren der Kleiderschränke habe ich dunkle Schlieren gefunden, und dabei waren die alle verschlossen.»

«Egal», versetzte mein Mann. «Deine Eltern werden das Zeug waschen, und notfalls können sie ihnen neue Zahnbürsten kaufen. Darauf kommt es nicht an. Hauptsache, die beiden sind in Sicherheit und wohlbehalten. Erstaunlich, wie gelassen Jana und Mia es genommen haben. Florence hat mir eben berichtet, dass die beiden kichernd bei ihrem jüngsten Sohn im Zimmer sitzen und Brettspiele spielen. Kinder ...»

Ich nickte, brachte aber kein Wort heraus.

Marc stutzte, setzte sich dann neben mich auf den Boden. Berührte mich sanft an der Schulter. «Dieser Brand hat dich ganz schön mitgenommen, was?»

Ich nickte wieder, starrte auf die Sporttasche, die ich mit den Habseligkeiten meiner Kinder gefüllt hatte. Meine Sicht verschwamm.

Marc nahm mich in den Arm, zog mich eng an sich und murmelte tröstende Laute in mein Haar.

«Es war Claudine Mathier, richtig?», stiess ich hervor. Meine Stimme klang seltsam, als hätte ich Schnupfen. «Das war ihre Reaktion, die, die ich so unbedingt provozieren wollte. Gratulation, Kassandra Bergen. Was für ein Erfolg!»

«Mach dich nicht fertig, Ka», beschwichtigte mich Marc. «Du konntest nicht wissen, dass sie so weit gehen würde.»

«Nein?», entgegnete ich bitter. «Wie hätte ich das auch wissen sollen – schliesslich hat die Frau lediglich drei Menschen auf dem Gewissen.» Ich richtete mich auf, schniefte. «Ich war ein Idiot, Marc. Ein absoluter Idiot.»

Marc antwortete nicht sofort. Nachdenklich sah er mich an, mit einem eigenartigen, düsteren Ausdruck in seinem Gesicht.

«Nein», sagte er schliesslich gedehnt. «Ich finde nicht, dass du ein Idiot bist. Dein Vorgehen hat die erwünschte Reaktion gezeigt. Jetzt ist nur die Frage, was wir damit anfangen.»

Er lächelte unvermittelt. Aber es war nicht das Lächeln, das ich an ihm kannte, nicht das Lächeln eines liebevollen Familienvaters und vertrauten Ehemannes. Es war das Lächeln eines Raubtiers.

«Es ist Zeit für Plan B», ergänzte er mit gefährlich weicher Stimme.

«Wie meinst du das, mit ihm reden?»

Martin Rycheners Stimme klang alarmiert.

Ich konnte im Halbdunkel sein Gesicht nicht sehen, wollte es auch nicht – stur sah ich in die entgegengesetzte Richtung, wann immer unsere Blicke sich kreuzten, und weigerte mich, seine wortlosen Fragen und stummen Bitten auch nur zu beachten. Ich war dagegen gewesen, ihn heute Abend mit einzubeziehen. Aber damit war ich bei Marc auf taube Ohren gestossen – er hatte darauf bestanden, Martin dabeizuhaben.

«Ja, das möchte ich auch gerne wissen», fiel Nora barsch ein. «Du zitierst uns hierher, ohne ein Wort der Erklärung, und jetzt sollen wir einfach brav sein und mitkommen, ohne zu wissen, was du vorhast? Marc! Hörst du mich? Ich rede mit dir!»

Marc, der unbeirrt vorangestapft war, seit wir alle vier aus unserem Auto gestiegen waren, die Hände tief in die Taschen seiner Lederjacke gestopft und mit in sich gekehrtem Blick, bequemte sich endlich, anzuhalten und sich zu uns umzudrehen.

«Ich will mit ihm reden. Ist das so schwer zu verstehen?» Er hob fragend die Augenbrauen.

«Marc.» Ich fasste ihn am Arm. Ein Hauch von Rauchgeruch stieg aus meinen Haaren auf – ich hatte es nicht geschafft, den Gestank ganz rauszuwaschen.

«Wir müssen schon ein wenig mehr wissen. Du bist so seltsam, so verschlossen, den ganzen Tag schon. Du hast alles organisiert – die Unterbringung der Kinder, die Brandermittlung, die Telefonate mit der Versicherung, die Stellvertretung in der Praxis. Du warst grossartig. Aber da ist irgendetwas in deinem Blick ...» Ich schluckte. «Was hast du vor?»

Er neigte seinen Kopf zu mir. «Ich will mit Emil Lüscher sprechen, Ka. Ein Gespräch unter Männern. Ist es nicht das, was Psychiater den ganzen Tag tun? Mit den Leuten sprechen?» Sein schiefes Grinsen trug nicht dazu bei, mich zu beruhigen. Und schon wandte er sich wieder ab und marschierte weiter. Uns blieb nichts anderes übrig, als ihm zu folgen.

Kurz darauf standen wir vor der Tür zu Emil Lüschers Haus. Es lag am Hang, erreichbar nur über eine steile, schlecht beleuchtete Treppe. Tagsüber musste der Blick auf Eiger, Mönch und Jungfrau recht hübsch sein, aber jetzt war die Dunkelheit hier oben fast vollkommen, der Nachthimmel war bedeckt, und es gab keine Laternen, die Licht gespendet hätten. Das Nachbarhaus war unbeleuchtet, offenbar war dort niemand zu Hause. Über der Umgebung lag die beschauliche Stille einer Vorortsiedlung. Bremgarten, so befand ich, während ich nach dem Aufstieg keuchend nach Atem rang, kam mir ein wenig langweilig vor.

«Wie sollen wir vorgehen?», setzte Martin noch einmal an. «Wie wollen wir das Gespräch führen? Nehmen wir Bezug auf unsere Geistergeschichte? Oder sollen wir ...»

«Lasst mich machen», schnitt Marc ihm das Wort ab. «Ihr schliesst einfach die Tür hinter uns. Das ist alles. Den Rest erledige ich.» Beherzt drückte er die Klingel.

Ich spürte meinen Herzschlag ganz weit oben in meiner Kehle. Mir war übel. Ich hatte keine Ahnung, was Marc vorhatte. Wie wollte er zu Lüscher durchdringen, welche Taktik würde er wählen? Alles schien mir zu entgleiten. Ich hatte keinerlei Kontrolle mehr über das Geschehen.

Ich spürte, wie meine Knie weich wurden, als Licht hinter der Milchglasscheibe der Eingangstür aufflammte. Auch Nora regte sich nervös, und Martin versuchte erfolglos, Marcs Blick zu begegnen. Der Einzige, der angesichts der anstehenden Konfrontation vollkommen ruhig schien, war Marc.

Die Tür öffnete sich. Der Mann, der, die Hand auf der Klinke, fragend zu Marc aufblickte, sah wenig beeindruckend aus. Ein stattlicher Bauch spannte den Bund seiner gebügelten Altmännerjeans, und das blassgelbe Hemd, wenn auch von guter Qualität und teuer, warf an den rundlich herabhängenden Schultern unvorteilhafte Falten. Emil Lüscher gab sich zweifellos Mühe mit seinem Aussehen, die Solariumbräune war wohlgepflegt, die Fingernägel gefeilt. Trotzdem wirkte er schwächlich und unbedeutend. Beinahe enttäuschend. Er war nicht, was ich mir unter einem Bösewicht vorstellte.

«Ja?», fragte er. Seine Stimme klang tiefer und klangvoller als erwartet, eine gute Stimme für einen Psychiater, aber verbarg nicht ganz seine Unsicherheit. Penetranter Schweissgeruch ging von ihm aus. Ich spürte, wie Nora neben mir zusammenzuckte.

«Herr Lüscher.» Marc lächelte mit gebleckten Zähnen. «Entschuldigen Sie unser unangemeldetes Erscheinen. Stören wir Sie vielleicht? Haben Sie Besuch?»

Emil Lüschers Augen ruckten zwischen uns vieren hin und her, blieben kurz an Nora hängen, bis sie wieder auf Marc zu ruhen kamen. Er schluckte. «Nein, das nicht. Aber ...»

«Das trifft sich wunderbar», meinte Marc. Und dann machte er einen grossen Schritt nach vorne und packte Lüscher mit der Rechten an der Kehle.

Ehe ich etwas tun oder sagen, ehe ich auch nur Luft holen konnte, hatte Marc den Mann drinnen im Eingang mit einer einzigen kraftvollen Bewegung an eine angrenzende Wand geschleudert. Lüscher gab einen erstickten Laut von sich und sackte in die Knie.

«Reinkommen, Tür zu», schnarrte Marc. Dann ging er erneut auf Lüscher zu, packte ihn vorne am Hemd und riss ihn hoch.

Martin war es, der sich als Erster fasste, der Nora und mich ins Innere des Hauses schob und rasch die Tür schloss. Dann, ich fasste es nicht, lehnte er sich seelenruhig gegen den Türrahmen. Als wäre die Szene, die sich vor seinen Augen abspielte, vollkommen alltäglich.

Ich wirbelte herum, sah mit Entsetzen, wie Marc Lüscher erneut gegen die Wand schmetterte. Lüschers Schädel schlug gegen die Mauer, und er taumelte und stürzte. Keuchend kroch er auf allen Vieren, das Gesicht angstverzerrt. An seinem Hinterkopf sickerte dunkelrotes Blut hervor. Nora neben mir stiess einen gequälten Laut aus und packte mich am Arm.

Marc, noch immer unheimlich gefasst, ging neben dem schlotternden Lüscher in die Hocke.

«Nun, mein Freund», sagte er mit gefährlicher Ruhe. «Ich gehe nicht davon aus, dass ich mich vorstellen muss, oder? Falls doch: Marc Bergen ist mein Name. Nora Rufer kennen Sie, nicht wahr? Gut genug auf jeden Fall, dass Sie sie letzten Samstag aus dem Hinterhalt angegriffen haben. Auch meine Frau wird keine Unbekannte für Sie sein. Wissen Sie was?» Er packte Lüscher wieder am Kragen und zog dessen Gesicht nahe an seins heran. Seine Augen wirkten wie glühende Kohlen. «Ich bin wütend. Ich mag keine Leute, die Brandanschläge verüben, besonders dann nicht, wenn sie damit das Leben meiner Familie gefährden. Ich mag es nicht, wenn Menschen ermordet werden. Ich bin Ihr Feind, Emil Lüscher. Und ganz egal, wie Ihre

Interessen liegen oder womit Claudine Mathier Ihnen droht: Sie werden reden. Hier und jetzt.» Sein Blick bohrte sich tief in die wässerig blauen Augen des wimmernden Psychiaters. «Meinen Sie nicht auch?»

28. Kapitel

Ich stand unter Schock.

Erstarrt verfolgte ich, wie Marc, der Mann, den ich seit über einem Jahrzehnt zu kennen glaubte, sein hilflos am Boden kauerndes Opfer erneut am Hemdkragen durchschüttelte und zum Schlag ausholte. Ich wollte schreien, brachte aber keinen Ton heraus.

Martin war es, der den Bann brach.

«Marc», sagte er ruhig. «Warte. Schauen wir einmal, ob er bereit ist, zu sprechen.»

Marc verharrte einen Augenblick bewegungslos, den Arm noch immer zum Schlag erhoben, den lodernden Blick auf den keuchenden älteren Mann gerichtet. Dann liess er seine geballte Faust langsam sinken.

Martin drückte kurz seine Schulter. Dann sank er neben Lüscher in die Hocke.

«Herr Lüscher, ich hoffe, dass Sie realisieren, wie ernst es uns ist. Wir sind nicht hier, um höfliche Konversation zu betreiben. Sie liefern uns die Antworten, die wir haben wollen, oder Sie haben ein Problem. Haben Sie das verstanden?» Seine Stimme klang sachlich, als würde er einem Patienten die obligate Rechtsmittelbelehrung vorlesen.

Lüscher antwortete nicht sofort. Benommen tastete er in seiner Hosentasche herum und zog dann ein kariertes Taschentuch hervor, mit dem er vorsichtig das Blut von seiner Kopfwunde tupfte. Er hielt sich das blutverschmierte Taschentuch vor das Gesicht und musterte es ungläubig. Dann hob er seinen Blick zu den beiden Männern, die vor ihm auf dem Boden hockten.

«Ja», sagte er krächzend. «Ich habe verstanden.»

Martin nickte zufrieden. «Dann schlage ich vor, wir setzen uns ins Wohnzimmer. Wir sind allesamt zu alt, um auf dem Boden herumzukriechen.»

Sein lockerer, kultivierter Gesprächston verstörte mich beinahe noch mehr als der aggressive Ausbruch meines Ehemannes. Ich fühlte mich wie betäubt.

Martin erhob sich elegant und bot Lüscher einen stützenden Arm an, den dieser ignorierte. Schwerfällig ächzend stemmte der ältere Mann sich hoch, musste sich, da er ins Taumeln geriet, kurz an der Wand abstützen, und tupfte erneut mit dem Taschentuch an seiner Wunde herum. Dann ging er uns voran. Wir folgten ihm wortlos.

Vom Entrée führte ein kurzer Gang in einen weitläufigen Wohnbereich mit hellen, leinenbezogenen Sofas und einem offenen Kamin. An den Wänden hingen abstrakte Ölbilder, die zweifellos einen künstlerischen Wert besassen, mir aber trotzdem sehr hässlich vorkamen, und eine Vielzahl von Jagdtrophäen. Verblüfft zählte ich sieben afrikanische Gazellenarten, die aus leblosen, traurigen Glasaugen auf uns herabstarrten, und zwei Büffelschädel.

«Setzen Sie sich», sagte Emil Lüscher, offenbar im Versuch, ein wenig Kontrolle und sein übliches weltmännisches Gebaren zurückzugewinnen.

Vorsichtig folgte ich dem Beispiel meiner Begleiter und liess mich auf der Kante eines sandfarbenen Sofas nieder, Lüscher sorgsam im Blick behaltend, der eben zu einer kleinen grauen Fernbedienung gegriffen hatte. Irritiert fragte ich mich, ob er Hintergrundmusik anmachen wollte, merkte dann aber, dass ich falsch lag: An der breiten Fensterfront, die sich auf zwei Seiten um das Haus zog, senkten sich synchron und beinahe lautlos elektrische Storen. Emil Lüscher, so schien es, wollte nicht, dass jemand draussen etwas von dieser Unterhaltung mitbekam.

«Nun», sagte der Psychiater gepresst, während er die Fernbedienung in seine Hosentasche steckte und dann eine Ständerlampe in seiner Reichweite anknipste, «was wollen Sie?»

«Stellen Sie sich nicht dumm, Lüscher», versetzte Marc barsch. «Sie und Claudine Mathier haben versucht, unser Haus in Brand zu stecken. Sie haben das Leben meiner gesamten Familie gefährdet – und genau das war Ihre Absicht, nicht wahr? Uns zu ermorden. Und es wie einen Unfall aussehen zu lassen. Das ist doch Ihre Spezialität: Morde wie Unfälle aussehen zu lassen.»

Lüscher wurde blass angesichts der Drohung in Marcs Miene und wich einen Schritt zurück. «Ich habe nie versucht, jemanden zu ermorden!», versicherte er.

«Nein?», warf Nora grimmig ein. «Als was würden Sie dann den nächtlichen Angriff auf mich bezeichnen? Als freundliche Geste?» Sie erhob sich und trat nahe an ihn heran. «Sie haben versucht, mich zu erwürgen. Ich habe Sie erkannt.»

Ich wusste, dass dies eine Lüge war, aber Lüscher wusste es offenbar nicht. Kraftlos liess er sich in einen Sessel sacken. Kalter Schweiss stand in seinem Gesicht. Sein Hemdkragen färbte sich unter dem leise herabtröpfelnden Blut hellrot.

«Ich wollte es nicht», stiess er hervor. «Ich wurde dazu gezwungen. Claudine Mathier hat mich in der Hand.»

«Erzählen Sie», forderte Martin ihn gelassen auf.

Lüscher wischte sich gedankenverloren mit dem blutgetränkten Taschentuch über die schweissnasse Stirn. Das Ergebnis sah erschreckend aus, aber er merkte es nicht. Er wirkte haltlos und verwirrt.

«Claudine ist die Mörderin, nicht ich», keuchte er.

«Sie hat Maximilian von Büren umgebracht? Und Adrian Wyss?», fuhr ich dazwischen.

Er sah atemlos zu mir auf. «Ja, das hat sie. Natürlich.»

«Und Marie Lanz?»

Sein Blick flackerte. «Die auch.»

«Wie?», wollte ich wissen.

Er zuckte unbeholfen mit den Achseln. «Das weiss ich nicht genau. Aber sie hat es mir gegenüber zugegeben.»

«Und warum», polterte Marc, «sind Sie mit diesem Wissen nicht zur Polizei gegangen?»

Lüscher hob die Hände. «Weil Sie mich in der Hand hat.»

Ich spürte, wie Ungeduld in mir aufwallte.

«In der Hand? Was wollen Sie damit sagen? Nun reden Sie endlich», forderte ich, forscher, als ich mich fühlte.

Lüscher schüttelte hilflos den Kopf.

«Lüscher, Ihr vages Gerede bringt Sie nur in Schwierigkeiten. Sagen Sie uns die Wahrheit», drängte Martin kühl.

«Ich kann es nicht aussprechen. Ich schäme mich so», wimmerte Lüscher.

Erbärmlich, wie er da sass, mit hängenden Schultern und zitterndem Kinn. Ernüchtert betrachtete ich ihn. Das war er, unser Feind im Hinterhalt? Diese lächerliche Figur, dieser Schwächling?

Marc erhob sich und dehnte seine breiten Schultern. «Nun gut, wenn Sie nicht kooperativ sind, dann muss ich wohl …»

«Nein!» Lüscher sprang auf, die Augen schreckgeweitet. Eine Karikatur von Feigheit und Angst. «Ich … Einverstanden. Sie haben gewonnen.» In beredter Resignation liess er den Kopf hängen. «Sie haben gewonnen», wiederholte er tonlos. «Ich werde Ihnen alles erzählen.» Müde blickte er auf. «Es wird am besten sein, wenn ich Ihnen die Briefe zeige.»

«Welche Briefe?», fragte ich scharf.

Lüscher sah mich an. Sein Blick erinnerte an einen unglücklichen Bernhardiner. «Die Briefe, die Claudine Mathier mir geschrieben hat. In denen sie mir Anweisungen erteilt hat.

Sie kommen einem Geständnis gleich. Und», er atmete tief ein, «sie belasten auch mich. Vor vielen Jahren habe ich eine Dummheit begangen. Betrug.» Er senkte den Blick. «Claudine Mathier wusste davon, und mit diesem Wissen erpresste sie mich. Deshalb musste ich mich ihren Wünschen fügen. Ich hoffe», er rang verzweifelt die Hände, «Sie urteilen nicht zu hart über mich. Ich war damals in einer Notsituation. Ich bin auch heute in einer Notsituation.»

«Zeigen Sie uns diese Briefe», befahl Marc mit harter Stimme.

Lüscher duckte sich unmerklich. «Natürlich. Ich bewahre Sie in einem Versteck in meinem Büro auf. Ich hole sie gleich. Einen Moment nur, bitte.»

Er wandte sich ab und schlurfte entmutigt davon, öffnete eine Tür im Eingangsbereich und verschwand.

Ich begegnete Marcs Blick. «Denkst du, er sagt die Wahrheit?», flüsterte er mir fast unhörbar zu.

Ich hob ratlos die Schultern. Ich spürte ein nagendes Unbehagen, das ich nicht einordnen konnte. Wir hatten Lüscher gestellt und in die Enge getrieben, wir waren in der Überzahl, und er hatte aufgegeben. Seine Niederlage, seine Unterwerfung war ihm aus allen Poren gedrungen. Und doch störte mich etwas.

Waren es die Briefe? Ich konnte kaum glauben, dass Claudine Mathier so unvorsichtig gewesen sein sollte, etwas Belastendes schriftlich festzuhalten. Ihre kalte, unpersönliche Wohnung stand mir deutlich vor Augen, die Unfassbarkeit ihrer Umgebung.

Aber warum sollte Lüscher diese Briefe erfunden haben? Seine Lüge würde ihm kaum Zeit oder Vorteile verschaffen. Er könnte die Gelegenheit nutzen, heimlich aus seiner Wohnung schleichen und verschwinden, aber was würde ihm das nützen? War es sein Ziel, ein Verbrecher auf der Flucht zu sein, vertrieben aus seinem Alltag, seiner Existenz?

Rastlos liess ich meinen Blick umherschweifen. Ich nahm die gediegene Umgebung in mich auf – Vorhänge aus auberginefarbener Rohseide, mochte der Himmel wissen, was die gekostet hatten. Ein Seidenteppich in satten Rottönen. Die Jagdtrophäen. Eine zierliche weisse Gazelle mit geschwungenen Hörnern blickte mich stumpf an. Dunkelbraune Streifen unterhalb ihrer Augen liessen an Tränenspuren denken. Jäger und Gejagte, dachte ich beklommen, am Ende läuft es immer auf dasselbe hinaus.

Und dann stutzte ich. Jäger und Gejagte. Jäger.

Unwillkürlich setzte ich mich auf, plötzlich alarmiert. Das war nicht gut. Überhaupt nicht gut.

In diesem Augenblick erlosch das Licht.

Die Dunkelheit brach so unvermittelt über uns herein, dass wir erschrocken aufschrien, und sie war absolut, undurchdringlich, fast körperlich.

«Lüscher, der Mistkerl», hörte ich Marc knurren. «Hat wohl die Sicherung rausgedreht.»

«So ein Idiot», urteilte Martin verächtlich. «Will er entkommen? Aber das nützt ihm nichts. Wir können ...»

«Pssst!», zischte ich, während ich hastig aufsprang. «Ich glaube nicht, dass er entkommen will», flüsterte ich so leise, wie ich konnte. «Er flieht nicht. Der Mann ist Jäger. Er jagt uns. Und er ist im Vorteil – er kennt das Terrain.»

Dröhnendes Schweigen folgte auf meine Worte, eine Stille, die tonnenschwer auf uns lastete. Und durch die Stille drangen leise Geräusche. Tastende Schritte.

Meine Gedanken rasten. Verdammt, ich hätte es merken müssen. Lüschers Kapitulation war vollkommen gewesen – zu vollkommen. Die matte Stimme, die resignierte, schwächliche Körperhaltung, die Demut, die Unterwerfung auf allen Ebenen. Er war Psychiater. Womöglich war er ein schlechter und ganz bestimmt ein skrupelloser Psychiater, aber er war immer noch Psychiater, und er kannte die Tricks. Er konnte die diskreten Zeichen in Mimik, Gestik und Stimmlage nicht nur bei seinem Gegenüber entschlüsseln, er konnte dieses Wissen auch zu seinen Gunsten einsetzen. Seine vegetativen Stresssymptome – das Schwitzen, die Blässe – waren echt gewesen, der Rest Manipulation. Geschickt gemacht, musste ich mir bitter eingestehen. Er hatte uns etwas vorgemacht, und wir waren darauf reingefallen. Wie die blutigen Anfänger hatten wir ihm seine Scharade der lächerlichen Figur abgenommen, ohne zu bedenken, dass der Mann bereits mehrfach entschlossen angegriffen hatte.

Es war gespenstisch, in der vollkommenen Dunkelheit zu stehen, die Augen weit aufgesperrt, suchend und doch blind. Angestrengt lauschte ich in die Schwärze hinein, versuchte zu begreifen, was vorging. Entfernten sich die kaum wahrnehmbaren Geräusche von uns? Hatte ich mich getäuscht, versuchte Lüscher tatsächlich, uns zu entkommen, unternahm er einen hirnlosen, aussichtslosen Fluchtversuch? Ich hielt den Atem an, die Stille hallte in meinem Kopf wieder.

Und dann hörte ich es. Ein hauchzartes Geräusch – ein Schlüssel, der in einem Schloss umgedreht und abgezogen wurde.

Emil Lüscher hatte nicht vor zu fliehen. Er hinderte uns an der Flucht.

«Haustür zu», wisperte ich in die Finsternis hinein. «Waffen? In Deckung gehen.» Ich wagte nicht, mehr zu sagen, mich zu vergewissern, dass ich verstanden worden war.

Wir waren zu viert, und Lüscher war ein etwas dicklicher älterer Herr. Körperlich war er uns unterlegen. Aber so funktionierte die Jagd nicht, oder zumindest nicht die Jagd, die er praktizierte. Ich erinnerte mich daran, wie Catherine Wyss erwähnt hatte, dass Lüscher in Afrika auf Grosswildjagd ging. Ich sah ihn vor meinem geistigen Auge, wie er in alberner Safarikleidung auf einem Hochsitz oder in einem Jeep sass, die Jagdbüchse im Anschlag, auf seine Beute lauernd. Ich sah ihn aus dem Hinterhalt abfeuern, aus einer gefahrlosen Position. Lüscher war nicht der Mann, der sich einem Risiko aussetzte. Er kontrollierte die Bedingungen.

So wie hier, schoss es mir schaudernd durch den Kopf. Was mochte er aus dem Keller geholt haben, ehe er den Strom gekappt hatte? Die Dunkelheit, das war mir klar, war im Moment sein Freund. Und unser Feind. Das sprach, so hielt ich mir hastig vor Augen, gegen eine Schusswaffe. Und für ein Messer. Ein langes, gezacktes Jagdmesser? Mir wurde übel vor Angst.

Zitternd duckte ich mich, tastete mit ausgestreckten Händen nach dem Sofa hinter mir. Der grobe Leinenstoff fühlte sich unter meinen Fingern rau an. Ich liess mich auf Hände und Knie sinken und kroch vorwärts, folgte der Linie des Sofas, um seine Ecke, zog mich dahinter. Ich zerbrach mir den Kopf im Versuch, mir den Grundriss des Wohnraumes in Erinnerung zu rufen. Ich hatte zu wenig genau hingesehen. War da nicht irgendwo eine halbhohe hölzerne afrikanische Statue rumgestanden, neben einem Sideboard aus Nussbaumholz?

Mit zusammengebissenen Zähnen verliess ich den Schutz des Sofas und krabbelte vorwärts, entfernte mich vom Korridor zum Eingangsbereich – oder zumindest vermutete ich das. Jeder Muskel in meinem Körper war angespannt, so sehr war ich bemüht, lautlos voranzukommen. Dabei horchte ich angestrengt in die feindliche Schwärze hinein. Ungeduldig wartete ich darauf, dass meine Augen sich an die Dunkelheit gewöhnen und zumindest schemenhafte Umrisse erkennen würden, aber der erhoffte Adaptationseffekt blieb aus. Die Schwärze war vollkommen.

Ich hörte verräterische Laute, leises Schleifen, Schritte, verborgenes Atmen. Ein Knacken ganz in meiner Nähe, das mich erstarren liess.

Das Grauenhafte an meiner Lage war, dass ich keine Ahnung hatte, was sich in meiner Nähe rührte. Es konnte Marc sein, sein vertrauter Körper, womöglich nur ein paar Meter von mir entfernt, oder Nora, deren geschmeidige Gestalt sich durch die pechschwarzen Schatten hindurch eine geschützte Nische ertastete. Es konnte Martin sein, und der Gedanke an ihn tat weh, in zweierlei Hinsicht, weil ich fürchtete, ihn zu verlieren, und weil ich wusste, dass ich ihn bereits verloren hatte. Nicht daran denken, das hat hier keinen Platz.

Das kaum hörbare Atmen zu meiner Linken konnte von einem meiner Freunde stammen, konnte Trost und Verbundenheit bedeuten. Oder es konnte Emil Lüscher sein, der versuchte, seinen raschen, gepressten Atem zu unterdrücken, sich lautlos vorwärtszubewegen, um seine Beute nicht aufzuscheuchen. Emil Lüscher, mit einer Waffe in der Hand und Mord im Sinn, der sich bedacht daran machte, uns einzeln aufzustöbern und zu töten.

Keine Panik, versuchte ich mich zu beruhigen, während ich mich zwang, mich über den Boden vorwärtszuschieben. Der Gürtel meiner Jeans schabte über das Parkett, ein Geräusch, das in meinen Ohren hallte wie ein Donnerknall. Keine Panik!

Irgendwo fiel ein harter Gegenstand zu Boden, etwas Metallisches. Rasche schleifende Fusstritte folgten, ein Keuchen.

Mein Nacken prickelte, meine Haut fühlte sich an, als wäre ich elektrisch geladen. Was hatten diese Geräusche zu bedeuten? Wer war über ein Hindernis gestolpert, wer hatte seine Position verraten?

Emil Lüschers Jagd auf uns, so schoss es mir wirr durch den Kopf, war Irrsinn. Es war unwahrscheinlich, dass er uns alle kriegte. Es war russisches Roulette. Allerdings – er hatte nichts mehr zu verlieren. Im Gegensatz zu uns. Angst schnürte mir die Kehle zu, als ich mir ausmalte, wie eine scharfe Klinge Noras Kehle durchtrennte, Marcs Herz traf. Martins Lunge kollabieren liess. Ich fühlte mich vierfach verletzlich. Ich fürchtete nicht nur um mein eigenes Leben. Die Gesichter meiner Kinder trieben durch meinen Kopf – Jana und Mia liefen Gefahr, Mutter und Vater gleichzeitig zu verlieren. Was würde mit ihnen passieren, wenn Marc und ich umkamen? Der Gedanke nahm mir die Luft zum Atmen.

Dumpfer Schmerz traf mich unerwartet, als ich mit der Stirn gegen eine glatte Oberfläche stiess. Ich unterdrückte mühsam ein Stöhnen und biss die Zähne zusammen, bis der Schmerz verebbte. Dann streckte ich meine Hand aus und tastete. Warmes, gemasertes Holz. Das Sideboard. Hastig zog ich mich daran entlang, krabbelte unsicher vorwärts, hielt dabei die Rechte vor meinem Gesicht in die Luft, bereit, die Statue zu erspüren, die ich irgendwo hier vermutete. Ich schrak zurück, als meine Finger auf etwas Spitzes, Glattes trafen, realisierte nach einem Moment, dass es sich um eine Pflanze handeln musste. Ich robbte um sie herum, noch immer angestrengt lauschend, wachsam. Meine Fingerspitzen ertasteten Staubflusen, einen gewebten Teppich. Und dann berührten sie etwas Schmales, Hohes, das unter meinem ungeschickten Tasten ins Wanken geriet. Rasch griff ich zu, ehe es zu Fall kam, und untersuchte dann den länglichen, schweren Gegenstand in meinen Händen. Holz, geschnitzt. Die Statue. Sie war vielleicht achtzig Zentimeter lang und so dick wie mein Unterschenkel. Perfekt.

Ich packte die Statue wie eine Keule und duckte mich in den Schutz der ausladenden Pflanze, gegen die grob verputzte Wand gelehnt. Und wartete, mit sinnlos aufgerissenen Augen in die undurchdringliche Dunkelheit starrend. Wie ein Tier in der Falle.

Unvermittelt drangen beunruhigende Laute an mein Ohr, ein lautes Rascheln, ein Aufprall, ein Stöhnen. Dann hastige Schritte.

Was passierte da? War jemand verletzt? Hatte Lüscher sein erstes Opfer gefunden?

Ich wollte rufen, mich vergewissern, und wusste doch, dass ich meinen Standort nicht preisgeben durfte.

Panisch biss ich mir auf die Lippen. Es war nicht zum Aushalten, dieses bewegungslose Ausharren, wie ein hilfloses Tier in der Falle. Aber waren wir das nicht alle, Tiere in der Falle, nur darauf wartend, einzeln aus dem Bau getrieben und erlegt zu werden? Eine Herde von Gazellen, die genau wussten, dass ein Leopard irgendwo lauerte, sich bereitmachte, uns unbemerkt und gegen den Wind anzuschleichen, um dann über uns herzufallen, einen tödlichen Biss zu platzieren?

Gegen den Wind ...

Erinnerungsfetzen trieben durch meinen Kopf. Ich hatte vor Jahren mit Marc ein Reservat in Südafrika besucht. In einem Mietauto waren wir durch den Nationalpark gefahren, und ich erinnerte mich lebhaft an unser ehrfürchtiges Staunen, als nur wenige Meter von uns ein Leopard gelassen die Strasse überquert hatte. Und ich erinnerte mich noch an mehr – an den unerwarteten Gestank, den die geschmeidige Raubkatze verströmt hatte, und der mich sofort hatte begreifen lassen, warum Raubtiere es vorzogen, ihre Beute immer gegen den Wind anzugreifen.

Geruch. Natürlich.

Emil Lüscher stand unter massivem Stress. Er schwitzte. Der beissende Schweissgeruch war uns bereits an der Haustür entgegengeschlagen, und auch Nora hatte während des nächtlichen Angriffs auf ihr Leben einen penetranten Gestank panischer Angst wahrgenommen.

Geräusche halfen mir hier in dieser tiefschwarzen Dunkelheit nicht, Freund und Feind zu unterscheiden. Meine Nase würde mir bessere Dienste leisten.

Vorsichtig schlüpfte ich aus meinen Schuhen, streifte auch meine Socken ab. Dann richtete ich mich auf. Unter meinen nackten Fusssohlen fühlte sich das hölzerne Parkett kühl und sicher an. Ich atmete tief durch, dann setzte ich einen Fuss vor den anderen, die afrikanische Statue erhoben, zum Schlag bereit. Ich würde meinen Bau verlassen und meinerseits die Jagd eröffnen.

Ich tastete mich langsam vorwärts, vorsichtig, hielt alle paar Schritte inne. Ich versuchte, Sinne zum Leben zu erwecken, über die ich nicht wirklich verfügte, versuchte zu erspüren, ob sich Oberflächen oder Gegenstände in meiner Reichweite befanden, bemühte mich, ein klein wenig der ungeheuren Fähigkeiten einer Fledermaus im archaischen Teil meines Gehirns zu aktivieren, eine Art von Sonar. Ich war wacher als je zuvor in meinem Leben.

Meine Füsse stiessen gegen den Rand des seidenen Teppichs, den ich nur kurz zuvor bewundert hatte. Ich näherte mich dem Korridor zum Eingangsbereich.

Und da war jemand, ganz in meiner Nähe. Ich nahm es wahr, ohne es wirklich zu verstehen, aber da war Wärme und lebendiges Fleisch und Atem. Ich atmete tief durch meine Nase ein, sog die Dunkelheit in mich ein. Roch einen Hauch von Leder und einen tiefen, dunklen Duft, den ich kannte. Martin.

Zitternd holte ich Luft. Martin war ganz in meiner Nähe. Und ich roch kein Blut. Das war gut.

Weiter. Schritt für Schritt.

Meine Sinne schärften sich, und mit ihnen kam eine kalte Entschlossenheit, die meine Angst verdrängte. Ich spürte, wie meine Rolle sich veränderte. Das Beutetier hatte sich zum Angriff entschlossen. Es war ein gutes Gefühl. Das pure Leben pulsierte durch meine Adern, zum Sprung bereit.

Wieder ein Stück vorwärts, ein halbhohes Hindernis umgehend. Lauschen. Warten. Luft einziehen.

Und dann blieb ich stehen.

Da war etwas, ganz in meiner Nähe. Ein Schaben. Ein Luftzug. Nicht weiter als ein, zwei Meter von mir entfernt.

Wieder atmete ich tief durch die Nase ein. Ein scharfes, stechendes Aroma, das mir die Haare im Nacken zu Berge stehen liess. Stress und Angst und stockendes Blut. Lüscher.

Ich widerstand dem Impuls, mich hastig in Deckung zu werfen, zu fliehen. Stattdessen blieb ich reglos stehen. Und wartete.

Er konnte kein Nachtsichtgerät benutzen, das war mir bewusst, denn sonst wäre ich bereits tot. Er verliess sich auf die Macht, die die Waffe in seiner Hand ihm verlieh, auf seine Ortskenntnis und seine Überlegenheit in diesem perfiden Spiel.

Meine Gedanken überschlugen sich. Was sollte ich tun? Wie konnte ich ihm entgegentreten?

Ich spürte erneut einen Luftzug. Er bewegte sich. Der Schweissgeruch wurde stärker. Er kam frontal auf mich zu.

Wusste er, dass ich da war? Ahnte er, dass in der Schwärze jemand lauerte? Es kostete mich alle Willenskraft der Welt, nicht zu schreien, nicht davonzulaufen.

Wieder ein Geräusch, ein Schritt, so federleicht, wie ich es der untersetzten Gestalt niemals zugetraut hätte.

Und dann streifte mich etwas, etwas Kaltes und Dünnes und Entsetzliches, berührte die Aussenseite meines linken Oberarms, schlitzte den dünnen Stoff meiner Bluse auf und schnitt durch meine Haut.

Ich schrie auf, aber es war kein Angstschrei, sondern ein gellendes Angriffsgeheul, das noch niemals zuvor in dieser Form aus meiner Kehle gedrungen war und mich überraschte und entsetzte, und ein uraltes Programm übernahm die Kontrolle über mein Gehirn, liess mich all meine Wut und Kraft in die schwungvolle Bewegung werfen, mit der ich die Statue hob und das Messer in Lüschers Hand von mir weg und zu Boden schlug, und noch während die Waffe klappernd zu Boden fiel, hatte ich Lüscher meine rechte Schulter in die Brust gerammt und ihn unter zornigem Gebrüll zu Boden geworfen, wo ich ihn ungeachtet seiner heftigen Gegenwehr biss und kratzte und auf ihn einschlug, den brennenden Schmerz an meinem linken Arm ignorierend. Ich war ein wildes Tier, blind in meiner Wut und Aggression, ich war der Jäger, ich zerriss meine Beute, und kaum nahm ich die aufgeregten Rufe um mich wahr, die näher kamen, kaum realisierte ich, dass Hände nach mir griffen, mich wegzuziehen versuchten, ich war nur Zorn und Gewalt und Rache.

29. Kapitel

Die Sonne war bereits untergegangen und der blauen Stunde gewichen, die Luft war klar und frisch, und das Rauschen und Prasseln des Wassers erfüllte alles. Es war kurz vor acht Uhr. Es musste jeden Moment soweit sein.

Ich stand auf der schmalen Brücke und sah zu, wie die Wassermassen des Giessbaches vor mir über die Felsen in die Tiefe donnerten. Hier war Adrian Wyss gestorben. Hier hatte alles begonnen, und hier würde es enden.

Ich zog die Schultern hoch, schaudernd, unsicher, ob das Gefühl klammer Kälte, das mich überfiel, der abendlichen Kühle zuzuschreiben war oder einem geisterhaften, warnenden Wispern, das aus den feuchten Felswänden zu dringen schien. Blödsinn, sagte ich mir, und reckte mich trotzig. Das war nur die Nervosität.

Ich sah mich um: Kein Mensch war zu sehen. Ich hatte den Zeitpunkt gut gewählt – die Tagesausflügler waren schon vor Stunden abgereist, und die Hotelgäste des Grandhotels sassen beim Apéro oder Abendessen. Niemand würde mich stören.

Ungläubig hielt ich mir vor Augen, dass seit Adrian Wyss' Tod an jenem Samstag Anfang August noch keine sechs Wochen vergangen waren. Es kam mir so unendlich viel länger vor. Es war erst Mitte September, doch das Grün der Laubbäume um mich herum wurde schon matter und würde bald satten Gold- und Rottönen weichen. Alles fliesst, dachte ich, es vergeht und kehrt wieder. Sehr sinnig.

Unwillkürlich griff ich mit meiner rechten Hand nach oben, berührte den Verband an meinem linken Oberarm. Marc hatte den Schnitt genäht. Die Wunde brannte immer noch. Sie erinnerte mich daran, dass die Wahrheit etwas Scharfkantiges und Gefährliches war.

Unruhig blickte ich auf meine Armbanduhr. Drei Minuten nach acht. Sie musste jeden Moment kommen. Wenn sie denn kam. Oder hatte ich mich getäuscht? Ich spürte, wie meine Knie zitterten. Würde es gelingen?

Und dann nahm ich eine Bewegung zu meiner Rechten wahr. Jemand kam den schmalen Weg zur Brücke herunter.

In der taubenblauen Dämmerung wirkte sie wie eine Sagengestalt, hoch aufgerichtet, in fliessenden Gewändern, sicher und raumgreifend ausschreitend, als wäre sie eine Königin auf dem Weg in ihren Thronsaal. Unerschütterlich. Rasco, die gewaltige schwarze Dogge, ging ruhig an ihrer Seite, vollkommen unter ihrer Kontrolle. Die Stärke, die sie ausstrahlte, machte mir Angst.

Erst als Claudine Mathier die Brücke betrat, brach der Bann – der mystische Eindruck verflog, und ich sah die Schatten unter ihren Augen, bemerkte, dass ihre lange dunkle Leinenjacke ungebügelt war, registrierte ihr impulsives Zurückweichen, als ihr Blick auf mich fiel.

Wie üblich fasste sie sich rasch. «Sie?»

Ich nickte. «Ja, ich. Guten Abend, Frau Mathier. Sie haben mich nicht erwartet?»

Sie hielt ihre Verwirrung meisterlich im Zaum. «Ich war mit jemandem verabredet. Oder zumindest dachte ich das.» Sie musterte mich prüfend, fast abschätzig. «Gehe ich recht in der Annahme, dass in Wahrheit Sie mich hierher bestellt haben?»

Ich nickte erneut. «Natürlich.»

Claudine Mathier zog eine Augenbraue hoch. «Darf ich fragen, wie Sie das bewerkstelligt haben? Immerhin kam die Nachricht von Emil Lüschers Mobiltelefon.»

Wortlos griff ich in meine Tasche und hielt ein Handy hoch. Die Schutzhülle war knallrot und trug das Ferrari-Logo. Wie angeberisch.

Sie verharrte einen Augenblick bewegungslos. Als sie weiter-sprach, klang ihre Stimme so ruhig und unbewegt wie zuvor. «Wie sind Sie an Emil Lüschers Telefon gekommen?»

«Er hat es mir zur Verfügung gestellt.»

«Freiwillig?»

«Mehr oder weniger. Er braucht es im Moment nicht.»

«Wo ist Emil?»

«In Untersuchungshaft. Seit gestern Abend.»

Etwas in ihrem Gesicht straffte sich. «Das ist bedauerlich für ihn.»

«Nicht nur für ihn, Frau Mathier.» Ich lächelte verbindlich. «Er belastet Sie, wissen Sie?»

Ich unterliess es, zu präzisieren, dass Emil Lüscher kein Wort mehr gesagt hatte, nachdem wir ihn zu viert überwältigt hatten. Auch angesichts der Polizei, die wir alarmiert hatten, hatte er verstockt geschwiegen und jede Aussage verweigert, in sich gekehrt, in seiner eigenen Hölle gefangen und für die Aussenwelt nicht mehr erreichbar; ein Mann, der alles auf eine Karte gesetzt und verloren hatte. Aus diesem Grund stand ich hier, vor Claudine Mathier, und gab mich selbstsicherer und abgeklärter, als ich mich fühlte.

Ich sah, wie ihre Gedanken rasten, wie ihre Augen die Situation abschätzten, Entfernungen massen, Risiken beurteil-ten. Ihre Hand um Rascos Leine straffte sich. Das dunkle Tier blickte zu ihr auf, beinahe fragend. Auf Befehle wartend.

Und ich verstand.

«Es war der Hund, nicht wahr?», sagte ich ruhig. «Er war der Grund für Adrian Wyss' Tod. Denn Adrian Wyss», die Erinnerung lag jetzt klar und deutlich an der Oberfläche meines Verstandes, «hatte panische Angst vor Hunden. Seine Frau hat es mir einmal gesagt.» Ich legte den Kopf schräg. «Wie ist es passiert? Haben Sie Rasco auf ihn gehetzt? Hat Wyss versucht, sich in Sicherheit zu bringen? Ist er selbst gestürzt, oder haben Sie nachgeholfen?»

Ihre Miene verschloss sich. Dunkle Entschlossenheit glomm in ihrem Blick. Sie trat einen halben Schritt näher.

Ich hob warnend die Hand. «Vergessen Sie es, Frau Mathier.» Meine Stimme schnitt drohend durch die Dämmerung. «Ich bin nicht Adrian Wyss. Ich fürchte mich nicht vor Hunden, und Rasco ist kein Kampfhund. Er wird mich nicht angreifen. Im Übrigen ...» Ohne meinen Blick von ihr abzuwenden, wies ich mit einer Hand hinter mich. Am Ausdruck jäher Erkenntnis in ihrem Gesicht konnte ich ablesen, dass sie dort, im Schatten hoher Bäume, zwei Gestalten erkannte, die, so schätzte ich, entschlossen auf uns zukamen. «Ich bin nicht allein. Sie handeln vor Zeugen.»

Sie antwortete nicht. Ihr Gesicht war maskenhaft erstarrt, jede Faser ihres Körpers angespannt, sie strahlte vibrierende, pulsierende Energie aus, erfüllte die Atmosphäre mit knisternder Elektrizität.

Ich wartete, wortlos und bewegungslos, den Blick unverwandt auf ihr Gesicht gerichtet. Nur mit halbem Bewusstsein nahm ich Schritte wahr, die die Brücke betraten und dann innehielten. Martin und Marc, genau wie Claudine Mathier und ich gefangen in diesem überreizten, flimmernden Moment.

Und dann war es vorbei. Die Säule aus schierer Energie, die von der Frau ausgegangen war und uns alle gelähmt hatte, brach zusammen, zerstob in einem unsichtbaren Funkenregen. Ihre Haltung veränderte sich nur minim, aber ich konnte sehen, wie ihr Gesicht schlaff wurde. Sie liess den Kopf sinken, nur um wenige Zentimeter, betrachtete einen Augenblick ihre Füsse, das Metallgitter darunter und die glitschige Felswand unter der Brücke. Erwog sie zu springen? Dachte sie für einen Augenblick daran, ihrem Leben ein Ende zu setzen, ins Vergessen zu stürzen? Dann hob sie ihren Blick wieder, und ihre Züge waren gelöster, als ich sie je zuvor gesehen hatte.

«Was wollen Sie wissen?»

«Sie mögen von mir denken, was Sie wollen, aber ich habe nichts Unrechtes getan.»

Claudine Mathier sass auf einer grünen Holzbank. Sie war uns ohne weiteres gefolgt, als wir sie von den tosenden Wasserfällen weggeführt hatten, den steilen Weg hinunter bis zu einem kleinen, versteckten Platz etwas abseits, wo das schwindende Licht durch die umgebenden Laubbäume drang und fast beiläufig den Gedenkstein einer jung verstorbenen deutschen Komponistin streifte. Jetzt klopfte sie mit einer lässigen Bewegung eine Zigarette aus ihrem Etui und zündete sie an.

«Das mag Ermessenssache sein», entgegnete ich frostig, etwas irritiert durch die Zwanglosigkeit, mit der Claudine Mathier sprach. «Emil Lüscher behauptet etwas ganz anderes. Er macht geltend, dass Sie eine Mörderin seien, dass sie Max von Büren, Adrian Wyss und Marie Lanz kaltblütig ermordet und ihn, Lüscher, dazu gezwungen hätten, Anschläge auf unser Leben zu planen.»

Claudine Mathier blickte mich mit einem kühlen Lächeln an. «Und das haben Sie ihm geglaubt? Tatsächlich?»

Ich spürte, wie ihre kaltblütige Selbstsicherheit mich erschütterte und verunsicherte. Unter ihrem Blick fühlte ich mich naiv und unzulänglich. Dieses Gespräch verlief nicht so, wie ich erwartet hatte. Ich hatte keine reuige, aufgelöste Geständige vor mir.

Patzig ging ich zum Gegenangriff über.

«Wollen Sie etwa behaupten, dass Max von Bürens Tod ein Unfall war?»

Sie blies einen perfekten Rauchring in die Höhe. «Nein. Nachlässigkeit von seiner Seite.» Elegant schwang sie ihre Beine übereinander, dann stützte sie das Kinn in die Hand, mit der sie ihre Zigarette hielt. Sie wirkte eigenartig jung und unbekümmert. «Max von Büren war ein Blender – gewinnend und kompetent, aber er hatte keinen Biss, kein Durchhaltevermögen. Oh, ich wusste sofort, was es geschlagen hatte, als er in die Firma eintrat. Sein blendendweisses Gebiss in Kontrast zu dieser peinlichen kalifornischen Bräune, das jungenhafte Auftreten, die einschmeichelnde Art. Er hatte es darauf abgesehen, meinen Vorgänger Alois Weibel zu umgarnen und für sich einzunehmen, und er hat es geschafft. Und ich», ein bitterer Zug verunstaltete ihren schönen Mund, «habe dabei zuschauen müssen. Nach all den Jahren, in denen ich alles für die Firma geopfert hatte, nach den Tausenden von Überstunden, nach all der schweren Arbeit, die ich geleistet hatte, um mich langsam, aber unbeirrbar hochzuarbeiten. Ich war Weibels Favoritin, wissen Sie? Bis zu dem Tag, an dem Max von Büren den Schauplatz betrat. Danach war ich Luft für ihn.»

«Das muss schwer für Sie gewesen sein», bemerkte Martin in die nachfolgende Stille hinein.

Claudine Mathier seufzte. «Ja, das war es. Aber ich habe keine Miene verzogen. Ich habe geschwiegen und weiter gearbeitet, mich abgerackert in der Hoffnung, dass Alois Weibel sehen und verstehen würde, was mich und von Büren unterschied. Und dann kam der Tag der Entscheidung, und Weibel entschied sich für meinen Konkurrenten.» Ihr Groll breitete sich in Wellen aus und vergiftete die Atmosphäre. «Ich war wie versteinert. Natürlich bewahrte ich meine Fassung, aber in meinem Inneren zerbrach alles. Sie können sich nicht vorstellen, wie es für mich gewesen ist, an dieser Feier teilzunehmen. Ich habe keinen Bissen, keinen Schluck heruntergebracht, alles widerte mich an:

Der ganze Pomp, von Bürens hämischer Triumph, das wortlose Mitleid der anderen, die sich bemühten, so zu tun, als wäre diese Position nicht von jeher für mich bestimmt gewesen, als hätte nicht ich als Einzige das Recht darauf gehabt!» Sie spie die Worte aus wie verdorbenes Obst. «Ich wäre am liebsten früh gegangen, aber die Konventionen liessen es nicht zu. Ich blieb bis zuletzt, gegen aussen hin unbewegt. Ich war nicht bereit, diesem aufgeblasenen Mistkerl die Freude zu gönnen, mich zusammenbrechen zu sehen.» Sie holte tief Luft. «Als ich das Restaurant schliesslich verliess, war es bereits nach Mitternacht. Ich war vollkommen nüchtern. Aber von Max von Büren, der kurz nach mir hochkam, konnte man das wirklich nicht behaupten – er taumelte in den Hotelkorridor, wo wir beide unsere Zimmer hatten, sturzbetrunken und in euphorischer Stimmung. Er konnte kaum mehr gerade stehen.»

Claudine Mathier verzog angewidert das Gesicht. «Er schaffte es nicht, sein Zimmer selbst aufzuschliessen, diese Jammergestalt. Er grölte und krakeelte und versuchte es immer wieder, bis es mir zu bunt wurde und ich ihm zu Hilfe eilte. Es war grauenhaft. Von Büren hat sich an mich gehängt wie eine Klette, ich musste ihn regelrecht in sein Zimmer schleifen, damit die anderen Gäste nicht aufwachten. Im Zimmer angekommen, wollte er mir unbedingt noch ein Getränk aus der Minibar anbieten – um unsere ‹gute zukünftige Zusammenarbeit zu besiegeln›, wie er behauptete. Aber zuerst müsse er sich sein Insulin spritzen. Er legte den Pen bereit, verzog sich zuvor aber schwankend ins Badezimmer.» Sie blickte auf, und ihr Blick war ganz offen. «Und da tat ich es, aus einem rachsüchtigen Impuls heraus. Ich nahm den Pen mit einem Papiertaschentuch auf und verstellte die Einheiten. Ohne nachzudenken.»

«Und damit haben Sie ihn umgebracht.»

Sie lachte trocken. «Sie verstehen nicht, Frau Bergen. Als er aus dem Badezimmer kam, war ich bereits verschwunden. Ich ging davon aus, dass er seinen Blutzucker messen und die Einheiten dann entsprechend einstellen würde. Aber er hat es nicht getan. Dieser volltrunkene Idiot hat es vergessen, er muss den Pen genommen und sich die Dosis unbesehen gespritzt haben. Und dafür wollen Sie mich verantwortlich machen? Dafür, dass Max von Büren sich in seinem Taumel so besoffen hat, dass er die Verantwortung für diese einfache Handlung nicht mehr tragen konnte? Da soll ich schuld sein?»

«Das kann nicht Ihr Ernst sein», warf Marc empört ein. «Diese kaltschnäuzige Gelassenheit nehme ich Ihnen nicht ab!»

«Kaltschnäuzig?» Ehrlich verwundert sah sie meinen Mann an. «Ich war nicht kaltschnäuzig. Tatsächlich war ich erschüttert, als ich am nächsten Morgen mitbekam, dass der Mann gestorben war. Ich zitterte am ganzen Leib. So einen Tod hätte ich ihm nicht gewünscht, dieses würdelose Verenden. Ich rang mit mir, als man mir einige Tage später die Stelle des Chief Operating Officers anbot. Ich war drauf und dran, die Wahl abzulehnen. Aber ich habe es nicht getan. Es wäre nicht logisch gewesen – meine Ernennung war das Beste für die Firma, und nur das zählte.»

Marc starrte sie ungläubig an. Aber ich unterband eine erneute harsche Replik und schaltete mich ein. «Es hat Sie mitgenommen, nicht wahr? Die Erinnerung hat sie gequält und nicht mehr losgelassen.»

Für einen Moment wirkte sie zermürbt. «Ja», gab sie schliesslich zu, «es hat mich belastet. Ich konnte nicht schlafen, nahm zehn Kilo Gewicht ab. Ich war nicht mehr ich selbst, verlor die Kontrolle über mich. Schliesslich, als ich nach Monaten merkte, dass ich selbst nicht damit klarkam und meine Arbeit für die SaluSuisse zu leiden begann, suchte ich Hilfe.»

«Bei Emil Lüscher», ergänzte ich.

Sie nickte. «Emil Lüscher war mir empfohlen worden. Er war zu der Zeit eine grosse Nummer unter den Psychiatern, bekannt und beliebt bei der Berner Schickeria. Das war noch vor dem kometenhaften Aufstieg seines Kompagnons Adrian Wyss.»

«Konnte er Ihnen helfen?», wollte Martin wissen.

«Oh ja. Lüscher war es, der mir klarmachte, dass meine Tat geringfügig war, dass Max von Büren selbst dafür verantwortlich war, welche Insulindosis er sich spritzte, dass ich keine Schuld trug. Er nahm mir eine gewaltige Last von der Seele. Endlich konnte ich wieder frei atmen. Zumindest», sie lachte zynisch auf, «für eine Weile.»

«Was meinen Sie damit?», hakte ich nach.

«Emil Lüschers Stern war am Untergehen, Adrian Wyss begann ihn zu überstrahlen. Das wirkte sich auf Lüschers Umsatz aus, nicht aber auf seine Ansprüche und seinen Lebensstil. Er machte Schulden, kam finanziell in Schieflage. Und dann besann er sich darauf, dass eine begüterte ehemalige Patientin von ihm ein düsteres Geheimins mit sich trug.» Sie zog eine neue Zigarette hervor.

«Er hat Sie erpresst», folgerte Marc grimmig.

«Oh, er hätte es niemals so unfein benannt», erwiderte Claudine Mathier. «Er nannte es ein Darlehen, von dem wir beide wussten, dass er es niemals zurückzahlen würde.»

«Und es blieb nicht bei diesem einen Darlehen?», vermutete Martin.

«Natürlich nicht. Das bleibt es nie. Viermal kam er zu mir, viermal habe ich ihm hohe Beträge ausgezahlt. Beim fünften Mal hatte ich genug.» Sie inhalierte tief, blies dann zitternd den Rauch aus. «Das war vor zwei Monaten. Anfang Juli.»

Mir dämmerte es. «Und da kam er zu Ihnen», sagte ich langsam. «Emil Lüscher suchte Sie bei sich zu Hause auf.»

Jetzt bebte ihre Hand sichtbar. «Patricia war an diesem Abend mit einer Reisetasche vor meiner Tür aufgetaucht, überraschend und vollkommen ausser sich. Sie wolle Stefano verlassen – mehr sagte sie mir nicht. Und es gelang mir nicht, zu ihr durchzudringen. Es gelang mir einfach nicht.» Ihre Stimme verebbte zu einem kläglichen Schluchzen. «Was war ich nur für eine Mutter? Meine Tochter war verzweifelt, und es gelang mir nicht, sie zu trösten, ich verstand sie nicht, ich kannte sie nicht. Sie war mir völlig fremd. Ich wusste nicht, was zu tun war, ich konnte mit all diesen aus dem Ruder gelaufenen Emotionen nichts anfangen, ich war überfordert. Also habe ich sie ins Bett geschickt. Ich konnte ihr nicht mehr geben als das: Etwas zu essen, ein Bett, Sicherheit, finanziellen Wohlstand. Nicht mehr als das.»

Sie liess sich von ihrem Elend überwältigen, stützte den Kopf in die Hände und weinte, und nie hatte ich mich ihr näher gefühlt als jetzt, da sie nicht mehr war als eine Mutter, die an ihrer Aufgabe gescheitert war, eine überkontrollierte und rigide Mutter, gewiss, aber trotzdem eine Mutter. In diesem Augenblick verband mich eine tiefe Solidarität mit Claudine Mathier.

«Und dann?», fragte Martin behutsam.

Sie versuchte, sich zu fassen, schneuzte sich, steckte dann mit zitternden Fingern eine weitere Zigarette an, ihre letzte war unbeachtet zu Boden gefallen und kokelte leise vor sich hin. «Dann kam Lüscher. Emil», sie atmete tief durch und straffte ihre Haltung, «besuchte mich spätabends in meiner Wohnung und erinnerte mich freundlicherweise an meine Tat, in allen Einzelheiten, um meine Motivation zu stärken, meine finanziellen Zuwendungen zu wiederholen. Ich dachte, Patricia schliefe schon, aber sie muss alles gehört haben. Am nächsten Morgen ging es ihr noch schlechter. Und ich war in Eile, komplett gestresst, und wusste nichts Besseres, als ihr zwischen Tür und Angel einen Notfalltermin bei Adrian Wyss zu empfehlen und zu verschwinden, um meinen Zug nicht zu verpassen.» Wieder verbarg sie ihr Gesicht in den Händen. «Wie kam dieser Adrian Wyss nur dazu, sie einfach mit einer Packung Temesta abzuspeisen.»

Und wie, so dachte ich nicht ohne Mitgefühl, konntest du deine Tochter in ihrer Not nur mit einem professionellen Helfer abspeisen?

«Frau Mathier», begann ich nach kurzem Nachdenken. «Adrian Wyss hatte gute Gründe dafür, die Emotionen Ihrer Tochter möglichst zudecken zu wollen. Denn Patricias Verzweiflung rührte nicht nur daher, dass sie von Ihrer Tat erfahren hatte. Adrian Wyss hatte eine Affäre mit ihr gehabt. Patricia hatte sich offenbar grosse Hoffnungen gemacht, und als sie am Vortag ihres Unfalls von einer Freundin erfahren hatte, dass auch diese sexuelle Beziehungen mit Wyss pflegte, brach sie völlig zusammen. Ihre Eifersucht und Enttäuschung war die Hauptursache für ihre Krise.»

Claudine Mathiers Kopf schoss hoch, ihre Augen flammten. Sie packte mich unverhofft am Arm. «Was? Was sagen Sie da? Adrian Wyss hat mit Patrica geschlafen? Dieser dreckige Hund. Wie konnte er nur! Und eine Freundin, sagen Sie? Das erklärt alles: Marie Lanz, diese versoffene Schlampe! Ich wusste es! Ich wusste, dass mehr hinter ihrer Schaumschlägerei und ihrem betrunkenen Greinen steckte als Mitgefühl mit Patricia. Sie hat bekommen, was sie verdient hat!»

«Stecken Sie hinter ihrem Tod?», fragte ich sachlich.

«Sie selbst trägt die Verantwortung!», stiess sie heftig hervor. «Diese unwürdige Person! Kam kurz nach Adrians Tod bei mir angeschlichen, mehrfach, heuchelte Betroffenheit und Trauer um meine Tochter, sprach von Angst und Schmerz, aber ich wusste, da steckte mehr dahinter! Ich spürte, dass sie mich aushorchen, vielleicht sogar erpressen wollte. Sie machte diese perfiden, hinterlistigen Andeutungen darüber, dass ich sicher Schuldgefühle hätte. Irgendwoher muss sie von der Basler Sache Wind bekommen haben.»

«Doch sicher nicht von Ihrer Tochter. Die war Marie Lanz ja nicht mehr besonders wohlgesonnen.»

«Was weiss ich!» Sie machte eine wegwerfende Handbewegung. «Wahrscheinlich hatte sie es von Adrian Wyss, ihrem Bettgenossen.»

«Frau Mathier, wie kam Marie Lanz ums Leben?», beharrte ich.

«Wie schon – durch Alkohol, nehme ich an! Was sonst?»

«Nicht nur durch Alkohol. Sie hatte auch Temesta eingenommen, in beträchtlicher Menge.»

Sie lachte auf, ein freudloses, abgehacktes Lachen. «Nein, Frau Bergen. Ich habe ihr nichts gegeben. Aber ich habe die Tablettenpackung hingelegt, auf den Couchtisch, als sie vor zehn Tagen betrunken bei mir ankam. Es war nicht mehr als ein Impuls, eine Ahnung. Ich habe nichts gesagt, ihr nichts angeboten. Aber als ich von einem kurzen Abstecher in die Küche ins Wohnzimmer zurückkam, war die Packung weg. Marie Lanz war der Versuchung offenbar erlegen, hatte sie heimlich eingesteckt. Ich habe getan, als ob ich nichts bemerkt hätte. Und sie ziehen lassen. Aber sie selbst war es, die sich entschlossen hat, das Zeug einzunehmen. Zufall und Unvernunft. Ich kann nicht sagen, dass mir das leid täte. Wie das Schicksal es so will, wurde ihr ausgerechnet die Packung Tabletten zum Verhängnis, die auch den Tod meiner Tochter verursacht hat. Ausgleichende Gerechtigkeit.»

Ich fühlte mich angesichts dieser eigenwilligen Logik seltsam verwirrt. «Und Adrian Wyss? Wie starb er?»

Sie zuckte abschätzig mit den Schultern. «Einige Tage nach Patricias Tod habe ich ihn angerufen. Ich war wütend und erregt, ich beschuldigte ihn, durch seine unbedachte Medikamenten-Verschreibung den Tod meiner Tochter mitverursacht zu haben, kreidete ihm an, dass er nicht richtig reagiert habe, dass er sie hätte in eine Klinik einweisen müssen. Er reagierte wie ein in die Enge getriebenes Tier, machte mir Vorhaltungen, dass ich als ihre Mutter nicht für sie dagewesen sei, als sie mich brauchte. Als ich mit juristischen Schritten drohte, hielt er mir entgegen, dass ich mir das gut überlegen solle: Womöglich hätte ich ja etwas zu verbergen, das ich nicht im Rahmen eines Prozesses breitgetreten sehen wollte? Da wusste ich alles. Ich wusste, dass Patricia Emil Lüscher an diesem Abend gehört hatte, und ich wusste, dass Wyss es wusste.»

«Und da entschlossen Sie sich, dass er, der gefährliche Mitwisser, aus dem Weg geschafft werden musste», schloss ich mit harter Stimme.

«Das stimmt nicht!», stiess sie hervor. «Ich wollte mich mit ihm einigen, wie ich es bereits mit Lüscher getan hatte. Ich rief sofort Emil an, bat ihn, mir dabei zu helfen, mir eine Gelegenheit zu verschaffen, in Ruhe mit Wyss zu sprechen. Die Gelegenheit ergab sich schliesslich, als Wyss mit seiner Frau ein Wochenende hier oben verbrachte.»

«Wie bitte?», warf Marc überrascht ein. «Sie wollten nur mit ihm sprechen?»

«Ja! Was denn sonst? Lüscher informierte mich über das geplante Wochenende, sobald er davon wusste. Vereinbarungsgemäss rief er seinen Praxispartner am Abend gegen halb zehn an, unter dem Vorwand, er wolle sich in einer dringenden Angelegenheit mit ihm treffen. Adrian Wyss war aufgebracht, als er den Anruf annahm, berichtete, er habe gerade einen unangenehmen Anruf von einer Patientin erhalten und habe keine Lust, Lüscher zu sehen, aber der überredete ihn schliesslich. Und anstelle seines Partners traf Wyss mich oben auf der Brücke an.»

Sie holte tief Luft. «Es war grauenhaft. Ich wollte eine Absprache mit ihm treffen, aber Wyss hat die Situation offenbar völlig falsch gedeutet. Er hat zu schreien begonnen, mir Anklagen und Drohungen an den Kopf geworfen, sich angeschickt, mich zu schlagen. Dieses Verhalten hat Rasco natürlich aufgescheucht.» Sie tätschelte den Kopf des grossen Tieres, das unbewegt zu ihren Füssen lag. «Rasco hat Wyss nicht angegriffen, aber er hat sich vor mich gestellt und gebellt. Und da ist Wyss in Panik geraten. Offenbar wusste er in seiner Angst nicht mehr, wo er war und was er tat – er ist vor meinen Augen auf das schmale Geländer geklettert, hat den Halt verloren und ist gestürzt. Es war gespenstisch.»

Fassungslos betrachtete ich ihr Gesicht, das im Halbdunkel weiss schimmerte. Konnte es sich so zugetragen haben? Sagte sie die Wahrheit?

«Ihre Unschuldsbeteuerungen sind durchaus rührend», warf Marc unbarmherzig ein. «Aber warum die gefälschte Suizidnote? Und der fingierte Einbruch in Lüschers Praxis? Was ist mit dem Angriff auf Nora Rufer, die als Patientin bei Emil Lüscher aufgetreten ist? Ganz zu schweigen von der Brandstiftung an unserem Haus? Laut Emil Lüschers Aussage stecken Sie hinter alledem. Sie wollten keine gefährlichen Mitwisser und waren bereit, für Ihre eigene Sicherheit zu töten – oder töten zu lassen.»

«Das ist also seine Version? Wie kommod für ihn. Und nicht unerwartet. Aber es ist eine Lüge.» Claudine Mathier schloss müde die Augen. «Emil hat Panik gekriegt. Er fürchtete, wenn die Wahrheit über den Tod seines Praxispartners ans Licht käme, würde auch seine unrühmliche Erpressung aufgedeckt. Er reagierte kopflos und dumm. Ich versuchte auf jede Art und Weise, ihn zur Vernunft zu bringen, aber er schlug um sich wie ein Berserker, verübte Anschläge, die von vorneherein zum Scheitern verurteilt waren.»

Es kam mir vor, als ob die mangelnde Professionalität seiner Angriffe sie mehr bestürzten als die Tatsache, dass dadurch Menschenleben gefährdet worden waren. Sie schien meine Wut darüber zu spüren.

«Ich wollte Sie nicht schädigen, Frau Bergen», versicherte sie mir, «weder Sie noch sonst jemanden. Ich war natürlich froh, dass Sie unmittelbar nach Adrians Tod im Verdacht standen, das will ich nicht leugnen – dieser Umstand lenkte von mir ab. Aber ich wollte Ihnen nichts Böses, auch wenn Sie mir allmählich gefährlich wurden. Ich verliess mich darauf, dass man mir im Grunde nichts vorwerfen konnte, dass Sie keine Beweise finden würden, um mich zu belasten, weil es keine solchen Beweise gab.»

Sie wandte sich mir direkt zu. Es war dunkel geworden. Ich konnte ihre Augen nur noch als schwache schwarze Punkte in ihrem blassen Gesicht ausmachen. «Ich bin nicht schuldig. Ich habe niemanden getötet. Ich mag in meiner Not moralisch nicht einwandfrei gehandelt haben, aber ich bin keine Mörderin. Das wissen Sie, tief in Ihrem Inneren. Sie und ich, wir sind uns ähnlich. Berufstätige Mütter, die sich zu sehr ihrer Arbeit und zu wenig ihren Kindern widmen, getrieben von Schuldgefühlen und doch bemüht, alles richtig zu machen, irgendwie. Sie sind wie ich, Frau Bergen. Genauso wie ich.»

In mir drehte sich alles. Hatte sie Recht? Was sollte ich denken, was sollte ich glauben? Log sie? Ihre Worte hatten überzeugend gewirkt, überzeugend aus ihrer Sicht. Und ihre Stimme hatte am Ende seltsam gelöst geklungen, entspannt, als ob ihre grosse Lebensbeichte ihr ein Joch von den Schultern genommen hätte. Würde das Gefühl von Erleichterung und Befreiung, das sie nun empfinden mochte, anhalten? Oder würde der kurze Moment von Frieden gefolgt von einem Entsetzen, das schlimmer war als Bestrafung oder Tod, dem Entsetzen nämlich, auf sich selbst geworfen zu sein, nackt in der Dunkelheit? Was war Schuld? Was sollte ich mit dieser Frau machen, die ich gleichzeitig verstand und verabscheute? Die so viel Leid verursacht hatte, ohne es wirklich zu beabsichtigen?

Marc war es, der mir die Entscheidung abnahm. «Es ist nicht unsere Sache, über Schuld und Unschuld zu entscheiden, Frau Mathier. Das ist Sache der Gerichte. Nur eines ist klar: Es hat in dieser Geschichte zu viele tödliche Geheimnisse gegeben. Bringen Sie sie ans Licht. Wir fahren jetzt zusammen zur Polizei, und dort werden Sie wiederholen, was Sie uns erzählt haben. Was dann mit Ihnen geschieht, liegt nicht mehr in unseren Händen.»

Claudine Mathier zögerte. Eine Minute blieb sie still sitzen, dann noch eine.

Dann erhob sie sich und nickte.

Epilog

Ich schaute durch das grossflächige Fenster nach draussen. Der Himmel war grau und verhangen, aber an den Bäumen zeigten sich erste grüne Knospen, Vorboten dessen, dass auch dieser unendliche Winter einmal zu Ende gehen würde.

«Grässliches Wetter, was?» Marc war meinem Blick gefolgt. «Man erwartet immer, dass Anfang März der Frühling kommt, und dann wird man enttäuscht.»

«In unserem Garten blühen die ersten Krokusse. Es wird schon», entgegnete ich.

Wir schwiegen eine Weile.

«Weiss du noch, im August? Da hat alles angefangen», fragte Marc behutsam.

Ich nickte unbehaglich. «Natürlich. Damals, an diesem Wochenende im Grandhotel. Das zum Alptraum wurde.»

Wieder schwiegen wir eine Weile. Dann war es wieder Marc, der das Wort ergriff. «Wir haben es gut gemacht. Es war die Hölle, und ich wollte die meiste Zeit das Handtuch werfen, aber wir haben nicht aufgegeben. Du hast nicht aufgegeben», berichtigte er sich.

«Aber was hat es gebracht?», hielt ich trocken dagegen. «Claudine Mathier ist davongekommen. Eine lausige Geldstrafe hat sie bekommen – ihr Anwalt war einfach zu gut. Er hat das Gericht eingeseift, die Unbescholtenheit seiner Mandantin in die Waagschale geworfen, all ihre Qualifikationen und Dienste an der Gesellschaft, und hat die Haltung durchgeboxt, dass bei ihr kein Vorsatz vorgelegen habe. Dass ich nicht lache! Als wäre Claudine Mathier rein zufällig in diese drei Todesfälle reingestolpert! Reiche Leute können sich so einen Anwalt leisten, nicht wahr? Und Emil Lüscher? Der verschanzte sich hinter der Tatsache, dass seine diversen Mordanschläge auf uns misslungen waren, und behauptete, er habe uns nie wirklich schaden wollen. Seine Dummheit und Unfähigkeit haben ihn geschützt. Das Gericht hat zwar gewürdigt, dass Lüscher wissentlich eine Gefährdung für Leib und Leben anderer in Kauf genommen hat, aber als mildernden Umstand gewertet, dass er sich dabei so unglaublich blöd angestellt hat», fuhr ich bitter fort. «Dass er Claudine Mathier erpresst hat, hat ihm am Ende mehr Ärger eingehandelt als die Anschläge auf uns. Weil die Erpressungen aufgrund von Kontobewegungen nachweisbar waren. Als wäre Geld wichtiger als Menschenleben.»

«Misst du unseren Erfolg an der verhängten Gefängnisstrafe?», fragte Marc milde. «Die Wahrheit ist ans Licht gekommen. Die Angehörigen der Toten wissen endlich, was passiert ist. Offene Fragen wurden geklärt, der Gerechtigkeit wurde Genüge getan. Und Claudine Mathier wurde ihres Postens in der Salu-Suisse enthoben, während du deine Stellung in der Klinik in allen Ehren zurückerhalten hast. Immerhin.»

Ich schüttelte unwillig den Kopf. «Gerechtigkeit, Schuld. Diese Begriffe sind nicht mehr als abstrakte Formulierungen, leer und geistlos. Was ist Wahrheit? Warum unterscheidet sich Schuld im juristischen und in moralischen Sinn? Für mich gibt es keinen Unterschied, für unsere Rechtsprechung schon.»

Deprimiert betrachtete ich meine Schuhspitzen. «Es war alles so scheusslich, Marc. Widerwärtig und abscheulich. Dieses Wühlen in fremden Geheimnissen, in den Geschichten anderer Menschen. Diese hilflose Herumstocherei, die ungeschickten Versuche, die Wahrheit zu finden. Ich habe mich so dumm angestellt. Du warst es, der begriffen hat, dass wir nur dann eine Chance hatten, wenn wir die Gegenseite mit ihren eigenen Waffen schlugen. Während ich hirnlos herumtappte und Geisterfallen auslegte, hast du Lüscher am Kragen gepackt und den gordischen Knoten durchtrennt. Du warst der Einzige, der wirklich Format bewiesen hat.»

Ich sah zu meinem Mann auf, der ein leichtes Lächeln auf dem Gesicht trug. «So wie du es sagst, klingt es wunderbar. Edel und weise. Nur stimmt das nicht. Ich war einfach stinksauer auf Lüscher und wollte ihm die Fresse einschlagen, das war alles. Und am Ende warst du es doch, die den Guten windelweich geprügelt hat. Wir hatten alle Hände voll zu tun, dich von ihm runterzukriegen.»

Wir lachten gemeinsam, und das tat gut. Aber dann verfielen wir wieder in Schweigen, das sich ausdehnte und ausdehnte.

Marc sah mich eine Weile von der Seite her an. «Du warst in den letzten Monaten nachdenklich und still. Ist es noch immer die Mathier-Lüscher-Sache? Oder steckt etwas anderes dahinter? Etwas zwischen uns?»

Ich sah auf. «Nein, Marc, nichts zwischen uns. Zwischen uns ist alles gut.» Während ich diese Worte aussprach, spürte ich ganz und gar, wie wahr und richtig sie waren, und das Lächeln, das ich meinem Mann schenkte, wärmte mich von innen und vertrieb für einen Moment die dunklen Wolken. Zwischen uns war alles gut. Besser denn je.

«Hat es mit Martin zu tun?», fragte Marc sehr vorsichtig. «Mir ist aufgefallen, dass ihr kaum mehr Kontakt miteinander habt. Habt ihr euch zerstritten?»

Ich betrachtete wieder meine Schuhe, als gäbe es nichts Wichtigeres auf der Welt. «Wir hatten unsere Differenzen», wich ich aus. «Aber es ist nicht so wichtig.»

Das war eine Lüge. Es war wichtig, besonders jetzt. Seit Monaten versuchte ich, den tiefen Groll loszuwerden, der mich in seinem Klammergriff hielt, seit Martin mich abgewiesen hatte. Ich schaffte es einfach nicht. Ich litt selbst am meisten unter der feuchtkalten, vorwurfsvollen Distanz, die seither zwischen uns lag. Aber ich konnte es nicht ändern.

Marc wollte offensichtlich etwas sagen, aber in diesem Augenblick öffnete sich die Tür.

Eine Pflegefachfrau trat heraus und lächelte uns freundlich zu. «Es ist in Ordnung. Sie können jetzt reinkommen.»

Ich erhob mich. Mein Herz begann zu hämmern, und meine Knie zitterten. Marc griff nach meinem Arm, als wüsste er, was ich empfand.

Nun, sagte ich mir, und betrat den Raum. Jetzt ist es soweit.

Es war ein helles, freundliches Zimmer, mit pastellfarbenen Vorhängen und einem schönen Ausblick. Aber ich nahm kaum etwas davon wahr.

Selma sah, ich hatte es nicht anders vermutet, unanständig gut aus. Das dunkle Haar war verschwitzt und ihr Teint ein wenig blasser als üblich, aber ihre Gesichtszüge waren fein gemeisselt wie immer, kein bisschen aufgetrieben oder teiggrünlich, wie ich gehofft hatte, und das helle Glück in ihrer Miene stand ihr gut. Doch nichts übertraf das Strahlen auf Martins Gesicht. Er beugte sich über ein kleines Bündel in seinem Arm, und alles an ihm leuchtete.

Er blickte auf und sah mich. «Kassandra!»

Unvermindert strahlend hastete er auf mich zu. «Es ist ein Mädchen! Ein Mädchen!» Breit lächelnd streckte er seinen Arm zu mir hin.

Misstrauisch beugte ich mich vor.

Ein Mädchen. Etwas zerknautscht, wie Neugeborene es so an sich haben, mit flaumigen dunklen Härchen unter der ausgesucht hässlichen Strickmütze in grellen Gelbtönen. Die winzigen Hände friedlich zur Faust geschlossen, faltig und unglaublich rührend.

Ich spürte, wie etwas tief in meinem Inneren sich regte.

Unsicher räusperte ich mich. «Darf ich sie mal halten?»

Ich legte Tasche und Jacke ab und desinfizierte mir gründlich die Hände – man war schliesslich ausgebildeter Mediziner – ehe Martin mir seine Tochter mit beglücktem Strahlen in die Arme legte.

Sie war leicht wie eine Feder, und sie roch wirklich gut. Ein wenig wie ihr Vater.

Ich konnte mir ein Lächeln nicht verkneifen.

«Die ist aber süss!», verkündete Marc, der Babys sonst nicht besonders schätzte, im Brustton der Überzeugung. «Wie heisst sie denn?»

«Kassandra», entgegnete Martin sofort.

Ruckartig sah ich auf und begegnete seinem Blick.

«Seid ihr irre?», platzte ich heraus.

Selma lachte leise. Sie klang müde, aber sehr zufrieden. «Das ist Quatsch. Wir haben es eine Weile lang sogar in Erwägung gezogen – und ihr müsst zugeben, der Name ist nicht häufig. Es wäre nicht zu befürchten, dass im Kindergarten zwei oder drei weitere Kassandras herumtoben würden. Allerdings», sie sah mich mit einem warmen Ausdruck an, «so sehr wir unserer Tochter auch deinen Mut und deine Lebendigkeit wünschen, Ka, so möchten wir ihr und uns selbst doch das unzufriedene Gekeife bezüglich unserer Namenswahl ersparen, denn das kennen wir von dir zu Genüge. Sie heisst Sofia.»

Ich bemühte mich um eine strenge Miene, die mir aber nicht ganz gelang, während Marc ungeniert gackerte. «Das will ich euch auch geraten haben!»

Martin, der offenbar nicht an sich halten konnte, platzte heraus. «Aber wir wollten fragen, ob du ihre Patin sein möchtest.» Seine Stimme klang atemlos.

Wieder sah ich erstaunt vom Gesicht der kleinen Sofia auf.
«Patin?»

Martin nickte ernst. Eifer und Sorge mischten sich in seiner Miene, die mich an einen kleinen Jungen erinnerte.

Ich blickte das winzige Geschöpf in meinen Armen eingehend an. Sofia atmete friedlich, nach den Strapazen der Geburt in tiefen Schlaf versunken. Wenn ich angestrengt lauschte, konnte ich ein ganz leises Schnarchen hören.

«Ja», sagte ich entschlossen. «Ich würde sehr gern Sofias Patin sein.»

Und dann musste ich lachen. Es schien mir nicht ganz die richtige Reaktion zu sein, aber ich lachte, lachte zu Martin auf, der zurücklachte, lachte zu Selma hinüber, die mich anstrahlte, lachte zu Marc hin, der den Daumen nach oben reckte und breit grinste.

Dann räusperte ich mich wieder. «Wenn das Gröbste vorbei ist und ihr euch mit der Kleinen eingelebt habt, müsst ihr wieder einmal zum Abendessen vorbeikommen. Wir haben uns viel zu lange nicht mehr gesehen.»

Ich sah Martin an. Viel Ungesagtes lag in diesem langen Blick, er sprach von Reue und Schuld, aber auch davon, dass die Eiszeit ihrem Ende zuging, dass der Schnee zu schmelzen begann.

Martins Lächeln wurde noch breiter. Es füllte sein ganzes Gesicht aus.

Er hätte in diesem Moment tausend wunderbare Dinge sagen können, aber er entschied sich für dies: «Machst du zum Dessert deinen herrlichen Schokoladekuchen? Den mag ich so sehr.»

Am Ende, so fand ich, waren diese Worte nicht die schlechtesten, um eine neue Ära einzuläuten.

Dank

An dieser Stelle bedanke ich mich herzlich bei den Menschen, auf deren Hilfe ich während meiner Arbeit an «Jenseits der Rache» zählen konnte:

Prof. Ulrich Zollinger, der ehemalige Co-Direktor des Instituts für Rechtsmedizin in Bern, war immer für mich da, wenn ich rechtsmedizinische Fragen hatte, und nahm meine etwas eigenartigen Formulierungen – «Wie bringe ich einen Mann am elegantesten um die Ecke?» – mit dem nötigen Humor auf. Prof. Christoph Stettler, Leitender Endokrinologe am Inselspital Bern, erklärte mir als kompletter Ignorantin mit bemerkenswertem Langmut, wie medizinische Studien aufgebaut sind, und Prof. Thomas Berger von der Abteilung Klinische Psychologie und Psychotherapie der Universität Bern stellte mir sein umfangreiches Fachwissen zum Thema Online-Therapien zur Verfügung. Christine Pfister Hadorn klärte mich mit Engelsgeduld über juristische Sachverhalte auf, während Dr. Oliver Grehl mich einerseits hinsichtlich Insulin und Diabetes beriet und mir andererseits durch exakte Schilderungen einen eigenen Besuch im Fitnessstudio ersparte. Regine Gysin gab mir Tipps über ihre Heimatstadt Basel, die Denise Hofmann dann mit mir erkundete. Amanda und Jorgo Ananiadis teilten ihre Erfahrungen in Sachen Hausbrand mit mir. Bruno Trachsel von der Kenseikan-Karateschule Thun bringt mir im Krav-Maga-Unterricht die Tricks bei, die ich im Roman Kassandras Cousine Nora zugeschrieben habe. Sie alle haben mich engagiert beraten; wenn mir allenfalls inhaltliche Fehler im Text unterlaufen sind, ist das nicht meinen Fachberatern zuzuschreiben, sondern meinem eigenen Unvermögen.

Weiter danke ich meinem neuen Verleger Bernhard Engler, dessen Begeisterung und Engagement für diesen Krimi mich beflügelt haben, und meiner Lektorin Esther Kaiser Messerli für die wohlwollende und humorvolle Begleitung und ihr scharfes Auge, mit dem sie Fehler treffsicher aus meinem Text gepickt hat. Theres Gautschi und Regula Tanner waren zur Stelle, als ich gerade drauf und dran war, eine weitere Verlagssuche aufzugeben und «Jenseits der Rache» auf unbestimmte Zeit in einer Schublade verstauben zu lassen; sie motivierten mich unerschütterlich und standen mir mit Rat und Tat zur Seite. Louis Krebser und sein Team von der Buchhandlung Krebser in Thun bereiten mir nun zum dritten Mal mit viel Engagement einen stimmungsvollen Rahmen für meine Buchvernissage.

Und schlussendlich danke ich meinem Mann, Guy Pauchard, der nicht nur die zahlreichen Seitenhiebe hinsichtlich seiner fraglichen Ähnlichkeit mit Marc Bergen mit sportlichem Gleichmut hinnimmt, sondern mich in meiner Rolle als Autorin bestärkt und mich wo immer nötig entlastet. Zu würdigen ist auch seine aufopfernde Bereitschaft, mit mir zu Recherchezwecken lange, faule Tage im Grandhotel Giessbach zu verbringen – eine heroische Tat!

Dass ich von Familie und Freunden, aber auch von meinen Lesern immer wieder durch konkrete Hilfestellungen, positive Rückmeldungen, Wertschätzung und gute Tipps gestützt werde, steigert meine Freude am Schreiben und ermutigt mich, damit weiterzumachen.

Herzlichen Dank!